WARHAMMER 40,000

烈火黎明系列小说
A DAWN OF FIRE NOVEL

复仇之子
AVENGING SON

[英]盖伊·哈雷 著　丁旭巍 译

浙江科学技术出版社

English version originally published in Great Britain in 2020 by Black Library.

Games Workshop Limited,Willow Road, Nottingham, NG7 2WS, UK.

This edition published in China by Zhejiang Science and Technology Publishing House in 2022.

Copyright © Games Workshop Limited 2020.

This translation copyright © Games Workshop Limited 2020.

Translated and used under licence by Zhejiang Science and Technology Publishing House. All rights reserved. Dawn of Fire: Avenging Son © Copyright Games Workshop Limited 2020. Dawn of Fire: Avenging Son, GW, Games Workshop, Black Library, The Horus Heresy, The Horus Heresy Eye logo, Space Marine, 40K, Warhammer, Warhammer 40,000, the 'Aquila' Double-headed Eagle logo, and all associated logos, illustrations, images, names, creatures, races, vehicles, locations, weapons, characters, and the distinctive likenesses thereof, are either ® or TM, and/or © Games Workshop Limited, variably registered around the world. All Rights Reserved.

No part of this publication may be reproduced, stored in a retrieval system, or transmitted in any form or by any means, electronic, mechanical, photocopying, recording or otherwise, without the prior permission of the publishers.

This is a work of fiction. All the characters and events portrayed in this book are fictional, and any resemblance to real people or incidents is purely coincidental.

本书英文版由 Black Library 于 2020 年出版

Games Workshop Limited，地址：Willow Road, Nottingham, NG7 2WS, UK.

本书中文版由浙江科学技术出版社于 2022 年出版

Copyright © Games Workshop Limited 2020.

This translation copyright © Games Workshop Limited 2020.

浙江科学技术出版社可在授权下翻译与使用。Dawn of Fire: Avenging Son © Copyright Games Workshop Limited 2020。烈火黎明系列小说：复仇之子、GW、Games Workshop、Black Library、荷鲁斯之乱、荷鲁斯之眼标识、星际战士、40K、战锤、战锤 40,000、"天鹰"双头鹰标识，以及所有相关标识、插图、图像、名称、生物、种族、载具、地点、武器、角色及其中的特色同类物，所有带有 ®、TM 以及 © Games Workshop Limited 的标识均为在全世界注册的商标或为 Games Workshop Limited 版权所有。

未经许可，不得将本书任何部分以任何形式复制、存储在某个检索系统中，也不得以任何形式或手段，包括电子、机械、影印、记录或其他方式，传播本书的任何部分。

本书为虚构作品。书中人物、事件均为虚构，如有雷同，纯属巧合。

WARHAMMER 40,000

导 言

此乃第 41 千年。

自从原体荷鲁斯堕入混沌，背叛他的父亲人类帝皇，并让银河陷入毁灭内战以来，已经过去了一万年。

一万年间，帝国历经了异形入侵、内部纷争，以及亚空间黑暗诸神的不义之举。帝皇静坐于泰拉的黄金王座之上，他乃是抵御地狱大能的灵能壁垒。正是他的意志点亮了星炬，凝聚帝国，然而他现已缄默无言。失去了他的引导，人类已远远偏离了启蒙之路。

奇迹时代的光辉理想已然消亡。生于这个时代实乃可怕的命运，永无休止的劳役乃是最佳之期许，迅速果断的死亡则是最善之仁慈。

在帝国面临着不可避免的衰亡之际，阿巴顿，原体荷鲁斯最后真正的子嗣，如今继承了战帅的衣钵，他的千年大计已然达到了巅峰，浩瀚银河天崩地裂，释放出前所未闻的力量。顽强拼搏千百年之后，人类的末日似乎近在眼前。

一道苍白的光芒刺破了黑暗。借助异形巫术和神秘科学，原体罗保特·基里曼自濒死长眠中苏醒。他回到泰拉，决心力挽危局，彻底击败混沌，并重新开启帝皇为人类设下的伟大计划。

但首先，必须挽救帝国。银河一分为二，一边是帝国圣域，四面楚歌，但毅然挺立；另一边则是帝国暗域，失落于暗夜之中。一场宏大的远征得以召集，重夺帝国，恢复荣光。全人类都为这个时代最为庞大的冲突做好了准备。失败意味着灭亡，胜利之路唯有战争。

此乃不屈纪元。

出场人物

第一舰队

罗保特·基里曼 ················· 帝国摄政王，复仇之子，
最后的忠诚子嗣，归圣原体
贝利撒留·考尔 ········ 统御大贤者，奥姆尼赛亚的首冠导引者
杰梅因·贡特 ································· 高级后勤官

考尔的仆人
丘沃–87 ······································ 重构的盟友
阿尔法之首 ································· 未批准的造物

理性信史协会，"创始四人"
法比安·盖尔弗林 ······························ 历史官
火星的索拉娜 ··································· 历史官
德文·穆代尔 ····································· 历史官
维亚布洛 ··· 历史官

第三舰队

卡珊德拉·凡勒斯库斯 ········ 沃丁瑟迦斯泰世袭将军，舰队司令
维特里安·梅西尼乌斯 ··············· 连长，第十连，白色执政官/
副官长，第三舰队，基里曼子嗣

第三舰队，基里曼子嗣

阿瑞欧斯	副官，第一连，第一师
托特文	士官，第一连，第一师
伊克瓦	士官，第一连，第一师
德斯尼乌斯	技术军士，第一连，第一师
甘尼夫	牧师，第一连，第一师
凯斯维纳尔	药剂师，第一连，第一师

圣阿斯特打击群／战斗群

埃洛伊丝·阿莎盖	海军准将，战斗群司令
芬纽拉·迪奥梅德	第一副官，舰长
塞梅恩	第二副官
巴苏	第三副官
戈南	第七副官
海金	第七副官，第三班
索伦库斯	海军军法官
瑟佐拉斯	导航长
巴兰杜斯	主教
斯科洛斯·艾夫哈弗雷德	导航者

第五舰队

特罗尼昂·普拉索里乌斯	舰队总指挥官，第五舰队
泽尔吉吉斯	首席星烈大贤者
萨拉·特菲瑟	疾病检察官，后勤官，塞拉斯图斯、塞普蒂默斯和塞克斯图斯战斗群
萨韦	海军候补少尉
韦什特	主席团号舰长

阿多利-4963 ·················· 转化技师

内政部，最高级公函处理

纳乌拉·尼森 ·················· 处理书吏

哈姆兰·尼森 ·················· 邮政分类员

杰德蒙德 ·················· 总监

雷西利苏 ·················· 仆人

蒂兹尔 ·················· 数据矿工

机械修会勘探队

卡马林·海亚克斯

43-陶·奥米克戎 ·················· 调查贤者

库尔·斐 ·················· 赎罪忠仆

欧塞尔·登 ·················· 次级贤者

89-7 ·················· 数据工匠

尊敬的舰队司令们

特林库斯·阿布康基斯 ·················· 舰队司令，第四舰队

考肖莱夫人 ·················· 帝国海军世袭上将，舰队司令，第六舰队

阿斯万·雷尔梅 ·················· 行商浪人族长，舰队司令，第八舰队

帝皇至圣审判庭的特工

罗斯托夫 ·················· 异形庭的审判官

不屈远征中的著名舰船

第一舰队

阿尔法里斯战斗群

指挥舰烈火黎明号,报应级战列舰(注:烈火襟怀号的姊妹舰)

探索者之王号,机械方舟

第三舰队

阿尔法斯战斗群

指挥舰高尚戒律号,奥伯龙级战列舰

圣阿斯特打击群

圣阿斯特打击群最初是马科塔星区战斗舰队的一分子,隶属于太平战斗舰队,行动于海德拉弗尔外。在第三舰队抵达这个堡垒世界时,作为一支独立的战斗群,它被纳入了凡勒斯库斯的麾下。以下是马科塔战役期间的组成舰船。

指挥舰圣阿斯特号,霸主级战列巡洋舰

典记之声号,独裁者级巡洋舰,战斗群航空母舰

辉光号,月级巡洋舰

无情号,哥特级巡洋舰

阿尔斯·贝勒斯号,冥河级轻巡洋舰

信仰之诺号,冥河级轻巡洋舰

随从中队
5 艘剑级护卫舰

闪耀中队
7 艘眼镜蛇级驱逐舰

责难中队
4 艘无敌者重型护卫舰

欣喜中队
4 艘火风暴级护卫舰

第五舰队

贝塔里斯战斗群
烈火襟怀号，报应级战列舰
金矛号，轻巡洋舰
思想之箭号，轻巡洋舰
马卡里亚之傲号，火星级战列巡洋舰

塞拉斯图斯战斗群
指挥舰主席团号，裁决者级战列舰
艾迪欧斯号，统御者级巡洋舰

屠杀远征

血王号，大型巡洋舰，未知舰级
黄铜之剑号，冥王级巡洋舰
"地狱船"，恶魔船，真名未知，舰级未知，曾隶属于埃古战斗舰队远征伊始，第一舰队和第三舰队的最初路线。随着原体的伟大事业继续推进，主要舰队的轨迹会有所改变，并分化为更小的战斗群。

光晕星群

- 斯凯勒斯星区
- 卡利克西斯星区
- 恐惧之眼
- 屠杀远征
- 钦查尔
- 黑暗堡
- 卡迪亚
- 纳沃瑟德瓦廊
- 阿格里皮娜
- 马料塔海峡
- 海德拉弗尔
- 放逐星
- 萨巴亭
- 奥尔梅克
- 圣星

朦胧星域

- 迪曼玛尔
- 寂静星
- 地狱诸门
- 荒芜螺旋
- 哥特星区
- 瓦尔哈拉
- 塞普拉蒙迪
- 莫迪安
- 警戒星
- 皮西纳
- 阿拉里克
- 贝利斯克罗纳
- 芬里斯
- 莫洛夫
- 哈米吉多顿
- 艾朗西亚
- 新炼狱星
- 拉斯特拉蒂

太平星域

太阳星域

- 泰拉&火星
- 沃勒斯
- 巫师星球
- 戈尔格瑟
- 瑞扎
- 大漩涡
- 加萨拉莫
- 卡塔昌
- 丘格里斯
- 莱西拉
- 湿克罗蒙达
- 巴达布
- 马卡里亚
- 克里格
- 卢瑟麦金太尔
- 塔兰
- 诺克顿
- 马卡里亚之终
- 奇罗斯
- 乌胡利斯星区
- 奥菲莉娅
- 海妖风暴
- 维兰
- 阿莱夫西斯
- 瑞恩世界

风暴星域

- 湮灭
- 克雷塔西亚
- 索尔斯蒂斯
- 救赎星
- 巴卡
- 格里丰IV
- 瑞达克图斯星区
- 安塔格尼斯
- 伊拉斯特里斯
- 罪恶星

幽隐区域

图例
- ⊗ 战区
- → 第一舰队
- → 第三舰队
- ⇢ 第三舰队——最初路线

目录

1	第一章　泰拉之围　梅西尼乌斯
	恐虐军团
12	第二章　受诅咒的舰船　拿非利异常区
	界外一瞥
23	第三章　永夜浩劫　原体在沉睡
	来自火星的信息
30	第四章　历史学家　皇宫之景
	行动无效
38	第五章　基里曼的廷臣　机械的仆人们
	一项宣告
42	第六章　圣阿斯特　劫掠者舰队
	罕见的机动
53	第七章　最高优先级　处理书吏
	总监杰德蒙德
60	第八章　六十颗太阳　亚空间裂隙
	恐虐的猎犬
65	第九章　职业转变　后勤官贡特
	复仇之子
77	第十章　效劳帝皇　正当的休息
	来自王座的征兆

目录

第十一章　绝望的处境　屠杀远征　　　　　　　　　　82
　　　　　审判官罗斯托夫

第十二章　不破的印章　战争所困　　　　　　　　　　92
　　　　　高尚的牺牲

第十三章　逃离弗摩尔Ⅲ　世界之死　　　　　　　　　102
　　　　　义务频道

第十四章　进入虚空　星际战士的审视　　　　　　　　117
　　　　　激起竞争

第十五章　探索者之王　天鹰辉煌　　　　　　　　　　122
　　　　　原体的项目

第十六章　原铸揭示　阿尔法之首　　　　　　　　　　131
　　　　　新时代来临

第十七章　数据矿工　修正三项错误　　　　　　　　　143
　　　　　揭露出路

第十八章　阿多利-4963　一艘年轻的船　　　　　　　151
　　　　　第五舰队的灾难

第十九章　第三舰队准备就绪　舰队司令普拉索里　　　157
　　　　　乌斯的辩解　舰队司令凡勒斯库斯的请求

第二十章　红与白　原体的青睐　　　　　　　　　　　168
　　　　　旧武器与新武器

目录

180	第二十一章	重生　美沙龙雾
		阿瑞欧斯苏醒
192	第二十二章	第五舰队的感染　疾病检察官
		怪异的传染病
202	第二十三章	死亡噬菌体　艾迪欧斯
		战斗考验
208	第二十四章	打得漂亮　净化
		战士的作风
218	第二十五章	落页　焚烧部族
		羊皮纸之战
228	第二十六章	烈火黎明　一分为二的帝国
		阿瑞欧斯和原体
239	第二十七章	高尚戒律　沃勒斯的亚空间门
		第三舰队的航线
242	第二十八章	海德拉弗尔　高升之人
		枢机主教布加里斯的遗产
250	第二十九章	审判官罗斯托夫的差事　审判官
		戴尔的工作　心中人选
257	第三十章	必要的牺牲　斯科洛斯接受
		穿越亚空间的路

目录

第三十一章	凡勒斯库斯展开计划　强舰归来　自由开火	263
第三十二章	恶魔大军　敌人的本质　帝皇保佑你	268
第三十三章	战斗的邀请　无灵室女　地狱船	274
第三十四章	霸王炮艇机　第三舰队的力量　内心的孩童	285
第三十五章	海洋掠食者　亚空间力场　托特文的任务	291
第三十六章	战争的救赎　战团的错误　引擎开火	298
第三十七章	亚空间威势　邪恶的狂怒　掠食者与猎物	307
第三十八章	舰长苏醒　异形科技　凡勒斯库斯的冒险	315
第三十九章	差役书吏　1/8923-FG-4　旅途的终点	325
第四十章	第一舰队启程　亲眼见证　远征之始	330

目录

338	尾　声　手　天赋与诅咒
	战帅的特务
341	附　录

第一章

泰拉之围

梅西尼乌斯

恐虐军团

"我亲眼见证泰拉之围。"维特里安·梅西尼乌斯在日后会如此讲述。

"我亲眼见证……"他会接着讲述，只为自己而讲述，"我亲眼见证，帝国灭亡的那一天。"

但那一天尚未到来。

"上城墙！上城墙！敌人来了！"彼时他还是梅西尼乌斯连长，率领着手下的星际战士穿过雄狮之门上的忏悔者广场。"又一场进攻！击退它们！把它们送回亚空间！"

生于恐惧与罪孽的万千红皮怪物攀爬着外城墙，它们是狂怒与杀戮的化身。面对它们，凡夫俗子纷纷胆怯畏缩。唯有星际战士才能内心毫无畏惧地抵御它们。

"又一场进攻，快，快！上城墙！"

复仇之子归来后的几天内，这些怪物便降临了。它们从虚无中现身，共有八支军团，铺天盖地地冲击着帝国皇宫的主要入口。这是一场绝无仅有的毁灭性打击，并且几乎成功。

梅西尼乌斯的星际战士冲向忏悔者广场边缘的护墙。在许多世界中，这样的广场足以让任何伟大城市的中心熠熠生辉。但在泰拉并非如此。在广阔的雄狮之门上，这只不过是百余相似的宽广空间之一而已。"门"这个词并不适合描述这宏大的城景。雄狮之门，蔽日干云，巍然屹立。据说，这道门由帝皇亲自建造，诸多神话描述着建造这道门所需的超乎自然的奇异技艺。然而，这些全都是谎言，贬损着建造如此宏伟建筑所需的真正努力。尽管雄狮之门是由帝皇设计，依帝皇之命建造，但真正建造这座雄伟名迹的乃是凡夫俗子，凭借的是凡人的双手和凡人的工具。梅西尼乌斯希望世人能铭记这一点，因为建造这伟迹的人们，远比任何神创之举更加令人敬佩。他相信，如果世人能够铭记这一点，那么也许世人会记得自己所拥有的力量。

这道门行将崩塌。梅西尼乌斯站在城墙边缘俯瞰，望向下方数百米的下层以及前部外堡区域。

在雄狮之门阶梯状的防御工事上，遍布着各种颜色的盔甲和各个忠诚原体的血脉。诸多兵团与他们并肩而立，飞行器遮天蔽日，四面八方火炮轰鸣。游行大道如此宽广，仿佛混凝岩打造的大草原，在大道上的翻腾红潮中，鏖战的帝皇禁军卫士金光闪闪。帝国国力聚集于此，聚集于帝皇所居的皇宫。

在那一天，这一切看起来似乎还不够。

外城墙上爬满了红色的躯体，蜿蜒起伏，宛若吞噬生命的疾病来袭。敌人数不胜数，靠计划和谋略无法击败如此众多的敌人，唯有依靠枪炮和意志方能取胜，但防御者的数量是如此之少。

梅西尼乌斯默默下令让士兵们停下，他抬起紧握的拳头，寻找着部署麾下混编连队的最佳位置，他们全都是泰拉远征的老兵。炮艇机和战斗机在头顶飞驰而过，朝着拥挤的恶魔群释放出致命的光束和一连串炸弹。大门上遍布无数火炮，尽数开火，整个建筑颤抖着，仿佛在发生地震。很快，泰拉的诸多舰船和轨道防御的枪炮就会加入其中，瞄准它们所保卫的这个世界，但这场进攻来得如此突然，它们尚未有时间做出反应。

噪声震耳欲聋。梅西尼乌斯的减音器已调至最大，但枪炮的轰鸣仍然刺痛着他的双耳。或许今日幸存的那些凡人都会变成聋人，但他依然乐意接受更多的枪炮，更大的声音。因为皇宫的全部防御怒火都无法淹没恶魔们的丑恶声音——它们发出嘶嘶声，仿佛亿万条毒蛇在尖啸呼喊。他们不仅能听到这声音，连灵魂都能感觉到，精神与物质的领域相互交织。

战术信息在他的头盔面板中滚动着,显示的只有周遭环境。对于当下局势,他并没有战略概观。通信频道充斥着地狱般的尖叫声,通信已无法实施,恶魔涌出的非物质裂隙所产生的以太反流干扰着思维空间。梅西尼乌斯习惯于自行行动。小规模、外科手术式的行动是阿斯塔特修会的作战方式,但在一场如此大规模的战斗中,缺乏中央协调必然会导致失败。这并不像第一次围城战,彼时他的同胞们仍以军团的形式作战。

梅西尼乌斯打开全连通信广播,向他的战士们讲话。他们并非他的战团同胞,但他们会听从他。这是原体的亲自命令。

"增援凡人,"他说道,"他们的士气在动摇。每四十五米一个人,覆盖整个南面前线,让他们看到你们。"他用左手在空中比画着,指引着手下战士。他的右手戴着一个尚未启动的动力拳,悬于身侧,十分沉重。"安条克勒斯突击小队,后退三十五米,组成一条射击线。听我号令,准备攻击突破的敌军。破坏者,分成半支小队,占据高地,士官和次级小队长自行选择站位和目标。记住我们的目标——对敌方造成严重伤亡。我们杀死尽可能多的敌人,再撤退,然后坚守忏悔者拱门,直到获得进一步通知。指挥小队,跟我来。"

对于聚集在梅西尼乌斯身旁的混搭人员而言,指挥小队实在是个夸张的称呼。他们自己的军官远在几光年外,如果他们还活着的话。

"德夫斯卡莫,蒂多米纳斯,"他朝跟着他的两位曙光战士说道,"去左边。"

"是,连长。"他们发出通信,慢跑离开,绿色的盔甲在入侵的地狱之光的映照下闪着橘光。

梅西尼乌斯统率的这个临时凑合小队还包括一位来自死亡幽灵的通信专家,一位喜好等离子武器的欧米伽战士,还有一位猛禽,擎着从尘封展馆中取出的一面古老军旗。

"你为什么要拿这面旗,克里韦什兄弟?"梅西尼乌斯在他们前进时问道。

"皇宫里全是这种遗物,"这位猛禽说道,"似乎只有把它们投入使用才是正确的。没人想要这面旗。"

梅西尼乌斯盯着他。

"怎么?如果大门陷落了,比起我这微不足道的轻率行为,我们有更多事情需要担忧。这对士气有好处。"

小队分散开来,加入普通人类的行列。噪声如此之大,城墙上的许多人都没有注意到星际战士的抵达，当星际战士出现在他们身侧时，一阵惊讶声在战线传开。当凡人们看向他时，梅西尼乌斯很高兴看到他们似乎更加坚定了。

"安兹古斯，"他朝那位死亡幽灵说道，"待在后方，加强连队内通信，将信号增至最大。这干扰只会变得更糟，你能否给我们接通大战区指挥部？如果可以的话，给我找条硬线。"

"是，连长。"安兹古斯说道。他低头鞠躬，他的头盔因附加了额外的设备而显得硕大。他已经打开了安装于手臂上的庞大通信单元，同时向后撤，动力设备上伸出天线。他朝着广场远端城墙上的一个系统枢纽前进，那里的高耸扶壁承受着巨大的重量。

梅西尼乌斯看着他离去，他对安兹古斯几乎一无所知。安兹古斯话很少，而当他说话时，他的声音满怀悲伤。他的战团十分神秘，但许多战士之间也都同样不甚熟悉，他们因一系列不可思议的事件而聚集在了一起。在他们徘徊迷失于亚空间的那些年，梅西尼乌斯已将许多人视为朋友和战友，有些人他几乎不认识，而他最熟识的仍然是自己的战团兄弟。无论如何，他们勠力同心，他们都是星际战士，他们都曾与归来的原体并肩作战，而因此，他们有着共同的纽带。如今他们不会辜负职责。

梅西尼乌斯在城墙上选择了一个位置，指挥其他老兵占据他的左右两侧。他将克里韦什派到了一位凡人军官的身侧。他再次向下望去，俯瞰着敌军和外宫。尖塔延伸向四面八方，烟火四起，有些是新近产生的，是恶魔群的杰作，泰拉已经燃烧了数周。星炬已然熄灭，银河一分为二。他们身后的天空中是大宫殿的漩涡，深邃的漩涡眼标志着帝皇本人的王座室。

"长官！"一位宫廷卫队的成员在喧嚣声中喊道。他指向左下方，梅西尼乌斯顺着他那颤抖的手指看去。下方九十米处，恶魔正在攀爬。它们以三角队形向上攀爬，为首的是一只双角野兽。它徒手攀爬着，速度极快，向上飞跃。一个带着爪锁的星际战士也不可能爬得那么快。

"帝国的士兵们！敌人来了！"

梅西尼乌斯看向凡人们。众人的脸庞因恐惧而发白，他们的武器在颤抖。尽管如此，他们的勇气仍值得赞扬。虽然那些超自然怪物还在攀爬，恐惧感在众人中弥漫开来，但没有一个人试图逃跑。

"我们决不逃避职责，不论敌人多么可怕，不论命运多么险恶，"他说道，"我们身后就是帝皇本人的圣所。过去他曾庇佑你们，如今你们当保卫他。"

那些怪物接近了。梅西尼乌斯通过显示器上的移动放大窗口，注视着怪物领袖那狡猾的黄色眼睛。一根长长的舌头始终挂在那怪物的嘴边，舔舐着城墙，品尝着城墙保护者的恐惧。

爆矢枪咔嗒上膛，梅西尼乌斯的手下倚靠在护墙上，高耸于凡人之间，如同雄狮之门高耸于终极城墙上一样。战士之间交换了大量瞄准数据，每人都选择了一个单独的目标，这样当开始齐射时，就不会浪费一发爆矢弹。他们能够听到每一只怪物的尖叫声和咆哮声，虽然无言无语，但其意义十分清楚：鲜血、鲜血、鲜血，鲜血和头颅。

梅西尼乌斯对此嗤之以鼻，他迅速激活了自己的动力拳。他总是喜欢手动激活时传导到体内的刺激感。马达开始运转，闪电在拳套周围噼啪作响。他用爆矢手枪向下瞄准，准星在魔鬼般的面孔上跳跃着，每一张脸都一模一样。这些怪物不是真的，它们并非活物，它们是一个伪神的投影。智库阿特拉莫称之为痼疾，这是一种披着虚假肉体的精神疾病。

他提醒自己要警惕，不论这些怪物有多么不真实，它们都是致命的。

他知道这一点，他此前曾与无生命者战斗过许多次。

"只要帝皇一息尚存，"梅西尼乌斯喊道，将他的通信发射器调至最大，"我们便屹立不倒！"

"为了泰拉之帝皇！"众人喊道，他们的吼声在枪炮轰鸣中清晰可闻。

"为了泰拉之帝皇！"梅西尼乌斯说道，"开火！"

星际战士们率先开火。爆矢枪响起，喷吐出火箭，射入敌群。爆矢弹击中了恶魔的躯体，将之炸裂。黑色的脏器爆炸开来，血肉横飞。恶魔的虚伪灵魂尖啸消逝，它们的骨骸则如同真正的活物一般掉落。

激光束紧接着射出，城墙顶和攀爬的敌群之间布满枪林弹雨。恶魔具有极不自然的抵抗力，借助亚空间的能量免遭死亡，尽管有许多恶魔被击落，但剩余的恶魔仍承受住了火力，继续向上攀爬，既不受伤害，也不在乎亡者。梅西尼乌斯不需要他的头盔放大器也能看到那个恶魔领队的眼睛。它盯着梅西尼乌斯，露出笑容，许诺死亡。此前弥漫的恐惧被暴力的渴望所取代，这种渴望攫取了他们所有人，不论敌我。普通人类开始丧失纪律。一个人转身射杀了自己的战友，随后便被击杀。克里韦什用他借来的旗帜底座敲打着地面，呼唤人们回到战线上。在其他地方，他的战士在歌唱，唱的并非他们的战团战歌，而是所有人都了解的战斗颂歌。动摇的人声开始加入他们，暴力的感觉因此消退了。

随后那些怪物抵达了护墙，朝他们扑来。梅西尼乌斯看到蒂多米纳斯被一群恶魔扑倒，他头盔中的单位标记显示出死亡符文。敌方领队朝他冲来，梅西尼乌斯朝着那恶魔的脸庞射光了他的爆矢弹，将它的半张脸炸成了一团恶魔脓水。但那个恶魔仍然扑了过来，越过护墙。梅西尼乌斯向后退去，让那个怪物保持在视野中，头盔中的准星滑动着，机魂试图锁定目标。威胁指示器发出颤音，调高了优先级频谱。

那个恶魔举起它粗糙的巨手。烟雾袅绕其中，凝聚为一把几乎和梅西尼乌斯一样高的双手剑。待到那怪物的蹄脚踏裂广场的石板时，那把武器已经成形。它那破损的面容冒出蒸汽，它的剑指向梅西尼乌斯，发出无声的挑战。

"接受。"梅西尼乌斯说道，上前攻击。

那怪物的速度是如此之快，力量是如此之强。梅西尼乌斯张开手掌向外一推，挡开了第一击。能量噼啪作响，人类科技和亚空间巫术碰撞所产生的轰鸣声盖过了枪炮声，尽管那道打击让梅西尼乌斯的手臂感到一阵剧痛，但那恶魔毫不动摇，并继续发起攻击，巨剑挥舞在它的头顶，仿佛毫无重量。

梅西尼乌斯这次的反击更加猛烈，他出拳猛击。又一阵雷鸣般的爆炸过后，裂解场粉碎了物质，但那个恶魔并非完全真实的存在，因此打击的效果并不如攻击天然敌人的效果好。尽管如此，这次攻击仍让那个恶魔向后退去。它的剑刃冒起烟雾，它舔舐着手臂上的黑血，发出咆哮。它扑了过来，梅西尼乌斯则做好了准备：他张开拳头，无视砍在他肩甲上并削下一片陶钢的利剑，他抓住了那只野兽的腰部。

恐虐的放血魔体形修长，只有骨骼和干瘪的肌肉，没有容纳器官的空间。虚伪的战神不需要它们进食呼吸，也不需要这样的表象。它们生来只为杀戮，向对手的内心注入恐惧。放血魔的腰部坚固细长，梅西尼乌斯的动力拳能够将之轻易包裹住。那个恶魔在梅西尼乌斯的掌中扭动挣扎着，梅西尼乌斯关节处的伺服马达锁住了，肌肉纤维紧绷着，但这位白色执政官仍然牢牢紧握着那恶魔。

"告诉你的主子，泰拉不欢迎他。"他说道。他的语气很平静，对那个恶魔所散发出的狂怒展现出刻意的蔑视。

他握紧了手。

那个恶魔的腹部爆炸了，上半部分倒在了地上，仍在扭动，发出嘶嘶声。它的利剑落在了石板上，离开了持剑人后变得支离破碎。利剑和野兽都化作了碎片，分离开来的武器也不会存活太久。

梅西尼乌斯扔掉恶魔的下半部分。数十只怪物已经抵达了城墙顶，与他的战士和人类士兵战斗着。在他停下的片刻间，他看到站在兄弟尸体旁的德夫斯卡莫被砍倒了，盔甲碎片四溅在地面上。他看到一群宫廷卫兵用他们的刺刀将一只恶魔逼到了角落。他看到十几个人被怪异的利剑砍倒。

在人类与恶魔保持着距离时，他们的远程武器尚能对无生命者造成伤害。但当恶魔冲入人群时，它们便已胜券在握，即便是面对星际战士。上方洒下零星的支援火力，因在混战中难以挑选目标而作用有限。在战线西侧，重型武器的效果更加明显，在恶魔越过护墙前便将之打下城墙，防止它们绕到帝国部队的后方。唯有梅西尼乌斯的装备能让他看到这一切，没有麾下战士的头盔传输以及雄狮之门占卜仪的有限使用权，他会像个盲人，迷失在鲜血四溅的近身格斗中。他将会留在原地继续战斗，他将无法看到更多的恶魔正在涌入，他将无法下达命令，然后他将会死去。

"安条克勒斯小队，进攻。"梅西尼乌斯说道。他粉碎了一个冲锋的恶魔，在另一个恶魔剖开一个凡人士兵之前将其猛地拉开，并踩碎了那个恶魔的头颅，与此同时他再次切换到连队通信网，说："所有单位，撤退至忏悔者拱门。带上你们身边的凡人。"

他的突击小队伴随着燃烧的射流从天而降，踢倒恶魔，用等离子和爆矢手枪朝恶魔射击。一把喷火枪射出的钜流将三只放血魔烧成了灰。

"撤退！撤退！"梅西尼乌斯下令道，他的话语和他的打击形成了有节奏的运动，"安条克勒斯突击小队寻找掩护。破坏者保持上方火力。"

安条克勒斯小队将敌人击退了。战术星际战士正从护墙撤退，并拖拽着凡人士兵。一位极限战士走过了梅西尼乌斯身边，一只手拿着爆矢枪射击，一个受伤的宫廷卫队成员搭在他的右肩上。

"撤退！撤退！"梅西尼乌斯怒吼着。他抓住了一个人类的手臂，将他拉开，以免一个怪物杀掉他，那个人几乎被他甩过了广场。梅西尼乌斯转身出拳，击中了敌人的脸庞，随着一道噼啪声，那具破碎的尸骸被打飞到了城墙边缘外。

"撤退！"

凡人士兵开始逃散，安条克勒斯小队则抵挡着敌人。突击小队的攻势刚开始产生效果，然而他们的势头片刻间便被粉碎了，越来越多的放血魔越过了护墙边缘。星际战士们一边撤退一边开火，两两掩护，穿过广场的对角线，前往忏悔者拱门。凡人们明白这点，他们在阿斯塔特修士之间跑动着，大都远离星际战士的火力线。如今，随着战斗集中于安条克勒斯小队周围，破坏者的效果更加明显，他们在恶魔能积聚数量并涌向安条克勒斯之前便将之炸开。来自撤退中的战术战士的零星火力加强了这种效果，进入广场的恶魔数量短时间内并未增加。

梅西尼乌斯逗留了片刻，聚拢更多人类士兵，他们要么是困于战斗，要么是聋了而没有听到他的撤退命令。他找到了三个仍在朝着护墙边缘开火的士兵，将他们拉回。一个恶魔越过护墙，梅西尼乌斯击碎了它的头颅，但第二个扑了过来，砍入他的拳头，武器能量失效了。梅西尼乌斯将三发爆矢弹射入了恶魔的脖子，将其斩首。他开始向后移动。

他的动力拳一片狼藉。那只恶魔切开了陶钢，打破了动力场发生器以及武器的大部分力量增强装置，令其变得十分沉重。梅西尼乌斯迅速向离去的机魂道表示感谢，并用爆矢手枪的顶部击打快速密封脱扣器，与此同时通过神经链接关闭了能量传输。动力拳的夹具自他的上臂脱落，哐当一声落到了地上，露出戴着标准陶钢拳套的右臂。并肩作战一个世纪之久，这是一把好武器，他却没时间悼念。

"撤退！"他喊道，"撤退到忏悔者拱门！"

他将一个新的弹匣插入爆矢手枪。安条克勒斯小队正被逼退，破坏者的火力逐渐集中。一把重型爆矢枪射出的子弹将六只恶魔炸成了臭肉块，一发导弹爆炸，炸飞了更多恶魔。梅西尼乌斯现在开始撤退了，并在最后一刻下令突击战士们跃离战斗。突击战士们点燃喷射包，用火焰尾流逼退恶魔，他们越过梅西尼乌斯的头顶，身后留下了四位兄弟的死尸。破坏者的火力自上方袭来，安装于城墙上的炮台和旋转炮塔的反人员武器也加入其中，但越过护墙的恶魔红潮的数量越来越多。

"快跑！"他朝着掉队的人类士兵喊道，"快跑，活下去！你们的使命尚未终结！"

一条城墙步道从广场通往忏悔者拱门，绕过了另一层防线。梅西尼乌斯的星际战士已经在入口组成了一道射击线。拱道中能降下一道大门，将步道与广场隔离，但梅西尼乌斯仍未请求关闭大门，因为人们仍在阿斯塔特修士们之间流动。克里韦什挥动着军旗，迎风飘扬，吸引着吓坏的凡人。星际战士们朝着冲来的恶魔群持续射击，耗尽了他们的弹药补给。来自前方和上方的子弹击倒了一具具破碎虚假的尸体，然而恶魔们仍然冲上前来，追上逃离护墙的最后一批战士，将他们杀死。

安条克勒斯小队呼啸着穿过拱门，在兄弟们的身后着陆。梅西尼乌斯越过了他们，他扫视来袭的狂怒之潮片刻。无尽的红皮怪物如同溢出的血湖一般填满了广场，冲过在撤退中落下的二十个闪亮的星际战士盔甲尸骸，其中遍布了数百具人类尸体。

梅西尼乌斯打开了大门指挥部的通信频道。

"城墙炮台3-7-3到3-7-6，目标区域9-5-83，忏悔者广场，西侧边缘。五分钟炮击。"

"谁的命令？"

"维特里安·梅西尼乌斯连长，白色执政官战团，第十连。我拥有原体的授权。"在他与火炮控制员通话的同时，他也在传输再补给的请求数据，并检查着层层冗长的数据。

"声音印记和信号识别匹配，应答器代码有效。遵命。"

广场远端爆发出一堵火墙，重型炮弹沿着城墙接连引爆，高能光束射入广场，石头和金属瞬间化作过热气体。接近的恶魔被消灭了，几发爆矢子弹将靠近星际战士战线的最后一批恶魔射杀。

"全连，停火。节省弹药。"没有人听到他说话，没有人能听到。他通过通信文字再次发送命令，爆矢枪纷纷停火。

忏悔者广场如同烈火坩埚，热浪是如此强烈，他甚至能透过战甲陶钢感受到。脚下的地面震颤着，这让他以为城墙可能会坍塌。噪声是如此震耳欲聋，已经毫无讲话的可能。整整五分钟，雄狮之门在自我摧残，只为除去感染墙体的寄生虫，随后，如同到来时一样突然，炮击停止了。

曾经的忏悔者广场化作了一片扭曲的黑色金属和破碎的石头。雄狮之门的防御是如此强大，其下的建筑并未被洞穿，但在像这样的一场场小规模毁灭斗争中，他们会输掉这场战争。

梅西尼乌斯进入大门的思维空间。尚未有恶魔绕过突出的忏悔者岔路前往他们的新位置，当进攻再次到来时——它定会到来——那将会是来自前方。

弹药列车沿着步道从要塞内部飞驰而出，在远处尖啸着停下。医疗人员跳了下来，一位星际战士药剂师也一同前来。人类劳工带着装满爆矢枪弹匣的布袋冲过来，将之分发给超人们。耗光的弹匣咔嗒掉在地上，新的弹匣插入就位。梅西尼乌斯联系他的小队长们，迅速清点幸存的人数，他并不相信视野右上方闪烁的"连队伤亡23%"的数字。

在毁坏的广场的另一边，燃烧的金属烟雾散去了，他看到了动静。占卜仪回馈触发了他的盔甲机魂，他的头盔内闪烁着警告。

侦测到威胁。

"他们又来了。"他说道。

"大人？"传来一道轻柔的声音，那声音并不属于当下。他并未理会。

"在四十五米的距离上交战，让每一发子弹发挥作用。"

弹药列车迅速分发了补给，带着伤势最严重的人飞驰而去，前去帮助下一个受困的单位。

"做好准备。"

"大人？"那个声音变得更加迫切。

轨道上的虚空舰开始开火。它们的瞄准系统受到了翻腾的亚空间能量以及帝国皇宫上持续不断的漩涡的干扰，许多炮弹都射偏了，砸在前部外堡上，有几发甚至落到了远方的雄盛城。

红色的怪物跃向他们，和此前一样数量众多，仿佛他们之前削弱恶魔的努力都是徒劳无功的。

"开火！"他冷酷地说道。

"大人，您的执勤轮换将在半小时内开始。您吩咐我叫醒您的。"

这一次他听到了。爆矢枪轰鸣，梅西尼乌斯凭借一道思绪将其暂停，并利用又一道思绪将催眠设备完全关闭。

维特里安·梅西尼乌斯无力地醒了过来。

"大人,"他的仆人塞尔温说道,"您从回忆中醒来了?"

"我醒来了,塞尔温,是的。"梅西尼乌斯急躁地说道。他的嘴巴很干,他想要一个人待着。

"那我?"塞尔温朝着催眠设备示意。

梅西尼乌斯点点头,擦了擦自己的脸,他感到麻木。塞尔温按下了催眠设备上的一系列开关,将其关闭,设备内部的稳定光芒渐渐消失,梅西尼乌斯的即时记忆也随之而去。

"又是城墙上?"塞尔温问道。

催眠设备的主要用途是在对象不进行主动学习的情况下灌输知识,但它还能重新唤醒记忆。如果想要完全沉浸入催眠设备,就需要梅西尼乌斯的"僵住结"的配合,而从半睡状态中醒来并不像真正的苏醒那样容易。回味过去的事件让他的脑子变得迟钝,梅西尼乌斯提醒自己要保持警惕,有时候他会忘记自己已不再身处萨巴亭。当地的谚语"这是泰拉"涵盖了诸多罪恶,间谍活动便是其中之一。

"是的,"他说道,"个人报告。"他摇了摇头,从手臂和脖子上的神经接口处拔出了催眠设备的输入电缆,说:"没什么新东西可学。"

塞尔温点点头,犹豫地说:"我能斗胆问一下,大人,如果您并未期待学到什么,那为什么还要这么做呢?"

"因为我总会犯错。"梅西尼乌斯说道。他指向催眠设备,那是安装在一辆手推车上的笨重机器,但并不太大,未受改造的人也能移动它。他说:"把那东西带走吧。通知我的军械士,我几分钟内就到。"

塞尔温低头鞠躬:"已经通知了,大人。"

第二章

受诅咒的舰船

拿非利异常区

界外一瞥

　　硬回馈。探测到固态物体。人造物已记录。左上方正30°。距离48万千米，正在接近。

　　数据流在人类意识传输中流动，为调查贤者卡马林·海亚克斯，43-陶·奥米克戎带来启示。这位贤者让他的大脑融入数据和声，将他的意识传输到更高的启迪层面。

　　探测到固态物体。开始波形解析。正在识别中。保持注意力集中。建议不要将此数据流降级到行动阶层。启动沉思子程序。分配总计3.2%的机魂意识以强化处理执行过程。

　　"贤者。"

　　一道人声侵入了神圣的数据流。贤者感受到了一股不受喜爱的人类情感：恼怒。

　　"调查贤者。拜托醒醒。圣上，我们有……"

　　固态物体识别已解决。物体是一艘帝国——

　　"船。"海亚克斯说道。他打开尘世的传感器，离开了更高层面的思维空间，化作一个孤独的意识。吊架室很小，在钢铁之纯号的深处运作。那位讲话者的声音填满了整个狭小的空间，海亚克斯将他的注意力集中于这位闯入者身上，次级贤者分类员欧塞尔·登表情焦虑，聚焦不准。海亚克斯重新校准视力感官，欧塞尔·登的脸上排列着绿色的线条。部分输入场的轮廓闪烁着，重新设置了对比层，并自行搜寻数据收集的最佳波长。

"有一艘船正在接近航线，"海亚克斯说道，"我已知道了。"

海亚克斯抓着交互界面吊架的边缘，从遍布全身的插座中拔出数据针头，并让其滑入插槽中。他用双手和多个机械义肢平衡自己的重心，离开吊架。他的金属脊柱插座分离开来，插头拱起伸向海亚克斯的动力托架。

"没错，一艘船，至智者，"欧塞尔·登说道，"我们的占卜仪未收到信号回馈，向其机魂发送的所有数据呼叫都没有回应。这极其反常，这会——"

"将航程缩短到三小时以内。不要向我陈述明显的事实，这是糟糕的信息交换模式。"海亚克斯说道。伴随着他的话语，一道短暂的痛苦感侵入欧塞尔·登的核心强化体。那位低级神甫发出痛苦的声音。海亚克斯说："记住我比你更加接近机械神的完美。这些消息都是已知的。"

欧塞尔·登说："抱歉，贤者。我以为您不知道，戈尔工之眼以及异常区产生的干扰很强烈。"

"那艘船的系统瘫痪了，我凭直觉推断它在盲目航行，它的识别信标进行了扰码处理。"随着一阵咔嗒声，海亚克斯的脊柱接通了。动力托架的四条腿被唤醒了，活塞伸出，抬起他的机械骨盆，插座和插头进行最后的接合。夹具"啪"的一声合上了，将海亚克斯的上半身和下半身紧紧锁定。他随后起身，锃亮的塑钢、黄铜和精金部件在座舱的闲置灯光下闪闪发光。

"您已经对那艘船进行了占卜。"欧塞尔·登说道。他鞠了个躬，并向后退，让海亚克斯得以旋转他那硕大的托架。他的爪脚踏在甲板上，哐当作响。

"在这最为神圣的殿堂中，我与钢铁之纯号是一体的，欧塞尔·登，"海亚克斯说道，"我当然对那艘船进行了占卜。"

"我无意冒犯，只是希望能适当地通知您当下发生的事情。我们仍在亚空间结构戈尔工之眼附近，它正在扩张。它看起来……焦虑不安。我们正在接近拿非利异常区，但随着我们逐渐远离戈尔工之眼，它似乎在逐渐变大，这违反物理法则。我当然没有资格纠正您，但——"

海亚克斯打断了这位次级贤者。他几乎就要打断自己的突触处理程序以施以进一步的教训，但他克制住了。

"你在胡言乱语，欧塞尔·登，"海亚克斯说道，"我尊重你对信息协议的关注，这么说足以让你冷静了吗？现在安静，把我的长袍递给我。"

欧塞尔·登从挂衣钉上拿起海亚克斯的长袍。他移开目光，并非为了维护海亚克斯的体面，而是为了不显露出自己的羡慕，至少海亚克斯是这么想的。

海亚克斯穿上长袍。他的躯体尽管保留了人类的基本体形，却是完全机械化的，他天生的虚弱生物部件都已经被替换掉了。在数个世纪的升级之后，他已非常接近圣化纯洁。欧塞尔·登的确羡慕他。海亚克斯将这一点纳入与个人交往的因素中。

海亚克斯只有大脑，以及用于强化大脑的一个更大的附加罐生器官仍是肉体，两者都装在他的塑钢胸腔内的强化玻璃支撑管中。连他的头部都是完全人造的，装满了上乘的机械感官和一个安装于暴露的精金颅骨中的逻辑引擎，这进一步增强了他的认知功能。

他调整自己的衣物。背上的伺服爪展开来，伸出刺绣袖子。他的机械义肢插入相应的孔洞，将磁力密封安装于外壳上。海亚克斯拉起他的兜帽，多目镜眼在兜帽下闪烁着，如同一只可怕的玻璃眼蜘蛛，但他看起来更像人类，至少像那么一点。

"我已经准备好并且载入了前往那艘帝国舰船的拦截航向，"海亚克斯说道，"返回会议室，挑选一支最均衡的团队，我将率领他们去调查。"

"您打算登船？"欧塞尔·登说道，他瞪大了那双湿漉漉的低级生物眼，"贤者，我们将在信息极少的情况下进入那艘船。那艘船的航向表明，它是直接从拿非利异常区出来的。我建议，在我们深入了解我们所面对的事物之前，不要接近从那个区域出现的任何舰船。那艘船上可能会有任何东西，充斥着对正常物理功能有害的精神形式，我们的主要目标——"

"你的定义非常清晰，次级贤者。特西里康贤者确保了这一点，"海亚克斯再次打断，"但次要目标由我自行决定。这艘船不愿表明它的准确身份，但任何人都能看出，这是一艘特许亚空间运输船，模板是戈尔斯马－瑞扎型。这个型号的船员极少。如果亚空间大实体的物质输出体在上面，那它们的数量会很少。"

"贤者大人，拜托！我恳请您慎重。可能会有其他黑暗的命运降临到了那艘船上。"

"我们应查明这一点，"海亚克斯强调，"洞悉那个异常区的机会近在咫尺，你却忽视它。理解是通往领悟的真正道路，或许你实在懦弱，无法接受我们信仰的基本原则？如果那些故事是真的呢？这可能会是我们的证明。我们要登上去。"

欧塞尔·登对海亚克斯的劝说失败了。这位低级贤者今日特别执着。"遭受误导的好奇乃是一项罪孽，"欧塞尔·登低语着，目光低垂，"这便是特西里康贤者把您派到此地的原因。"

"抗命也是罪孽，这也是为什么他把你派到我身边的原因，"海亚克斯傲慢地说道，"现在去召集我的团队。"

海亚克斯并不需要借助虚空服来穿越钢铁之纯号和被俘舰船之间的空间。在他的随从们伸展对接脐的时候，他可以喷射过去，让他的脚紧抓住另一艘船的船体。但谨慎战胜了他的不耐烦。欧塞尔·登所言的确有一定道理：命丧于虚空的方式有很多。

他播放了一段特西里康斥责他的记忆碎片，其要义十分简明扼要："你那恃强凌弱的日子结束了，卡马林·海亚克斯，43-陶·奥米克戎贤者。"特西里康说这话时露着十分满意的笑容。

在特西里康冗长的训斥中，这句陈述最令人愤恨。海亚克斯已经尽其所能自脑海中抹除麻烦的人类情感负担，但他对特西里康的仇恨正是他未来漫漫长路的证明。火星之主啊，他是多么渴望清除自己最后一丝烦恼的人性，成为像伟大的贝利撒留·考尔一样的人，纯粹逻辑的首冠引导者！

随着一声轻柔的金属碰撞声，对接脐展开完毕，打断了他的伤感数据流。半透明的塑料墙屏蔽了戈尔工之眼的可怕光芒，重力感应甲板扇发出刺耳的声音，开始激活，形成一道地板。

"对接脐准备好了。"欧塞尔·登的话很多余。

"我能亲眼看到，次级贤者。"以机械神之名，海亚克斯想，我不会让这项任务摧毁我。

欧塞尔·登点了点头。特西里康给了海亚克斯一船蠢货，但他不得不承认欧塞尔·登选的调查团队很不错。那位被流放的忠仆军库尔·斐肌肉发达，既具有尘世的物理毁灭性，也能胜任更罕见的电子战。库尔·斐的多个子思维中充斥着某种专一的暴力需求，令人烦恼，且难以控制，但海亚克斯很高兴能有个庞然大物站在自己身后。库尔·斐的身体是大师级的毁灭引擎，而他同样是个政治牺牲品。他们之间有着共通性。

库尔·斐的强化部件十分繁复，他也不需要虚空服。这艘船唯一的数据工匠89-7，是团队的第四位也是最后一位成员，她需要保护，但不像欧塞尔·登，海亚克斯能够原谅她对肉体的情感依恋，因为她至少是一位能力尚可的技师，她的设备包括三只多腿的小数据猎犬，它们不停地在她脚边绕来绕去。

这些便是海亚克斯最好的人手了。实际上在火星帝国的领域内，到处都有技艺更娴熟的技师，但89-7、库尔·斐和欧塞尔·登已经足够好了，他对此感到骄傲。

"前进。"他说道。

89-7将她的一只猎犬派向船内，那只猎犬拆开了气闸的外部面板，将一团金属线拿到一旁，再将自己插入数据端口。89-7一动不动，她的头盔缝隙闪烁着，数据传输并不需要粗陋的肉体。

大门"砰"的一声向外打开了，一阵污浊的气体弥漫着船体，发出短暂的嘶嘶声。89-7的数据猎犬甩回它的接口探针，轻快地跑了进去，开始处理内门。海亚克斯缩放视野，看向气闸门厅。里面亮着一个暗橘色的应急灯，更多类似的光自一扇观察窗中传出。

"应急灯已激活，"海亚克斯说道，"数据工匠，占卜来自主电网的主动排放。"

89-7发送数据："有电力，这艘船的反应堆处于休眠状态，但并未熄灭。我们应该能够唤醒反应堆。"

"那么我们登船。"海亚克斯说道。

他带头前行，用他的奥姆尼赛亚斧充当拐杖。他的另一只人形手上拿着一把处于待发状态的磷化蛇铳。他的每一个上部伺服臂都携带着根除光束枪。全副武装的感觉很好。

"为了机械神，跟我来。"

海亚克斯一跨入门口，一阵瘆人的恐惧感便摄人心魄。这艘船十分黑暗，连他的金属骨骼都感到了寒意，他本以为早已清除的情感再次浮现。有那么一刻，他觉得欧塞尔·登也许是对的，他们无权在此行动。这让他感到不爽，因为欧塞尔·登鲜有对的时候。

"报告！"海亚克斯要求道。他的声音打破了船上的沉寂，扶壁之间积聚的黑暗似乎加深了。

89-7派遣了她的一只猎犬从主数据接口中吸收信息。

"我已确定身份特征。"89-7的肉体声音羸弱平淡，虚空面罩中的通信发射器放大了这种特征，"这是特许船伊万杰琳号，登记在科里欧普西斯虚空宗族下，在巴卡运营。货物清单，三千九百万吨未加工的谷物，收集于索黑利亚，准备前往塔兰星系。"

"他们大大偏离了航线。"欧塞尔·登说道。他那通信调制的声音前所未有地虚弱，海亚克斯鄙视他。

"永夜浩劫将许多舰船抛到了半个银河系之外，"海亚克斯说道，"它能从亚空间中出现已经很幸运了。"

"里面的船员有这艘船那么幸运吗？"欧塞尔·登说道。

"航行日志并不完整，但显示出其有在拿非利异常区附近或是内部实施过非计划中的迁移。"89-7按下脖子上的一个按钮。她的青铜头盔开始折叠，缩入虚空服宽大的颈圈中，她的强化眼在苍白的面孔上闪烁着。在黑暗中，她的肉体呈现青紫色状态。"大气循环已失效。整体生命支持系统已失效。"她将详细测量数据传送给其他人，"空气可呼吸。未侦测到污染。机器系统读数干净，赞美奥姆尼赛亚。"

"生命迹象？"海亚克斯问道。

"活体生物扫描结果否定。"她发出嘀嘀声，"我的探测范围很小。亚空间裂隙戈尔工之眼和异常区产生了干扰。"

那只猎犬将传输线拔出接口。三只猎犬活跃起来，飞奔入舰船中。

"我将部署猎犬单位，以促进深度读数与钢铁之纯号的占卜仪相结合。取得本地读数。如果这艘船上有任何活人，我们会找到他们。"

海亚克斯从肩上伸出一个采样漏斗，仪器在吸入空气时发出咔咔声。"空气中人类基因材料的痕迹分布很广，不过这是可以预料到的。"他停下阅读深度读数，"奇怪，腐败迹象很少。"

"也许船员被带走了？"欧塞尔·登说道，"奴隶贩子？也许是异形，痛苦使者？"

"暗黑灵族？"海亚克斯嘲笑道，"你有在这艘船上看到任何武器伤害的迹象吗？总之我没有。我们继续。"

海亚克斯看向库尔·斐。那位忠仆军的金属头颅深处闪着光，他的发电机启动了，为他那令人畏惧的武器阵列充能。随着众人传出准备就绪的声音，队伍开始向深处进发。

这艘船设计得很狭小，大部分空间都被巨大的运载筒仓所占据。船员活动的部分包括两个独特的区域：位于艉部的引擎室，那里集中着反应堆、亚空间引擎和实体空间引擎组；位于艏部的区域则更小，包括指挥甲板、导航者泡舱以及住舱。伊万杰琳号的船员很少，比帝国的庞大战舰更加简朴。海亚克斯进入了舰船的原始信息圈，查阅着船员档案。三百四十六位特许虚空海员、一位低级导航者、五十二个机仆、一个转化技师阶层中最卑微的引擎先知，仅此而已。海亚克斯想，这只能勉强确保这艘船完好抵达其目的地，但特许船长们关心的只有利润。尽管船员的薪水很微薄，但在庞大的商船队中放大百万次后，一位虚空海员的工钱也是相当可观的。

舰船在嘎吱呻吟，其结构因温差和完整场失效而受压，应急灯洒下微弱的光芒，生物灯中的亲电子微生物因缺乏能量而熄灭。海亚克斯对这艘船感到遗憾，他思考着该做些什么。在正常情况下，他会下令扣留这艘船，并将其位置发送给最近的特许船长代表，以获得报酬。然而，此时此刻并非正常情况。海亚克斯很可能会任其加入漂流于虚空中的幽灵船队，考虑到他们的任务限制，耗费时间停下这艘船并不值得。

"我发现了生物迹象！"89-7激动地说道。她停下处理传来的数据，随后将数据传输给其他人。欧塞尔·登发出焦虑的噪声，库尔·斐的主武器在上油的插座中旋转着。

"他们在一块，"欧塞尔·登说道，"在食堂？为什么？"

那里没有移动的迹象，没有生命的声音，但至少有一些船员还活着，他们微弱的心跳和体热被89-7的灵敏占卜仪给记录了下来。

"让我们去问问他们吧。"海亚克斯说道。

食堂的滑门听从海亚克斯的指令打开了，他们发现有些事情非常不对劲。人类排泄物的恶臭味以近乎物理波的形式席卷而来，如此强烈，令89-7都感到作呕。海亚克斯傲慢地面对这股恶臭，他的高级强化体将臭气分解，并将其组成成分进行分类：硫化氢、氨、酸、细菌渗出物。

"是生物。"他低吼道，迈入其中。

内部的应急生物灯大都几近耗尽，只剩下最微弱的光芒。其他地方的主流明灯都熄灭了，因此，海亚克斯眼中的幸存船员只是躺在房间中的热量幽灵。

库尔·斐走到海亚克斯身旁，点亮他的探照灯。耀眼的磷光扫过瘫倒的躯体，这些躯体中只有少数具有生命活跃的迹象。

"这里发生了什么？"欧塞尔·登畏缩不前。

海亚克斯进一步深入，库尔·斐则是他的暴力阴影。探照灯照在活生生的脸上，本应产生疼痛的一双双眼睛却在直盯着灯光。

"有趣。"海亚克斯说道。他将手枪插入枪套，抬起一个船员的手臂。她的制服很脏，口水在她的头发上结成了块。海亚克斯放开手，她的手臂无力地垂下，胸脯随着沉稳的呼吸上下起伏，但她并未显露出其他任何生命迹象。

89-7说："我并未探测到更高级的大脑活动迹象。"她拿出了一个更灵敏的近距生物占卜仪，扫过船员。不论是否活着，他们看起来全都死气沉沉。她说："他们在呼吸，他们的心脏在跳动，但他们处于植物人的状态。"

"脑部寄生虫？洗脑？"欧塞尔·登站在门口，紧张地说道。

"没有关于这两者的证据，"89-7说道。她环绕房间，或是踢踢这个船员，或是动动那个船员，船员们毫无声音，沉稳的呼吸也并未改变，"正常人类在没有水的情况下只能活几天，在最理想的情况下也只能活一周，某些亚种能活两周，但这些人完全是普通类型。不论他们发生了什么，时间上都没有过去太久。"

"我们离异常区的边缘有多近？"欧塞尔·登问道，"假设他们从那里来的话。"

"两周时间，"海亚克斯说道，"以百分之八十勒克斯速度航行的话。"

"戈尔工之眼的亚空间风暴离我们的目的地很近，如果它和拿非利异常区之间的相互作用影响了我们的占卜仪，那么这是否也同样影响着生物系统？"

"有可能，但并不合理，"海亚克斯说道，"这里没什么能启发我们的了。"

并非所有船员都在这里，我们应当找到其他人。89-7，你留下，收集所有数据，并准备将伤势最轻的人转移到钢铁之纯号上进行检查。其他人前往指挥甲板。"

小小的指挥甲板毫无生气。圆屏一片黑暗，左边是戈尔工之眼产生的翻腾燃烧的紫光，但前方视野很平静，撕裂现实的亚空间干扰并未影响到这片平和的星空。在动荡的银河中，这是一幅难得的画面，那正是拿非利异常区的边缘。

船长仍坐在他那破旧的座位上，如同虚空中的乞丐之王。他懒洋洋地瘫着，系着安全带，口水在胡茬上结成了块。海亚克斯推开船长，以便使用王座周围的仪器。这些仪器数量有限，型号落后。一个通信记录仪闪着光，海亚克斯重放了最后的记录。机器发出咔嗒声和嘶嘶声，记录的声音质量很糟糕，并且没有视频，只有音频。

"私人日志，平子船长。检查和……检查和……我……我对日期已经没有概念了，这很可能是我的最后一条记录。"那人的声音结结巴巴，微弱无力，然而这并非源自机器故障。对他而言说话似乎需要耗费巨大的努力，仿佛他即将耗尽最后的力气。"我们无法再入亚空间，我们的亚空间引擎无法启动，盖勒力场无法开启。引擎先知冈夫里称一切安好，但我不相信他。他并不善于撒谎。"

那个人深咽了口水，海亚克斯清晰地听到了他的啧啧声。

"这种疾病已经扩散到了所有船员身上，我们大部分人都随之倒下了。尚未有人死亡，赞美泰拉之帝皇，但恐怕这只是时间问题。我不知道这种病从何而来。我从未见过类似的事情。生物扫描没有显示出任何东西，没有污染，没有病毒、微生物或是寄生虫。没有人真正生病，但所有人都得病了。"他轻声笑道，这是海亚克斯听过的最疲惫的声音——"一切事物都变得暗淡，仿佛整个世界都在褪色。我无法思考，无法睡眠。很快我将会和其他人一样。数据织机中有一项报告，如果能有人收到的话。我们唯一的希望便是离开这片死寂空间，看看我们能否再入亚空间，并驶向港口。任何港口都行，罚金见鬼去吧。多少钱我都付，倾家荡产都行，要是我能活下去的话。"

尽管记录还剩下一分钟，但很长时间内，通信记录仪里只有轻柔的嘶嘶声传来。

"我请求帝皇,"船长最终说道,"让人找到这条记录,由此当我前往他身边时,我能履行让我骄傲的最后一次服务。平子船长的最后一条日志结束。"

三道手指擦过激活符文的声音传来,很不协调,然后记录切断了。

"所以那些故事是真的,"欧塞尔·登说道,"异常区中有种疾病。我谦卑地请求您原谅我质疑您的判断,贤者大人。登上这艘船是正确的做法。"

海亚克斯无视了他。"取走数据织机以获取信息。记录这艘船的位置。试着让反应堆上线,使它停下。这艘船是重要的证据。设置一个信标,声明我们的打捞权。让星语者菲洛弗斯准备向格瑞亚发送一条信息,确保他准备好处理一项重大级编码数据加载,最高优先级。"

"是,大人。"欧塞尔·登看向舰桥四周,"船员怎么办?"

"把船长带到食堂其他人那里,看看能不能复苏一些人。"

"是,贤者。"欧塞尔·登开始在指挥甲板上忙碌,无疑是想要给海亚克斯留下勤勉的印象。他转过通信阵列处的一把椅子。"大人!这儿还有一个人。"欧塞尔·登说道。

在次级贤者转过身的同时,那人突然活了过来。他猛地伸出手,紧紧抓住欧塞尔·登的手腕。

"放开我!放开我!"欧塞尔·登尖叫着。他的手臂是钢铁打造,而那个人只是血肉之躯,但那个船员的脸上写满了疯狂,他的手臂充满了力量。

"我知道,我知道!我知道是什么在等候我们了!"那个船员咆哮着,"我看到它们了。帷幕之外的守望者!"

他紧紧拽着欧塞尔·登的手臂,把他拉近,直到他能对着那位技师的脸庞发出嘶声。

"这是个谎言。帝皇之光已然不再,他并没有在等候我们。等着我们的唯有尖牙和痛苦。"他开始流泪,"我不想看,我看不到,再也不要了。"

他推开欧塞尔·登。海亚克斯举起了他的蛇铳,但那个人无意伤害他们。他尖声大叫,伸出双手。"帝皇保佑我!我还看得到!我还看得到!我还——"

海亚克斯的枪发出金属咆哮。一发子弹射入了那人的胸膛,在伤口中燃烧着,发出刺目的白光。那人仍未死去,而是在他的安全带中挣扎呻吟着,最终那枚子弹的火焰烧掉了他的心脏,他的挣扎也停息了。

欧塞尔·登从他撞到的控制台上蹒跚而起。那个死人燃烧的躯体令整个甲板弥漫着浓厚油腻的烟雾。"仁慈之举。"他说道。

海亚克斯把枪插入枪套,说:"我不太确定。"

第三章

永夜浩劫

原体在沉睡

来自火星的信息

回到泰拉已经三个月了，罗保特·基里曼终于有时间休息了。

原体沉睡的夜晚仿佛永无止境。短暂照进宇宙的光芒熄灭了，不少人担心这道光永远不会重燃。罗保特·基里曼不需要经常休息，但当他休息时，一阵可怕的寂静便笼罩了帝国政府的心脏。在整个夜晚，梅西尼乌斯总是情不自禁地检查他的基因之父是否仍在呼吸。

原体在一间圆形房间中沉睡。房间金镶玉裹，但并不过于浮华。罗保特·基里曼有更舒适的住所可以使用，毕竟，他的宫殿覆盖的泰拉地表区域相当于是个小国家，其中能找到各式各样的房间，但他对于奢华富贵并无兴趣，面对金玉贿赂也不为所动。可是另一方面，他又得满足人们的期许。基里曼必须显示出他是一个手握大权之人，而对于许多人而言，那意味着富甲天下。他不能通过展现虔诚朴素而疏远权势之人。

通过选择这间独特的房间，他向泰拉霸权中较为敏感的成员展现出他明白他人的动机，并且也尊重这一点，但同时也显露出他并不渴求财富。他的房间绝对没有泰拉修会中达官显贵们的住处那样华丽。内政部强塞给原体的仆人们竭尽所能让房间显得更加豪华，但基里曼对于华丽的迁就仅此而已。

这座宫殿包含指挥中心、图书馆、带有独立生态系统的巨大花园、娱乐穹顶、古老的葡萄酒酿造大厅、有着神秘用途的实验室以及崭新的尖塔。凡人穷尽一生也不可能造访到每个房间，此外，这里根本没有完整的规划图。闭锁千年的大门后也许隐藏着帝国之初便已封闭的区域，或是通向被上方建筑的重量压成碎石的地区。基里曼的宫殿容纳了各类人，从富人到穷人，而这个地方只是帝国皇宫城墙所环绕的数百个类似的地方之一。基里曼可以选择任何地方，因为他是帝皇本人的子嗣，而谁又会拒绝他呢？

这个地方离帝皇的王座室较近，同时也没有离得太近，以免他看起来像是要篡夺他父亲的权位。同样，尽管这座宫殿的装备足以实施战争规划，包括位于其心脏地带的星界超等特区，那是这颗星球上最好的战略所之一，但这里也离政府的庞大建筑群足够近，显示出基里曼并未忽视平民统治的需要。

梅西尼乌斯连长明白原体的道理，并对此感到敬畏。他的战团乃是基里曼的子嗣，他们将统治职责视作与战士生活一样重要。他们掌管着萨巴亭周围的一块小领地，那是原体本人的奥特拉玛小帝国的微缩版。战斗兄弟们充当着普罗大众的统治者，试图效仿他们的父亲，并取得了瞩目的成功。

但他们同样也要战斗，所有星际战士必须战斗。不论白色执政官多么想要成为政治家，他们都是为战争而生的。然而时运不济，萨巴亭陷落了。

梅西尼乌斯在想，如果泰拉人民能够看到基里曼休息，那他们会怎样看待原体，因为在那样的时刻，基里曼放下了他苦心营造的表象，令人不安的真相得以浮现。即使是现在，在身处基里曼身边如此之久后，梅西尼乌斯仍然难以相信原体会在危急存亡之时复活，前来挽救帝国。对于不计其数的人而言，原体乃是重生的神，尽管他在诸多方面宛若神明，但他并非坚不可摧。

依照原体的命令，来自二十个不同战团的二十位星际战士连长在他周围站岗，十个人朝外，十个人朝内，这让梅西尼乌斯感觉基里曼并不太信任他自己，他既需要提防着这个世界，也需要提防着自身。基里曼并没有睡在床上，而是僵硬地伫立着，在那件无法脱下的盔甲中沉睡。一个硕大的支架支撑着他站立，那个支架有时会用来协助进行武备仪式，它比标准的设备大两倍，以适应原体庞大的体形。机械爪抓着他的肋骨、腰部、腿部和脚踝，将他锁定就位，然而基里曼仍紧抓着扶手，仿佛这个机器提供的支撑并不足够，如果他放手，他就会坠入黑暗。

梅西尼乌斯意识到自己的想法并不恰当。基里曼无所畏惧。他尽其所能平息自己的思绪，但这个想法仍然存在。基里曼并未如外界所想象的那样，他并非圣人，梅西尼乌斯看到了这位神背后的脆弱。命运铠甲的大型背包插着机器，尽管这些机械的运作方式十分神秘，但它们的用途很明确：维持原体的生命。

他继续盯着这个肩负重担的男人。梅西尼乌斯因其基因之父所代表的象征而满怀崇敬。白色执政官在尊敬帝皇这一方面细致入微，以至于一些外人相信他们将帝皇视为神来崇拜。这是错的，白色执政官并非黑色圣殿骑士，他们知道自己所怀有的忠义。帝皇所付出的偌大牺牲意味着战士们需要付出更大的牺牲。

基里曼付出了一切。在沉睡之时，他看起来很疲惫。在他活跃时的那股烈火力量已经化为了余烬。在他醒着的时候，他看起来容光焕发、强大威武，是一个比人类还要伟大的存在，但如今他看起来却不那么光辉，他的人性被他的灵魂之火燃烧殆尽。梅西尼乌斯曾在年迈的普通人类脸上看到过同样的死亡阴影。年老总是令他着迷，因为他从未在自己的兄弟们脸上看到过，不论他们有多老。年老的星际战士会变得扭曲粗糙，但不会枯槁憔悴，而如果他们的行动有所减缓，那他们会变得更加好斗以弥补这一点。基里曼是一位原体，超乎于星际战士，正如星际战士超乎常人一样。他不应显露出死亡的迹象，但他现在的确如此。

多个世纪以前，梅西尼乌斯曾前去拜见原体的身躯。他清楚地记得第一次在修正圣殿中看到基里曼时的情形。基里曼端坐于闪烁的静滞场王座中，帝皇之剑横在他的膝盖上，尽管他脖子上那道杀死他的伤口非常狰狞，但他的表情仍然十分威严，正如他在帝国各处的雕像一样。

归来的基里曼忧虑不安，他在沉睡中皱起了眉。帝国的画家和雕塑家将基里曼的高贵外貌留存了万年，但他们努力所展现的只是一个神，而非一个人。白天时，他是复仇之子。当他沉睡时，他只是一个人。梅西尼乌斯逐渐明白，人有缺点，也会犯错。

梅西尼乌斯的胸中涌起一阵强烈的渴望，他的两颗心脏怦怦直跳。他不会让任何人利用这一点，不论人类还是异形，神明还是恶魔。弱点让原体具有人性，这是他本质的一部分。帝国因原体的归来而欢欣喜悦，但他们想要一个神。梅西尼乌斯担心，如果他们意识到自己新得到的救星是多么具有人性，那他们会对原体倒戈相向的。

原体所做的许多事情都是为了表象。有时候，基里曼会刻意显示出未着盔甲的模样，利用隐藏的3D投影仪将他伪装成身着长袍的表象。回荡着过去军武荣光的远征大宣告，对元老院高层的清洗，原体之灾的血腥工作，原体结束与其父亲会面后在那天的永恒之门大游行上的现身——在某种程度上，这全都是作秀，为了展现人们所需要看到的，而非真相。

如果这是种手段，那也是必要的，梅西尼乌斯和其他人对此欣然支持，但他害怕伎俩被揭穿的那天。他好奇，人类灵魂中的原始野兽会做出何种行径。

他认为自己知道，而他也做好了准备。他是基里曼的安保负责人，并决意维护他的每一项誓言。

在泰拉远征期间，梅西尼乌斯像建造建筑一样建立起了他对基里曼的看法，而回到泰拉是打开那道门的钥匙。

在他们抵达时，泰拉正深陷暴乱之中，王座世界因星炬失效而陷入混乱。归来的原体飞越燃烧的塔楼和持续不断的战斗。在令人窒息的城市中，整个区域因失去电力而陷入黑暗。随后他们越过了城墙，进入了帝国皇宫，一切都改变了。肮脏巢都之间的通路挤满了人，人山人海中一张张面孔抬头看向他们的炮艇机，散发出希望。梅西尼乌斯认为自己的心灵如同爆矢子弹，但他也能感受到人群所散发出的仰慕之情，以及苦乐参半的强烈希望。

他并不知道人们是如何知晓基里曼的到来的，但他们的确知道了。泰拉人民放下了他们的诸多悲苦，望向天空，看着帝皇的守护者从月球上带来了他最后的忠诚子嗣。

当他们着陆时，噪声比冲击人心的伟大战斗还要大。禁卫修会和内宫团试图组成队列，这次事件在帝国年鉴中无疑会被记录为伟大庄严的一刻，但实际上它既不平静也无秩序。人群从四面八方拥来，若不是禁军和基里曼麾下泰拉远征军的星际战士们用盔甲组成人墙，那这位归来的人类伟大希望将会迷失于人潮之中，所有人都在高声呼唤他的祝福，流泪哭泣，朝着天空呐喊赞美。唯有当原体的队伍进入室内，图拉真·瓦洛里斯关上身后的小门时，人们才得以恢复些许理智，但他们仍然能透过厚厚的墙壁听到人们的声音，感受到他们虔诚的狂热。

他们当然预料到了这种情况。除了帝皇本人走下黄金王座，一位原体的回归是泰拉上任何人所能想象的最不可思议的事件。

维特里安·梅西尼乌斯所没有预料到的是基里曼对泰拉之景的反应。在他们穿过这个星球令人窒息的烟雾后，他们才获得了清晰的视野。基里曼不动声色地观察窗外。在人群中时，基里曼保持着完美的镇定，但当他的目光掠过遍布各处的对帝皇及其子嗣的信奉象征时，他的目光中有一种神情。梅西尼乌斯并不像普通人那样能感受到情绪——很长时间以来他都没有——但他足以认出基里曼那惊愕的神情。

在前往泰拉的途中，在长年迷失于亚空间期间，梅西尼乌斯目睹过基里曼战斗，目睹过基里曼规划，也目睹过基里曼裁决，并意识到关于他的传说几乎难以企及他的真正能力。也目睹过基里曼仅凭寥寥数语便让一个崩溃之人振奋起了精神，他目睹过基里曼吞下实用主义的苦果，让自己接受崇拜，尽管他从不参与仪式，但泰拉对基里曼的影响仍刻骨铭心。也许他一直都感到绝望，也许自从他在那场于自己尸首上的鏖战中复活之后就一直深藏着这种绝望。在泰拉，他已经无法完全掩藏，而梅西尼乌斯看到了这一点。

强烈的情感让梅西尼乌斯不安。他提醒自己并非学者。他努力将自己的思绪从那些他无法回答的疑问和过去中移开，并看向自己的头盔显示器，仔细浏览着围绕这块要地的多层安保情况和布局。

威胁可能来自任何地方，有许多源于帝国内部。仅仅因为复生，基里曼便树立了许多敌人。在帝国错综复杂的政权体制中，所谓的保守派追随者与那些改革派竞争激烈。有很多权势之人对原体的归来感到害怕，因此暗杀是一个真实的隐患。考虑到这点，梅西尼乌斯对他的连长同僚们进行了第一百次评估。没有人不受到怀疑。

他的通信珠响起铃声，外界闯入了他的思绪。

"嗯？"梅西尼乌斯说道。他关闭了他的外部通信发射器，他的头盔封住了他的声音，保持着隐秘。

一个凡人的声音回应了他，十分尖细，而他的声音雄浑深厚。他十分同情普通人类，他们如此羸弱，却仍尽其所能履职尽责。人类才是帝国真正的英雄，梅西尼乌斯想。当一个人拥有伟力之时，实现英雄壮举是轻而易举的事情，但平凡之人的非凡之举才是更令人钦佩的。

"原谅我，连长大人，"那人说道，"我收到一条发送给原体的优先级信息，最高级许可代码。"

梅西尼乌斯看向基里曼。他是如此苍白，如此憔悴。

"原体正在研习，不希望被打扰。给我那条信息。"

"不行，"那人说道，"信息是加密的，我们的机器无法读取。信息来自火星，只供原体阅读。"

这可能是个威胁，梅西尼乌斯想。袭击不需要有爆矢枪和剑刃，一个引入原体盔甲系统的沉思机噬菌体便能造成和子弹一样的伤害。

"给我看看印章。"

一阵数据喧闹着传入他的头盔。一张图像出现在头盔面甲上，利用视觉技巧显示出一个漂浮于他面前一定距离外的徽章。梅西尼乌斯拉下脸。这是火星人的戏剧效果，那个徽章是机械教骷髅齿轮的一种变体。

"贝利撒留·考尔。"梅西尼乌斯说道。

"是他的个人印章，大人。"

"还有别的吗？"

"我收到了禁卫修会的通知，一支特别使团现在正前往原体宫殿的途中。"

"他们在哪？"

"他们于昨日被斯卡拉克斯飞地准予进入泰拉的低轨道，并在那里降落，然后经由陆路行进。他们当前被拦在了永恒环的边界，靠近雄狮之门。守卫在等候原体的命令。"

"准许他们，"梅西尼乌斯说道，"我在原体的授权下行事，基里曼大人一直在等候这条消息。我会在一小时内与他们会面。让他们待在外部区域，等候原体吩咐。控制这条信息。我会让总司令决定该怎么做。"

"不必了，儿子。"基里曼那优美至极的声音结束了夜晚的寂静。他听到了这段谈话，他当然听到了。

"是，大人，我——"那位凡人戒卫开口道。

"等等，原体醒来了。"

梅西尼乌斯转过头面对他的主公。每当基里曼称呼他为"儿子"时，他都感到一阵自豪。千年来的奉献与神话，化作真实与价值。

连长们纷纷转身面对原体，单膝下跪。武备架的爪具解除锁定，缩了回去，嘶嘶作响。一位技术神甫和他的机械仆人走上前来，从盔甲的端口中分离管子和汩汩作响的玻璃瓶。基里曼耐心地等候着，直到他们完成。他的气色和活力恢复得如此之快，以至于梅西尼乌斯难以相信自己之前所看到的，并对他之前关于原体脆弱性的想法感到怀疑。

随着最后一根管子拔出，基里曼走下支架。命运铠甲的巨大靴子踏在大理石地板上，发出微弱的咔嗒声。基里曼满怀自信地行走着，知道每一步都离命定的目标更近。

"我将亲自面见大贤者的使者，"他说道，"为了这个消息，我已经等了好几周了，我也不会为了循规蹈矩而耽搁等候。我估计，在我面见他之后，我们会即刻离开泰拉。让常胜卫队为会晤做好准备。在那之后挑选五个人跟随我们，以及五位连长。你，梅西尼乌斯，还有陶兴，其他人你可以从中自行选择。召集我的廷臣。通知十二元老的办公室，告诉他们，如果他们无法出席，那就派代表来。联系图拉真，禁军有必要派一支代表团护送我们。"

"是，大人，"梅西尼乌斯说道，"我们要去哪里？"

"火星，也许是他的一艘船，"基里曼说道，"考尔喜欢戏剧性。他想要以他认为我所能容忍的炫目方式展示他的杰作，这条信息以及这位使者是他那小戏剧的开幕式。等候毫无裨益，假装他会出尔反尔也毫无必要，尽管这极有可能，因为考尔也同样喜欢误导。然而，在当前情况下，我怀疑这些都不太可能。他和我还有未竟的事业。"

"是，大人。"梅西尼乌斯说道。

"维特里安，"基里曼说道，"你有些分心。"他并未提问，而是在陈述。对于梅西尼乌斯而言，基里曼仿佛能看透他的灵魂。

"没什么，"梅西尼乌斯说道。他集中注意力，不想显露出任何形式的弱点，"我会执行我的命令。"

"那么起身，儿子们，"基里曼说道，抬起他的手臂，"我们将一同前去面见考尔的使者。"

第四章

历史学家

皇宫之景

行动无效

　　法比安·盖尔弗林，隶属内政部，最高优先级公函评估者，最终考核部的第七百阶技师。以泰拉标准，他已经二十九岁了，尽管和王座世界的大部分人一样，他看起来比他的实际年龄更老。他在几乎每个方面都平淡无奇，除了一个重要的方面——法比安·盖尔弗林是一个异端。

　　没什么严重的，他为自己辩解。他不是邪教徒，并不追随帝国信仰的禁神或是古怪分支。他的罪过是对真相感兴趣，并且也只是微不足道的真相。他所犯下的最糟糕的罪过是疏于信奉，因为法比安将上班前的神圣祈祷时间用来写作。

　　自动问答机含糊地进行着问答仪式，他则在匆忙写作。机器的声音十分平静，很容易被忽略。在连续单调的低鸣声中，在这窃来的二十分钟里，法比安撰写着他的私人日记。尽管这些书卷起初只是日记，但它们逐渐形成了会为他带来很大麻烦的东西。

　　他在撰写历史。

　　因此他犯下了两种异端行径，两者都会招致肉体惩罚，后者可能会被判处死刑。可能招致的痛苦死亡却只是让他的违法行为更令人激动。

几年前，他根本不敢撰写真正的历史。但许是被他的违法行径所刺激，他的秘密日记开始呈现出不同的模样，从家事漫谈变成了详细记录他经手的公函。后来，他开始深入钻研这个区域的图书馆，寻求启迪，了解他所读到的可怕事物的可能因果关系，而不久之后，他开始将自己从古老巨著中搜集的评论添加进他的文字中。

他对自己的注释一丝不苟。他清楚地记得自己对这些事件大胆提出见解的第一天。这种自由思想已属中等异端，他提笔写下自己的小论文时定是在发抖，他那破旧的典籍上留下了微小潦草的文字，但自那以后，写作已成了家常便饭。过去的恐惧就像是过去的痛苦，那种感觉难以维系。随着记忆的消逝，那种感觉也消失了。

他在一本古书中找到了一个废弃的术语：历史学家。对于他的所作所为，这个称呼似乎很恰当，因此他将其采纳。这种自我命名让他感到强大，随后他变得自满起来，这是他最后的错误。

那一天，他难以动笔。通常，在他房门关闭的那一刻，他便会奋笔疾书。在公函巢都的上层从未有过任何宁静，但随着他的写字住所门的关闭，城市书吏们集体祈祷的声音便会化作轻柔的嗡嗡声，与自动问答机相互交融，令人舒适。

他盯着光滑油腻的羊皮纸，感到困惑，自己一心一意想要写作，却无法动笔。他的羽毛笔悬在手中，一动不动。也许他想要写的东西太过私人，这可不是他从不完整的来源中拼凑出来的故事。他目睹了这场战争。

当敌军降临于神圣泰拉时，他正在皇宫上层，那一夜，暗影复生，在不眠的世界上喷吐出梦魇之物。官方报告称其为异形，但他确信那不是。异形不会穿透墙壁，异形不会在身后的石头上留下燃烧的蹄印。他只是远远地看到了它们，但那足以让他知道，这些存在并非源于凡世。他在帝国伟大统治机器中所扮演的角色给予了他足够的信息，他知道这个名字是假的。聪明的人会无视眼前的事物，接受政府呈现的真相是安全之举，但盖尔弗林同样也很好奇，这是他遭遇非难的又一因素。

他之所以身处内宫的高层纯粹是出于偶然，他的差事只不过是跑跑腿，任何仆人都能完成，但只有他这样级别的人才被认为适合这项工作。

他看着自己的笔，一滴墨水正悬于笔尖。他的另一只手拿着计时器，紧贴在胸前,上班时间飞速接近,每一秒都如雷贯耳,仿佛钉子敲在棺材盖上。

他敢写下自己的所见所闻吗?

他在浪费时间。他皱起眉,闭上眼,试着将自己的回忆组织成语言。上层是全银河最神圣的地方之一,行走其中是他偶尔的特权,吸引他注意力的并非宏伟的大厅,也非几百千米外的帝国圣所。吸引他目光的是室外,是潮湿、甜腻且污染密布的泰拉空气,是风云际会的天空。外面是一个没有城墙的世界,如果走向正确的方向,一个人能永无止境地走下去。那些住在上层的人对窗外并不关心,但窗外的场景足以令盖尔弗林的同事们落泪。在熙熙攘攘的公函巢都中,许多书吏都从未见过天空。法比安永远不会忘记那个场景。他试着假装自己并不在乎,他试着像那些高官们一样以漫不经心的姿态走过窗前,但他一直从眼角凝视着雄伟的室外。

夜晚时的战斗却很不同。彼时他们全都聚集在窗边,达官贵妇们拥挤在本遭唾弃的玻璃前,毫不理会快要被他们推倒的古老半身雕像和艺术品,相互推搡,不成体统,他们那镶满珠宝的衣物如同网中的鱼鳞一般相互刮擦着。

盖尔弗林首先看到了天空中的火焰。他是比其他人先来到玻璃窗前的人之一,因此能有一个清晰的视野看到雄狮之门的大道。震惊压倒了他维持一生的尊敬,他喊出警告。他朝着通常他都不敢直视的人呼喊着,他记得那火焰,尖啸的怪物飞过激光束的风暴,内区的建筑因火炮的射击而摇晃着,泰拉的神圣大地因遭受邪恶之物的接触而震颤着。

警报响起,脆弱窗户上的遮板开始关闭。在窗户缓缓闭合时,他仍紧贴着玻璃,看着战机飞驰于天空中。圣所上翻腾的大漩涡愈发激烈,火焰和闪电相互碰撞,南方的低空闪着红光。当宫廷卫兵前来拖拽他,要求他离开时,他仍固执地待在原地。唯有当遮板完全关闭后,他才让卫兵们把他拖走。

在别的日子,他会被关入地牢的,但那天不会。

到处都是尖叫声,人们四处奔跑,警笛声喧嚣刺耳,窗户关闭了,但噪声仍在。末日在敲击着大门。然而宫廷卫兵恪尽职守,在他们正打算把他带走时,步道远端的大门打开了。

可以说是罗保特·基里曼救了他。在后来,他常常借此来打造氛围或是吹嘘,直到原体的名字在他的嘴中化作尘埃。基里曼正迈向他,身侧是身着金甲陶钢的英雄人物,在其他任何情况下,他们都是法比安眼中的神,但身处基里曼的气场中，他们显得微不足道。他曾听闻基里曼归来的消息。他曾与自己的同事们一同欢喜，但私下里怀疑这个消息的真实性。这不可能是真的，他想。然而如今，复仇之子本人就站在那里。

宫廷卫兵匆忙退开，将法比安遗留在地毯上，他呆若木鸡。

法比安从小听着九位原体的故事长大，他们是帝国信仰中最伟大的圣人，帝皇子嗣，由他们亲手塑造，人类的救星。如今这里就有一位，在各个方面都无比骇人。基里曼被尊为伟大的政治家、帝皇的行政官，他的统治能力无人能及。法比安在学院所习得的课程讲述着基里曼的智慧及其对正义的不懈追求。他是一位半神，一只手拿着笔，另一只手拿着剑。法比安天生就喜爱基里曼。尽管那个人看起来和雕像与礼拜像中的样子相仿，尽管他面容尊贵，有着一副伟大统治者的高贵外表，他却并未显露出法比安所想象的智慧。相反，法比安看到的只有侵略性。

他挡在了一位战神的道上。

要不是一位高级技师抓住他，把他拉到一旁，他定会被星际战士和禁军们踩踏而过。

"让开路！"那人嘶声道。原体的盔甲低声咆哮，在场的每个人在原体经过时都跪倒在地，除了法比安。走廊中每个人都俯卧在地，他却仍然站着。原体注意到了他，真正地注意到了他，他像个蠢货一样站在那，盯着人类之主，仿佛他是圣吉列斯节最后一日街上的嘉年华混凝纸人物。

基里曼经过时转过头，皱起眉。法比安很确定，他永远不会忘掉那一刻的眼神接触。仅仅片刻，却如永恒。

他们的目光分开了，那一刻结束了。原体离开了，迈向永无休止的战争。法比安的头脑清醒过来，利用混乱溜走，回到了公函巢都，忘却了他在圣殿中的最初任务。

那段记忆永远地刻在了法比安的脑海中，但他无法提笔写下那段故事。他那宝贵的禁忌日记页面仍然空白，他仍握着仿冒羽毛笔，墨水悬于笔尖。

圣钟敲响了，他的时间到了。整整二十分钟，他毫无动作。他无法表达自己的所见所闻，他也害怕自己永远无法表达出来。

上班的号角将他从麻痹状态中惊醒，墨水溅在白纸上，公函巢都的通信发射器中发出四声刺耳的喇叭声，噼啪作响。他的自动问答机听到后停止了背诵波奎尔之书的语句。另一种合成音发出从固态存储中随机挑选的沉闷祝福，随后便被切断了。

法比安用吸墨纸擦去墨水，并将纸张藏了起来。浪费墨水是不可饶恕的，他可不想在下一次征用时填写悔过单。

上班号角再一次短暂响起。法比安叹了口气，将他的笔放回瓶中。他那未成形的思绪融入剩下的墨水中，迷失于黑暗之中。他拿起书，走向房间后方打开的镶板，将书藏在了墙中。曾经，每当上班铃声响起时，他都会冲向隐蔽处，但如今他已经是个老手了。在写字住所门上方的齿轮与锯齿状的过梁轨道接合之前，他便藏好了书，回到他的桌前。

法比安的杂役雷西利苏正站在前厅，深深鞠躬，他低着头，向前伸出一条腿，左臂高举，右臂横在胸前，这是他们的部族传统。法比安面露苦相，雷西利苏是个老人。

"谢谢你，谢谢你，雷西利苏，请别再摆那个姿势了，你会让自己受伤的。"

"主人最善良了。"雷西利苏伸展膝盖时发出响亮的咔嚓声。他跛着腿进入法比安住所的主室，开始收拾东西，这通常意味着他把所有东西都倒在法比安尚未铺好的旧床上，然后折好放入办公室的护墙板中，随后叠好法比安那摇摇欲坠的纸堆。

前厅已经很整洁了。雷西利苏的睡垫已经收好了，昨天的饭菜也清理干净了。这种整洁是具有欺骗性的，整齐的表面之下混乱不堪。文档柜中堆满了老旧的平板，床上的脏衣服藏在墙中。这是对帝国现状的一种恰当隐喻，法比安想。

雷西利苏放下了他的马虎工作，离开了房间，带回了一个带有缺口的玻璃杯，里面装着五百毫升液体。

"今天的水配给，主人。"他说道。

法比安看了看这杯水，又看了看雷西利苏布满皱纹的脸庞。雷西利苏很老了，接近五十岁，但他看起来像是一百岁的人。"就这？"

雷西利苏耸耸肩，拿出一个脏瓶子。"到处都是问题。有消息说维护层又出故障了。我听说墙外也有麻烦。"他把那个瓶子放在法比安的桌边，就在他的玻璃杯旁，"我建议您不要一次性喝完。"

法比安拿起瓶子，看向里面。水呈黄色，闻起来有股强烈的化学物的味道。

"一切都会好起来的,现在原体来了。"

"您说是就是吧,主人。"雷西利苏在前厅喊道。别的人会因雷西利苏的无礼而将他免职,但一个敢于开除仆人的人定是没什么可掩藏的。"顺便,也没有早饭了,"他补充道,"但就像您说的,一切都会好起来的。"

法比安叹了口气。

雷西利苏眯起眼看着装在外门旁沉思机顶上的小屏幕。那个沉思机很大,是一个机械思考引擎。内部的齿轮缓缓转动,古老的润滑油上满是毛团。

"有三百一十二个人正等候着见您。"雷西利苏说道。

"已经这么多了?"法比安说道。

"问题太多,"雷西利苏再次说道,"这里、皇宫外、泰拉外,到处都是。您知道这是怎么回事,自从盲目时期以来就是如此。"

在法比安父亲的时代,携带不可归类的最高威胁级公函的祈求者数量每天很少会超过一百。早上一开始便有三百,这是难以想象的。

雷西利苏面向着门,说:"您准备好了吗,主人?"

法比安盯着他的办公室。这里又旧又脏,许多部件都破损了,那些仍在运作的部件情况也很糟糕。从破洞的地毯,到天花板上破裂的石膏小天使,一切仿佛都在嘶哑地宣告着褪去荣光的遗憾。他猜想,自己的职位以前定是一项重要的工作。

他尝试着短暂专注于祈祷,引导他回到适于服务的心理状态。法比安被分配了二十分钟进行这样的事,却将之浪费掉了,这令他感到愧疚。可以预想到的是,这毫无作用。

在目睹了他所见识的事物之后,一切似乎都显得相当空洞。

"主人?时间正在流逝,国事不会等待!"雷西利苏斥责道。

法比安咬紧牙关,这是他父亲的格言。

"让他们进来吧。"他说道。

雷西利苏打开门,公函巢都的喧嚣声涌了进来,羽毛笔的刮擦声和数字键盘的嗒嗒声,写字间的低吟声,手推车车轮的缓慢尖啸声,驼着背的男男女女推着车从写字间到写字间再到写字间的声音,还有失灵沉思机的嗡嗡声,通风管道的呼呼声,远方的低语声,逐渐变成侵扰人的喧嚷声。老旧的羊皮纸、尘埃和肮脏身体的味道随之而来。这些味道温暖又催人入眠,法比安想要回去睡觉。

第一位差使书吏等候着，一只手拿着公函，另一只手拿着一大捆处理表单。他仍站在外面，同时雷西利苏正走回主写字间，将一个小折叠桌设置到适合法比安的角度，并放好一个热图章、三个托盘以及写作工具。他的动作很慢，双手颤抖着，在他坐下前仿佛过去了一个时代。

"准备好了，主人。"他说道，双手摊在膝盖上。

"进来！"法比安喊道，尽可能地摆起官架子。

那位祈求者拖着脚走上前来。他身材瘦小，显得早熟，他的长袍从未洗过。写字间里的空气变得有点浓烈。法比安瞥向写字间外的庞大长廊，以及分隔两边的中庭。另一边的办公室是一排排整齐的暗淡灯光，绿色代表准备就绪。帝国开张营业了，他想着。小小的灯光悬在小小的门上，每一道门里面都是一套两室房间，就和他所在的地方一样。他感到一阵漠然，他渴求自由，突然想要尖叫着冲出房间。

然而事实正好相反，他以严肃的目光盯着那位祈求者，展现出一位七百阶技师所应有的严厉表情。

"呈上公函。"法比安说道。

那人点点头，递过那张羊皮纸，那捆许可证则递给了雷西利苏。

法比安阅读着这张公函。上面满是印章，最高级，和他所经手的所有公函一样，每一个都代表着针对一整个世界的威胁。成千上万，乃至亿万人的性命便取决于他的决定，但他必须尽快。还有太多的公函，没时间浪费。

在他阅读的同时，他在想，为了确保这条信息传到泰拉，有多少男男女女付出了生命；有多少灵魂等候着援助，站在他面前的书吏经历了多少磨难才得以穿越内政部的官僚来到此处。未知的公函不会被轻易对待，也不会受到欢迎。差使书吏会自己进行评估，然后得与他们的上级交谈。他们只会携带那些被认为有价值的信息，因为他们抵达这层政府机器的旅途是相当艰难的。

他重新读了读这条信息，发送者是如此绝望，星语庭卜梦者的解密是如此费力。

"狄俄墨得斯星区的卡尔弗莱恩周围有异形海盗活动，多支异形舰队正发展成潜在的星系级威胁，"那位书吏说道，"这是一个危险事件。"他假装出自己并不具有的智慧。他对这个世界的理解很有限，仅仅只是透过墙上裂缝的匆匆一瞥。在这种无知的负担下，他们要权衡文明的需求。

雷西利苏记下了这位书吏对那张羊皮纸的总结。

法比安发出啧啧声。"这是五十年前的事了，我们太迟了，无法进一步行动。"他说道，将之递给雷西利苏。

雷西利苏将带有法比安印章的纸条附在那张公函上，随后在这张羊皮纸上盖下一个大大的图章。这张公函被放到了雷西利苏桌上的驳回托盘中。

黏黏的红墨水显示着，行动无效。

法比安挥挥手让那位书吏离开，清了清喉咙。"下一个！"他喊道。

第五章

基里曼的廷臣

机械的仆人们

一项宣告

  基里曼在宫中的一个大型王座厅中等候着考尔的使者。他的整支常胜卫队随侍在两侧，侧厅中是他的守夜连长，一边十位。外面是星际战士战团的高官大将，以及来自帝国武装力量各个部门的军官，其中一些参与了泰拉远征。海军、机械修会的诸多军事团体、星界军以及其他更鲜为人知的组织并肩站在一起。此外还有来自支持基里曼事业的民政和军事修会的许多官员，以及来自元老的代表团，其中有三位元老出席，另外还有泰拉的其他许多达官显贵们。

  五彩纷呈的种种制服整齐排列，如同一支备战的大军。而唯一真正吸引眼球的是站在基里曼左侧的那位身着金甲的人物。他戴着高高的圆锥形头盔，隐藏着他的脸，但如果他那独一无二的战甲装饰还不足以显示他的身份的话，那么他所散发出的强大侵略感便足以说明了。护民官执行元帅马德瓦·柯肯不像是梅西尼乌斯所见过的其他禁军。他们平静、深思，同时体现出学者和冠军勇士的灵魂。但柯肯不是。他是装在黄金瓶子中的狂怒精华。梅西尼乌斯希望看到瓦伦里安，那位在雄狮之门战后接受基里曼嘉奖的禁军，但统帅图拉真·瓦洛里斯派来了柯肯。这中间有着某种梅西尼乌斯难以领会的权力游戏在进行，禁卫修会遵循着属于他们自己的神秘复杂的行事方式。柯肯并非外交型人士，在梅西尼乌斯看来，柯肯被提拔到护民官层级表明了帝国正身处危境，这体现着禁军渴望鏖战于星辰的新宣言。

所有战士都携带武器，每个人都身着制服，不论是军服还是修会的正式长袍。他们都是基里曼的廷臣，这些人由原体本人所召集，他们所代表的组织是可以料想到的，但这些特别之人并非如此。以当下的标准，这些人几乎全是激进派。基里曼的廷臣是改革的利刃，而他将毫无顾忌地将这把利刃深深刺入政体之中。

盔甲和武器闪闪发光，旗帜在空气处理单元喷出的气流中飘扬着，灯光灿烂，石地板一片锃亮，将人群映照得如此清晰，以至于那镜像看起来仿佛是真的。

考尔喜欢戏剧效果，基里曼便给予他戏剧效果。

贝利撒留·考尔的随从相当令人印象深刻。当通往王座厅的巨大黑色铁门无声地打开时，银色的小号宣告着代表团的到来，火星的神甫们走上前来，队列漫长，位于前方的技师举着旗帜，身后则是各个专业的贤者。他们的机仆散发出油烟的芳香，以及数据传输的刺耳韵律。飞驰的罐生天使叽叽喳喳地道出二进制祝福，同时技术执事将神圣的润滑油洒在一尘不染的地板上，祝福泰拉的巨大机器之心。

梅西尼乌斯非常想要看看原体面对这队哐当作响、刺耳喧闹的半机械人时的表情，但在他的位置上看不到。他让战甲的沉思机对火星人进行威胁分析。几位神甫被鲜红色的轮廓标识出来，显示为极度危险，数据标签闪烁出关于他们的少量信息；考尔的队伍包含来自机械教的许多大修会的神甫，代表着十几个铸造世界。嗡嗡行进的半机械构造体的庞大数量令梅西尼乌斯感到忧虑。他接入王座厅的内部安全系统，发现不只是他在这么做。一百双超人眼睛都在小心翼翼地注视着神甫们。

大门与王座之间的距离有整整五千米。在基里曼和大门之间是一片黑白格子石地板，整个空间可以容纳一支数量可观的军队，但基里曼只安排了自己的廷臣。技术神甫们穿过空旷的地板，这条笔直的道路由独具匠心的假石英板打造。在神甫们脚下，地板闪烁着呈现出五彩缤纷的放电效应。他们步伐一致，地板震颤，空气中发出嗡嗡作响的干扰声，越来越多的神甫从门外迈入，填满了道路。没有任何铸造世界的战士阶层出席，但仍有好战教派的代表，他们和其他人都公开携带着武器。这尤其让星际战士们感到不安，他们对暴力习以为常，手指紧绷在扳机上。然而，基里曼仍然平静如常。梅西尼乌斯见识过他的愤怒，基里曼的怒火能化作一种身体压力，而眼下尚未有这种感觉。

这场喧嚣的神甫游行朝着王座靠近。红色、黑色、白色、橙色、灰色和银色的长袍飘扬着，散发出腌肉、金属和热电的味道，与燃烧的香油气息相互交融。在距离王座九十米的位置，前方的擎旗手分开了，一个人从他的诸多随从中走出。他便是这场游行的使者，而他并非贝利撒留·考尔。

以泰拉的标准来看，这位神甫很瘦，有点高。他看起来比较像人类，一张没有改造的人脸长在一根长长的脖子上。然而，火星人的外表可能是具有欺骗性的，他们的长袍往往隐藏着大量改造体。

在那个人接近时，实际情况显然正如前所述。当他一迈出他的队伍，离开他们的强化体所产生的电磁干扰时，梅西尼乌斯的传感器上便覆盖了一层关于那位神甫的半透明视图，显示出他全身上下都是机械化的，除了头部。他的身体是光滑的机动壳体，拥有数对附肢，他的脖子非常长，由一条条铰接式塑钢组成，这令这位神甫那温暖坦诚的人类微笑显得莫名丑恶。

当那位使者停下时，整个队列也立刻停下了，一直到最后面的机仆。那刺耳的数据音乐和叽叽喳喳的二进制宣告也停息了，半机械构造体在他们的主人身旁保持着队形。寂静席卷而来。

"欢迎，噢，奥姆尼赛亚最后的忠诚子嗣。"在那相当戏剧性的停顿之后，那位神甫开口说道。他深深鞠躬，他们所有人都张开双臂，揭开面前的长袍，向人们露出他们的改造体。"大贤者贝利撒留·考尔大人，奥姆尼赛亚的首冠导引者，为您，他的主公和朋友，送来他最衷心和最诚挚的友好问候。"那位神甫在说话的同时加倍弯腰，膝盖弯曲，鼻子几乎擦过地板。随后他夸张地站起身，合上长袍，将他的两只主手插入衣袖中。

"感谢大贤者的问候，"原体说道，"不过按照惯例，大使应当宣告自己的身份。你是谁，贤者？告诉我你是谁，我们便能以恰当的热情处理我们的事宜。"

那位大使露出微笑，表示歉意。与原体讲话，他没有展现出任何不适，梅西尼乌斯感到不可思议。这个人已经深深抛弃了他的人性。

"抱歉,大人。我没有道出自己的名字是出于几个原因。我并非贤者,只是个信使。我远远不及像我主那样的伟大创造,他是由奥姆尼赛亚本人亲手打造,而我的名字毫无意义可言。您是机械神伟大工程的一个精美而重要的部件,一个神圣的机械。而我无足轻重。但您问我的名字,出于好意,我将告诉您。我是丘沃-87,是最为荣耀的奥姆尼赛亚的首冠导引者,大贤者贝利撒留·考尔的助手、同伴兼仆人。"他再次鞠躬。

梅西尼乌斯此时忍不住瞥向了原体。基里曼的表情并未改变,但他很好奇,奥特拉玛之主对于自己被称呼为一个特别的神圣器物会做何感想。

"那么,欢迎你,丘沃-87,"罗保特·基里曼说道,"现在,烦请你传达你的信息。"

丘沃-87直起身。就像是在客厅中宣布呈上饮品一般,他露出愉快的微笑,拍拢两只主手,发出清脆的声音。

"我很荣幸您能接见我,大人,我倍感欢欣。信息如下:大贤者宣布,他持续一万年的伟大劳动已经完成。您交给他的任务复杂艰巨,但他直面挑战,运用机械神赋予他的一切技艺,他在各方面都超越了您的要求。他邀请您在三天内登上机械方舟探索者之王号,观看他的劳动成果。"

丘沃-87缓缓转过身,向在场的所有达官显贵讲话。梅西尼乌斯意识到,基里曼召集廷臣不只是因为他想要向考尔的阵营展现力量,还因为他要向自己的人民揭露某些事情。原体已经知道将会发生什么。这不是给基里曼的信息,而是给泰拉的。

"欢呼吧,大人们,夫人们!"丘沃-87说道,"人类帝国的救星近在咫尺!"

第六章

圣阿斯特

劫掠者舰队

罕见的机动

　　圣阿斯特号的指挥甲板因一阵近距离撞击而震颤着，每个控制台都警报长鸣。灭火队冲过锃亮的地板，控制住即将烧掉插座中机仆的火焰。

　　埃洛伊丝·阿莎盖准将在她的座位上猛地转过身，绕过负责给护盾长传递命令的副官，朝着虚空盾指挥喊叫道："最后一次，护盾控制，给我稳定虚空盾！"

　　"那一击打得很重，舰长夫人，"她的第一副官说道，"我们应该中止攻击航行，这是不明智的行动方式。"

　　"够了，芬纽拉！"阿莎盖咆哮道。

　　"提出异议是我的职责，夫人。"第一副官芬纽拉·迪奥梅德回答道。她放开紧抓着指挥平台栏杆的手，抬头看向阿莎盖端坐的指挥台顶。准将的位置位于六个陡峭的台阶之上，平台周围是九个战位，每一个都由一位首席副官操作着。阿莎盖喜欢不寻常的指挥配置。

　　"虚空盾重启完成，夫人。"她的护盾长报告道。

　　"红色赐礼号继续追击。"芬纽拉说道。

　　"别管它，"阿莎盖说道，"阿尔斯·贝勒斯号和信仰之诺号能够对付。维持航向，给我主要目标的距离。"

"两千七百千米，正在接近。"芬纽拉回应道。

大教堂式的指挥甲板充斥着由五百个人、机器、机仆、圣阿斯特号遭受的轰击以及她的还击所产生的喧嚣噪声。阿莎盖的目光紧盯着主全息仪，3D作战球面显示着这艘大型巡洋舰的要塞墙壁外所发生的事。

"很好。"

"太近了，"芬纽拉说道，"建议将航线调整为平行线，并用左舷炮组立刻反击。保持一定距离，阻止他们跳船。如果他们有异端阿斯塔特在船上，那我们将无法承受攻击。"

阿莎盖瞥了她一眼。芬纽拉觉得她的指挥官是一位相貌凶猛的女人，有着突出尖锐的下巴和高而稀疏的前额。她习惯在黑色的长发中留着耀眼的品红条纹，如果这样是想要让她显得温和些，那这并没有起作用，反而成为她严厉的装束和举止中唯一不和谐的艳丽成分。她戴着一个数据传输单眼，大多数人都将之视为一个强化体，还有一个触觉手套，右手手指上附着输入棒，看起来就像是一个爪子。

"芬纽拉，我真心相信有只谨慎的幽魂爬进了你的耳朵，住在了那里。你太胆怯了。这些崇拜血神的混蛋喜欢近战，我们就给他们近战。我们要逼向他们，在他们坐上跳船艇之前就将帝皇的审判刺入他们的喉咙。"

全息仪上的敌军主力舰显示为一个巨大的真实图像。它的名称是黄铜之剑号，它正极具侵略性地朝着己方舰船的图像驶来。尽管一群浮动的数据标签挤在舰体周围，显示出黄铜之剑号在战斗中所遭受的伤害，但它尚未露出獠牙。与圣阿斯特号相比，那艘船有着相当大的体积和能量，能够承受比它已经遭受的还要更多的打击。

阿莎盖拒绝关闭圆屏遮板，因此他们也能凭肉眼看到黄铜之剑号，两者间隔着渐渐缩短的虚空。建造黄铜之剑号的铸造世界已经无法识别，其前方整整五分之一的区域被一个巨大的白色颅骨所占据，那个颅骨打造得如此真实，以至于芬纽拉差点相信那是一个战败神明的巨大脑壳。三门巨炮从它的眼窝和打开的下巴中伸出。在那个颅骨后面是一团城垛和飞拱，暗示这艘船源于帝国，尽管上面全都覆着巴洛克式的颅骨和扭曲的黄铜雕像。这些颅骨和黄铜雕像因暴露在虚空中而被污染成了黑色，其中的金属则是干血的颜色。

黄铜之剑号正在加速，那丑恶舰艏的死亡笑脸大张着，足以整个吞没圣阿斯特号。

战斗几近结束，但尚未进入决胜阶段。圣阿斯特打击群有六艘主力舰船。典记之声号漂浮着，引擎熄火，十几层甲板熊熊燃烧，但虚空盾重新启动了。这艘舰队航母在初期遭到了攻击，但多亏了阿莎盖的先见之明，大部分攻击机都已经发射了出去，并在航母无助翻滚的同时对敌方轻型舰船造成了大量破坏。辉光号和无情号已撤出了战斗，它们在一场鏖战中击杀了一艘屠杀级巡洋舰，结果却已经远离圣阿斯特号十万八千里。阿尔斯·贝勒斯号和信仰之诺号跟在旗舰后，它们是轻巡洋舰，是圣阿斯特号的猎犬，它们追捕着猎物，在红色赐礼号朝着圣阿斯特号逼近时向它开火。除了主力舰之外，还有普通的快速护航舰、驱逐舰等，但战至此刻，这些中队已经完成了它们的使命，战斗结果将会由大船决定。

黄铜之剑号的部队规模很小。三艘支援巡洋舰中的一艘已经化作了一团原子云和旋转的残骸，位于圣阿斯特号身后几千千米处。芬纽拉希望红色赐礼号会很快加入战斗。

来自红色赐礼号的又一轮射击击中了圣阿斯特号的侧面。这一次，虚空盾配置恰当，承受住了猛击，将之导入亚空间。紫色的闪电划过命中点，片刻间模糊了前方视野。占卜仪传输受到了干扰，全息仪噼啪闪烁。

"我们的轻型巡洋舰在哪？"芬纽拉质问巴苏副官，他正监督着占卜长及诸多控制台。

"正在红色赐礼号后方，"巴苏说道，"它们正在逼近。十三秒内进入舷炮最佳近距离。"

"下令它们并舷，摧毁那艘船，"芬纽拉说道，"快！"

几秒钟后，虚空闪烁着无形的爆炸闪电。

"阿尔斯·贝勒斯号报告红色赐礼号的护盾已失效，"通信联络官戈南副官说道，"信仰之诺号正接近准备射击，它正中止追击。"

"让两艘轻型巡洋舰转向，解决掉那艘船。让准将专注于黄铜之剑号。"芬纽拉抬头看向她的长官，她正高度专注。"对帝皇祈祷几句也不会出差错。"她低语着。圣阿斯特号和黄铜之剑号现在正冲向彼此。

黄铜之剑号在接近时开火了，骷髅炮在虚空意义上的近距离中射击。在建筑一样大、肉眼清晰可见的炮弹朝他们飞来时，人们很难不退缩。炮弹在虚空盾上爆炸，火焰笼罩了舰船。爆炸相当猛烈，虚空盾无法完全承受，坦克大小的碎片撞在装甲舰艇上，咔嗒作响。

"漂亮，"阿莎盖激动地喊道，"正如我所期待的，他们的杀戮欲出卖了他们，他们浪费掉了致命一击的最佳机会。"她苍白的脸庞红光焕发，她的裸眼因兴奋而放大。"引擎全速，直接航向黄铜之剑号，刺激那些拜血异端做出蠢事。"

圣阿斯特号穿过短暂的火焰云，肆无忌惮地扑向它的目标。受到刺激的敌舰做出了类似的反应，其艉部引擎的闪光逐渐增强。

阿莎盖迅速开口下达了一系列命令给各个次级指挥官："准备鱼雷，密集散布，正前方。引擎室，准备全速倒退。定向推进器准备启动。两侧炮组，射光炮弹。火炮舰员准备听我命令开火。"芬纽拉认得那表情，准将闻到了胜利的味道。

芬纽拉下意识地把手伸向指挥平台的栏杆。阿莎盖此前实施过这种机动，尽管其十分有效，但结果对于舰员们而言并不令人愉悦。

"鱼雷就绪！"一位副官喊道。

"等他们下一轮齐射，然后再开火，"阿莎盖下令道，"让光矛准备开火。炮组稳住。"警笛大作，收到铃声响起。

骷髅舰艇再一次闪出光。

"帝皇杀了我们！"芬纽拉咒骂道。"他们已装填完毕！第二轮齐射来袭。护盾承受不住的——准备冲击！"芬纽拉喊道。她按下一个通信按钮，将命令传达全舰。

警铃响起，伴随着武器就绪的刺耳警报。指挥舰桥的所有防爆门纷纷关闭。

两艘船现在已经很近了，炮弹飞行时间只要几秒钟。两发炮弹在护盾上引爆，第三发穿过了圣阿斯特号的虚空盾，其后拖曳着褪去的电晕。那发炮弹撞入了舰脊并爆炸，撕下了舰船上的一座巨大的光矛炮塔。圣阿斯特号猛烈震颤，将芬纽拉甩了出去。那个炮塔在一道火柱中飞旋而起，差点撞上指挥甲板。

圣阿斯特号的犁片状舰艇闪烁着，一组鱼雷射出管道，加速飞向黄铜之剑号。

光矛炮塔的碎片撞在了强化玻璃圆屏上，一扇窗户上出现了一道裂痕。

"关闭遮板！"芬纽拉喊道。

"停下！"阿莎盖下令道，"让我们看着他们燃烧。光矛，现在开火。"

光束从舰腹炮塔射出。总共有六座炮塔，四座分别位于圣阿斯特号舰体两侧的块状火炮甲板上，另外两座位于舰脊。现在只剩下五座了，它们调整角度以免击中前方的炮塔。在远距离上，它们的位置排列使得舰船两侧的火炮射击受到了限制，但面对近距离的敌军，更多的炮塔能进入射界，其中三发能量束击中了黄铜之剑号的前部。

光矛是人类最强大的武器之一，是一种高输出长消耗的光束。黄铜之剑号的虚空盾遭受了打击，涌起天界能量，将光矛的怒火抛入亚空间的平行维度，但光矛继续开火，剥掉了护盾，压垮了护盾发生器，直到凶猛的紫色放电渐渐褪去，化作微弱的蓝色，然后护盾衰退了。在光矛被迫关闭前，一发光束洞穿了失效的虚空盾，在那个骷髅上切开了一道新的熔化"笑容"。

在为光矛供能的洞穴般的大厅中，狂乱的舰员们在弹出耗尽的电池，置换线路供应，为冷却剂池重新充能。光矛炮塔是一个地狱般的地方：火炮为防止过热而排出的气体使空气变得让人难以呼吸，舰员们不得不身着沉重的环境服作业，这里的温度近乎人类躯体所能承受的极限。

一声高呼传来："直接命中！"

舰员们欢呼雀跃。

然而那发命中并非阿莎盖的目的。

"鱼雷即将接触！遮住眼睛！"芬纽拉下令，并拉下了帽子上的光敏面甲。其余舰员用双手挡住面孔，并将目光移开圆屏。

鱼雷耀目闪烁，反推器减缓其速度，在不触发敌方虚空盾的情况下穿过。片刻后鱼雷击中了黄铜之剑号，等离子和热核弹头在舰体上引爆，前方视野化作一片刺目的白光。

"快快快！"阿莎盖尖叫道，"趁他们看不见的时候！点火反推器，点火机动喷射器。向下！向下！"

这便是芬纽拉一直害怕的部分。像圣阿斯特号这样的大船很难迅速停下，如果他们的航向出错的话，那在如此短的空间里他们不可能迅速减缓以躲避撞击。她希望阿莎盖对距离的判断恰当，今天不会是她最后一次犯错的那天。

芬纽拉感受到了推进器启动，那仿佛是肚子上挨了一拳。舰船被迫呼啸着，各处的完整场投射器因维持紧密产生的压力而爆裂，金属尖啸。在每一层甲板上，松散的物体猛飞向前，众人纷纷被甩了出去。减速只是个开始，舰船同时开始下降，进行螺旋式航行。黄铜之剑号在几千米的距离内飞掠而过，它那血红色的舰体填满了整个圆屏。接近警报尖叫着，满怀机器般的恐惧。它们的距离十分近，圣阿斯特号的虚空盾与包裹黄铜之剑号的残余能量相互反应，产生出奇怪的幻象旋涡，看起来就像是尖叫着的脸庞，令人不安。

  阿莎盖大笑着。

  "冲啊！"她喊道，"让他们知道帝皇仍然统治着这片银河！开火！"

  随着圣阿斯特号的翻滚，左舷炮开火了。炮弹击中了黄铜之剑号的腹部，撕裂坑坑洼洼的装甲，射入其内部。炮弹在内部引爆，撕开了舰船的下部。圣阿斯特号在下降的同时继续旋转，但在右舷炮组旋转就位之前，舰船便已经经过了目标，这令阿莎盖十分恼火。

  "太慢了，拖后腿的！"她喊道，"我下令实施双舷侧机动，就应按我要求的完成！"

  "敌舰即将毁灭，准将夫人，我们需要驶离。"芬纽拉说道。她满身大汗，胃里翻江倒海。"反应堆即将超载，所有占卜频率都达到了能量顶峰。关闭圆屏，准备残骸冲击。"她阴沉地说道。在阿莎盖麾下，这句话她已经被迫讲过许多次了。

  黄铜之剑号在大遮板关闭的那一刻爆炸了。反应堆失效了，白色的火球如同太阳爆发一般炽烈，灼目的光芒闪过指挥甲板。能量涌动冲向圣阿斯特号的后部，将其掀翻，虚空盾崩溃，并再一次传来千声哀号。舰船猛烈震颤着，随后爆炸波掠过，气体和残骸消失于虚空中，肆虐帝国千年的怪物呼出了猛烈的最后一息。

  警报一个接一个关闭，医疗甲板的队伍前来照看舰员，火灾被扑灭，转化技师发出电子祈祷声，安抚圣阿斯特号受虐的机魂，同时用他们的扳手和电弧焊炬照料舰船的物理伤口。芬纽拉目光老练地扫过安装于栏杆上的多个屏幕，舰船各个部分的数据滚动而过。

  "又一次，我们很幸运。"她说道。

  阿莎盖准将并未关注甲板上发生的事。她仍然龇牙咧嘴，满脸通红，仿佛迷失在了战后的狂喜中，但芬纽拉知道事实并非如此。阿莎盖会与打击群的其他舰长们密切联系，通过植入她喉咙中的通信念珠，利用亚音交流。芬纽拉注视她片刻，阿莎盖的双眼扫来扫去，她的目镜中有一个视网膜投影仪，她习惯用这个目镜传输全息图像。阿莎盖有种偏执倾向，她会尽其所能保持商谈的私密。

芬纽拉有她自己的工作，她正在处理，此时阿莎盖突然站了起来。在这少有的粗心片刻，她的脸上露出了担忧的神情。

"第二副官塞梅恩，指挥权归你。敌人解决了，我相信你能完成扫尾工作。迪奥梅德副官，跟我来，去死路。"她拉下利爪般的触觉手套，随意地扔在座位上，但她并未摘下目镜。

芬纽拉向她投去疑问的目光。阿莎盖微微摇头，几乎难以察觉。那么，之后再说。

她们一同离开了指挥平台。一对海军武装兵跟在她们身后，她们走出了装甲大门，走向指挥甲板的舰长室。

舰桥上，解决异端舰队的工作在没有准将插手的情况下稳步推进。

他们称舰长室为死路，因为那里只有一条路可以进去。即便如此，一对颅骨在两位女人走进这段短隧道时仍用红色目镜眼追踪着她们，安装于门上的速射激光卡宾枪也跟踪着她们。指挥甲板的每一个入口都有机魂控制的武器覆盖，舰长室死路也不例外。

"埃洛伊丝·阿莎盖准将。"阿莎盖对着圆形门大声宣布，机器守卫听到后读取了她的声音印迹。大门滑开了，露出厚厚的锁定齿轮。在她们踏入的同时，一个占卜颅骨从其栖息处飘下，用其传感器无声地扫描着她们。直到扫描完成后灯光方才激活，设于后墙的一个喷泉开始活动起来，汩汩作响：那是一个拿着茶壶的女人，正朝着碗中倒水。她代表的正是圣阿斯特本人，另外还有一尊相似的、大几百倍的雕像位于上层建筑前方的基座上。芬纽拉并不想看着她，那尊雕像面部漠然，她总觉得那双空洞的眼睛似乎在评判自己。

"打开遮板。"阿莎盖说道。有一扇高大的窗户沿着整个舰长室排列，外部塑钢板在她的声音指令下滑起。阿莎盖的房间中安装有高级机魂，芬纽拉听说这是来自一位满怀感激的大贤者的恩惠，但准将拒绝谈及此事。对于一位来自文明时代的观察者而言，圣阿斯特号在技术水平上存在的反差令人困惑。对于这两个女人而言，在一个甲板上利用半智能设备实施仆人的工作，而在仅仅几十米的下方，几百人的工作组在手动旋转灭世武器的启动轮，这再正常不过了。

"你现在可以放松下了，迪奥梅德副官。"阿莎盖补充道。

芬纽拉的举止突然变了。她坐在一把椅子上，把帽子扔在抛光的会议桌上，用牙齿咬下手套，身子向后靠，并用手掌根擦了擦眼睛。

她叹了口气，手放在膝盖上。"怎么回事，埃洛伊丝？错过亲自追捕溃散敌军的机会，这不像你啊。"

阿莎盖无视了她的疑问。"来一杯吗，芬纽拉？"准将一边说，一边走向嵌在雕像旁墙壁内的一个储藏柜。

"现在？"芬纽拉说道，无精打采地眨了眨眼，"有点早了，不是吗？"

"我们打赢了仗，值得庆祝，"阿莎盖说道，抬头看着那位倒水人的面孔。雕像那诡秘僵硬的笑容暗示着她的认同。"圣阿斯特为口渴的人们倒水，从而带来生机，但我能给你比水更好的东西。"

阿莎盖并未等待她的副手回应，她推开了门，那门是实木打造的，打开时毫无声响，灯光照亮了柜内的佳酿。房间里的一切都是精心打造的，一尘不染，这是这艘油腻舰船上的奢华小岛。阿莎盖拿出两个玻璃杯和一个酒瓶，放在芬纽拉面前。她并未坐在会议桌首座的舰长椅上，而是坐在了芬纽拉旁边，并倒上酒。

"为胜利干杯！"准将说道，举起她的酒杯。

芬纽拉也举起她的酒杯，与阿莎盖干杯。尼欧斯科提亚的优质蒸馏酒芳香四溢，她的手温热着这杯酒。芬纽拉踌躇了一会，随后抿了一口。每一口酒都比她更有价值。

"我发誓，埃洛伊丝，每次你玩那个把戏的时候，这艘船的船脊都会缩短。我也是。"

"我们赢了，我一向如此，况且你也太高了。"

芬纽拉望向窗外的虚空。断断续续的闪光显示出进攻武器仍在持续喷射火力，但战斗已接近尾声，打击战斗机和轰炸机正在返回舰船。闪烁的残骸与深空中的沉稳星光相互交织，远方则是科瑞弗瑞肯星云的尘埃轮，那是马科塔海峡的主要地貌，在漆黑的背景中缓缓旋转。围绕科瑞弗瑞肯的年轻恒星、气体以及海峡中六十颗已知太阳所组成的光芒超越繁星,而黑暗的星云中心看起来就像是一个大门或是隧道,周围环绕着灯塔的光芒。

"我们的确赢了,凭借你那惯常的热情,但每次我都以为这会是最后一次,帝皇佑我。"芬纽拉说道。

阿莎盖发出不屑一顾的声音。"帝皇太忙了,没空关照我们,还有你别再谈什么运气了。这是应对恰当敌人的恰当战术。当你面对像拜血者们那样好斗的敌人时,你得利用他们的好斗性来对抗他们。刺激敌人,他们便会犯错。他们总是如此。"

"我更倾向于对峙炮击。如果那些船上有异端阿斯塔特……"

"远距离炮击!"阿莎盖说道,"那就是你对一切事物的回应,芬纽拉。有时候这是正确的选择,有时候不是。"她抿起下唇,在抛光的桌上旋转玻璃杯,留下一圈小小的凝液。"在一定程度上,你是对的。我们的火炮优于他们的,他们的战士比我们的更危险,但在此情况下,我们还得考虑一个因素。我们没时间玩远距离游戏了,这些屠杀群必须在被侦测到后便尽快消灭。如果我们小心谨慎,他们的舰船会被消灭,但他们的战友会肆无忌惮地肆虐于许多世界。我们必须迅速行动,恰当的战术,恰当的敌人,恰当的形势。我们必须承担风险,才能实现最有利的结果。"她一饮而尽,将玻璃杯随意地滑过桌面,一位低级技师的年薪正处于毁灭的危险边缘。芬纽拉的目光情不自禁地跟着那个杯子,当那杯子旋转着停下时,她松了口气。

"发生了什么?"她说道,"你带我来这里不是为了庆祝的,对吧?还有别的事情。"

埃洛伊丝看向窗外,若有所思地皱起眉。"确实有点早了。我收到一条信息,就在刚刚,由星语部发来的优先信息。通信仍然很糟糕,他们尚未完成翻译,但要点很清楚。"

"在翻译完成前便呈了上来,想必一定很重要。那条信息说了什么?"芬纽拉说道,放下了自己没怎么喝过的酒杯。

"好吧,"埃洛伊丝说道,点点头,"这是当前的紧要问题吧,我们要撤退。"

阿莎盖拿起芬纽拉的酒杯,说:"来自泰拉的命令,通过位于海峡中塔斯马的舰队司令部传来。"

"至少信息再次传来了,"芬纽拉说道,"也许在盲目时期之后,事态有所缓和。"

"我表示怀疑，"阿莎盖说道，"现在听我说，这并非全部，事态……有些发展。"

现在芬纽拉感到好奇。阿莎盖故意不告诉她，享受着自己知道而她的副官不知道的感觉。"得了吧，埃洛伊丝！"她说道，"别卖关子了。"

"准备好了，你需要不少时间来消化。"阿莎盖戏剧性地停顿了下，"原体，罗保特·基里曼，奇迹般地复生了，并且去了泰拉。"

"什么？"芬纽拉说道，目瞪口呆。

"别急，还有，"阿莎盖说道，享受着芬纽拉的反应，"他被任命为总司令，他们称他为帝国摄政王。元老院发生了一场清洗。我们将重新加入舰队主力，并协助撤离这个战区的所有军事资产。我们将放弃科瑞弗瑞肯另一侧的一切，在海峡的这一侧重组，然后撤退回要塞世界海德拉弗尔。"

"然后呢？"

"我们将等候进一步命令。上将也许知道得多一点。"

"一位原体。"芬纽拉摇摇头。"这怎么可能是真的？这是真的吗？"她说道。伪造星语信息并非易事，因为发送者的意图往往比信息本身更加清楚，但这并非不可能。

"这条信息有三重天鹰加密，由舰队中最纯洁、最强大的星语者发送。这是真的。"

"但为什么？我们将会失去自裂隙打开以来我们所为之奋战的一切！屠杀远征军正在攻击海峡周围的每一个世界，我们不能就这么放弃它们。"芬纽拉说道。

"我们这么做是因为命令如此，而且……"她露出微笑，"原体正以帝皇之名召集一场新远征。他似乎已经在泰拉待了好几个月了。王座世界发生了一场袭击，他将之击退了，随后他宣布了这场不屈远征。准备工作正在有序进行。发生了许多事情。"她用酒杯指了指芬纽拉。"所以通信终究也没那么好，不是吗？"

"一场远征，现在？我们都没有足够的战士和战舰守住我们已有的领土，而在泰拉遭到袭击之后？这简直疯了。"

"真的吗？"阿莎盖说道。芬纽拉很讨厌她的反问。阿莎盖继续说："如果能将部队更好地结合利用，那在我们已经失去的世界上浪费帝国的兵力有何意义？散布太广，我们的大军就几乎毫无作用。结合在一起，他们便不可阻挡。我们不需要一位原体也能明白这点，但我们需要一位原体来下达这个命令。我们会失去一些领土，之后我们会将之一起夺回，然后再拿下更多领土。这是伟大的日子。"阿莎盖站起身，将芬纽拉剩下的酒一饮而尽。"当然，还有撤离的小问题。我在想，会是哪？"她望向窗外的尘埃云、太阳以及星云中心，那里正孕育着漫漫黑暗。

"我以我的军衔打赌，一旦与特雷赫斯康取得联系，我们便会被派往弗摩尔Ⅲ。弗摩尔似乎是集结所有兵力的最佳地点。"她耸了耸肩，"我们走着瞧。不论我们被下令前往哪里，我们已经避开了马科塔中央冲突区一阵子，追捕这些劫掠部队。现在我们将直接航向地狱之口，就这样吧。我们恪尽职守，然后离开。就算是荷鲁斯或是他的任何魔鬼都无法阻止我们。"

阿莎盖露出微笑，芬纽拉皱起眉。她们二人的不同表情完美体现了她们的迥异性格。对于阿莎盖而言，一切都关乎荣耀，芬纽拉在任务中则专注于生存。

"我们需要做好准备，"准将说道，"必须实施得体。戴上帽子，戴上手套，挺直身子！暂时不能当埃洛伊丝了。我要在此召集其他值班指挥员，并告诉他们。我希望你看起来适当严肃。随后我们会等待星语祷文全文解码，然后向整个打击群宣布。这应该能提高一些士气。我们得让典记之声号重新航行起来，并重组我们的舰队……"

第七章

最高优先级

处理书吏

总监杰德蒙德

纳乌拉·尼森的工位是一个正好两平方米的小隔间。房间墙壁向上延伸，远非她目光所能及，其高度足以将她与数千同事和他们翻页的轻柔沙沙声相隔离，但房间上方是敞开的，将她暴露于定期掠过的监督伺服颅骨的监视中。

尽管如此，她仍无法看到天花板。她从没看到过。天花板已经消失于黑暗中。她和其他人的小隔间中只有一个安装在活动扶手上的流明灯，灯光只能勉强照亮小桌子。小隔间中剩下的家具包括一个植入墙壁、覆盖着沉重青铜格栅的小通信发射器，小隔间外墙上用于接收传来公函并进行评估的宽阔槽口，一堆紧挨在一起的高高的架子，还有一把十分古老的椅子，那令人难受的金属座位被几代人的宝贵屁股磨得相当薄。

纳乌拉白天待在小隔间中，晚上则在宿舍。他们去盥洗室和食堂都有严格的时间安排，每月造访一次小教堂，一年两次前往澡堂，偶尔还会前去总监的办公室——那是十分令人畏惧的时刻，但她大部分时间都待在宿舍和小隔间，而小隔间占据了她更多的时间。

她仅有的个人财物是放在她桌子左侧的一副帝皇塔罗牌，堆叠整齐，近在咫尺，但并不影响她的工作。

她的上班时间是十一个小时，目前她已经工作了四个半小时。

每隔九十分钟，新的文件便会送来供她处理，手推车尖锐的车轮声会准时从走廊中传来。有时候她能听到技师在隔间墙外走动的声音，以及为隔壁工位分配文件的沙沙声。这一次她什么也没听见。一叠厚厚的文件从投递槽中戳了进来，尽管她有所期待，但她还是被吓了一跳。她抓住那叠纸，通过这柔软的羊皮纸，她感觉到了另一个人类的存在。她的心跳加速了，她大脑飞转，想着那些人会是谁，长什么样，他们曾共享过多少次这样转瞬即逝的时刻，这是她白天里唯一的与人类接触。

那位技师突然放开了那叠文件。但纳乌拉仍然紧紧抓着文件，十分激动，然后她打了个趔趄，松开了手。结果那叠羊皮纸迅速从槽口中落了下来，尽管只有十几张纸那么厚，但羊皮纸仍然很沉重，"砰"的一声落在了她的桌子上。那叠纸将塔罗牌撞到了地上，塔罗牌落下时，几张卡牌四散飘落，其他牌则在触地时绽向四面八方，飒飒之声传到隔间的各个角落。她向下伸出手，在拾起卡牌的同时轻声祈祷。如果她被发现的话，每浪费一秒钟都会受到惩罚。她迅速拾起卡牌，叠好它们，然后坐直了身体。

文件页呈扇形散在桌面上，差点随着卡牌滑落到地上。保护并隐藏文件内容的葱皮纸十分凌乱。这些微不足道的祸患令她心烦意乱，她在重新整理的同时加快了祈祷的速度。她试着保护好那叠文件，害怕打破帝皇命定的顺序。与此同时，她拿起半堆文件，轻拍整理。

她低头时看到的景象令她僵住了，难以置信。

不知怎的，五张落入那堆文件的卡牌现在正位于一张公函上，呈现出完美的天鹰形。三张卡牌直立着，紧靠在一起，形成帝国鹰的身体，两张水平的卡牌则组成了双翼。她目瞪口呆，自己可没法把卡牌摆得那么整齐。此外，公函的葱皮封面已经乱得不成样子了。卡牌遮住了大部分信息，除了缝隙之间可见的几个词。

一段残句引起了她的注意。

"……总司令本人的注……"

她第一次细看着那些卡牌。两张是大阿卡那牌，两张是不和牌，只有一张是小阿卡那牌。四张大牌是她在寻求引导时鲜有出现的卡牌，她有时曾抽出过其中一张，但从没有在一个牌阵中见过如此多的重要卡牌。

帝皇王座端坐于正中，颠倒的战争引擎位于其左侧，同样颠倒的破碎世界位于右侧。天鹰右翼是基里曼之怒，卡牌顶部面向外面。另一翼则是银河，这张牌的上部指着中间三张牌。她的双眼扫过牌阵，试图解读其中意义。

在她意识到自己在做什么之前，她已经按下了通信发射器下方的那个红色按钮，其中光芒满怀恶意地朝她闪烁。通信单元连接着档案部，那里为公函的恰当分类提供研究，但它也有别的用途。

"要求觐见。"她清楚地说道。通信发射器发出嗡嗡声，灯光闪烁关闭。

几秒后，一个伺服颅骨飞向她的隔间，安装于侧面的探照灯发出耀眼的白光，令她目眩。

"处理书吏尼森，说明问题。"那个颅骨发出机器般的咆哮，它的双眼与它的话语同步闪烁着。

"我需要见总监杰德蒙德。"她说道，指着公函上的塔罗牌牌阵。那个颅骨转动向下，检视那些卡牌。

墙壁中通信发射器发出咔咔声。"这次是怎么回事，尼森？"杰德蒙德带着恼怒的声音透过静电声传来，嗞嗞作响。

"我需要见您。"她谦卑地说道，低头鞠躬让那个颅骨看见，并再次指了指牌阵。

杰德蒙德沉默了几秒钟，通信发射器嗞嗞作响。

"来吧，书吏，"他疲惫地说道，"快。"

纳乌拉的门锁发出哐当声。房门打开时发出的金属尖啸声在隔间中回响着，撕扯着人的神经。突然间，羽毛笔、翻页以及难以听清的集体呼吸所发出的轻柔声响都停下了，听力所及范围内的所有人都紧张倾听着。

她走了出来，房门在她身后关闭，声音同样嘈杂。书吏们的轻柔声响再次恢复，也许更加匆忙了些。失去的每一秒钟都令他们的罪孽更加深重。

"跟上。"那个颅骨说道。它在纳乌拉面前上下跳动，用探照灯照亮了黑暗的走廊。每栋矩形房中有十六个小隔间，两列八排，中间的走廊组成了一种极其乏味而又精确的网格图案，延伸到黑暗之中，道路两旁排列着数百扇门。

纳乌拉穿着拖鞋的双脚在瓷砖地板上无声地行走着，但那个颅骨的重力叶轮在高声鸣啭，让她感到很不自在。每个小隔间中都有一个男人或者女人，好奇着外面发生了什么。她几乎能够感受到他们的思绪。这么多人想着同一件事情令人感到压抑，尽管她知道这只是她的想象。她低声祈祷谢罪，并确保在他们路上经过的每一个神龛处都跪拜一下。

　　墙上安装有灯板托架，在遥远的天花板上，长长的链条挂着枝状大烛台，但这些托架要么都是空的，要么其配件已经损坏。当她经过一个正在运作的灯板，或是看到只有一个灯泡还在运作的灯树时，她感到自己暴露无遗。尽管她十分清楚这个世界的运行方式，知道自己一直都处于监视之下，但那一块块灯光让这种感觉更加糟糕，她匆匆走了过去。当她这么做时，那个跳动的颅骨便会飞回来，探询似的注视着她。她将目光从深埋于颅骨眼窝中的闪亮目镜前移开。

　　走了十五分钟后，大厅墙壁出现在了视野中。在又爬了十分钟大山一般的阶梯，转过三个弯后，她已经十分疲劳了。她的身体并不健康，这使得她不得不在一个楼梯平台上停下歇口气。她所倚靠的栏杆摇晃着，身后的墙壁因湿气而显露出发霉的条痕。

　　小隔间在她脚下永无止境地延伸出去，书吏们的暗淡灯光所产生的微弱光束照了上来，迅速被黑暗所吞没。有些地方，整个区域都是黑的，但大部分房间中都是锁在其中的工人们，就像她一样。这些人是她一生的同事，但她只知道少数人的名字。她的位置足够高，能够看到楼梯下面，她发现自己正盯着一个个埋于公函羊皮纸堆中的脑袋，评估着来自人类星际国度各个角落的求助呼叫。

　　她从未见过星辰，只有公函。对她而言，帝国只是一个由词句组成的国度，它也许根本就不存在。

　　那个颅骨飘回楼梯，悬在她面前。

　　"别磨蹭，跟上。"

　　她痛苦地吸了口气，继续向上爬。

　　杰德蒙德总监是一位身材短小的秃顶男人，皮肤很差，牙齿黢黑，他给人一种臃肿但实际并不肥胖的感觉。公函厅中没有胖子，即便是主管人员。对于纳乌拉而言，杰德蒙德的小办公室已经是难以想象的奢侈之地。他拥有至少三个仆人，他们正忙着从墙上的信件格中拉出卷轴，并将数据板堆在特殊轮架上。有一扇窗可以俯瞰隔间场，房间后方则有一扇门，她从未见过这扇门被打开。那里通向哪儿？她猜想那里面是一间盥洗室，近在咫尺以便杰德蒙德能够随时使用，或者是他的个人宿舍，让他能在一张软床上独享睡眠。纳乌拉的脑海中并未想到那里可能会是几间私人房间，以及能离开公函巢都的走廊，这些事物已经超出了她的理解范围。

杰德蒙德在深呼吸，一遍遍地读着那个公函。

"这只是个简单的最高级请求，就像我们每天收到的其他几百个一样。处理掉它，对于你不懂的术语，向档案部申请搜索，然后盖章，放进正确的托盘。"

"但那些卡牌……"她说道，站在杰德蒙德面前，她现在感觉自己很愚蠢。

"几百个，"杰德蒙德说道，眯起双眼，"每天。"他将那个公函放在他的超大书桌上。那张桌子几乎和纳乌拉的小隔间一样大，如此大的一件家具让杰德蒙德看起来十分古怪，仿佛一个装饰小天使活了过来，爬下基座，来到人类世界干起活儿。

"你真的知道这些话的含义吗？"杰德蒙德说道，朝着公函挥挥手，"你当然不知道。你有自己的清单，书吏，你的职责是根据部门准则评估这些威胁公函。这里有印章、沉思机标记、技师的批准记号、重要术语检验。"他朝着这些东西依次示意。"其他人都完成了他们的工作，你的工作是检查它，进行相应的分级，然后传递下去。你只有在特殊情况下才能阅读它们，因为你并不理解上面说的是什么。这没什么，因为你就不应该去理解。"他露出一丝冷酷的微笑，"你应该处理它。"

杰德蒙德是对的，她并不理解。

"但那些卡牌，"她说道，"牌阵十分完美，我本可自己摆成那样的。"

"你扔下去的,这是你自己说的。想象会杀死理智。不要思考,这对你不好。"

"这牌阵全是预兆卡牌，要是……要是……"她吞了口水，压低声音，"要是他正试着引导我们呢？这些卡牌是帝皇与我们交流的方式，所有人都知道。教士们说——"

"拜托，"杰德蒙德打断她，露出劝诫的神情，"为什么他要把思想放进你这样的脑袋中？你只是个无名之辈。塔罗牌不是这样用的。"

"您知道它怎么用的吗？"

"我有自己的。"他说道，拍了拍一个实木打造的盒子。他翻开盖子，一套十二张水晶卡牌放置在丝绒槽中,远比纳乌拉那副破旧褪色的硬纸牌更加华丽。看到如此昂贵的东西让纳乌拉感到卑微无比。

"您定是十分虔诚,才会拥有这样一件东西。"她说道,感到羞愧。她垂下目光,手指在她那肮脏的长袍前扭动着。她不想要这么做,但停下这动作也很难。

"我每天都会请教塔罗牌,"杰德蒙德骄傲地说道,"今天,它们并未告诉我会发生什么特别之事。"他叹了口气,想了想,再次看着那个公函。"你在开牌前有祈祷吗?"

"没有。我没有开牌,它自己摊开的。"

"你的脑海中没有产生疑问?"

"没有,它们毫无征兆地落了下去。"

"所以你并不知道那意味着什么。"他的手指放在羊皮纸上。诸多世界的命运就在那只微不足道的手下。

"不,我不知道。"

"那么为何帝皇会这么做?他并不会迷惑我们。我打算向忏悔者伦纳德报告你的这个异端行径。"

纳乌拉猛地抬起头,说:"不!拜托了!"在她那微小的世界中,忏悔者伦纳德的造访是最糟糕的事情。

杰德蒙德抬起一只手。

"我不会的。这只是个巧合,尼森,你的卡牌掉落了。我赞赏你对于自己笨拙行为的诚实。接下来的五轮周期你会被扣除半小时的睡眠时间,更多的工作会帮助你集中精神。向帝皇祈祷,感谢他引导我宽恕。在帝皇之光中,我心怀慈悲。"

纳乌拉本应充满感激的,但她的目光飘回到了公函上。每当她看着那个公函,她的预感便更加强烈,说:"总监……"

"满意了吧,我不会再补充了,"杰德蒙德草草说道,"待你回到桌前,你要全身心地投入工作。你已经浪费了很多时间。现在,回去工作。"

他把那个公函递给纳乌拉,露出同情的神情。

"和其他公函一起处理掉。我知道这看起来很糟,但自从盲目时期过去以来,越来越多像这样的公函送了过来。每周我都会看见许多比这更糟糕的,帝皇保佑我们所有人。这种数量史无前例，帝国正在燃烧。许多公函都交给了圣人原体。如果每个书吏和小人物都带着自己的苦恼去叨扰他，你觉得他会做何反应？他正担忧着诸多星区的命运，我们不能拿一个世界的泪水去烦扰他。但是我读到了，我读了所有公函，而我理解这些公函，尼森书吏。你觉得这让我做何感受？"

"非常糟？"

"比这更可怕。"他沉重地说道，这并非装腔作势。

"好的，总监。我很抱歉。"

"如果这个公函真的如你所担忧的那样重要，那么帝皇会确保它送到合适的地方。这便是我们的使命。帝皇并非通过个人施行他的意志，而是通过内政部的官僚系统，这是最神圣的机器，你我只是其中微小的一部分。一个人的努力微不足道，但团结一致，我们便是有史以来最伟大的帝国。放心，你在此微不足道的劳作将会和其他亿万人的劳作聚集为非凡的事物。这便是我们的效劳方式，尽管我们谦卑无比。"

"是，总监。"

"怀有信仰，处理书吏尼森。只要帝皇在黄金王座上照看着我们，一切都不会出差错。"

纳乌拉拿回了那个公函。杰德蒙德总监拿起一支大羽毛笔，继续他的工作，细读着一张冗长的列表，并看似随意地敲着左边的盒子。

纳乌拉并没有动。

"就这样了。"杰德蒙德头也不抬地说道。他用一只空手朝着他的一位仆人示意，那位仆人拉起纳乌拉的手肘，带她出去。那人的动作很轻，但满脸怒容。

外面，那个颅骨正等候着将她带下楼梯回到她的房间。

第八章

六十颗太阳

亚空间裂隙

恐虐的猎犬

圣阿斯特号在撕裂亚空间的风暴中颠簸前行。自从裂隙撕裂银河以来，没有任何一趟旅程是四平八稳的。在最近几个月里，阿莎盖的舰队里已经有三艘船沉没其中，但这似乎并未让准将气馁，相反她在风暴的威力之中倍感兴奋。她的眼睛中闪着光，这既令芬纽拉感到鼓舞，也让她忧虑不已。

警笛声响彻指挥甲板，挂在甲板穹顶的守望大钟开始发出阴沉的鸣响。

第一道钟声令人生畏，震慑人心。

"全员准备实体空间迁移！"天界长在他的高台上喊道。他戴着仪式眼罩，那是他职务长袍的一部分，他朝着缝在嘴边的一个通信发射器高喊着。五十人齐声重复他的话语，伺服颅骨携带的通信记录仪将歌曲转播到整艘舰船。船上的一群教士也加入其中，用素歌咏唱这条宣告，焚香弥漫各处。

缓慢摇摆的大钟抵达了顶点，悬停片刻，又落了回来。钟锤撞击金属，钟声再次响起。

"典记之声号、辉光号、无情号、阿尔斯·贝勒斯号和信仰之诺号全部报告已准备好进行亚空间同步突破，准将，"一位舰队联络官报告道，"随从中队、欣喜中队、闪耀中队和责难中队也同样报告准备就绪。"

阿莎盖凝视着覆盖圆屏的装甲遮板，仿佛她的目光能刺入天界之潮。

"全舰通信！"阿莎盖下令道。

一个形似一对天使的设备飞了下来，翅膀震颤。重力叶轮令其悬于空中，嗡嗡作响。它展开一只机械臂，将一个通信喇叭伸到准将的嘴边。她停顿片刻，组织语言，然后坚定地开口道："现在听我说，帝国勇敢的虚空船员们。我们将直接航向地狱之口。在帷幕的另一边等候着一群异端和叛徒，阻挡着我们前往弗摩尔Ⅲ的道路，在那里，数千帝皇的忠仆们正等候着救援。在帝国凯旋时期与首逆荷鲁斯沆瀣一气的那些战士近在眼前，他们不知道自己已经输掉了战争，我们会去教育教育他们。"

她从座位上站起身。天使扇动着装饰性的翅膀，重力叶轮发出响亮的嗡嗡声，那个设备向上飘起跟随着她。

"此时此刻，在泰拉，发生了一个奇迹。原体罗保特·基里曼已经归来。帝皇向我们表明，他不会屈服于古老的敌人。在我们讲话的同时，未来正在重塑，帝国将万古长存。效劳帝皇和他最后的存世子嗣，开启复兴我们伟大种族的纪元，这是我们的伟大荣光。我们当中的许多人都会牺牲，不要害怕！帝皇等候着所有尽忠之人、奉献之人。前方尽是毒蛇猛兽，但它们皆会被信仰之剑所击败！准备战斗！准备战斗！"

她朝着她的首席战使们——负责火炮、鱼雷、光矛、攻击机和等离子的长官们点点头。

"射光火炮！将反应堆输出增至最大，开始启动实体空间引擎。我们以战备状态进入物质领域，我们将血战到底，直到任务完成，并救回帝皇的勇武战士们，如此他们也能更好地效劳我们爱戴的帝皇！"

她在响亮的欢呼声中坐下。

芬纽拉的目光从她监督的无数任务中短暂移开，抬头看向自己的长官，说："这场演讲不错。"

"哪场演讲不行？"阿莎盖说道。

"关于作战事宜。如果特雷赫斯康上将的报告仍然准确，那么敌人会在孟德维尔点等候我们。海峡的安全出口很少，在弗摩尔星系只有一个。"

"我们已经做好了准备。要有信心，芬纽拉，要有信心。"

阿莎盖的扶手上闪起一道紫色的光。

"全员！"她喊道，"我们现在开始迁移！向舰队传输命令。退出倒计时，五、四、三……"

大钟鸣响，舰船呻吟，整个甲板都在震颤，寒冷的狐火在指挥战位的边缘和柱顶的颅骨眼中积聚。指挥甲板的舰员们系好了安全带，那些拥有相关设备的人则利用磁力锁固定在甲板上。武装兵返回了他们的冲击架，教士们高唱着颂歌，与回响在整个圣阿斯特号的亚空间引擎的尖啸相互呼应。

"二、一！现在迁移，启动实体空间引擎。全员准备战斗！"

舰船震颤着，芬纽拉紧抓着扶手。她的视野渐渐模糊，同僚军官的轮廓化作不同颜色的重影，所有人都蒙上了一层模糊的薄膜，将现实与非现实相分隔。

随着一道高声哀号，圣阿斯特号突破了亚空间，进入了物质界。只有导航者能安全地看向天界，其他人只能通过舰船猛烈的震颤来感受他们的到达。

"迁移成功，"位移长说道，"所有舰船报告。全体舰队就位，赞美黄金王座。"

"打开圆屏，"阿莎盖下令道，"升起护盾！"

强化玻璃上的塑钢板升了起来，露出令人惊叹的景色。

壮丽的美景浸透了马科塔海峡的虚空，科瑞弗瑞肯在中心贪婪地颤动着。厚厚的云堤闪着等离子电光，播下恒星的种子。在边缘，年轻的太阳燃烧着，组成了海峡的海岸，拖曳的行星阵列环绕其中。

尘埃和发光发热的气体从科瑞弗瑞肯星云向四面八方延伸而出，其尖端被恒星所点燃。尽管海峡恒星周围的世界都很年轻，但它们仍然富含形成于星云脉动心脏中的元素，其中许多已经有了生命。这些世界曾被饥渴的帝国所占领，六千年来，它们形成了相互依赖、繁荣兴旺的国家集团。如今，这些世界无一不遭受到了战争的摧残。

弗摩尔是圣阿斯特打击群的目的地，那是一颗淡黄色的大型主序星，是最适宜生命存在的地方。硕大的弗摩尔有三颗行星围绕其公转，三个世界全都会因屠杀远征而被抛弃。

一缕缕放电光球和幽灵光芒冲过圣阿斯特号的舰艏，模糊了外景的一些细节。这些现象迅速消散了，芬纽拉终于看到了阿尔斯·贝勒斯号和无情号，它们正航行于前方不远处。发现自己落后的护航舰向前推进占据了领先位置，身后是宇宙碎片撞上虚空盾产生的湮灭闪光。将一支舰队以作战编队的形式

带出亚空间几乎是不可能的，特别是在海峡这种引力密集的环境中，但阿莎盖对于她所看到的情况满意地点了点头。

芬纽拉快速划过十几个信息屏。舰队井然有序，并且能迅速进入切实的战斗姿态。圣阿斯特号的护盾片刻后便启动了，星辰和星云的景色短暂扭曲。反应时间尚可，尽管对于阿莎盖而言还不够快。她定会这么说的。

"将舰队部署放到主全息仪上，"芬纽拉朝她的下属下令，"开始广域占卜扫描。全球面，一千六百千米半径范围，然后再增加至十六万千米。"

信息已经从舰船传感器中涌入。武器排放量、近期亚空间出入情况和等离子痕迹都表明星系内有大量活动。在传感器反馈的指引下，肉眼便能够识别出战争的迹象。弗摩尔的虚空中闪烁着几小时前的战斗光芒，其烈度和持久度表明弗摩尔的世界战况激烈。

他们收到了数千条通信信息，没有一条是发给圣阿斯特号的。他们要在几小时后才会被注意到，然后再过几小时发送给准将的第一条信息才会抵达星系边缘，而这给了舰船策士们更多信息，以建立起战术形势。

"所有舰船组成编队，匹配典记之声号的速度，我们前往弗摩尔Ⅲ。"阿莎盖说道。

"当心！"先知长喊道，"灵能占卜在我们的目的地附近探测到罕见的读数。"

芬纽拉一直觉得惊奇，阿莎盖总能够在涌来的信息潮流中抓住最相关的碎片，她注意到了，并做出了回应。

"给我看看。"

在先知长的命令下，一段圆屏被复制到一个大型3D投影仪中。弗摩尔的黄色弧形逐渐放大，弗摩尔Ⅲ在另一端，但在太阳边缘伸出了一团能量。

"那是什么？"阿莎盖问道。

"根据我的读数，夫人，是一个亚空间裂隙。它正在扩大，从弗摩尔Ⅱ向弗摩尔Ⅲ的方向扩散。"

"嗯。"阿莎盖说道，从座位上起身，走下来站在芬纽拉身旁。她心神不宁，身上带着绝望的气息。她笨拙地摸索着她的锡罐。

甲板另一角响起一道警报声，随后更多警报声传来。

"夫人，随从中队报告敌方驱逐舰来袭，五艘龙级，"另一位军官告诉她，"后方还有未知能量信号，沉思机显示是三艘中等排水量的巡洋舰。"

"恐虐的猎犬嗅到我们了！"阿莎盖说道。

信息传到了另一个屏幕上，随后，舰桥凹室便填满了发光的全息图像和单调的投影，和星云尘埃一样多层而复杂。

阿莎盖检视着拦截舰船的预计轨道。"那么我们的神秘现象得先等等，"她说道，"我们得先解决掉这个。在我们减速加入弗摩尔Ⅲ的战斗之时，我不会让敌人在后面紧追不舍。高速下降，开始机动，组成炮线，开始垂直横越敌方前进线。典记之声号准备轰炸机突击。让拉丁莫克舰长待在后方，他的船仍处于受损状态。我们得在敌方进攻前便阻止他们，而我们需要轰炸机立刻升空。"

警报响起，引擎推力抵御着惯性，舰船发出呻吟。

"这只是第一场遭遇战，"阿莎盖朝着芬纽拉低声说道，"弗摩尔将会是一场艰难的战斗。"

芬纽拉并未专心倾听，她的目光落在了太阳周围的亚空间裂隙的痛苦污点上。

第九章

职业转变

后勤官贡特

复仇之子

在大食堂中的晚餐是一项正式事务，这并不算是技师们分配稀少的自由时间，而是被视为他们工作的一部分。晚餐有一个半小时长，每月两次，每个人都将之视为自己正当的特权。

法比安却并不愿享受这一刻。他曾经向别人表示，他们应该更加心怀感激。这个特权只是历史的偶然，他和他的同事与其他人之间并没有什么真正的区别。

他曾指着等候在他们桌前的苦工们说："我们本会成为他们的一员，如果我们祖先的生命中有一件事发生了改变的话。"

他的同事们愤怒不已，其中一些人乐于愤怒，因为他们喜欢振臂高呼，所以义愤填膺。"一切都是帝皇的旨意！"他们曾说过类似的话。

法比安当时那么说只是为了搞怪，但他现在不那么确定了。读的书太多了，他斥责自己。他的内心有条虫在啃噬他，如同羊皮纸里的象鼻虫啃食档案员塔楼中的长年智慧一样。他始终在想原体。他的食物比往常的更难吃，他感到消化不良，这让他的脾气更加糟糕。

"为又一个美好的评估之周干杯，亲爱的阁下们！"迪米乌斯·温特慷慨激昂地讲道，他正充当着他们这一桌的祝酒人。他是个自尊心极强的人，他自掏腰包为自己的长袍刺绣，上面的图案是在打规则的擦边球。他的脖子上围着一个邋遢的三层皱领，他的举止仿佛是在帝皇本人的桌前进餐，尽管他们只是众人中的一员，大食堂中有几百张桌子。

"为帝皇的荣光干杯，和他的永恒帝国！我们公正地统治星辰大海，向我们的主人致敬，感谢我们的服务！"温特大声吼道。食堂中回响着虔诚的宣言，相互角逐。噪声达到了令人难以忍受的程度，祝酒人们举杯祝酒，食客们做出回应。

"帝皇保佑！"波·佛斯登说道。

"帝国永恒！"贾尔·希索帕高呼。

人们欢呼喝彩，高举烈酒杯，一饮而尽，相互之间攀比着各自的虔诚。法比安感到阵阵头痛。

"你不欢呼吗，盖尔弗林阁下？"温特说道。

"为了帝皇。"法比安低声说道，举起酒杯。

一些人发出啧啧声。

"你不站起来！也不高呼！这是缺乏热情的表现！"温特斥责道。

"抱歉。"法比安说道。他这一整天心情都很糟，现在终于爆发了，他将自己破旧的餐巾纸扔在盘子上。法比安说："近来我鲜有热情。泰拉纷争不断，帝国烽烟四起，然而我们却坐在这儿吃吃喝喝，仿佛什么也没发生。"

"每个人在某个时刻都得坐下来吃吃喝喝，盖尔弗林。"波·佛斯登说道。佛斯登是他的邻居，盖尔弗林仅仅只是和他打过照面。

"的确，但他们没必要沉浸在自满得意的氛围中。"

温特说："说话注意点，盖尔弗林，你的语气仿佛帝国正处于困难之中。"他缓缓坐下，为自己盛来更多食物。

"而你的语气，温特，仿佛在享受凯旋的巅峰时刻！"法比安回应道，"我听说泰拉许多地方都发生了公开叛乱，盲目时期的影响会持续数代人。我们过去也并非处境优越，看看我们！"他用手拍了拍他们的服饰，说："我们的环境是很好，但每天的食物都是同样的营养块，这个区域的其他居民吃的也一样。所有的物品都很陈旧，大部分都受损或是毁坏了。"他敲了敲自己带有缺口的杯子，说："这迹象是属于一个强壮健康的帝国，还是严重衰退的？你坐在这儿，赞美着过去，却对过去一无所知，而当下却是皇宫城墙外在熊熊燃烧。"

"别再说了！"贾尔·希索帕友善地埋怨道，"你总是毁掉一场晚餐，盖尔弗林。我们谈谈别的吧。"

他尝试转移话题失败了。

"从来没有任何帝国像我们一样，"温特说道，"我们的帝国是永恒的。"

"在这之前是怎样的呢，在帝皇之前？"法比安说道，一头扎入了危险的境地。他本该就此打住，但愤怒刺激着他。

"其他帝国的存在都是叛徒们散播的谣言和传说，"那个叫作巴斯库斯的瘦子说道，"帝国过去一直存在，将来也会一直存在。"巴斯库斯举起酒杯。"帝国永恒！"他说道。

"帝国永恒！"其他人高呼。

"这不是真的！"法比安说道，"过去也有其他帝国，你们不觉得他们都认为自己的统治会永远延续吗？你们不觉得他们曾经面对的就像是我们现在所面对的一样吗？"

"这是谎言！"温特说道。

"这是真相！"法比安说道。

"你在哪儿读到这些的，法比安？"格威廉·德兰说道。那是法比安非常讨厌的一位技师。

"我们有资料的，如果你愿意去看的话，格威廉，全都在我们的图书馆里！我们已经变得盲目且懒惰。"

"你正变成一个异端，伟大机器中没有破损部件的位置。"

"好。"法比安说道。他突然站起身，椅子摇晃着，他因愤怒而激动不已。他说："这块破损部件准备离开了。"他努力维持自己的尊严，却没法做到，他转过身，伸出手，说："我一生中鲜有乐事，我很期待我所说的成为现实。"

"他刚刚是希望帝国终结？"巴斯库斯震惊地说道。

看起来可能是这样，法比安想，这意味着现实也许的确会是这样。

"一群蠢货，"他说道，"小丑，傻瓜！"他的声音清晰洪亮，同时愤怒地冲了出去。

"我要举报你！"温特在他身后喊道，"教士们会听到你的这些话，还有部门督察员！"

法比安冲过技师同事们的椅子，一阵突如其来、难以抑制的嫌恶感涌上心头，他们的眼神，他们的思想，他们的味道，都令他嫌恶，但恐惧已经开始渗入他的脑海，在他抵达食堂大厅那华丽脱落的大门时，他正想象着自己要怎么解释才能让他脱离自己设下的困境。仆人们低头鞠躬，打开大门，但他们也听到了他的话，并且面露惊骇。

　　他真是个蠢货。

　　在他返回写字住所的途中，他才意识到自己犯下的滔天罪行。和他一条长廊上的所有同事都在食堂，因此在他的这一层，开放中庭两侧都很安静。

　　如今，肾上腺素已经退去，他的双腿在颤抖，他停下脚步，整理自己的呼吸和思绪，同时紧抓着损坏的长廊栏杆。鹰、帝国的"I"和他的部门的艺术化羽毛笔装饰着熟铁板，上面全都锈迹斑斑。铜绿和抛光剂的厚厚沉积物积聚在栏杆的铆钉周围，一些地方的中空黄铜已经完全破损掉了。

　　一切都如此陈旧。巢都中的活动让栏杆弯曲变形，玻璃天花板上满是破裂的窗玻璃，而且还积着灰，不透光。法比安并不知道另一边是什么，就他所知，那可能是天空，但更可能是另一个悲惨的部门。

　　这想法让他感到压抑又有趣，他嗤之以鼻，并用自己的职务指环敲了敲黄铜栏杆。

　　"一切都会好起来的，"他安慰自己，放下那些思绪，走回他的住所，"一切都会好起来的。"

　　他确信一切都会好起来的，直到他推开房门。

　　房间里，一切都很不好。

　　前厅地板上全是纸张，雷西利苏的床单从隐藏处被拉了出来，撕成了碎片。他的目光跟随着破坏的痕迹，进入办公室打开的内门，发现那里有一只穿着靴子的脚，顺着那条腿，他看到了那个人。

　　那人正坐在他的桌前，高高地跷着二郎腿。法比安紧张不已。所以这就是了，他们来找他了，但这似乎并不重要。激怒他的是他的文件纸凌乱不堪，散落在地毯上，他的书架被翻得乱七八糟。他十分愤怒。直到片刻后，他才看到那个人在读什么，他顿时吓得惊慌失措。

　　他并不认识那人穿着的制服，那是军用款式，简朴的裤子，合身的上衣，他的徽章表明他是内政部的一员，但那块部门徽章很模糊。总之，那人散发着军人的气质。他的头发修剪得很好，脸部剔得很平。他也同样很年轻，法比安想。那人朝他露出微笑，"啪"的一声合上书，那低沉的声音如同关上地牢大门一样强烈无比，不容置疑。

"写下这些东西，你会摊上大麻烦的。"他说道，并递出法比安的个人日记。

"你是谁？"法比安说道。

那人摇摇头说："小小的蔑视不会给你带来任何好处，你知道吗？我重新组织下刚刚说的话。"

他的另一只靴子踏在了地板上，站起身。制服下的他肌肉发达，髋部的枪套中插着一把黑色的激光手枪。

"你摊上大麻烦了。"

在那之后，事情的发展令人眼花缭乱。更多的人进来了，携带着枪，穿着护甲。法比安无助地坐在他的桌上，他们则在乱翻他的东西。

"你是谁？"他问道。他的办公室已经被彻彻底底地翻了一遍。

"杰梅因·贡特。"那位年轻人一边说，一边打破了墙上的镶板，他的部下则撕开了后面的电缆和管道。

"那里面什么也没有，"法比安说道，"全都在这儿了，你已经找到了所有东西。"他抬起手指着他的秘密隔间。一个战士抓住了他的手，拉下来戴上手铐。

"这种事情你得分外仔细，"杰梅因从那个黑暗的地方抬起头，"或者说任何事情都是。"他把头发从眼前撩开，并指示一位武装暴徒用激光枪枪托打碎另一个镶板。

"我坦白！"

"这对你没什么好处。"贡特愉快地说道。

"那么告诉我你是哪个部门的！"

"我不是，我是一位后勤官，"贡特说道，然而那一刻他看起来完全就是个热忱的恶棍，"我们的部门是新的，由原体本人组建，负责监管远征舰队的编制和补给，后勤部。"他略微低头。

"但你看起来像个军人。"

"你并不愚蠢，"贡特说道，他轻敲着自己的颈针，"要是你是个蠢货，我们就不会来这儿了。"

"你看起来像是星界军的。"法比安说道。

"你还是很蠢。"贡特指了指桌侧。

法比安站起身，贡特招呼他来到一旁。

"谢了，"贡特说道，然后猛地掀翻了法比安的桌子，"我们必须仔细周全。"贡特朝着两个人示意，说："我们准备走了。找一些当地人来这儿清理下，确保他们看见这片混乱。"

法比安低头看着自己毕生的工作，说："你甚至都不打算搜查下？"

"这不是重点。你要跟我来。这里有什么你想要带走的吗？你不会再回来了。"

"什么？"

贡特转转眼睛，叹了口气。"好吧，我知道你现在正处于极度震惊中，但这不是一个很难的问题。你有什么想要带走的吗？"他缓慢重复道。

"我会受罚吗？"

"朋友，如果你觉得对你的安排并非惩罚，那么文件中对你智力水平的记录就错得离谱。"他抓住了法比安的手臂，"最后一次机会。有吗？"

"雷西利苏在哪？把他带过来！我要带他走。"

贡特皱起眉问道："那个顽固不化的老仆人？"

"他的家族为我的家族服侍了四十六代人。没有了我，他怎么办？"

"我不知道，至少他不必用这些愚蠢的问题来耍把戏？"

"拜托了。"

"好吧，好吧，我们会找到他的，你可以带上他。伙计们！我们返回上层皇宫。"他喊道。他夸张地挥舞着他的那只空手，说："带上那些书。"

碰撞声和碎裂声停下了，贡特的小队在他们的领袖身后列队。

"你是一个享受自己工作的人吗？"法比安尖酸地说道。

贡特耸耸肩。他紧紧抓住法比安的手臂，把法比安推出门外，说："来吧。我们得把一个邪恶的异端游行示众，吓唬下人们。那就是你。""帝皇啊，你有麻烦了。"他低语道。

法比安被带出大门，来到了长廊上，更多后勤部官员挡着他的族人们。他们聚集在外，当法比安现身时，他们的尖声细语突然间陷入沉寂。当贡特推着法比安走过他们时，技师们都迅速后退，惊慌失措。人们举起双手，在恐惧中窃窃私语。

"未来几个月他们会非常高产。"贡特说道。他们推着法比安走入低语步道，这条路连接着法比安所在的中庭和另一个中庭，两者一模一样，相距八百米。贡特说："他们似乎不太喜欢你，你对他们做了什么？"

"我在晚餐时间出了点洋相。"法比安说道。

"真的吗？"贡特睁大了双眼，这让法比安难以揣摩。这位后勤官要么是真的感到惊讶，要么是在深深地嘲讽他。他想他能猜到是哪个。

"你在嘲讽我。"

"我们都感到受伤，不是吗，异端？"贡特说道。

他们来到一个公务地面车的停车场。部门有二十四个停车位，但只有一辆破旧的公务车停在这里，一辆庞大的黑色装甲运兵车则停在了部门唯一的那辆车旁，仿佛其他二十二个停车位都没法停一样。法比安被塞进了侧门，车内充斥着暗淡的深红色灯光。

贡特坐在法比安旁边。那些士兵，或者说后勤官，不管他们是谁，坐在他们周围沿着车窗两侧排列的长凳上。贡特说："你有听过这句话吗？书吏，不论你是谁，你都不会被铭记。你足够聪明，能够明白这句话有两层含义，你将会发现两者的真相。晚安！"

"晚安？"法比安说道。

贡特将一根针扎进法比安的脖子。"我确定你的文件的确错得离谱。"他说道。

法比安张嘴抗议，但只能发出一声微弱的声音，然后他便陷入了深深的麻醉之中。

法比安醒来时，脑海中想着的还是他停留在嘴边的最后一句话，他脱口而出。

那是个十分粗鲁的生物用语。

一个并非杰梅因·贡特的人说："你醒了。"

当法比安看到是谁在讲话时，他感到苍白无力。一阵瘆人的恐惧感惊魂摄魄，令他顿时失禁。

"抱歉，大人。"他倒抽了口气。

罗保特·基里曼大人，人类帝国总司令，帝国摄政王，复归的极限战士原体，贵族，复仇之子，帝皇本人的鲜活后裔，正面无表情地看着法比安，那一刻宛若永恒。

"我被叫过更糟的，"他说道，"现在，休息下，深呼吸。杰梅因给你打的麻药药效很快，消退得也很快。等到药效消失后再说话，到时候我们再礼貌地交谈。"

"人"对于原体而言实在是个太过渺小的词，银河对原体而言实在是个太过渺小的地方。基里曼即便不穿盔甲也身形硕大，而当他身着战甲时，他简直和坦克一样大。他身后的架子上摆放着战甲的各种部件、下挂武器的巨大拳套、弹药供应箱、肩甲外板，还有一个巨大的金鹰，安装于背包上的光环已经被移除，但他仍穿着盔甲的其余部分，即便他只是站在一张巨大的桌前。法比安在想象基里曼脱下了部分盔甲，却又想起自己没有什么时间，于是便开始着手自己的工作。基里曼那把巨大的利剑——帝皇之剑，令法比安感到一阵新的恐惧——插在挂于墙钩的剑鞘里，基里曼的手中则拿着一支笔。

"慢慢来。"基里曼说道，回到他面前的一堆文件中。

法比安看向四周，感到眼花缭乱。这个房间很大，除了法比安的椅子，一切都是为一位巨人的身材打造的。天花板很高，画着战斗场面。墙壁是黑色的石头，线头流畅，壁柱、叶冠、天使等各种装饰都金碧辉煌、光彩照人。

除了数据，房间里也十分空旷。这里有法比安和他的椅子，有基里曼，还有他们两人之间的桌子。假若这些便是房间的全部的话，那幅画定是帝国权威的体现之一。

然而在这个完美的地方也有混乱。一排排书架如同立正的士兵，在书籍的重压下下沉。桌上还堆着一沓沓书籍和数据板，更多的则四散在地板上。原体看起来似乎并不属于这里，他看起来像是一个充满嘲讽的艺术展品，一个放置于垃圾堆中的半神模型。

这不是真的，法比安想，这是药物、机器或是巫术引起的幻想。也许他正在遭受审讯或是考查。他抬起手，手上并没有镣铐，看起来足够真实。他戳了戳自己。基里曼仍在工作，查阅着多个感应板，同时阅读着卷轴和书籍。他的笔常在画动，但在感应板玻璃上并未发出声音。注意到了这点，法比安感到很高兴。他已经被所发生的事情惊得目瞪口呆，他正目睹着稀松平常的事物，却在想象着非凡异常之事。

他即将失去理智。

他半起身，然后再三斟酌了下。

他清了清嗓子，发出尴尬的颤音："大人？"

基里曼看着法比安。他的致命伤清晰可见，一道绳子般粗的伤痕突出于他的脖子密封圈下。

"你准备好了？"

"我想是的。"法比安说道。

"那么听好，"基里曼说，放下他的笔，"等我们结束之后，有人会把你带走，并给你提供些点心。如果你现在饿了或是渴了，我很抱歉，但时间紧迫。抱歉此时此刻我没有太多时间和你交谈，远征的需求很大，但请明白，我所要说的一切，以及我对你所要求的，对我而言都非常重要。在给我任何回答之前，首先考虑好这一点。你明白吗？"

法比安的舌头无法动弹，所以他点了点头。

基里曼深吸了口气。他的盔甲深处有许多小灯光，其中一些在他吸气时变得更亮了，另一些则与他的心跳同步闪烁着。

"我死了九千多年，"罗保特·基里曼说道，"银河改变了，而我并不喜欢我所目睹的样子。帝皇曾拥有一个梦想，盖尔弗林技师，而它已随我死去。"

法比安的脑袋感到眩晕。基里曼乃是神之子，法比安正与神之子共处一室！这个想法冲击着他。原体气势非凡，基里曼看起来像个人，但他不是人，他绝不会是个人。他拥有人的形体，但他是太阳，是风暴，是披着肉体的宇宙。法比安强迫自己倾听，试着理解，而他唯一想要做的，是跪倒在地，乞求仁慈。

"在荷鲁斯战败，帝皇被安置于黄金王座上之后，"基里曼继续说道，"我尽我所能地颁布措施，确保帝国不会进一步衰退。尽管我相信帝皇的抱负永远也无法完全实现，他现在已经离开了我们，但我想我们能够拯救已经拥有的一切。要遵循一个你一知半解的计划并非易事。况且，他从来没有告诉过任何人这项计划的全貌。十八位成功的子嗣，他一个人也没有告诉过。"

法比安只能与基里曼对视半秒，但他仍然抬着头，时间一点点流逝。他有种奇怪的感觉，原体在考验他。十八位子嗣？只有九位神圣的原体，九位！

他想要大叫，然后大笑。他紧闭着嘴，脑袋感到眩晕。

"我有太多的事情要做，但我会赢得这场战争，待到我取胜时，事情将有所改变。我们不能再像过去一样。过去的终将逝去，不论你多么努力地去保护它。帝国是时候再次向前看了。"基里曼停顿了下，"我要你帮助我。我们已经失去了很多。历史记录并不完整，令人沮丧。许多记录要么是捏造的，要么遭到了刻意压制。在帝皇行于人世间时，我们发掘了大部分人类历史。这些历史再次遭到了遗忘，而我必须在人类的全部知识中填补上这一空白。我正在建立一个小团体来做这件事，记录即将展开的远征，拼凑起我无力端坐于马库拉格的这段时期的历史，并在人力所能及的范围内保持真实。"

基里曼的声音强大又纯粹，然而一丝哽塞表明他的伤口深入喉部。这一瑕疵并未糟蹋他的声音，反而突显出这声音有多么完美。这是一种深沉又嘹亮的声音，驱使人倾听，它既不刺耳，也不喧闹。原体时而停顿，确保法比安能够理解，但也并不频繁，以免显得屈尊俯就，同时他会留下间隙，让这位技师能够在需要的时候提出问题。尽管原体举止温和，但倾听基里曼的话语就好像是把法比安的脑袋伸入鸣响的大钟一般。基里曼的话语回荡在他的脑海中，震颤着他的内脏。基里曼的讲话很有分寸，他的声音十分完美，但也冷酷无情，仿佛百万士兵迈入法比安毫无防备的脑海深处。

法比安此前从未真正思考过自己的灵魂，但他现在能够感觉到，他的灵魂在体内颤抖。他面色苍白，努力抑制着恶心感。

"我阅读了这些来自过去十千年的书，"原体说道，朝着桌子挥了挥手，"而我无法相信它们。我必须知道过去发生了什么，为何发生，以及何时发生，如此当我规划起新的政府系统时，它便能正确地运作。"他严肃地看着法比安。法比安的整个身子都在颤抖，他努力迎上基里曼的目光。基里曼说："我已经辜负了帝皇为我设下的诸多任务。帝国的统治状况是这些失败中最糟糕的，我们必须纠正它。"

法比安瞪大了眼睛。"我？"他试着说话，但做不到。他几乎无法眨眼，就像是毒蛇面前无助的猎物一般。基里曼的声音在他的脑海中轰鸣着，比战鼓声还要响亮，迫使他同意，迫使他遵从。

这不可能是真的，他的大脑在尖叫。

基里曼做了一个小小的手势。

基里曼说："开始时你们会有四个人。等我有时间的时候，我会与你们商讨，我会就你们将使用的方法和技巧给予指导。"他将那只戴着盔甲的巨手放在一本厚厚的书上。"在为期三个月的适应之后，你们会相互训练。这只是个开始，不要辜负我。"他停顿了下，"现在，如果你有任何问题的话，问吧。"

法比安咽了口水，原体声音的中断是令人宽慰的时刻。基里曼等候着。

"没有？"他说道，暗示他知道法比安想要说话，却做不到。

"您不打算问我，我是否愿意？"法比安喘息着。

基里曼扬起一只眼眉。

"我要是在你的位置上，这不会是我第一个问的问题，"原体说道，"你觉得你能拒绝吗？"

"要是我拒绝了会怎样？"受到那个声音的奴役，这种想法十分骇人。

"你会回到你来的地方。根据适用于你们部门的次级法规，我相信你已经被指控了不少罪行。"他翻动塑料薄纸说道，"事实上，有七项。你十分聪明，却很粗心，并且你还冒犯了你的同事。"他放下那份薄纸文件，说："这就是你被抓的原因。如果你拒绝，你会被送回去面对审判。"

"那么我接受。"法比安无力地说道。

"那么还有别的问题我能为你解答吗？杰梅因会给予你任务的细节，并把你带到你的新住所。"

"为什么是我？"

"这才是我期待你问的问题，"基里曼说道，"你的履历显示出了在这方面工作的天赋。你有一个爱探询的头脑，你很好奇，这些品质极其稀缺。"

"但帝国有上万亿人，也许更多。"法比安说道。"我……我不知道银河系中有多少人类，反正有很多，"他说道，内心对于自己的愚蠢感到畏缩，"您能够向任何人提出要求。"

"就当作是天意吧，就当作是帝皇的旨意，但我看见过你，就在雄狮之门之战那天。"

"您记得？"

"我拥有诸多天赋，完美的记忆便是其中之一，"基里曼平静地说道，"我是一位原体，我记得所有事情。"

"啊，"法比安说道，"就因为您看到了我？这就是原因？"他感到惊讶。

"不完全是。几周后，你的文件传给了我，彼时我正开始搜寻我的第一批历史官。你在你的日记中称自己为历史学家，你展现出了某种青涩的天赋，你从你所拥有的原始资料中汇集的东西令我印象深刻。在如此少的时间内，以如此高的水准产出如此多的数量，你展现出了高效干练的工作能力。就我的品味而言，虽然有点过度修饰，但写得很好。"

"您读了我的书？"

"没有什么能逃过我的注意，"原体说道，"我并不相信机缘巧合，法比安，但有时候，命运似乎会让我们的生活更加轻松一点。没错，我可能会选中亿万人中的任何一位。即便是现在，在这个黑暗帝国时期，在这个开凿于帝皇抱负的遗骸的时代，也有敢于发问的自由思想家和激进分子，而他们中的许多人都比你更具天赋。但你在这里，他们却没有。这便是原因。"

法比安站在原地，大张着嘴，他的肺太过浅薄，难以提供充足的空气，令他不得不喘息了一阵才能说话。

"这就是您的回答？"法比安说道，怀疑逐渐削弱了他的恐惧。

原体皱起眉。"我发现你正如你的文件所显示的，不受常规束缚。你在以怀疑的口吻向一位原体讲话，"他严厉地说道，"有些时候，这种特性有所裨益，因为我不需要卑躬屈膝的行为，并且喜欢向我报告的人有着一定的坦率。然而，我建议你迅速学会知道何时是没有裨益的场合。"他露出意味深长的目光，几乎快要淹没法比安，说："我们的时间差不多了。你要明白，我的事务极其繁忙。"

房门打开了，杰梅因·贡特在门口等候着。两位身形巨大、盔甲华丽的星际战士立于两侧。

"我们之后会再谈谈的。"基里曼说道。

法比安镇定下来。

"感谢您，大人。"他说道，低头鞠躬，并后退离开。

"看来你学得很快，"基里曼说道，他已经在专注于多项信息资料，"这也很好。"他不再多言。

法比安踉跄着走了出去。

贡特轻抓着他的胳膊，搀扶着他。"现在的确轻松了些。"他靠近法比安的耳边低语道。

法比安只能点点头。

第十章

效劳帝皇
正当的休息
来自王座的征兆

　　宿舍又热又挤,许多疲惫的身躯躺在一排排四层高的床铺上,他们呼出的二氧化碳填满了整个狭窄的房间,令呼哧作响的空气净化器难以处理。

　　纳乌拉·尼森很难保持清醒,她正等着其他人睡着。在工作之后她们全都精疲力竭,而休息时间很短。最终,在她以为自己要睡着时,最后一位舍友入睡了,她们的呼吸从工作时期焦虑刺耳的声音平缓为更温和的韵律。

　　她等候了片刻,然后将手伸到枕头下,摸索着她的神像。她的手指紧握着那块骸骨,将它拉了出来。她把神像紧贴在脸前,用呼吸温暖着神像。不知怎的,在她开始祈祷之前,看着这个神像总是会有所助益。第一天留在她椅子上的便条告诉她,这块骸骨来自第一个坐在她小隔间的人的腿部,但她并不相信。尽管如此,这个东西仍十分古老,它雕刻着一个坐于方形王座上的小人,并且被几代人磨得很平。它的做工并不精细,王座的扶手是歪的,帝皇的头很大,他的光环线条有弯曲,但这个雕像本身很美,触感轻柔迷人,线条上有一个温暖的褐点,与被几代人的手磨平的黄色形成对照。

　　她的双手握着这个神像,紧贴在她的前额上。

　　"帝皇啊,"她低语道,"你无所不知,你知道我想要什么。现在请在我需要的时刻引导我。若是在我的一生中你能给予我一刻的关注，远离未在神圣泰拉的不幸之人的苦难，远离你的勇武战士的可怕战争，远离异端、突变体和异形的祸害。我是无名之辈，连我的室友们都不会注意到我，但我得到了你的征兆，我现在热切地要求你指导我，如此我便能更好地效劳于你的神圣帝国。"

她害怕自己在亵渎，因为她在请求违反帝皇的律法。这不是对帝皇的冒犯吗？这不是与服侍相悖吗？但在过去三天，她的脑海中一直在想那个公函，挥之不去。

她对面的床铺传来一阵不快的声音，两张床架之间隔了很窄的距离，只够走动，一位叫沙伊莎的女人距她只有一臂之遥。

"闭嘴，尼森！"沙伊莎抱怨道，"你让我睡不着。"

"你的鼾声每晚都让我睡不着！"纳乌拉厉声说道，令自己都感到惊讶，"我在祈祷。"

"我在祈祷睡着，闭嘴！"沙伊莎说道，翻过身。

纳乌拉等着沙伊莎的呼吸声再次变缓，然后继续祈祷，不过她现在的声音更低了。

"我该就此采取行动吗？我该试着让别人听一听吗？"她深吸一口气，"我很抱歉，我一文不值。现在请引导我吧，告诉你要我怎么做。"

纳乌拉眼睛收缩，等待着神灵的启示。她并不知道该期待什么。直接向帝皇提出这种要求，她感到耻辱。塔罗牌向她展现了吉兆。忏悔者伦纳德告诉过他们，帝皇关心着许多事情，他不可能照看每个人，不过他安慰大家，帝皇爱他们所有人，正如他爱所有真正纯粹的人类一样。

纳乌拉紧攥着那个小雕像，手指麻木，她收缩眼睛，直到星星跳进她的视野。

什么也没有发生。

她在羞愧中陷入了沉睡。

根据墙上闪光的时钟，她在几小时后醒来了。一个百分位闪灭，标志着第一个千分日即将结束。她擦掉嘴边的口水，翻过身，但一道比时钟更亮的光照进了她的眼睛，她擦了擦双眼，直到自己能看得见。

宿舍从未有过真正的黑暗——蓝色的流明灯洒下昏暗的光，还有时钟那诡异的绿面，而如今一束强烈的光刺向了她。她抬起手遮挡，看见宿舍的房门半开着。这从来没发生过。房门在熄灯时便会锁上，且只会在上班前吃早餐和进行晨祷时才会打开，而夜里房门会由守夜书吏检查三次。也许他们有人把门打开了？

或许，她的心在胸中狂跳，她立刻清醒过来，或许这是一个征兆。

那封公函就在她床单下。她对于自己该怎么做以及为何把这个公函带了回来毫无头绪。要是她在自己的小隔间外被抓住了的话，她会遭罪的。

"帝皇透过他的人民得以显化，"忏悔者伦纳德曾亲切地告诉她，同时将枝条打在她的背上，"他乃是万事万物的裁决人。我乃是他的执行者，对此我毫无乐趣可言。"

那是卑鄙的谎言。但现在，但现在……

如果她走了，那她永远也回不来了。他们也许会杀了她。她唯一的希望是把公函送到更高层，走得足够远，要求她作为帝皇神圣旨意所指引的差役书吏的权利。他们会试着阻止她离开，但她的成功将足以证明她的事业是对的。

走廊中的光吸引着她，如此明亮，如此诱人。

她拿起公函纸，从钉子上拿下她的布袋。

"为了帝皇。"她对自己低语道。

她放轻脚步，不在地上发出声音，也没有人醒来看见她离去。

纳乌拉离开了宿舍，逃进了鲜有使用的黑暗通道。她的自由时间实际上已经不存在了，但在她仅有的些许时间中，她四处徘徊着，有时候走进了她不该去的地方。她曾经的许多次探险都终结于忏悔者的枝条下，因此她在几个月前便不再探险了，但在此之前她非常了解隔间房周围的路。她的世界是有限的，但她比大多数人都清楚这一点，这足以让她自信地前往她的书吏部族的领地边缘。

纳乌拉只能想到一个人可能会帮助她，而即便是他，也可能会告发她，任何人都会告发她。她必须离开自己的部门，才能取得差役书吏的权利。对于她的大部分同事而言，她正在做的事情难以想象。她并不知道为何自己要这么做，内心的欲望驱使着她。她正遵循着另外某位纳乌拉的路走向自己的毁灭，但她停不下来，她不想停下来。

远离隔间房的书吏部族尖塔很空旷，黑暗的门大开着，大厅遭到废弃。

风声呼啸在无形的障碍物之上，表明这里空间很大，但没有生命。一切都笼罩在一层铜绿尘埃中，仍在运作的流明灯比她记忆中的更少，它们仍没被替换，这令她感到惊讶。她以为帝国是永恒不朽的，但在她一生中失灵的灯光让她开始思考。如果最近有些东西变得更糟了，那也许这就是长久衰退中的一部分。也许这里曾经都是一尘不染的。她所拥有的一切东西都是别人的，她所拥有的地方过去都曾为几百代人所拥有。崭新是一个陌生的概念，但她的脑海开始激荡。她想，假若她的部族大厅曾经充满灯光，所有的机器时时刻刻都在运作呢？

这难以想象。她走过的走廊地板都积满了灰尘，空气也很浑浊。想必这里一直是这样的，这是帝皇所打造的。

她立刻抵达了她早先探索的极限。这个有着奇怪弯道的走廊标志着她离开工作处胆敢走得最远的地方。墙壁镀层在这里发生了弯曲，那是在一场巢都地震中被一台机器撞入而产生的。尽管裂缝的边缘参差不齐，但也和墙壁的其他地方一样肮脏，黢黑的墙上粘着千年间形成的共生污秽。

此前她从来不敢走过那个裂缝。她停在了那个裂缝前，她的小手握紧又松开。

她触到了塞在她腰带中的公函。

她深吸一口气，抛下了自己的生活。

纳乌拉不得不走入一条连接她族人的领地和另一个领地的主大道。她此前只走过这条路一次，那次是从另一头走过来，彼时她被自己父母的部族卖到了处理五部。那是十分重要的一天，她永远也不会忘记。

在第五处理尖塔和档案员塔楼之间有一座桥，高高地拱在一道地峡上。这条路上人山人海，许多人都是像她一样的低级书吏，因此她并不显眼。她低着头，迅速走过，尽量不引起注意。一股热风从桥下吹起，旅者们的长袍随之摆动。尽管下方深不见底，但在她上方，她能够看到由金属板和管道群组成的天空。凌乱的鸟儿在巢穴之间飞翔，两座建筑看起来都是一样的。她并不知道塔楼和尖塔的区别，它们看起来别无二致，都是两座金属绝壁，中间隔着一道地峡。

来到如此开阔的地方让她感到眩晕，她很高兴能穿越过去。在另一头，她加入了拥挤的人群。他们喧闹无比，喋喋不休。塔楼的档案员们以他们的坏脾气而闻名，她在做出请求时往往会遭到辱骂，而她也毫不惊讶地发现他们的每场交谈都激动无比。但随后人群的流动变慢了，人群更加密集了。咕哝声升级为了喊叫声，喊叫声化为暴力。她发现四面八方的人都在推挤着自己，她挤在相互推搡的肩膀之间，直到人群把她推了过去，她来到了最前方。

她撞在了一个身着耀眼长袍的人身上，差点叫了出来。那个人手上拿着一个长长的东西，片刻后她才认出那是一把枪——又一个她从没见过的东西，她只在负责分类的无尽公函中读到过。她被一位穿着黑色腰带的文吏执法者推了回去，人群伸出手臂抓住了她。

道路被一块混凝岩连接而成的路障挡住了。中间开了一个口子，一次只能通过一个人。她看到那个身着耀眼衣服的人是一个士兵，总共有两个士兵站在路障前。一个站在开口处，持着枪，守着一位负责检查文件的中层侍僧。她撞上的那一个正来回走动着，让文吏执法者和人群之间留出一段小小的空间。叫喊声此起彼伏，后方的人群推挤着向前，每次都会往前一点。她无法返回，而没有许可文件，她也无法往前。

她转过身，身体穿过人群组成的实墙，找寻着另一条路。一位档案员和一位执法者正在她耳边大声吵闹，让她感到茫然。几米后有一个高高的拱门，那里是另一股人流。她转向旁边，瘦削的身躯最终穿过人群来到了那条通道。她回过头，不确定是否该选择这条路，她看到那个士兵举起了枪，射出一道蓝光，那噼啪声如同失灵的流明灯泡。

"退后！退后！"他喊道。人群此起彼伏，抱怨声更强了，一阵不祥的氛围笼罩其上。纳乌拉挤向那条更狭窄的道路。

她完全不知道自己正走向何方。

在她身后传来了更多枪声，人们尖叫起来。

第十一章

绝望的处境

屠杀远征

审判官罗斯托夫

    弗摩尔Ⅲ的天空燃烧着非自然的火焰。邪恶的条痕切过天空和太阳，流出紫色、蓝色、橙色、粉色以及人类没有命名的颜色。那是一道违背现实的伤口，在日中之时却黑暗无比，涌出的秽物渗入天空，如同颜料流下杯子，使天空看起来丧失了真实的维度，变得扁平而不真实。

    在这备受折磨的背景中，一场宏大的虚空战正在激烈展开。屠杀远征军肆虐了整个马科塔星区，将帝国逼退回了科瑞弗瑞肯的南面，如今帝皇的大军正逐渐放弃领土。帝国的残余部队正集结于弗摩尔Ⅲ，准备撤离。混沌的领主们嗅到了胜利的气息，他们从冲突区的其他地方调来了更多部队，集中于此的忠诚派舰队正遭受着猛烈攻击，异端的数量越来越多。主力舰在低轨道机动，能量炮的齐射相互交织。失效的虚空盾在上层大气中荡漾，武器火力的喧嚣声伴随着怪异的轰鸣。天空中的战争在多个层面上展开，似乎无穷无尽，众多舰船在上空相互厮杀。

    双方从轨道上发射的炮弹和火箭拖曳着白色的凝迹飞驰而下，轰炸着地面阵地。战舰侧面炸出的块块残骸化作灭顶之灾，火雨降临于这颗将死的行星上，毁灭一切。激光束从少数残存的防御发射井中射出，地平线笼罩在耀眼的光笼中。攻击机在头顶呼啸而过，尽其所能让飞行轨道避开走廊以免遭敌军侵扰。它们正与敌军战斗机和哀号的怪兽引擎格斗，飞影间闪着爆炸的火光。

撤离飞船飞入这场风暴之中，各类飞船都被用来实施撤离：臃肿的登陆船、穿梭机、专用运兵船、炮艇、小型驳船、外交轻船以及补给运输船缓缓上下，携带着帝国部队离开。行星到轨道的飞行费时费力，而无论飞船飞向哪里，都是从一个漩涡飞入另一个漩涡，因为空中的战斗和地面一样激烈。在重力井内爬升和下降都相当困难，每艘船在进场和离场时都十分易受攻击，每一趟旅程都会有几艘船被激光束或是导弹击穿，坠毁在它们拯救的对象头上。

拉克兰特中尉和他的手下快没时间了。帝国的后卫行动阻挡着敌军侵入撤离点，这是由注定毁灭的人们所实施的绝望战斗，他们的性命被无情地抛弃，如此其他人方能离开这个世界，以再次投入战斗。敌方的全部地面力量尚未投入进攻撤离区，他们正忙着清理掉队者，歼灭被孤立的集团军群。当他们全力进攻时，撤离必将会结束。这个必然如同铁砧一般挂在拉克兰特的脖子上，他的排仍然有很长的路要走。

他们紧贴着一道又长又矮的山脊，希望在他们冲向拯救的路上不会被发现。山坡因持续的轰炸而化作了一个个杂乱不堪的小丘。几天前，这里的地形还是一片开阔的田野，一直延伸到一个浅浅的谷底。连绵起伏的平原十分平缓，由机仆机器照料的井然有序的农田延伸至远方。如今，剩下的只有破碎的泥淖。

他们沿着星舰光矛凿出的沟槽潜行着，靴子踩碎玻璃化的土壤层，在血水坑中溅起水花。在峭壁底部，他们悄无声息，隐藏在世界的裂缝之中。

拉克兰特开始觉得他们也许会成功，至少能抵达撤离区。登上一艘船则是另一回事了，他们太迟了。但做事情要一步一步来，他的老朋友常这么说。

"我们只剩八千米了，"拉克兰特既是在说给自己听，也是在说给手下听，"再走八千米，我们便能活下来。"

他试着无视掉围绕着登陆船的火焰风暴。抵达撤离区，登上一艘船，升空，活下去的路上有如此多的障碍。一旦进入虚空，他们只得祈祷自己搭乘的船不会被摧毁，然后他们会进入亚空间，一路继续。不论他们走得有多远，每一个阶段死神都在等候着他们。拉克兰特专注于下一秒钟，一步一步走，穿越泥泞与喧嚣。人为了求得一息生存会忍受一切痛苦和恐怖。他们低身前行，低声咒骂，步子在脚下打着滑。

恩典时期并不会持久，战争之中从未如此，宁静的片刻如白驹过隙。拉克兰特率先听到了吟咏声，举起一只手，他麾下的二十几位士兵疲惫地停了下来。

"听！"他发出嘘声。

"恐虐！恐虐！恐虐！恐虐！"这吟咏声如此刺耳，近乎机械，在风中如同遥远的波浪。

"恐虐！恐虐！恐虐！"

随后传来了武器开火的爆裂声，然后是将死者的尖叫。

拉克兰特回头看向十一张肮脏的脸庞。他的人来自六个全然不同的世界，尽管浑身是泥，但他也能分辨出谁是谁。他们的眼中都怀有同样的恐惧，以及同样的信任，相信拉克兰特能够拯救他们。

尖叫声来自南面，就在山脊那头，撤离区则在东面。他可以不管的。

他犹豫了。尽管有着来自异端们的枪炮声和狂野的吟咏声，周遭似乎变得十分安静。

他不能不管，他做不到，他必须得看看，也许他能帮上忙。

"你，佩尔森，跟我来，"他说道，挑选出一位和他有着同样责任感的士兵，"其他人在这里等着。"

拉克兰特和佩尔森手脚并用爬上泥坡。柔软的土块逐渐埋住他们的肢臂，随后又在他们的肚子下瓦解，使他们滑下。恶臭从地下传来。星球上大部分人都死了，埋入他们家园的土地乃是最好的葬礼，也是最痛快的死亡，是他们任何人都向往的。

当他们抵达山脊顶部时，吟咏声更加响亮了。

"恐虐！恐虐！恐虐！"

拉克兰特在六个月前并未听过恐虐的名字。他在进攻到来前便抵达了弗摩尔Ⅲ，那时这个世界还一尘不染，未受战争的摧残。而自从那时起，他所目睹的事物……

他的力量在流失。他目光茫然，脑海中回想着暴行。

他摆脱掉这种感觉，现在不是时候。

八百米外，在破碎的山坡底部，一队平民正沿着德伦登荒野的主干道残骸前行，如今城镇中只剩下烟雾密布的瓦砾。他们定是听说了军事撤离行动，于是便为了活下去而做出最后的努力，就像他一样。

敌人发现了这些难民。对于异端们而言杀死谁并不重要，无论是士兵还是平民，鲜血对他们而言都是一样的。

"恐虐！恐虐！恐虐！"屠杀邪教在杀戮的同时吟咏着。

拉克兰特无能为力，太多了，太远了，他们在几分钟内便会被屠戮殆尽。

"帝皇诅咒他们所有人。"拉克兰特转过身，滑下山脊顶部。从这里他看不到受创天空的恐怖颜色，只有蓝色，凝迹交织成烟雾图案。一对巡洋舰正在上方相互射击，它们苍白的身形十分遥远。一切看起来几乎平静无比，这是战争的阴云。

"长官。"佩尔森说道，他仍在看着。拉克兰特转过头，拍了拍那人的肩膀。

"我们无能为力，那些叛徒身边有六个堕落的星际战士，他们会杀死我们所有人。"

佩尔森摇摇头，目光空洞："我对此感到厌恶，我无法忍受，我们得帮助他们。"

"我们会死的，"拉克兰特说道，"即便我们拯救了他们，他们也上不了船。这是军事撤离，不是平民疏散，他们会被拒之门外的。至少在这种情况下，他们会死得很痛快。"

"恐虐！恐虐！恐虐！恐虐！"

激光枪的爆裂声伴随着残酷又令人反胃的爆矢枪怒号，还有链锯武器的咆哮。尖叫声逐渐接近，敌人正将一些人赶上山坡，朝着拉克兰特的位置而来。

"长官……"

"我们做不到。"拉克兰特说道。

他试着对佩尔森温和一些，但那人并未听进去，反而缓缓站起身。

"我受够了，"佩尔森咬牙切齿地说道，"他们正遭到屠杀。我们要是躲在泥泞中，还算是什么帝国之盾？"

"趴下，佩尔森，他们会看见你的！"拉克兰特滚向前，抓住佩尔森的脚踝，用力一拉，佩尔森跌倒了。

但拉克兰特还是太迟了。一群平民脱离了集体，指向拉克兰特的位置。

他们意识到了拯救之所在，绝望地冲过翻开的土地。假若他们没被发现，也许拉克兰特的排还能离开，但那群难民吸引了一名身着巴洛克式黄铜盔甲、浑身是血的巨大战士的注意。他的头盔上有两只宽大光滑的角，他的头转向拉克兰特的方向，发髻摇摆着。拉克兰特退回山坡，但那个战士直盯着他，他知道自己已经被发现了。

"你害死了我们所有人！"他朝佩尔森喊道。

"我们早就死了。"佩尔森说道，缓缓站起身。

拉克兰特滑下土坡。

"快跑！"他朝着自己的手下喊道，"所有人，快跑！"

他们在惊骇中抬起头。佩尔森正举枪瞄准，但动作缓慢，宛若梦游。

"离开这儿！"拉克兰特喊道，众人开始行动。

他们在破碎土地的泥泞中滑行逃跑。佩尔森独自站在山脊边缘，枪托抵着肩膀。拉克兰特看向他时，一发质反弹击中了他的胃部，将他炸裂。

"快！快！"他尖叫道，冷静的思绪计算着那个异端阿斯塔特的距离有多近，才能用那样一把手枪击中佩尔森。

他们跑不掉了。

自战争伊始，凶猛的风暴便横扫行星，侵蚀着光矛的轨迹，他们的左侧出现了一道隘谷，通往山丘顶部。那里积聚着稀薄湿滑的泥泞，他们正努力走上陡峭的山坡。拉克兰特一反常理地希望，如果他们能抵达山顶，那么他们便能通过山丘的另一面逃离。

身后传来的动力盔甲的咆哮声表明事实恰恰相反。拉克兰特知道是什么东西正朝他们袭来，他并未回头。他的一个手下回过了头，面对其所目睹的事物，他发出了尖叫。

一声可怕的扩音战吼冲击着他们的耳朵。

"血祭血神！"

拉克兰特的一个手下爆炸开来，爆矢子弹的破片和骨骼碎片扎伤了拉克兰特的脸颊，如同鞭子一般鞭策着他。

伺服系统低声咆哮，星际战士的反应堆背包因过度使用而嗡嗡作响。一只锈迹斑斑、染成红色的拳套揪走了拉克兰特身旁的一个人，伴随着尖叫声。其他人叫喊着，争相跑向隘谷的狭窄区域。他停了下来，他逃不掉的。

"佩尔森是对的。"

拉克兰特的内心涌起一阵突如其来的愤怒。他拔出激光手枪，感到耻辱。

"站住，士兵们！站住！你们是想要像男人一样死去，还是像懦夫一样？"

他缓慢从容地转身面对自己的死亡。

那个星际战士是个怪物，有两米半高，盔甲上有着令人尖叫的面孔。他用双手将一个挣扎的士兵举过头顶。士兵血流如注，痛苦地死去了。

那个异端阿斯塔特怒吼着，扔下受害者的残躯。

"颅献颅座！"

拉克兰特举枪瞄准，他的手因肾上腺素和恐惧而颤抖着，但他距离那个星际战士很近，不可能射偏，光束击中了目标，蒸发掉了一块陶钢。激光并未射穿盔甲——用一把激光手枪一枪击杀一个星际战士是十万分之一的概率——但他仍在开火。那个战士伸开双臂，迎接火力，发出怒吼。

"战吧，士兵们！战吧！为了帝皇！你们会死得其所！"拉克兰特喊道。

两道激光束从他的头顶噼啪闪过，以示回应，两道光束都射向了星际战士的脖子附近。他的手下瞄准的是更脆弱的密封处，那里没有层层塑钢和陶钢的保护，这是他们击倒那个星际战士的唯一机会。

一发激光将那个星际战士的部分通信格栅熔成了渣，又一发在他的肩甲上烧出了一个黑点，然而那个战士仍然挺立着，昂起首，握紧拳，沐浴在聚焦的光束之中。

拉克兰特和他的两个手下一边后退一边开火。排里的其他人已经爬出了隘谷，逃向山丘的另一边。

拉克兰特的武器射空了，他手下的武器很快也射空了。

那个战士的盔甲上满是激光的烧痕，发髻仍在燃烧。他垂下了双臂。

"为了战斗的荣耀，我给予了你们击败我的机会，因为我承认你们的卑劣。"尽管他发出的咆哮声嘶哑不清，但他的语气很平静，与他的狂暴举止极不相符，"你们失败了。现在你们得死，你们的鲜血将浇灌恐虐脚下的颅骨平原。欢呼吧，因为你们将投向一位比帝皇更好的主人！"

他们再次开火。这一次，那个星际战士做出了回应，他挥舞着系着爆矢手枪的链条，将之当作连枷，击中了一个士兵的头颅。之后他再次挥舞着链条，将他的链锯斧握在手中。那个战士按下了激活按钮，链锯刃开始旋转。第二位士兵发出含糊不清的战吼，举着刺刀冲向那个星际战士。那个战士大笑着，刺刀在他的胸甲上弹开，他则挥下斧柄，砍入那个士兵的后胸腔，杀死了他。

那个战士指向拉克兰特，说："该你了。好好战斗，恐虐正看着。"

如果拉克兰特还带着他的动力剑，那么他仍有极其微小的机会获胜，但即便他没有丢失那把剑，那个星际战士仍可能会击败他，他必死无疑。

"与我战斗，"那个战士说道，"为了恐虐的荣耀。"

拉克兰特的双手颤抖得如此剧烈，他几乎无法从腰带上拿出另一个能量包。他尝试了三次才把耗尽的能量包弹出，装上新的。那个战士大笑着，声音低沉冷酷，但充满愉悦。他将链锯斧举至面前敬礼。

拉克兰特举枪瞄准。

那个星际战士的速度是如此之快，以至于拉克兰特都没有时间扣动扳机。斧子朝着他的脑袋呼啸而来，但并未击中。一串等离子流从他肩上怒号而过，击中了那个星际战士的胸膛。过热气体蒸发了他的胸甲，也烫伤了拉克兰特的脸庞。随之而来的爆炸将那个异端炸飞，他躺在地上，震惊片刻，随后咕哝着从地上站起。熔化盔甲的边缘闪着红光，他发出咆哮，伸出手。

两枪响起，迅速果断，耀眼的闪光直接洞穿了那个星际战士的两颗心脏。他低头看向自己的残躯，跪倒在地，侧身倒在了泥泞中。

拉克兰特转身面向他的救星，却惊恐地看到了一个矮胖、脑袋扁平的桶状生物。她有一双水汪汪的大眼睛，相距甚宽，排布在像鱼一样的脸上，破损的黑色金属盔甲上套着棕色的斗篷，她的手里拿着一把外形方正细长的步枪。

拉克兰特立刻举枪开火，激光击中了那个生物的肩膀，在她的斗篷上烧了个洞。

"可恶！"那个生物的声音如同岩石破裂，"我救了你的命，你这忘恩负义的家伙！"

那身斗篷下伸出了另一双手臂，每一只都拿着一把设计迥然不同的手枪。

一个拉克兰特之前没有注意到的人从跪下的姿态站起身，一只手按在那个生物的手臂上。"别管他了。"他说道。

他穿着一件打着补丁的星界军制服，所属团未知，他拿着一把太阳枪，那是配发给专业小队的致命等离子武器。对于一个普通人而言，那是一把沉重的武器，对于操作者也十分危险，但他的动作很散漫，枪身的冷却排放口喷着白色的气体。

"别朝救你的人射击，"他朝着拉克兰特喊道，"卫军这段时间没教会你任何东西吗？"他走下短短的山坡，粗略检查了下拉克兰特，抓起他的标签、军衔徽章和装备。"中尉，嗯？今天是你的幸运日，最好把那东西给我，"他说道，从拉克兰特手中拿过那把激光手枪。"顺便，我的名字叫安东尼亚托。很高兴见到你。"他眨眨眼。"大人！"他对着肮脏制服领子上的一个通信器说道，"我找到了一个活的，我们要带上他吗？"

起初，拉克兰特以为那个人在朝着那个生物讲话。他盯着那个生物，流露出明显的迷惑。

"你在看什么？"那个生物斑驳的棕色脸庞在恼怒中泛起皱纹。"该死的泰拉猴子！"她说道。

"你可以把枪收起来了，奇尔克。"那个士兵说道。

奇尔克旋转手枪，塞入长袍下的枪套中，说："这蠢货在我的斗篷上烧了一个洞，这是我最爱的斗篷。"

"这是你唯一的斗篷。"安东尼亚托说道。

"他差点射中了盒子！"她说道，拇指戳了戳她携带的一个块状包。

"那东西有几百万年的历史了，几乎坚不可摧。一发激光不会造成任何伤害。"他的耳机响起一道嘀嘀声，安东尼亚托点点头，"来了。"

"那……那是你的主子？"拉克兰特朝着那个生物点点头。

"不！"安东尼亚托说道。他抓起拉克兰特的手臂，将他拉上山坡。那把太阳枪仍然散发着热量，令拉克兰特的脸上流下了汗水。他们走到奇尔克身旁，奇尔克露出怒容。

"我很抱歉，"拉克兰特说道，"我不是有意朝你的突变体射击的。"

"上天发发慈悲吧！"奇尔克说道，摇了摇头，跺着脚走开了。

"奇尔克不是突变体，是异形，"安东尼亚托轻笑着说道，"奇坎提族。"

拉克兰特目不转睛。

"从没见过，嗯？"安东尼亚托说道。

"但他们是……邪恶的。"拉克兰特无力地说道。

"你才邪恶！"奇尔克回头说道。

"银河系比你所想象的更加复杂,"安东尼亚托说道,"要知道奇尔克是站在我们这一边的,一位精英。"

"我射中了她。"

奇尔克举起双手,发出呻吟。

拉克兰特看向安东尼亚托。

"你在这方面可真是擅长,"安东尼亚托说道,"奇尔克是女性。我不会再谈论她了,直到你的头脑清醒过来,否则她会射杀你。"他捏了捏拉克兰特的二头肌说道,"这不是你的错。你直面了一名异端星际战士,你很幸运地能活下来。与那种东西战斗对灵魂不好。"他回头看向那具冒着烟的尸骸。"集中精神。"他拍了拍拉克兰特的肩膀说道。

他们走到了山顶。拉克兰特排的最后几个人已经四散逃离,他只能看到其中一个人正跟跄着走下翻开的土坡,但距离太远难以将他叫回,并且他正走向错误的方向。

"这是我们的主子。"安东尼亚托说道。

一位约莫三十岁的男人正等候着他们,身着贴身的甲壳甲。那身护甲看起来应当是高光银色的,如今它却覆着一层泥,就像是这个平原上的一切事物一样。他的脖子上戴着一个巨大的念珠,木珠子中心刻着一个金光闪闪的小人,仿佛是新近抛光出来的。对于一位散发着如此威严气息的人而言,他有些年轻。他的皮肤有一丝泛红,如果拉克兰特刚刚没有遇见奇尔克,他会觉得这很奇怪。他脑袋两侧的金发都剃光了,只在头顶留着修得很短的头发。他的后颈有几根强化线,通过左耳上方的一个银色插座接入头颅,下方剃光的头皮上则刺着一个大大的帝国"I"。

"审判官大人,"安东尼亚托说道,"公路上有伏击,更多敌军部队正在涌来,我们没法走那条路离开了。"

"中尉,你在这儿战斗了很长时间吗?"那个男人问道。

"你是一位审判官?"拉克兰特问道。

"我是罗斯托夫,"他平静地说道,"异形庭的。"

拉克兰特目不转睛,哑口无言。

"你知道那是什么吗?"罗斯托夫说道。

"每个人都知道审判庭。"拉克兰特说道。

"每个人都知道审判庭的故事，"安东尼亚托纠正道，"回答他的问题。"

"自入侵开始前我就在这儿了，"拉克兰特说道，"六个月。我是这里的驻军中的一员，第一个到，最后一个离开。"

"我们的飞船藏在离这里东面三千米的地方。"审判官说道。他的目光十分犀利。拉克兰特认得这副神情，这人是个巫师。罗斯托夫说："有什么路可以通往那里，并且不被发现？"罗斯托夫按下他拳套上的按钮，一幅平原地图在他手腕上空展开，他递给拉克兰特。

拉克兰特靠过来，审视着那幅地图。图上的部队位置是好几个小时以前的了。他摇了摇头。

"敌人正从四面八方逼近。您太迟了。我的团……"

"哪个团？"罗斯托夫问道。

"伊卢西蒂先驱者第四十七团。"拉克兰特说道。

"继续说。"审判官说道。

"今早我们正穿越那个象限，朝撤离区撤退，我们遭到攻击后分散了。自从那时起那里便落入了敌军手中。有许多装甲部队正穿过那里，还有数千叛徒。"拉克兰特说道。

"那架瓦尔基里的信号应答器仍在运作。"安东尼亚托说道。

"他们肯定已经发现了，那个仍在呼叫的机魂是个陷阱，"罗斯托夫说道，他看向撤离区周围的一片狼藉，"现在只有一条路离开这个世界了。我们必须抓紧时间，海军不会坚守太久，他们的位置越来越难守。"

"我的手下……"拉克兰特说道。在他们一起经历了这么多之后，他无法相信他们都消失不见了。

"他们已经走了。"罗斯托夫说道，并走了起来。奇尔克跟在了他后面，她所携带的那个盒子尽管看起来很沉重，但她并不费力。

安东尼亚托抓住拉克兰特的肩膀。"看来你已经没朋友了，你最好跟我们来。"他说道。

第十二章

不破的印章

战争所困

高尚的牺牲

    当罗斯托夫的队伍抵达封锁线时，敌军正在逼近撤离区。炮火声在远方隆隆作响，虽然尚未近到直接炮击撤离区，但还是在系统性地杀向撤离区的最后一批队伍。空战在平原上空仅仅几十米的地方激烈展开，迅捷的闪电战斗机与尖啸的机器相互格斗。唯有在虚空中，战斗似乎才偏向帝国一方。敌军难以从轨道上找到良好的射击角度，敌舰似乎更加专注于对付帝国海军而非地面，然而时不时会有超大气火焰一点点啃噬着撤离区的边缘，逐渐逼近。

    数千名身穿制服的男男女女等候着通过检查点，穿越防线。少数平民混杂在部队中，总的来看队伍缺乏组织性。拉克兰特所属团的灰褐色制服与普洛维安投弹兵的鲜亮夹克以及亚德里亚轻步兵第五团的绿边大衣胡乱混杂着。有太多人想要穿越封锁线，人们拥出道路，进入两侧的泥地。守卫防线的部队警惕地看着他们。

    狂轰滥炸宛若地狱，能量武器闪烁耀目，穿越因回荡着噼啪轰鸣声而使人备感折磨的空气，罗斯托夫坚定地向前走去，循着一条被装甲车辆的重量压弯的路。拉克兰特非常希望自己被抛在后面，但安东尼亚托却领着他向前。拉克兰特并非胆小的新兵，他在战斗中多次表现突出，但一个人的承受能力是有限的。连续几天都毫无睡眠，战事前途黯淡，行将失败，还有他所经历的奇怪的事件转变，这些都令他付出代价，他已经衰弱得不成样子，跟跟跄跄，跌跌撞撞。

　　一发射偏的熔合光束击中了不到两百米开外的地面，杀死了五十个人，产生的灼热冲击波烧死了一百多个人。一阵刺耳的尖叫声压倒了战斗的咆哮，令人群恐慌颤抖。士兵们肩并肩，相互推搡，跟跟跄跄。拉克兰特屈服于人群的恐惧，他跌跌撞撞地走下升起的路堤，走进路旁的泥地中。他看不见罗斯托夫了，直到安东尼亚托用他的等离子枪推开疲惫的人群，走下来抓住拉克兰特的手臂，将他拖回破碎的混凝岩上。

　　"继续走，"他低声说道，"如果敌人现在降临，那将会是一场屠杀。我们必须尽快离开这个星球，因为敌人并不愚蠢，他们能看到我们正被逼入决斗笼中。他们只需要解决掉我们，这很快就会发生，也会很快结束。"

　　一队战斗机从头顶呼啸而过。虚空舰船和航空兵飞机的结合火力让防线保持着完好，但尽管如此，防线仍在每时每刻逐渐缩小。

　　"待到那些船突破，它们会杀掉所有人，"安东尼亚托低声说道，"很快就会轮到地面部队了。"

　　"你之前见过像这样的撤离？"拉克兰特说道。

　　安东尼亚托耸耸肩，他那忧虑的神情不言自明。

　　罗斯托夫在他穿过等候撤离的人群时一言不发，奇尔克跟在他身旁。那个异形引起了在场所有人的敌视。人们从她面前退开，手指紧张地摸向他们的步枪，但没人上前阻挡这支小队伍，审判官罗斯托夫的存在保护着他们所有人。

　　审判官公开佩戴着他的徽章，这阻止了任何袭击，然而拉克兰特觉得单单审判官的存在便足以保护他们的安全。他的仪态与在场的其他所有人都有所不同，一种威严的气氛环绕着他，无人敢上前挑战。这可能是源于他的灵能特性，拉克兰特想；但不论是什么，你都能看出他是一个十分强大的人。当人们感受到放在他们背后的手时，他们咆哮着转过头，暴力的威胁比燃烧平原上喷涌的烟雾更甚，但当他们看到是谁要让他们让路时，一切冲动都消失了。绝望的人们在面对刻在罗斯托夫胸甲上的审判官骷髅和"I"的符号时变得温驯顺从。无人迎上他的目光，有的人低身鞠躬，有的人转过了苍白的脸庞，几乎所有人都做出了天鹰手势，道出一段祈祷。少数勇敢者高呼来自这位帝皇神圣仆人的祝福，而当罗斯托夫看向他们时，他们全都缄默无言，由此队伍得以毫无阻拦地前行，与此同时枪炮轰鸣，天空隆隆作响，敌人将要取得胜利。

一根上面带有金属十字、齐腰高的钢杆挡住了穿越防线的道路。两个星界军维和士兵守在这里，检查着经过的每一个人。然而，道路上真正的阻碍是站在后方组成双层射击线的一支暴风军忠嗣小队。

罗斯托夫径直走向路障。他拿起一个乳白色的小印章，上面刻着他的组织的标记。那是一个安在颅骨前额的红宝石，它闪出一个印章的光图，漂浮在他面前三十厘米高的地方。

"你得让我过去，"罗斯托夫说道，"并将我尽快带到你的指挥官面前。"

守在路障处的那位维和士兵默默点点头。他抬起钢杆，走到一旁。他的战友注视着他们，忘记了手上还拿着一个士兵的文件。

"你在看什么？"奇尔克说道。

"嘘。"罗斯托夫说道。

那个维和士兵带着他们穿过了防线，走上一个沉入泥中的摇摇晃晃的铺道板，那边支起的防水油布下有一张破桌，中间放着一个大大的远程通信器，多张地图伸出桌沿。一位驼着背的通信操作员坐在唯一的一把椅子上，朝着盖布的通信喇叭快速说着话。两位上尉站在他两侧，盯着地图，下达命令，倾听着，然后提出简短的问题。其中一位是一个高大的女人，另一位是一个矮一点的男人，两人都因疲惫和焦虑而面色灰白。

罗斯托夫无言地走近，手伸进外衣拿出一个密封的信息筒。那个男人抬起头，略微扬起眼眉，却一言未发，也许是太过惊讶，也许是过于冷静。

"你要将筒中的这些文件传输到这三艘船：奥尔顿号、博弗公爵号和炽热号，"他说道，"只发给这些船。发给舰长，给出这些标识。"他递过一块羊皮纸，说："发送之后毁掉这两个。你要将我和我的人立刻送到一个撤离点。"

那个女人看向那个男人。他天生习惯于服从，不可能拒绝协助他们，但他很好奇。

"你们为何在此？"

安东尼亚托走上前。"你知道最好别问——"他开口道，但罗斯托夫打断了他。

"我有极其重要的信息，关乎这个亚星区内帝皇大军的成败。如果你帮助我离开这个世界，你会赢得他永远的感激。"

"那是当然。"

通信器噼啪作响，急切地传出难以理解的信息。那位操作员对着他的通信喇叭低语着。

"关掉它，切换到数据传输。"罗斯托夫要求道。

那位操作员十分专注于他的工作，他提出反对："长官，将军在……"

"快，"罗斯托夫说道，"将军要说什么已经不重要了，都结束了。"

通信操作员接过信息筒，拧开盖子，拉出一个橡胶插头，将信息筒插入输入插座。

"优先信息，"他朝着通信喇叭低语道，"准备数据载出。"

那位军官燃起一股新的决心。他挺直了身子，仿佛英雄一般。

"我会带您去的，跟我来。阿德拉娜，是时候了，"他朝他的战友说道，"我很快回来。"

阿德拉娜点点头。他们握了握手，两人都情绪激动。他们很亲近，拉克兰特想，可能比普通关系更加亲近，但他们的互动似乎也流露出了宽慰的气息，艰巨的职责终于几近结束，他们的性命也很快将结束，而他们很欣慰。

"这边。"那位男军官说道。

阿德拉娜拉直她的制服，两位军官带着罗斯托夫的团队离开了帐篷，绕过一堆弹药箱。拐角处有一辆火蜥蜴指挥车，那位军官上了驾驶舱。罗斯托夫、奇尔克和安东尼亚托爬上了后方敞开的乘员舱。拉克兰特等着罗斯托夫下令他上车，他以为自己会被抛下与同胞并肩作战。罗斯托夫并未理会他，但安东尼亚托示意他上前，并伸出了手。拉克兰特握住了那只手，安东尼亚托把他拉上了车。

阿德拉娜疲惫又小心地爬上一堆板条箱的顶端，她站得很高，背后是坠落飞机的死亡燃迹和激烈的战舰交火。

"帝国的战士们！"阿德拉娜喊道，她的声音清晰洪亮，穿透战争的轰鸣。她一定曾是个好歌手，拉克兰特想。他已经在以过去式思考她了。

"帝国的战士们！"第二声喊叫后，士兵们抬起头看向她。他们或是在防线的岗位上，或是在地堡门前，或是在泥地里的临时床铺上，或是在忽明忽暗的营火旁。他们手里拿着雷卡杯和烙烟，还有热气腾腾的口粮罐。

"我们在此坚守弗摩尔Ⅲ，如此其他人方能参与银河各处展开的生存大战，"她喊道，声音清晰地穿透战斗的噪声，"我们曾为马科塔海峡而战，我们曾为帝国而战，我们曾为帝皇而战。"她停顿了下，说："我们的战斗止于今日。"

仅仅几小时前，拉克兰特也曾对他自己的手下进行过类似的演讲，尽管他远非能言善辩之人。他想要站起来呼唤阿德拉娜，告诉她，她也许会活下来，那种最不平常的事可能会发生。但他知道那是不可能的。出于某些原因，帝皇将拉克兰特带到了这步田地，但他并未选择阿德拉娜。她已经死了。

"最近几个月来，我对你们要求甚多，"阿德拉娜说道，"你们为我献出了一切，你们为他献出了一切。如今，最后一次，我仅要求你们再次履职尽责。"她的声音逐渐提高，满怀激情，阿德拉娜说道："你们——"

那位男上尉启动了火蜥蜴的引擎，盖过了他战友的话语。履带在泥泞中旋转，在车后溅出泥水。它左右摇摆，然后履带抓住了地面，车辆颠簸向前，提起了速度，直冲向撤离区中心，驶向拯救之地。

在他们前往目的地的半路上，炮火已经开始击中撤离区。每一发炮弹落下前都会传来尖啸声，仿佛是在大笑，它们的爆炸如同残酷笑话中的点睛之语。

整个撤离区都响起了警报，火蜥蜴冲过一个个等候着前往安全处的疲惫人群。在第一波爆炸响彻营地时，人们开始缓缓站起身，随后他们开始奔跑。口哨长响，人声鼎沸。拉克兰特看向天空，虚空战的战况改变了，帝国舰船正在脱离，起初速度十分缓慢，让他并不太确定，但那些船的引擎堆等离子灼热燃烧着，它们在转向，并加快了速度，它们暗淡的形体上升到了虚空深处。

上尉的驾驶技术很好，人们四散在他前方，但他一个人也没撞到。一架龙首状的战机从天空俯冲而下，机械嘴喷吐着火焰，如同传说中的怪兽。它在撤离区画出一条长长的火焰毁灭线，并击中了一个钜桶仓库。那个仓库如同圣吉列斯节的新奇烟火一样爆炸开来，飞向空中，留下转瞬即逝的火箭燃料轨迹。士兵们惨叫着，被活活烧死。那只咆哮的龙怪转过身，再次张开大嘴，但在它能开火前，一对截击机便将其驱离，三架飞机冲出了视野。

上尉驾车飞速穿越火焰与尖叫声。拉克兰特惊恐地看着。罗斯托夫望着天空，以拉克兰特难以匹敌的专业性观察着战斗。安东尼亚托站在前面，盯着前方，仿佛是他自己在驾驶车辆。奇尔克蹲在敞开的乘员舱底，低声自语着，她的手臂紧抱着她的方包。

他们进入了着陆区，冲过咔嚓作响的高射炮。射向天空的炮火声令拉克兰特感到耳鸣。大型飞船正在升空，烈风击打着地面。又一艘船点燃了引擎，等候着登船的一列列士兵变成了暴民，呼喊着救援。围栏在后方人群的重压下崩塌，人们推挤着，踩过困在铁丝网上的战友，拥入停机坪，人群纷纷被点燃的引擎烧死。拉克兰特看到人们被一艘小飞船上的炮塔射倒，那艘飞船却在天空中失去了平衡，士兵们紧抓着着陆爪具，他们的重量令飞船倾覆。

火蜥蜴继续前行，带着拉克兰特经过一个又一个绝望的小插曲，这辆车仿佛是某个恐怖剧的向导，渴望以每一个新场景震惊他，并逐渐增加恐怖感。一个军法官将一个士兵放倒在泥地里，激光枪击中了那人的脑袋，随后他便被其他人杀死。人们自相残杀，士兵们跪在泥地里哭泣祈祷。一艘九十米长的补给船被一发宏粒子束击中，化作焚化炉，如同燃烧的灯笼一样从天空中坠落，撞向片刻前仍吵闹着要登机的几千人。与此同时，警笛长鸣，弹如雨下，杀戮不止。

那位军官开得更快了。

一系列预制停机坪聚集在撤离区的中心。直接停在区域外泥泞中的飞船纷纷起飞。最大的专用运兵船停得更远，而最后两艘已经起飞，身后留下了一艘破碎、燃烧的飞船残骸。预制停机坪是用于停放中型舰船的，包括货物驳船和人员运输船。其中几艘已是一片残骸，有一艘船似乎坠毁在另外两艘的船头上，三艘船像毁坏的玩具一样堆在一起，升起翻腾的黑色烟云，令拉克兰特感到窒息。他们穿了过去，烟雾如同帘幕一般散开。他们看到了最后的希望，一艘阿尔沃斯小型驳船，四四方方，没有武装，已经满载。

上尉直接驶过着陆区周围低矮的混凝岩路障，乘客们猛烈摇晃着。那艘飞船的引擎已经全速运转起来，但并未点火。拉克兰特猜想上尉定是提前打了招呼，这艘船正等候着他们。

上尉刹住车，火蜥蜴迅速停下。"你们差点就迟到了。"他回头喊道。

"谢谢你。"罗斯托夫说道。

"记住我，审判官，在你祈祷的时候，"上尉说道，"我就要死在这里了。如果我知道有人记得我履行了职责，并为我发声，那么我的心灵就会感到慰藉，我的灵魂才会被安然送往帝皇之光中。"

"你的名字是什么？"罗斯托夫问道。

"黑朱尔特·科利曼。"上尉说道。

"我会的，我发誓，以帝皇本人之名。"罗斯托夫说道。

科利曼在感激中闭上双眼，等候着，直到他们全都下车，随后他掉头开走了。拉克兰特回头看向他们来时的路，看到的只有熊熊烈火和武器的闪光。

一位军法官走出阿尔沃斯的乘员舱，走下后部跳板，一群风暴兵望向外面。

"您是异形庭的审判官罗斯托夫？"那位军法官在引擎声中喊道。三发炮弹的爆炸令地面震颤着，罗斯托夫等着噪声消散，随后他回答道："我是。"

军法官说："我们为您留了这艘船。我们已经满员，但我会留下来，如此您便可离开。这是我的职责。"这位军法官十分自豪，身子和旗杆一样笔直。他也很老，脸庞上布着长久的服役生涯留下的皱纹。

"帝皇赞扬你的牺牲。"罗斯托夫说道。

这位军法官点点头，站到一旁。

"但我的人也必须跟我走。"罗斯托夫补充道。

这位军法官的神情与拉克兰特所见过的每一位军法官一样冷酷坚毅。他们定是石膏打磨出来的，他确定。这位军法官的目光闪到一旁。一束等离子击中了几百米外的地面，在一阵爆炸声中蒸发掉了土地、人和装备。没有人退缩。

"大人，"军法官说道，"我很愿意为了帝皇的荣光献出我的性命，让您继续您的工作，但这里的这些人，他们都很忠诚。我曾下令击毙过许多抗命的人，但这些人都是精英。"

"尽管如此，我必须带上我的仆从。"罗斯托夫平静地说道，他那纯粹的蓝色眼睛闪烁着怪异的能量。

那位军法官看向拉克兰特和安东尼亚托。安东尼亚托朝他扬起眼眉，仿佛在说："真不幸。"军法官的目光落在奇尔克身上，他的面容僵硬了。

"您要求一位帝国士兵为了那个东西放弃他的位子？"他指出。

"她为帝皇付出的比这些人中的任何一个都要多，"罗斯托夫平静地说道，"我知道，我代表着他的权威。"自始至终，他的声音都保持着平静，表情坚定，但他散发出的威胁感在增强。他说："现在，要么腾出空间，因效劳帝皇而死，要么拒绝我，因忤逆帝皇而死。"

飞机呼啸而过，警笛长鸣，炮弹爆炸和能量打击像击鼓一样击打着地面。军法官的外衣在战争的烈风中舞动着。两位帝国忠仆四目相对，他们都不习惯于退让。军法官乃是帝国诸多武装力量的鞭条，但审判官是帝皇本人的执行者。如此结局只有一个。

"好吧，"这位军法官说道，"但那个异形必须放弃她的武器。"

"她要留着她的枪，"罗斯托夫说道，"如此她便能将之用于效劳帝皇。"

军法官踌躇了，随后再次点点头。他利落地转过身，迈向不远处的阿尔沃斯，仿佛是在阅兵一般。他停在跳板底部，向里面的三个人示意。

"你，你，你，出来，为审判官大人的手下腾出位子。"

三个人面面相觑，其中一个人指着他自己。

"庆幸吧，帝皇选择了你们来干他的血腥活儿，"军法官说道，"在弗摩尔Ⅲ的战场上，我们以他之名而战，为了他的荣光。"

一声爆炸打断了他的演讲结语。这位军法官挑选的人很恰当，他们都毫无怨言，只是收拾起装备，离开了座位。他们迈下跳板走向停机坪，面色严峻。

罗斯托夫迈向穿梭机，并以令人惊讶的敬意等候着，奇尔克则蹒跚走上飞机，艰难地走向她的座位。几个人犹豫了一会，上前来帮助她。罗斯托夫跟着走了上去，尽管身着沉重的甲壳甲，但他仍然身手敏捷。

"来吧。"安东尼亚托说道，抓住拉克兰特，将他推向机门。

"但为什么是我？"拉克兰特说道，"我应该留在这儿，这些忠嗣兵比得上四个我。"

"你觉得我们见过多少星界军军官，在逃离一个异端星际战士的时候，能转身面对它，如此他的手下便能逃离？"安东尼亚托露出坦率的神情，等候着回答。

拉克兰特什么也没说。

"那么我来告诉你，"安东尼亚托说道，"并不太多，这让你与众不同。上机吧。罗斯托夫注意到了你，如果有什么事情能引起他的注意，那就是与众不同的人。"

安东尼亚托先登上了机，拉克兰特跟了上去。在他系好安全带的同时，他向外看着为他们腾出位子的一个人。

"我很抱歉。"他做出嘴型说道。那个人盯着他，一只手臂托着他的枪，拇指轻击将之激活，他们四目相对。阿尔沃斯发动引擎。穿梭机在发出一阵尖啸的等离子中升空，逐渐远离陆区，那位军法官和那三个注定死去的士兵逐渐变得渺小起来，化作蝼蚁，最后慢慢消失在视野中。

"我们尚未离开下巢。"安东尼亚托说道。他指着下方像模型一样排列的营地，人群在最后几艘起飞的飞船周围涌动，他们在撤离区边缘向外转去。

敌人来自北方，呼号的风暴率先传来。那个方向的天空被染红了，与虚空中的伤痕颜色相互交融，化作一道邪恶的风暴锋。猩红的闪电在大地上跃动，仿佛整个世界都处于痛苦之中，吹来的风裹挟着鲜血的味道。

防线射出大量水平排布的激光束。不断增强的轰炸搅动着空气，令穿梭机颠簸不已。砸下的炮弹间点缀着颜色绚丽又激烈的能量光束，每一发都笼罩在受激粒子产生的光环之中。他们被困在撤离区的环线中，无法直接向上飞，唯恐成为易受攻击的目标，飞行员们盘旋上升，这样的飞行让他们离防线上的攻势更近了。

拉克兰特低头看着一幅可怕的杀戮场景。在城墙外，扭曲的突变体横行肆虐，闪亮的利爪将人撕碎。它们扰乱着星界军的射击线，随后叛军士兵冲上前来，枪口朝着曾经的手足兄弟射击。这场背叛触目惊心，令拉克兰特惊惶不安，直到他看到异端阿斯塔特，目睹到更可怕的事物。

这些堕落的星际战士数量不超过十二个，他们如同刀刃划纸一般切开帝皇的士兵们。他们是身覆黄铜和鲜血的巨人，盔甲上装饰着颅骨。尽管在远处看很渺小，但他们在下方的人类中很显眼，而不论他们走到哪里，他们都会在人群中切开一条血腥的死亡之路。面对如此凶残之物，许多士兵纷纷在恐慌中逃离，却在转身时便被飞旋的利刃砍倒。

异端阿斯塔特迅速抵达了城墙，两三步便跳上了近乎垂直的护墙。一跳上城墙，他们便以新一轮的狂暴开始屠戮，清除射击台阶上的人们。蓝色和红色的激光束击中了他们，但却无法击倒他们。

在穿梭机又转了一圈后，视野改变了。拉克兰特看到一个哨兵驾驶员驾驶着他的机器冲向一个星际战士，多管激光炮令空气燃烧，直接击中了那个怪物的胸甲。那个堕落的死亡天使似乎受了伤，但他跳了起来，挥出斧头，砍入那个步行机甲的驾驶舱，以自己的身躯将那个轻型机器撞倒在地。

视野再次转变了。拉克兰特看到了某种巨大的半人马形机器，上半部分是身着黄铜盔甲的可怕巨人，他从一个庞大的履带部件上倾下身，砍倒比他小十几倍的人们，如同一个收割者，背上的排气口喷涌出血雾。随后飞船彻底离开了战场，并倾向一侧，仅仅显露出天空和附近的虚空战。后跳板关闭了，船舱增压，嘶嘶作响，将狂暴的场景和声音隔绝开来。

"检查你的安全带！"安东尼亚托在引擎的怒号声中喊道。

拉克兰特并未听清。罗斯托夫已经站起了身，正离开狭窄的乘员舱，前往驾驶舱。拉克兰特解开安全带，跟了上去，对天空中的暴行感到着迷。他得看看，他无视了安东尼亚托的喊叫，在阿尔沃斯颠簸或是急转躲避敌方攻击时紧抓着带子。

罗斯托夫打开了进入驾驶舱的一扇门，一位飞行员回头瞥来。

"带我们上去。"罗斯托夫下令道。

"所有舰船都在离开，大人。我无法追上它们，会被击落的，我们太迟了。"

罗斯托夫的目光扫过驾驶舱仪表。"那一艘，"他说道，指着屏幕上的一个符号，"前往圣阿斯特号。"

"我们追不上的！"飞行员喊道，"它们全都在离开。"

"承蒙帝皇之恩，我们会的，"罗斯托夫说道，"给我通信器。"

那位飞行员投来疑惑的目光，但还是拉下了她的耳机，递了过来。

拉克兰特偷听到了这一切，并未被注意到。随后他看到一个巨大的匕首状物坠向星球表面，一个大如巢都尖塔的鱼雷击中了地面。爆炸令一切都化作了白色，冲击波吹起阿尔沃斯，令其剧烈下坠。他倒在了一个就座的人身上，头撞到了一个安全架杆，失去了意识。

第十三章

逃离弗摩尔Ⅲ

世界之死

义务频道

    虚空在流血。从地面上看，出现在太空中的艳丽彩带就像是一个巨大的血腥伤痕。实体空间撕裂开来，露出了其中的造物。至少，在有些时候看起来是那样，如果芬纽拉斜眼看去，她会看到鲜血在涌入永恒之中；有的时候那个伤痕看起来就像是任何亚空间和实体空间的交界处一样：一团扭曲的气体和能量，在黑暗中闪闪发光，与星云难以区分。当芬纽拉这么看的时候，从伤痕边缘驶来的那艘船就像是一把刀，在圣阿斯特号的传感器上和人的肉眼中都清晰可见，但这种情况很罕见。

    大多数时间舰员们看到的都是鲜血、痛苦和无法想象的景象，那艘敌舰则像是粗糙的剑尖。相比人类感官，机器也无法取得更明确的图像，圣阿斯特号的占卜仪和传感器难以解释它们所看到的，显示器闪烁着。唯一能确定的是，那个裂隙正朝着弗摩尔Ⅲ的恒星而去。

    芬纽拉现在无暇顾及这些，舰员们眼下有更紧迫的事务。

    弗摩尔Ⅲ周围的战区挤满了帝国舰船。巨大的运兵船收纳着逃离地面战争的数百艘小型飞船，战舰组成的封锁线保护着撤离行动，武装薄弱的运输船挤在中间，一组组巡洋舰从编队中脱离，前去保护启动引擎逃离的运输船，舰船组成的球面逐渐收缩，运动战则向星系边缘延伸。前往孟德维尔点路上的空间闪烁着激烈的交火，每场冲突之间间隔了数万千米，但它们一起组成了一幅闪闪发光的虚空场景。

待到圣阿斯特号一路杀到弗摩尔Ⅲ轨道时，撤离已达到了高潮，如今正在结束。幸存的运兵船已经满载，收缩的帝国舰队遭受着持续的压力，更多敌方主力舰从黑暗中驶出并发起进攻。两艘庞大的鲸级运输舰仍停留着，它们张开的货舱正在收纳小型飞船。

圣阿斯特号的打击群守护着太阳向通道。

指挥甲板充斥着命令和紧张的声音。来自圣阿斯特号及其打击群以及整个舰队的通信信息在一个个机械嘴和线网格栅中喋喋不休。舰船正遭受着敌方打击，虚空盾激烈扭曲，溢出的动能传导到了舰体结构上。

"新目标出现在弗摩尔Ⅲ地平线上，"一位低级军官在喧闹声中喊道，"四个主要威胁级新目标，八个次要级。"

"图密善号请求即刻增加打击机支援！"另一个人转述道。

"拒绝，"芬纽拉说道，"敌方轰炸机小队正进入圣阿斯特号和辉光号的拦截航线，所有护航战斗机待起准备防御。"

全息仪上的图标闪烁又消失，战术显示器闪着大量难以理解的数据，机仆平淡含糊地汇报着数千阵亡人员的详细情况。

芬纽拉试着集中注意力，但天空中的红色伤痕吸引着她的目光。她感到一阵头痛，她需要将每一个词语阅读一遍又一遍才能理解。警报在她身后哀号着，她愤怒地转向其源头。

"维修舰员，封锁那道故障！我这儿都没法思考了！"

噪声停止了，她转回显示器。帝国的战线抵御着敌军，而敌军的进攻毫无纪律。它们组成了许多小规模集群，试探着帝国舰队布下的火力走廊。一场坚决的强攻便能粉碎帝国的防御球面，但敌军舰船采取了添油战术，如同它们所携带的战士一样狂暴，毫不在意帝国的炮火。

第一艘运输船关闭了接驳口，并开始迅速离开行星。部分舰队脱离编队并在运输船周围列队，庞大的引擎推动着舰船巨大的质量，令行动变得十分缓慢。随后第二艘点燃了它的主引擎堆，它的机库门仍打开着，最后一批撤离飞船正在后方追逐着它。起初它们很成功，冲进了仍然打开的甲板，但随着鲸级运输船开始加速，小型飞船被抛在了身后，又一阵绝望的通信信息加入了嘈杂的通信系统中。

芬纽拉再次阅读了敌军新集群的细节。这份通告只是几百份中的一份，这个集群的抵达只是全部信息流中的一块数据，但这很重要，她将之视为这场战斗的潜在转折点，并且不太有利于己方。

她将图像放大，抽取出更多数据。那些舰船停留在他们的旗舰周围，那是一艘大型巡洋舰，型号古老，如今在帝国海军中鲜有见到。它很大，巴洛克式的装饰，散发出一股恶意，芬纽拉在阅读占卜报告时感到头痛加剧了。

"他们很快就会发起攻势，"她说道，"有人正在那里施加着控制。他们一旦组织起来，我们就会处于危险之中。"

"看到了，注意到了，大副，"阿莎盖说道，她的声音十分紧张。舰船上的每一个人都遭受着天空中裂口所散发出的灵能压力。"通信信号官，将第一副官迪奥梅德的来袭威胁通知传递给舰队指挥部。"

"我们是最近的，"芬纽拉说道，"他们会直奔我们而来。他们会等待到舰队分散并与最后一批运输船一起撤退，那时他们便会朝我们扑来。"

"他们会的。"阿莎盖眯起双眼，"我们是否有足够的战力与一艘大型巡洋舰及其护卫较量？"

"您很快会得到答案的，准将，"芬纽拉说道，"特雷赫斯康上将正下令全体撤退。"她按下一个符文键，上将的脸庞出现在指挥平台前的空中。作为一位上将而言，他很年轻，比阿莎盖还年轻，比芬纽拉老不了多少。他看起来总是非常整洁，每一根胡须的位置都很恰当。

"所有舰船，按计划撤退。"他说道，就这样，他消失了。舰队拥有关于撤离点、分舰队组织、紧急会合和分散模式的加密命令。他们知道该怎么做。

"现在是时候了。"阿莎盖说道。她喊了一下她的通信小天使，朝着递出的喇叭讲道："圣阿斯特打击群，恢复密集编队，交错列队，朝黄道面上升。立刻实施。"

"那不是上将的原命令。"芬纽拉说道。

"敌军几分钟内便会进攻，我们原定的编队会让我们丧命的。"她回答道。

"是，准将。"芬纽拉说道，她赞同阿莎盖的指令，但指出其中差异是她的职责所在。她与徘徊在指挥台舷梯的海军军法官索伦库斯四目相对。那个老头像蜥蜴一般眨了眨眼，移开了目光，没有质疑。

　　围绕弗摩尔Ⅲ重力井上升通道的作战球面已经瓦解。大多数舰船都以令人钦佩的精确性实施着行动，作战球面向外张开，如同绽放的花朵，在改变位置的同时保持着协调良好的火力。有一百多艘舰船参与这场行动，而它们的纪律完美无缺。舰队分散为一个个小集群，前往多个方向以迷惑敌人，舰群在航行的同时重新排列为更灵活的编队。已然缺乏组织的敌军也分散开来，追逐逃离的帝国舰船。只有那艘大型巡洋舰周围的舰船仍然保持着编队。

　　"阿莎盖准将夫人。"海金副官说道。他是第三班的，指挥平台的军官之一，但鲜有待在平台上。他的心太大了，芬纽拉想。他现在正在哽咽，皮肤泛红，喉咙很难受，问道："我能说一句吗？"

　　别，芬纽拉想，但阿莎盖点头同意。

　　"地表上还有数千士兵，"海金说道，"我收到了多个来自小型飞船的援助请求，他们已经无法赶上最后一批运输船，而且还有更多来自撤离区的。我们能带一些上船。"

　　所有人的目光都盯着准将。

　　"无视他们，"阿莎盖说道，"我们宣判了数千人的死刑，但这就是战争。数千人牺牲，如此百万人得以幸存。"

　　这就是像阿莎盖这样的人所背负的重担，海金永远也不会明白。

　　圣阿斯特号隆隆作响，引擎推动着它，让它的舰部远离行星。

　　一阵警笛高声响起。

　　"敌方大型巡洋舰开始进入攻击航线，在场所有舰船，组成矛阵。"芬纽拉下令。

　　"增加左舷机动推进器输出，"阿莎盖说道，"我要我们越过行星的明暗界线，在我们进入他们的主炮组射程之前离开。"

　　"如果他们追上我们，他们会直接切入编队。"芬纽拉说道。

　　"那么他们就不会追上我们。"阿莎盖说道。

　　"敌军发射了鱼雷，全散布。五分钟之内接触。"

　　"该死的！他们越来越近了。"芬纽拉说道。

　　"我说他们不会再近了！"阿莎盖说道。

　　"我识别出了他们的身份，"一位军官报告，"是血王号。"

"我听说过。"阿莎盖低声说道。

弗摩尔Ⅲ受伤的地表掠过圆屏，芬纽拉注视着那个世界。敌人射出了第一波光矛，舰船和地表之间的残骸闪着光。敌方的等离子投射炮、熔合光束和激光炮炮组都在射击范围外，但舰脊上的大型激光武器在稳定射击。庆幸的是，行星周围的残骸场让瞄准变得很困难。

弗摩尔Ⅲ的地表各处燃烧着熊熊烈火。几个月前，这里还是一片青绿，是一个由农业和小型海洋所占据的文明世界。这里远非天堂星球，但也完全不同于其他许多帝国世界那般拥挤。如今，它已经变成了坏死的棕色，在焦黑的吐息中窒息。芬纽拉此前曾见过两次行星死亡，每一次看到这幅场景，她都非常难受。银河系中有万亿世界，也许其中数十亿都适合人类居住。据说，帝国由一百万个世界组成，但她在很久以前就已经意识到这个数字只是个比喻。在现实中，这毫无依据可言，在每个月都有如此多的行星焚灭的同时，怎会还有那么多世界。

"世界之死。"芬纽拉低语道。

指挥台上的一道闪光吸引了她的注意。她怀疑地皱起眉，她从未见过这个特别的指示灯亮起过。她按下按钮，一个屏幕亮起，显示出的帝国徽章令她惊讶。

她转向准将。

"准将夫人，我收到了一条优先信息。"

阿莎盖看向她，目光尖锐。"审判庭？"她说道。

芬纽拉点点头。

"快放！"阿莎盖厉声说道。

芬纽拉并不太清楚激活这条信息密码的恰当代码序列，她不得不将其交给通信站的专业人员。那个人已经很老了，他需要从容器中取出一个执行单一任务的机仆，而他的动作非常缓慢，然后必须唤来勤务兵将那个机仆移到一个重力橇上，因为那个机仆只是装甲盒中连着沉思机的一个脑袋。这个过程极其缓慢，还伴随着许多严肃的话语，显然令阿莎盖恼怒不已。

"你能不能，"她说道，"快一点！我们正遭受攻击！"

"准将夫人，无情号请求调整航向，我们并未按照他们的预期行动。"机动长喊道。

"我们当然没有按照他们的预期行动。让他们转向！让整个舰队转向！舵手，右舷全力推进。让我们对准弗摩尔Ⅲ，舷炮准备开火。"她下令，"在我们解密这条信息前，我们哪儿也去不了。准备与敌军的先头部队交战。"

"我们可以离开的，夫人。"芬纽拉说道。

"我们今天也许会活着逃离，但之后便会丢掉性命。审判庭是帝皇的代理人，"阿莎盖说道，"不可拒绝他们。"

警笛长鸣，舰船震颤着，光矛炮塔开火了，庞大的电容器将毁灭光束投向接近的敌军。敌军已充能完毕，几乎同时开火。

那位通信专家来到了指挥平台。那个盒子打开了，释放出一阵刺鼻的腐朽气息，线轴上的铜线解开来，插入了芬纽拉的控制台。

"现在，大副？"

芬纽拉点点头。

"你不知道什么叫'赶快'吗？"阿莎盖在平台顶部喊道。她正变得十分暴躁。

那位通信专家转动盒子外的一个曲柄。那个头猛地活动起来，眼皮抖动，下巴咔嗒作响。一连串红灯珠点亮了盒子外部，连成一条闪烁的线，然后变绿了。

"代码传输已接收。"那个老头说道，然后低头鞠躬，开始将那个头缓缓放回锁柜中。

芬纽拉看着屏幕上的密码与信息代码锁形成互动，一条条模糊的文本沿着玻璃屏滚动，随后一个全息投影仪打开了，一个幽灵般的面孔出现在了她的左侧。那是一个年轻的男人，他的举止十分严肃，仿佛一生中从未微笑过。

"圣阿斯特号的舰长，我是异形庭的审判官罗斯托夫。依帝皇本人的权力，我要求将我从弗摩尔Ⅲ的大气层中立刻接出。拦截坐标已列入，舰船的应答器代码已列入。我现在正在途中。为了帝皇。"审判官庄重说道，信息结束了。

"真是傲慢，"阿莎盖说道，"对于我们会怎样回答没有丝毫怀疑。"

"我们要回答吗？"芬纽拉说道。

准将叹了口气，她那长长的触觉指甲在王座扶手上敲击着，说："当然了。给罗斯托夫发送一条信息，同样的频道，告诉他我们正在路上。"

芬纽拉看着那些坐标，然后看了看外面的世界，以及正在逼近的敌方战斗舰队。

"召集我的所有舰长进行全息会议。向沙龙准将发送信息，看看司法官打击群能否掩护我们的后方。这是他在丹德拉大败中欠我的，"阿莎盖说道。她一下达命令，舰长们的小型投影便开始出现在她周围。"并向逃离弗摩尔Ⅲ的飞船进行全面呼叫。我们这次会听从海金副官的仁慈愿望，任何能够抵达我们的飞船，我们都会接纳，但它们必须抵达我们这里，我们不会掉头或偏离航线去拯救他们。舵手，"她说道，"新航向。"她的爪棒抽动着，将坐标数据传输给甲板上的扇形舵手区，并通过植入眼和脑部直接传给舵手们。"全员做好准备，接下来会比较激烈。"

弗摩尔Ⅲ上方的作战球面充斥着火焰和致命的光束。圣阿斯特打击群与司法官打击群的舰船组成编队，阻拦接近的血王号及其护航队。两支部队之间炮火纷飞，日趋猛烈。在两支舰队的前方，虚空盾发出爆闪。来自沙龙舰船的集中光矛火力射穿了正在接近的一支敌军驱逐舰中队。圣阿斯特打击群的阿尔斯·贝勒斯号遭到了混沌先锋部队射出的鱼雷和实弹的沉重打击。

圣阿斯特号并未参与逐渐恶化的战斗，而是直冲向行星的重力井，舰背推进器激烈燃烧，主引擎堆推力达到了百分之七十。它的舰艏以近乎极限的速度接触大气层，立刻在这个世界的气体包层中点燃了烈火。在它向下冲的同时，身后拉出一条条火焰，虚空盾在大气飞行中发出激烈的反应。

在它身后，阿尔斯·贝勒斯号被光矛火力击毁，化作闪烁的碎片，跟着圣阿斯特号陨落。两艘混沌舰船离开编队追击下降的战列巡洋舰，帝国封锁部队瞄准了其中一艘，将其撕碎，它的残骸与阿尔斯·贝勒斯号的相互交杂，一同坠入大气。另一艘摆脱了攻击，跟着圣阿斯特号向下冲。这艘船更大更重，武装更强，它怀着掠食者般的决心追击着那艘更轻型的舰船。

在虚空和大气交界处的光芒上方，舰船调转炮口，恐虐的部队正冲入联合战斗群，而血王号正在其中，所有武器纷纷开火。

拉克兰特在困惑中醒了过来。有那么一刻他完全不知道自己在哪儿，唯有当甲板开始颠簸，又在前后猛烈摇摆时他才想起来最近发生在他身上的事。鲜血沿着他的头皮流了下来。

"起来，"一个绑在乘客座上的忠嗣兵说道，"再像那样跌倒，你会摔断骨头的。我不在乎你的骨头，但你会撞断我的，而我在乎我的骨头。"

那个人指着罗斯托夫的异形小同伴身旁的空座位，拉克兰特想起了那个为了让奇尔克登机而被抛下的战士。那个人厌恶地盯着奇尔克，她有一双大而扁平的脚，脚掌边缘伸出丑陋的脚趾。奇尔克穿着鞋，但那鞋是如此合身，显露出了这个生物令人厌恶的形体。

"快坐进座位。"另一位忠嗣兵说道。他用肮脏的靴子踢了踢拉克兰特，对于拉克兰特所拥有的更高军衔毫无敬意。拉克兰特抓住安全带，把自己拉上座位，待他扣好安全带后，飞船持续的颠簸变得稍微容易承受了些。鲜血逐渐从他的脸庞流下，浸湿了他的衣领，流入他凹陷的锁骨中。他的嘴巴很干，头晕目眩，但他并未理会，因为从他的位置上，他能越过罗斯托夫看到狭窄的驾驶舱，从那里他能看到前部座舱盖外面的景象。天空充斥着可怕的爆炸和毁灭性的能量，交织着战机格斗留下的尾迹。飞行员朝着罗斯托夫喊了什么，拉克兰特并未听清，随后这艘小驳船偏向右边，显露出一幅惊人的场景。

一艘战舰正朝着大气层飞下。起初他以为那艘船失去了控制，正在坠毁，因为它在天空中画出了一条长长的火线，黑色的烟雾在其后方的大气中涌动，泪滴状的闪烁能量拖曳其后，护盾因空气的压力而扭曲泄露。火焰包裹着那艘船，一百艘敌机如同古泰拉神话中的大黄蜂一般拥向它，激光火力和导弹打击组成的螯刺点缀在悸动的虚空盾上，有若闪电。粗厚的光矛火力从后方闪过，在阿尔沃斯继续向前飞行时，他看到了第二艘战舰穿过弗摩尔Ⅲ备受折磨的天空，留下又一条尾迹，它正朝着第一艘船开火。拉克兰特眨眨眼，弄掉眼中的鲜血，阿尔沃斯正直接朝着最前面的那艘船飞去。

"那是我们离开这个地方的门票，圣阿斯特号。"循着拉克兰特的目光，奇尔克喊道。"你们世界上的人打赌吗？"这位小异形说道，"因为我认为我们的胜率非常低。"

安东尼亚托正盯着天花板，对帝皇祈祷着。"别听她的，"他在请求拯救的间隙说道，"她是个悲观主义者。"

"唉！即便这样也没法让他闭上嘴。他不喜欢飞行，你知道吗？"奇尔克说道。她那双鱼一般的脸庞像树皮一样泛起皱纹，她没有嘴唇，但显然在微笑。"他要开始哭了，我打赌。"

拉克兰特头晕目眩。圣阿斯特号并未坠毁，它是刻意进入弗摩尔Ⅲ的大气层的。

"他们是来救我们的。"他意识到。

阿尔沃斯剧烈颠簸着,下坠了三十米,随后再次爬升。安东尼亚托呻吟着。

"那就是计划。"奇尔克说道。"愚蠢的计划,"她补充道,"罗斯托夫的运气终于用完了。不过这是趟不错的旅程,嗯,安东尼?"

"让你的肮脏异形安静些。"一个忠嗣兵说道。

"别……"安东尼亚托说道,他深吸了口气,"别惹毛了她。与你相比,她可是经历过大风大浪的人。"

奇尔克伸出她的一只下胳膊,朝那个忠嗣兵挥了挥。那个忠嗣兵正准备回答,阿尔沃斯便因速射炮的打击而震颤起来。飞行员针对攻击做出反应,猛地将飞行杆拉到一旁,飞船做出了一个笨拙的滚筒动作。拉克兰特紧抓着安全带,鲜血在脑中涌动,令他的伤口更加疼痛。一艘敌军龙船飞驰过飞行员座舱,其愤怒的尖叫甚至违背了物理学原理,刺透机上人们的脑海。

"把我们带上那艘船,"罗斯托夫喊道,"否则我们将失去拯救的机会。"他的靴子定是有磁力锁,因为他在飞船翻滚时仍然紧贴在甲板上。罗斯托夫威风凛凛,专心致志,但他抓着门口的手指已经发白,此前神秘莫测的面容因专注而皱缩。"快点!"

飞行员踩下踏板,阿尔沃斯的引擎高声怒号。这艘四四方方的飞船的空气动力构造如同一块混凝铁,它努力提升速度,缓慢地逼近下降的舰船。又一声恶魔尖叫冲击着人们的精神,那艘龙船突然出现在视野中,折起双翼,随后缓缓展开,直冲他们而来。尽管它看起来是机械,但它的动作似乎更像是血肉之躯而非机器,拉克兰特能感觉到一种异样。

那只飞船怪兽再次尖叫。阿尔沃斯急向右拉进行躲避,但它的翅膀抽动着,轻易便赶上了阿尔沃斯的动作。在它舌头的位置有一门炮,它开火了,飞船喷洒出炽热的子弹。这一切发生在片刻之间,随后那艘飞船便高速飞离了,阿尔沃斯则在坠落。

一发子弹洞穿了座舱盖,风吹了进来。飞行员死在了她的座椅上,仍系着安全带。穿梭机偏离了航线,系着安全带的人们摇来晃去。那只飞龙转了回来,向驳船洒来更多子弹。有几发击穿了侧面,声音悦耳,杀死了座位上的两位忠嗣兵。

"奇尔克！"罗斯托夫喊道。他靠在驾驶座上，抓着控制杆，但也只能让飞机保持水平飞行。

"来了。"奇尔克说道。"拿着这个。"她对拉克兰特说道，把她那个沉重的背包塞在拉克兰特腿上。这个包很温暖，他有种奇怪的想法，这个东西某种意义上是活的。奇尔克用她那扁平的手"啪"的一声松开安全带，跳了起来，稳步跑向驾驶舱。她拖出飞行员的尸体，拉进乘员舱，然后跳进了驾驶座，全程都没有失去平衡。

"交给我吧。"她说道。

罗斯托夫放开了控制杆。

"一开始就该让我来飞的。"她喊道，声音盖过穿透驾驶舱破洞的嗖嗖风声。

阿尔沃斯被再次拉起，开始加速，奇尔克的附肢掠过一系列开关。

"该死的人类科技，"她大声说道，"反应真是迟钝！"

圣阿斯特号燃烧的舰体近在眼前。那艘龙船再次飞速掠过，这一次它从空中伸出了金属爪，抓向穿梭机，但奇尔克在最后一刻闪避开来，那个生物扑空了，发出愤怒的尖叫。

"呼叫舰船，列昂尼德，告诉他们我们正在快速进场，"她说道，"我们需要一些掩护火力，否则我们飞不到的。你给我们找来的这艘船就是一堆破烂，它永远也跑不过那只地狱飞龙，他们得打掉它。"

罗斯托夫并未批评这只异形的无礼态度，他朝着通信器讲话，话语声消失在激烈的战斗中，但对方收到了，几秒钟之后，阿尔沃斯便在飞速穿越激光束组成的风暴，那些光束如同水平面降下的大雨。尽管十分危险，但那只地狱飞龙仍在紧追着。

"那该死的东西还跟在我背后。"奇尔克说道。由于激光束正朝着他们的方向射来，奇尔克不得不让阿尔沃斯保持一定的直线飞行，以避免被击中，这让那只地狱飞龙更容易瞄准他们。"我得关掉防爆屏。"她说道。

阿尔沃斯面前的天空中充斥着包裹那艘舰船的火焰。奇尔克在他们接近时点击关闭了遮板，他们在盲目飞行。在他们穿越火焰时，外面传来了怒吼声，随后在飞越虚空盾时感到一阵刻骨的疼痛。奇尔克的双眼紧盯着阿尔沃斯仪表盘上小小的导航屏幕。随着一声巨响，阿尔沃斯突然下降。熔化的金属从上方船体的洞中滴落，大风呼啸而入。

一阵可怕的感觉随之涌来。在天花板洞口传来的呼啸风声中，什么也听不见。又一次撞击令阿尔沃斯倾向一侧，一只钢爪刺穿了船体，接着地狱飞龙紧紧抓住了穿梭机。奇尔克大叫着，忠嗣兵们开始开火。船舱中充斥着激光燃烧空气和热金属的味道，引擎努力将飞船维持在空中，那只地狱飞龙则试图将其拉向地面。

地狱飞龙再次尖叫着，这一次，拉克兰特脑海中的压力是如此之大，他也跟着尖叫起来。焦黑的大地上血河纵横，大军为了骸骨之奖永恒征战，这些画面强行刻入他的脑海。

飞船颠簸着，随后是一道碎骨般的撞击，阿尔沃斯的部分船壁向内压入，船腹撞上了什么东西。他们在坚硬的表面滑行着，摩擦金属的尖啸声和地狱飞龙的嚎叫声相互交杂。突然间，随着一声巨响，一切都停了下来。拉克兰特再次昏了过去。当他醒来时，驳船呈四十五度倾斜着。跳板被掀开了，破损的活塞将液压流洒得到处都是。溢出的钯素的味道令他窒息，危险的蒸汽积聚成流动的烟云。忠嗣兵们正跑出去，为他们的地狱枪充能。安东尼亚托跟着他们一起，他的等离子枪准备着开火。罗斯托夫和奇尔克则跟在后面。

"快！"审判官喊道。头晕眼花的拉克兰特遵从命令，打开他的安全带，拉起奇尔克的背包。阿尔沃斯在他跑下跳板时震颤抬升。

他们身处一个机库中。在大气场的另一边，火焰和虚空盾电流仍在继续闪烁，但随着巨型遮板关闭，视野也在逐步缩小。阿尔沃斯在甲板上划出了一条钢铁凹痕，四处点缀着一团团燃烧的燃料，它撞穿了一艘补给船，并将另一艘驳船撞到一旁，最终停靠在了机库墙边。人们在机库里四处奔跑，冲去扑灭逐渐增强的大火，但火灾是他们最不需要担忧的，因为被压在阿尔沃斯矮胖身躯下的地狱飞龙仍然活着，在重压之下挣扎着。它的生命并非技术神甫们所描述的那种抽象形式，而是能够尖叫、流血与痛苦的生命形式。它的爪子在甲板上抓出条条抓痕，一只翅膀被撞碎了，它流着血，而非油，它是活的。

忠嗣兵们正在开火，过热的激光束射入其侧身，溢出更多黑色的血液。那只地狱飞龙朝着天花板吐出炽热的子弹，无法扭转脖子。拉克兰特拔出自己的手枪，但面对这般怪物，他不知道自己简朴的武器能否有任何作用。奇尔克拿出她那把奇怪的步枪，将一发灼热的子弹射入那怪物的眼睛，但那怪物仍在尖叫，直到安东尼亚托的枪发出高声呼啸，机魂鸣响，准备开火。

"让开！"他吼道，将一个忠嗣兵推开，并跪下瞄准。

一束等离子从那把武器的圆形枪口怒号而出，将空气离子化，化作激烈的蓝色光晕。安东尼亚托直接命中了那只地狱飞龙的脖子，过热气体熔化了它的肉体金属，令机库中充斥着令人作呕的恶臭。那只地狱飞龙的脑袋哐的一声落到了地上，它的肢臂挣扎了一下，然后不动了。

"帝——"拉克兰特开口道。

一道能量冲击波从那台倒下的机器中爆出，邪恶的脸庞在蓝色的卷曲火焰中露出奸笑。在其冲过拉克兰特时，他感到自己的一部分灵魂变黑了。在倒下的地狱飞龙所产生的烟雾中，出现了一个狂怒的人形轮廓，嘴巴大张，发出尖叫。

随着一道闪光，一股力量将拉克兰特撞飞，那个人影消失了。

警笛的呼号和损害管制小组的叫喊声与那个怪兽机器的尖叫声相比不值一提。拉克兰特躺在地上，目瞪口呆。罗斯托夫伸出一只手，帮他站起来。

拉克兰特握住了他的手。

"谢谢您，大人。"

"叫罗斯托夫就行了。"审判官说道。

"那是什么？"

罗斯托夫看着那个死去的机器。"一台恶魔引擎，技术与巫术的结合，它的机魂被一个无生者的灵魂所替代，"罗斯托夫说道，那双冷酷的蓝色眼睛盯着拉克兰特，"不久以前，在告诉你这些之后，我得杀掉你。心怀感激吧，你现在正身处一个新世界。曾经关闭的大门，现在已经向你敞开。"

罗斯托夫离开了他，并未做进一步解释，他朝着暴风忠嗣兵走去，呼唤他们的中士。

拉克兰特看向四周找寻安东尼亚托的身影，发现他正跪在附近，高声感谢帝皇，而奇尔克正用三只手擦着他的背。

他怒视着拉克兰特，让他不敢说话。"我讨厌飞行。"他说道。

"你还活着不是吗？"奇尔克说道，"别发牢骚了。"

拉克兰特吸了口气，鼓起勇气，朝那个小异形开口道。

"我……我得感谢你。"

奇尔克皱起她那扁平的鼻子，露出两排宽大的牙齿。"从没想过你会对一个异形这么说，不是吗？"

"我从没遇见过异形。"拉克兰特承认。

"你不会的。你的大多数同类一见到我就会杀掉我，你也会的，要不是因为罗斯托夫。你们可不是一个友好的种族。"

"我很抱——"

"省省吧，人类，"她说道，"我们还没脱离危险。"

圣阿斯特号在一道猛烈的打击下震颤着。

"瞧？"她一边露出微笑，一边说道，"我们也许还是会死的。"

"准将夫人，审判官罗斯托夫已登舰！"芬纽拉喊道。

一阵欢呼声响起，却有气无力，迷失于舰船外部的大气怒号中。

混沌巡洋舰正在他们后方不到十千米处紧追着，对于那种规模的舰船而言，这比抵近距离还要近。那艘巡洋舰正朝着他们开火，但圣阿斯特号引擎产生的电磁场湍流足以将最强的光矛火力偏转开来，而敌军将无法使用发射实弹的舰炮。

芬纽拉再次检查他们的状况。另一艘船的火力胜过他们，在虚空中，他们会被摧毁的。

"我该下令上升吗？"她喊道。

阿莎盖紧张地坐着，眯起双眼，注意力集中于舰船运行的每个方面。"不。我们还有多久会困入重力井？"她问道。

"六秒。"她的一位副官回答道。

"我们现在就应该启动腹部推进器，放弃下降。"芬纽拉说道。

"等等。"

阿莎盖的手指在空中舞动着，触觉手套操作着只有通过她的目镜才能见的显示器。她的手指停下了，她正专注地盯着什么东西。

圣阿斯特号在尖叫，舰船各处的金属都在呻吟，空气阻力和重力与它的质量相互抗衡。每个战术显示器上都是一团静电和闪烁的重影，每个角落都响着完整场失效的尖声警报。指挥甲板内的温度迅速攀升，舰船震颤着，芬纽拉不得不克制住自己抓住指挥平台栏杆的恐惧冲动。

"准将夫人！"她喊道。

阿莎盖举起一根手指。"未到时候，"她说道，随后她挥下手，"现在。"

芬纽拉戳下通信按钮。"舵手，启动所有腹部推进器，立刻全力燃烧，执行！"她喊道，声音仓促惶恐。

舵手已经为这道命令做好了准备，并立刻做出反应。舰船隆隆作响，更多的警报响了起来，一阵突如其来的上冲令舰员们踉跄不已。这震动是如此强烈，使得芬纽拉的视野都变得模糊，圣阿斯特号的舰艏向上倾斜。

"将主引擎增至最大输出！"阿莎盖要求道。

舰员再次迅速做出反应，引擎产出的全部推力使得舰员们又遭受了沉重一击。舰船所受的压力十分巨大，舰脊在弯曲。离指挥平台不远的甲板在起皱，蒸汽从地板下的破损管道涌出。铆钉像子弹一样从墙上弹出，击伤了舰员。位于拱顶高处的首任舰长的青铜雕像倒了下来，砸碎在一个导航桌上，杀死了在那里操作机器的三位少尉。机仆团旁的一个压力管喷出火焰，但圣阿斯特号正缓缓上升。

迫近警报加入了机魂骇人的喧嚣声中。芬纽拉调出了舰艉的真实视频图像，透过过热空气、等离子废气和扭曲虚空盾组成的强光，她看到追击舰船划过了舰艉，双方相距只有仅仅八百米。包裹那亵渎舰体的邪恶装饰透过热量污迹仍然清晰可见，其舰脊武器正朝着圣阿斯特号闪出红光。它们正处于相互之间的护盾之内，火炮直接命中了目标。一发足以追踪帝国舰船的光矛洞穿了圣阿斯特号的装甲，更多的警报尖声响起，受损区域因大气摩擦而发红。芬纽拉以为他们会被撕成碎片，圣阿斯特号猛地颠向一侧，但舰体仍然支撑着，维持着航向。

受虐的红色天空化作星火闪耀、战争肆虐的太空，震动减弱了。战术显示器再次填满了关于宏观战斗的信息，舰船的占卜仪恢复了观测。

在后方图像中，她看着敌舰继续下降，那艘船质量更大，使其注定面临一场惨烈的死亡。她看着敌舰的虚空盾耗尽，一块上层建筑被撕开。

她关闭了图像。

圣阿斯特号掠过行星，舰队正以松散的阵型分散开，引擎全速，逃离血王号。芬纽拉开始整理他们的损失，两艘舰船已经瘫痪，漂浮着，残骸的数量表明更多船被摧毁了。血王号继续冲过撤退帝国舰船的中心，混沌舰队因其冲动而遭受了伤亡，但帝国的球面阵型已经破碎，帝国军也无法将火炮对准敌军。全息仪上显示着作战球面，舰船闪烁，跳帮舱发射。芬纽拉看着掉队的舰船被淹没，而它们的姊妹船得以免遭来自血王号的猛烈齐射。

舰船继续增速。惯性抑制器只能从持续加速中承受有限的压力，重力压迫着他们所有人。

作战球面在他们身后消散，那个世界正迅速缩小，化作一个闪光环绕的球，逃离的帝国舰船是黑暗中的四散光点。唯有时间才会证明有多少船和多少人得到了拯救。

一道闪光划过虚空，一艘舰船的反应堆化作了新星，随后，战斗被他们抛在了身后，圆屏显示出的只有前方浩瀚无垠的苍穹。

圣阿斯特号驶入深空，将弗摩尔Ⅲ留给不断增大的亚空间裂隙，以及混沌的血腥和仁慈。

屏幕发出的一道通信铃声吸引了芬纽拉的注意。

"这里是审判官罗斯托夫。让我使用你们的星语者，我必须立刻与泰拉交流。"

第十四章

进入虚空

星际战士的审视

激起竞争

法比安即将进入虚空,而他并不确定自己对此是否感到高兴。彼时基里曼已经招募了另外两名创始历史官,他们将和他一同前往。那两人分别是一位叫德文·穆代尔的外来世界贵族,和一位叫索拉娜的火星女神甫。他们会跟随基里曼的团队离开泰拉。

穆代尔来自高贵的社会阶层,难以同法比安交流。而另一方面,索拉娜则很友好。

"那是主引擎进行起飞前预热程序的声音。"她解释道,法比安的目光扫过运输机舱。他们乘坐的是一架大型客运穿梭机,容纳着来自帝国不同部门的三十多位常规或近乎常规的人类。法比安想,对于自己被囊括其中,他本应倍受感动的;机上一些人可是银河系中最具影响力的人。他纠正自己,准确地说,是银河系中最具影响力的人的仆人的仆人。真正的达官显贵们坐的是他们自己的飞船。然而,他的激动和历史感因逐渐滋生的恐惧而蒙上阴影。最终,他做出结论——他确实不喜欢离开泰拉前往荒凉的虚空。

被派来留意乘客的星际战士也并未有所帮助。对他而言座位实在太小了,所以他站着,身着全套盔甲,站在飞船中央,背对着三位历史官。他的盔甲是鲜艳的黄色，即便是在客运舱暗淡的灯光下也很亮丽。他身形巨大，虽然没有原体那么大，但仍然散发出极强的威胁感，仿佛他在眨眼间便能从完全静止进入凶残的暴力状态。他散发出危险感就像是他的反应堆背包散发出热量一样。

法比安拉了拉新制服的衣领，这领子很紧，令人发痒。

"他非得站在那儿吗？"法比安朝他的新同事低语，"太吓人了。"

"这就是重点，"穆代尔得意地说道，他正看着自己的金色自动笔在数据板上编纂记录，并未抬头，"他是阿斯塔特修会的，他本就应该吓人。"

"但他挡住了通道，要是发生了事故怎么办？"

穆代尔向他投来尖刻的目光。

"不会有事故的，"索拉娜兴高采烈地说道，"只要实施了正确的祈祷。"她露出微笑。"当然了，还需要定期维护。这种型号和年龄的舰船有着非常良好的事故记录，只要有定期维护的话。"

"那如果没有定期维护呢？"法比安说道。

"不会有事故的。"索拉娜再次说道，和她此前的欢快语气完全一样。

"噢，王座啊。"法比安说道，他紧抓着扶手，背靠在座位垫上。

"大家会觉得你从来没有经历过后轨道飞行。"穆代尔说道。

"我从来没有经历过任何飞行！"法比安厉声说道。

最近几周他都是在过着养尊处优的生活，他的生活在大多数方面都变得更好了。他所吃的食物和他以前吃的全然不同：真正的水果、真正的蔬菜、分量充足的合成肉。他接受了全面的医疗评估，并以医疗图表上的一大堆红色字迹告终，他还接受了自己并不喜欢的严格锻炼方案，以及足以放倒一只蚁牛的药物。他第一次接受脉冲淋浴的感觉仿佛是死去进入了某种异教天堂。贡特曾坚持要他用用，并且对他的气味做出了很不客气的评价。起初他并不情愿，因为这看起来太浪费水了，而现在他已经离不开淋浴了。然后是图书馆，他只拜访过那里一次，但那里的书籍令他大为惊奇。作为历史官，他拥有了一支小团队，而雷西利苏对此嫉妒不已。

因此他并不喜欢穿着裤子，相反他更喜欢自己舒服的长袍，笼罩着他的迫近的死亡威胁令周围的富足景象黯然失色，但他并不愚蠢，他知道要心怀感激。他从无名小卒中脱颖而出，来到了权力的巅峰，那么受到文化冲击是不可避免的事。

"对于这次展示，我们有何期待？"法比安说道，让自己的注意力从即将展开的飞行上移开。

"没人知道，"索拉娜说道，"不过，从考尔先前的成就来看，应该会给人留下深刻印象的。"

索拉娜并非法比安想象中的技术神甫，尽管她并非一位真正的神甫，在这点上，她已经温和地指出过很多次了。她很瘦，皮肤下的颅骨轮廓很清晰，这让她的眼睛看起来很大。她的双眼镀着内部强化体，看起来十分突出。她的头颅左侧是一个带着整洁小端口的大型铬组件。那是她的记忆核心，她曾解释道。机械齿轮和颅骨文身占据了她的另一侧脑袋。但她并没有对此滔滔不绝，也没有就硬件设备进行闲聊，法比安本以为机械教人士都是这样的。

"那么考尔呢，他长什么样？他是谁？"

索拉娜的眼睛亮了起来。"他是谁？"她大笑着说道，"他是伟大的考尔！现存最优秀的大贤者。他们称他为奥姆尼赛亚的首冠导引者，他的成就声名远播。谣传说他活了一万年了，并且还缔造了丰功伟绩。他曾与帝皇本人一同从事星际战士的项目。他曾在大叛乱战争时期战斗过。他曾解锁了库瓦特纳的技术地库，重新激活了雷苏斯的死月。他们说他找到了永恒之魂号，并在一场智力游戏中击败了上面的硅基智灵。"

"那为什么我从没听说过他？"法比安说道，他也从没听过其他任何事物。

索拉娜耸耸肩。"他的工作涉及的是我的人民的利益，我看不出它们会如何引起你的注意。但他非凡无比。我非常希望我们能见到他，我有好多问题想要问他。"

"还有另外一种观点认为他是个危险、心理失调、渴望力量的技术异端，"穆代尔小心谨慎地说道，"只有一些人称他为奥姆尼赛亚的首冠导引者。他也有许多没那么奉承的名号，这全取决于你向谁询问。"他向他们露出一丝浅笑，"你的确应该在我们离开前做些阅读，盖尔弗林阁下。"

穆代尔试着让这个尊称听起来像个侮辱。

"多亏了我们的新主人，我一直在四处奔波，"法比安说道，"我的确没什么时间，原谅我。"

"我学会了挤时间。"穆代尔用他的笔在数据板屏幕上做了个明亮发光的标记，"你可不会想落得跟西恩内斯一个下场。"

"西恩内斯是谁？"

索拉娜移开了目光。

"他现在什么也不是了，这才是我的点。"穆代尔说道。

"你极其喜欢用'点'这个词，"法比安说道，"如果我们要撰写历史，我建议你拓宽下词汇——噢，王座啊！'"

引擎爆发出嘹亮的声音，无论多少动能抑制剂和硬垫子都无法消除所有振动。穿梭机震颤着，开始缓慢上升，仿佛它也害怕进入虚空。

"噢王座，噢王座，噢王座，噢王座。"法比安说道。

引擎发出怒号，巨大的重力压在法比安的胸膛上，他以为自己会昏过去。索拉娜紧握住他的手，微笑着。穆代尔摇了摇头，向后靠。

"帝皇啊！噢我的帝皇，我不想死！"法比安叫道。

那个星际战士转过头看着他，法比安后悔开口了。

这重压持续了几分钟，随后引擎的怒号声消失了，重压也没有了。

"我们已经停止了加速，"索拉娜说道，"我们现在正在虚空中。瞧，没那么糟，不是吗？"她捏了捏法比安的手，然后放开了。

穆代尔继续回到他的工作中。

法比安抬起手，这只手处于奇怪的失重状态，飘在原地。

"没有重力技术，"索拉娜说道，同时也是在对自己说，"他们定是在定量供应能量，节约燃料。这场远征在消耗着一切。"她看向穿梭机的空白墙壁，"想象下外面所发生的事。数十个恒星系的力量集结于一个地方，组成了人类千年来最庞大的军队。外面一定有上千艘船，而我们也是其中之一，泰拉与火星的合力。"

穆代尔偏过头："可惜的是，他们并没有给我们一艘带窗户的船，让我们可以看看外面。考虑到我们的角色，这是个小小的疏忽。"

"我感觉不太……"法比安打了个嗝，他的手捂住了嘴。

"你不会要呕吐了吧？"穆代尔说道。

法比安点点头，感到不安，他的脸颊胀了起来。索拉娜从座位下拿出一个袋子，递给他。法比安感激地接了过来，发出呕吐的声音。

"噢，看起来是的。"穆代尔说道。

他将嘴前的袋子拉开。一滴呕吐物飘过他的脸庞，他试着抓住它，手却将之拍成一打小泡沫。那个星际战士进一步转过身，看着法比安，露出了他的名牌。法比安在知道那个阿斯塔特的名字之后感觉更糟了，这让他意识到，那里面有个人在评判他，他垂下目光，盯着袋子。连这个袋子都做工精致。他从出生地走出不到一百六十米便离开了一个世界，前往另一个。他愁思着，外面究竟有多少帝国，相互之间一无所知。他在想那些地方是否遥远又美丽。

他再次开始大声呕吐。

"噢，我的法比安啊，"穆代尔说道，眼睛仍然盯着他的数据板，"你可的确是身负荣光啊。"

第十五章

探索者之王

天鹰辉煌

原体的项目

    梅西尼乌斯在基里曼的登陆舰天鹰辉煌号的次级指挥甲板上站岗。这是禁卫修会呈给原体的礼物，这艘船的造型是一只巨大的双头鹰，从高大的躯体伸出的两个头各有一层指挥甲板，展开的双翼包含有引擎组件。它的着陆爪具看起来就像是宽大的利爪，当前正收缩在金羽腹中。梅西尼乌斯觉得这艘船十分艳丽，但在层层装饰之下，它仍是一艘强大的飞船，速度极快，武备精良。他想，这很适合原体，因为这些特性都是必要的。月球和泰拉之间的苍穹满是舰船，而威胁可能来自任何地方。

    甲板圆屏是鹰脸上一个约一米多高的口子，向前收缩，钩喙上方是宛若审判般的脸额。从外面看，窗户组成了眼睛，但视野并不像外面看起来的那么局限，梅西尼乌斯能够清楚地看到集结的第一舰队和第四舰队。舰群之间的航标标出了清晰的道路，指引着舰群间的交通。尽管他已经活了几个世纪了，但他从未见过如此多的舰船在同一时刻位于同一地方。

    第一舰队是当前集结于太阳系的舰队中最大的一支，拥有近两百艘各类战舰。第四舰队更小一些，并且只有其中一部分直接集结于泰拉，但即便这一部分的数量也比大部分星区的战斗舰队还要多。数百艘补给船、打捞船、侦察船和行商浪人船照料着战舰，另外还有数千艘运输船等着搭载大军解放帝国圣域。这只是个开始，待到它们出航时，舰队将会更加庞大，在它们离开太阳系之前还会集结起火星的部分皇家星界舰队，以及搭载着机械教地面部队的舰船——从护教军支队船到泰坦运输船。特许船将会跟随在战舰队之后，以重新建立起帝国圣域破碎的贸易网络，另外还有星语庭的黑船，他们对重新开始收集灵能者赋税的需求每一天都愈发急迫。

发生在太阳系的这一切乃是自伟大远征以来最庞大的军事集结，但这仅仅是大局的一部分，基里曼的计划十分大胆。尽管战火仍在肆虐，通信依然糟糕，但在整个帝国，类似的集结正在进行，大量部队和资源调动正在实施。梅西尼乌斯正见证着帝皇的部分计划的重生。这只是一位原体的杰作，若是有十八位原体，那会实现怎样的伟业？

不屈远征太过宏大，陈列于泰拉的部队太多，难以看清。四面八方都是舰船，巨大的战列舰和重型巡洋舰如同群居虫巢中的王后，由往来于月球和王座世界间的无数低级飞船服侍着。他看到了至上血统号，那是海军最高元帅梅蕾尔达·佩蕾丝夫人的指挥舰，它的周围是一群护航舰，自成一支舰队，守卫在泰拉北极轨道上空。离它不远处是烈火黎明号，它将充当原体的旗舰。两艘船都是庞然大物，数千米长，但在这个由舰船组成的城市中，它们也只是个小小的地区。

泰拉的暴动此起彼伏，但原体仍在试着统率这场耗尽世界的行动。基里曼的成功变成了梅西尼乌斯的难题。舰船每时每刻都在从星系边缘抵达，最庞大的舰船拥有数以万计的舰员，最小的船则足以躲避侦测。其中任何一个都可能包含着针对他主公的威胁，只需要一艘船上的一个人在错误的时间身处错误的位置，整个不屈远征便可能被扼杀于摇篮之中。

梅西尼乌斯的大脑高速运转着，处理着许多条信息流。人们递给他数据板以供检查，音频和视频直接传入他的传感器，数据文本在他的头盔中无休止地滚动着。次级飞行甲板由他麾下的后勤部人员占据着，那里还有几个星际战士。那个甲板上的所有人唯一关心的便是原体的安全，每个人都需要同他谈话。

安保十分严密。航行在天鹰辉煌号和泰拉贵族的轻船之间的是另外四艘运输船，每一艘都满载人类风暴兵和更多的阿斯塔特修士，坚定不移的星际战士攻击机小队在其周围护航。禁卫修会时时刻刻伴随在基里曼左右。

随着舰队启程的准备工作的节奏不断加快，原体的安保措施的实行也愈发困难。根据来自各个帝国修会的特工情报，被罢免的元老不可信赖，而梅西尼乌斯对当前在位的一些人也怀有疑虑，特别是还有来自总理大臣安娜－默扎·杰克办公室的忧心报告。整个帝国仍有许多会对复归原体产生威胁的团体，除此之外还有异形特务，以及那些为大敌卖命的人，不论他们是否自愿，因为颠覆一个人意志的方法有很多。尽管整个银河鲜有人能在战斗中对抗罗保特·基里曼，但基里曼也并非不死之身。

今日的风险很大。天鹰辉煌号所率领的运输船队比它本身还要金镶玉裹，这些船上面是泰拉的达官显贵们，包括十二位元老中的八位，那些无法出席的也派出了他们最信赖的代表。帝国政府的整个高层全都在此，飞去拜访帝国最危险的人之一。这是彻彻底底的愚行，梅西尼乌斯想，但罗保特·基里曼坚持己见。他会参观考尔的展示，不论考尔把什么技术带到了泰拉。

战列舰和巡洋舰从它们的能量武器中发出低功率齐射以示致敬。在这种能量下射出的只是彩色的光线，但只要从主武器中射出一发真弹，原体便会殒命。梅西尼乌斯同时追踪着十几艘舰船的能量特征，警惕着完全充能排放的读数。

数百架战斗机以表演编队的形式飞行在船队的周围和前方。倘若其中一个飞行员决定倒戈，原体便会殒命。

他们经过庞大的航母侧面，遵循着闪烁信标标出的虚空道路。如果其中一艘船遭到了破坏，那么原体便会殒命。

这些事都没有发生。梅西尼乌斯麾下延伸出了由泰拉修会的各种特工组成的近乎无限的网络，但他也不可能照顾到每件事。在他们经过为战事集结的无数虚空飞船的同时，他那不寻常的紧张感在逐渐增强。

"大人。"手下一位舰员的低沉声音打断了他的思绪。他关闭数据流，如此便能看得更清楚。

"后勤官蕾恩。"他说道。

"我们正在接近目的地。"她汇报道。

"谢谢。"

她鞠了个躬，梅西尼乌斯朝着圆屏迈出几步。他们正经过一艘伤痕累累、进行着仓促整修的战列巡洋舰。太阳的光芒在泰拉上很难看见，却在虚空中熠熠生辉了无数岁月，那道黄色的光芒照进了窗户。在前方的开阔太空中，是一艘最为庞大的舰船，其外形近乎一个卵，全身覆盖着机库槽、突出的一组组仪器以及武器泡舱。在它身后是形如铸块的十二艘运输船，以完美的阵型排列着。

梅西尼乌斯看着那艘船逐渐变大。只要它想，那艘船能够杀死他们所有人。它能在太空中这么做，也能在其内部这么做。罗保特·基里曼对贝利撒留·考尔给予了高度的信任。

"通知探索者之王号，我们正处于进场航线，"他说道，"让他们分配好着陆区域。原体来了。"

探索者之王号逐渐变大，直到它变得比肮脏的泰拉和惨白的月球还要大。像这样的机械教方舟很罕见，这是来自光辉时代的伟大遗物。梅西尼乌斯此前从没见过这样的船。他曾在泰拉远征期间与考尔并肩作战，这位贤者一次又一次证明了他的价值，但他和原体之间的关系有一丝紧张。考尔的命运铠甲拯救了基里曼，将他复活，并仍维系着他的生命，而基里曼能够号令帝国的所有人，因此两人都能够左右对方，而两人都不想受到限制。机械修会内部针对考尔的影响力所产生的异议与日俱增，认为他的行事方式存在问题。有朝一日，当他和原体意见相左时，他会怎么做呢？

他们被引向位于探索者之王号腹部下方的一个高大的机库门。星际战士护航机以完美的队形脱离开来，等候着原体的命令。天鹰辉煌号继续前进，直到大气场的蓝光填满了前方视野，其中的巨大机库朦胧不清。

他们的鹰船穿过了一条淡蓝色的电子线。双翼向内折叠，着陆装置从船体中旋转而下，巨大的爪脚打开来，准备在落地时支撑住飞船。着陆喷口喷出猛烈的推进气体，淹没了一大片甲板。爪脚与金属相连接，令机库震颤。这只鹰沉下身，在它完全停息之前，高高的胸膛便打开了。光洁的羽毛展开来，如同带着剃刀的折扇，露出一条折叠的舷梯。

罗保特·基里曼迈了出来，一支机械教神甫组成的代表团前来迎接他，为首的是那位假贤者丘沃-87。马德瓦·柯肯和他的誓言兄弟们走在原体身旁，九位星际战士跟在他们身后。梅西尼乌斯看着他们走进机库，一群贤者上前迎接他们。他漫不经心地听着他们的奉承话，相比较起来，他对于排列四周的军事硬件及其呈现出的多个威胁更感兴趣。

机库天花板是由起重机、走道和管道组成的森林，每个阴影都是一个刺客的藏身处。后墙十分遥远，在指挥站的明亮窗口中移动的人影宛如沙粒，他们的数量和意图都无法判断。甲板上排列着数百艘各种大小的飞船，造访者们的舰船降落在这块金属平原的中央，上千机仆前来照料它们，数量高度集中。一群群伺服颅骨从上方嗡嗡飞过，与更大的半机械构造体和自主无人机争夺着空间。许多颅骨都有用途，通信装备阵列发出高昂的圣歌，颜色鲜艳的烟雾中落下一缕缕焚香。

一条路从着陆场通向一扇装甲大门，那道门大到足以容纳战斗泰坦。带着火星涂装的数千智控强化部队列于道路两侧，从金属腿咔嗒作响、动来动去的人形猎手到携带着神秘武器的庞然大物，它们的体积和威力逐渐增加。

其他飞船相继着陆，每一艘都占据着一个停机坪。随行人员从中走了出来，携带着旗帜，伴随着漂浮的设备。跳板打开时，泰拉最具权势的人便迈步而出。法务大统帅阿韦利扎·德拉克马由身穿闪亮黑衣的一百位法务部法官陪同着。星炬总管卢修斯·斯罗德的队伍仅仅稍微小一点点：更少的武装人员，更多的顾问和助理，还有许多强大的灵能者。维奥莱塔·罗斯卡弗勒从另一艘船中现身，带领着内政部的诸多高阶技师。每位元老都在相互攀比各自团体的规模和气势。

被设计为用于确认级别并避免冒犯的精密机仆单位监督引领着达官显贵们。经过二度审查后，这些护卫也许是技术贤者，但每一位身着火星红衣的人都经过了高度强化，很难将他们与洗过脑的奴隶相区分。

梅西尼乌斯注视着，直到所有帝国高官都登上了船，他知道还有许多像他一样的人高度警惕着，全都在想这场力量集结是有多么脆弱。十二元老的每一位，不论是否在场，包括图拉真·瓦洛里斯，都派出了一支宏大的队伍——除了一个人，而那个人令梅西尼乌斯最为担忧。刺客庭尊师法迪克斯已经登上了船，孑然一身。梅西尼乌斯放大他的自动感官，看到法迪克斯只是站在那里，小心翼翼地观察着一切。

代表们聚集起了长长的队列，梅西尼乌斯得前往原体的身旁了。

"我要走了，"他通知他的助手，"继续扫描。任何罕见的异常情况，不论有多小，都要通知我。如果考尔的奴才显露出任何阻挡我们占卜扫描的迹象，我都要知道。如果他没什么可隐藏的，那么他也就没必要阻止我们看看他的这个微型铸造世界里面有些什么。"

"是，大人。"他的人类下属说道。

"阿斯塔特修士们，在舰船周围建立防线。要是我们得杀出这里，就得做好反应的准备。保持警惕。"

星际战士们跟着他走下跳板并散开。梅西尼乌斯等候着提醒他目标锁定的报警声，但机库中悬挂的多个武器都处于关闭状态，他感到轻松了一点。

在他正前往自己的位置时，他看到了基里曼的历史官初创团队，他们正站在机库边缘，靠近闪着亮光、阻隔空气的抑制场投射器，观察着锚地中的远征军。似乎没有人在管控他们，梅西尼乌斯发出了一声低吼，改变了他的方向。他们看到他走了过来，于是从机库边缘退了回来。

这里有许多机器在同时工作，触碰金属表面会产生电流的噼啪声。在他停下时，火花缠绕着他的靴子。

"等等，你们要去哪儿？"他们正准备匆忙离开，梅西尼乌斯叫住了他们，并挡住了去路。他们停了下来，这支团队有三个人：一个看起来十分富贵的男人、一个年轻的火星女性，以及另一个面色苍白的泰拉本地男性。

"去加入游行。"那个富人说道。

"跟在后方。"另一个男人紧张地说道。

"你们不能跟着仆人队列中的其他人走，"梅西尼乌斯说道，"你们身份特殊，只对原体负责。你们三个要跟着原体的队伍，并保持一定距离以示尊敬，既不能近到妨碍摄政王，但也要能听清对话并做好记录。你以为你们在做什么？"

梅西尼乌斯关掉了他的通信发射器，但它产生的静电嗡嗡声剥夺了他声音中人性柔和的部分。他正在恐吓他们。他无法相信这些人是如此胆怯，原体的这个宠物项目实在荒唐。

"如果你们看见任何值得调查的，那就去调查，这是一道优先命令。"

"优先命令？"那个泰拉人说道。

连长的头盔转向他，那人向后退缩。

"那是当然，大人。"那位富人说道，完美优雅地鞠了个躬。

"等等，"那个泰拉人说道，鼓起了些勇气，"你是说我们要去窥探？那不是我们的职责。"

梅西尼乌斯继续盯着他。"你是法比安·盖尔弗林？"他说道。

那人点了点头，这一次他并未退缩。

"你们的职责视原体的需要而定。如果基里曼大人认为你们应该窥探，那你们就应该窥探，"梅西尼乌斯说道，"不过，你我都没资格去揣摩原体大人的心思。你们要做出自己的判断。既然你们被赋予了巨大的责任，就要担当好这份责任。"

"梅西尼乌斯……连长？"法比安说道，读着他肩甲上的金色姓名卷轴。

"那是我的名字和军衔。"梅西尼乌斯盯着这个人。他的红色目镜因头盔设备的运作而闪着光，但法比安正透过目镜直视他的双眼。

"我们是历史记录者，我们不是间谍。"法比安说道。

"安静，法比安。"那个富人说道。他一定就是穆代尔了，梅西尼乌斯想；这人和他文件中显示的一样傲慢。梅西尼乌斯有他们所有人的文件，但只是草草关注过。历史官项目远非他的最高优先级。

"你们要依照命令行事。"梅西尼乌斯说道。

"那么您的命令究竟是什么？"法比安说道。

梅西尼乌斯久久地盯着他。

"你们被招募进来，部分原因是你们的想象力。发挥你们的想象力，"梅西尼乌斯最终说道，"我建议你们现在就动身，否则你们会被落下的。不要令原体失望。"他走开了，盔甲震颤着甲板。

"我们不会的，"穆代尔自言自语，"我们记得西恩内斯。"

梅西尼乌斯听到了他的低语声，他们开始斗嘴，在那之后他便不再关注他们。

造访的帝国团体在原体身后排成长长的队列。待到他们集合好时，这条队列已经有一千五百米长，最窄的地方也有四个人宽。梅西尼乌斯让他的泰拉远征老兵沿着整个队伍以固定的间隔站好，充当着表面上的荣誉卫队，但他们实际接收的命令是警惕可疑活动。基里曼站在一批机械修会神甫之后，他们举着拥有神秘标记的旗帜。柯肯在他的左侧，丘沃-87在他的右侧。

梅西尼乌斯站在基里曼身后星际战士连长们的行列里，基里曼带来的几位常胜卫队成员独自一个行列，两队各五人掩护着原体的身后。他克制住自己的恼怒，至少他很高兴基里曼允许他带上前线士兵。在他等候其他队伍集合时，他在头盔中运行着战术模拟，规划出可能的逃离路线。他在想，他们总是在逃离，从未前进，从未进入战斗。他渴望他们出发前去远征的那一天，把所有的政治活动都抛在身后。

一台骑士机甲的战争号角声宣告着考尔的揭示开始了，其他骑士依次加入，直到十二台骑士一齐发出悲鸣。队列前方的技术神甫开始唱起刺耳的数据和声，大型作战构造体迈向前，令梅西尼乌斯握紧了拳，但它们只是抬起武器组成一条拱道。

战争号角停息了，通往探索者之王号的大门开始向内滑开。天鹰辉煌号做出响应，开始占卜扫描露出的内部，并直接在梅西尼乌斯的传感器中建立起扫描数据流。他的盔甲机魂描绘出可能的路线图。这是条长长的大道，前方传出大量能量特征，热量自打开的大门中散出，机器奋力运转的鸣响与技术神甫们的歌声相互角逐。

考尔的仆人们从机库出发，带领他们进入巨大的冶炼厂。梅西尼乌斯传感器中的温度指示器开始攀升，制造的噪声从各个角落传来：刺耳的轰鸣声、热金属的呼呼声以及哐当声，令人们无法交谈。

如果基里曼对丘沃-87或是柯肯说了什么，那都听不见。冶炼厂的噪声足以盖过梅西尼乌斯耳边的喊叫声，下一个房间也好不到哪里去。这里有大量全自动设备，在环状的生产线上组装着机器部件。这里似乎在进行着许多不同的加工进程，多个轨道同时运行着，相互交织以最大化利用空间。这些轨道爬上墙壁，越过天花板，通过制造厂墙上密集的开口进出。他试着计算打造探索者之王号需要耗尽多少世界的资源，他认为得有数十个。

他们经过了一连串工厂区，整个过程中，队伍一直在向下前行。最终，他们走过了最后一个制造厂，进入了第一个巨大的仓库，温度迅速下降。大多数货物都隐藏在简朴的运输集装箱中。梅西尼乌斯离他的飞船越远，占卜读数就越发不确定，他无法确定集装箱内货物的信息，但他也并未发现考尔有试图阻止数据占卜。随后他们来到了公开展示货物的区域，梅西尼乌斯感到大为惊奇。

这里是一个接一个的货舱，里面有坦克、战斗步行机甲、飞机以及虚空战机，全都是陌生的新设计。他的战甲迅速扫描它们的作战能力，头盔上闪出未知技术的提示。这些东西显然全都是为阿斯塔特修会设计的。当他仍在试图评估这些装备时，他们便已经走进了另一个货舱，更多奇迹展现了出来：数千套动力盔甲在寂静中陈列，等候着穿戴者，这些盔甲的部分地方包裹着保护膜，挂在数十层高的带垫支架上。

他惊讶地看着，这也是全新的技术。动力盔甲很宝贵，难以制造，盔甲常常从一个穿戴者传递给另一个穿戴者，每个人都会加上自己的装饰。而这些盔甲全都是崭新统一的，并且比梅西尼乌斯所使用的战甲更加沉重。其他星际战士也同样感到震惊，但他们仍依照原体的命令保持着通信静默。货舱中陷入了彻底的沉寂，尽管他们的耳边仍然回响着制造厂的噪声，但人们纷纷本能地降低了音量，仿佛他们正身处一个圣殿之中，面对每一个新揭示，他们都在迅速交换着低语。"这是阿斯塔特修会的动力盔甲，"他们在说，"但由谁来穿呢？"

梅西尼乌斯也有着同样的想法。整个银河都没有足够的星际战士来穿戴这所有的盔甲，不再有了，这一切的意义何在？

这时，基里曼开口了。他的面容保持着严肃，嘴唇也没有动，但他通过亚音给他们发送了一条信息。

"儿子们，兄弟们，"他发出通信，"这便是我一直瞒着你们的东西，对此不要苛责我。揭示的时刻即将到来。"

最后一道大门打开了，梅西尼乌斯明白了。

第十六章

原铸揭示

阿尔法之首

新时代来临

    队列来到了舰船深处一个巨大的扁豆状空间，这也是最大的一个货舱，他们穿过三扇装甲大门，进入了一个观景长廊。基里曼和他的超人战士们被带到了前方的扶手前，队伍的其他人则被引向了许多升起的平台，如此所有人都能看到下方货舱的地板。

    梅西尼乌斯跟着原体走向前方。三十米之下是靠近长廊的一个开阔广场，明亮的灯光将其照亮，光源却看不见，广场上站着一百位没有标记的盔甲星际战士。其他地方如同古老长夜一般黑暗，但能够感觉得到整个货舱的大小，梅西尼乌斯的系统估计这里有数千米宽。这里不仅是探索者之王号中他们见过的最大的房间，也是最冷的，人们的呼吸在周围升起云雾。

    他低头看向考尔的造物，他们比他更大，这是一种新型星际战士。尽管看起来不可思议，但他们就站在他面前。他开始进行威胁评估。

    一声悠长嘹亮的号角响彻房间，一个重力平台从上方降下。从代表们的视角来看，那个平台从顶端降下，在房间中央旋转着，随后继续下降到与观景长廊前的原体持平。一对巨大的视频屏幕飘起，悬浮在平台旁。屏幕启动，画面高度放大，显示出站在平台上的那个人。

一位高度强化的技术贤者站在他们面前，他的上半身支撑着许多附肢，但他仍具有人形，一顶高高的兜帽下是一颗人头，强化体之间可以看见一块块老迈的蓝皮。尽管隐藏在一个大大的下颌强化体下，但他的脸似乎是肉体，一只狡黠的人眼在兜帽下闪着光，旁边则是一只巨大的强化眼。

除了这些许肉体，他的大部分身体都是机器。他的腹部和背部是突出的巨大金属板，上面覆盖着空空的输入插口。一个高高的羽冠锁定在他弯曲的脊柱上，大部分机器都在后背，整个背部都布满了大型插口，用于添加附肢。他的下半身则和普通人全然不同。多条腿支撑着一个长长的托架，大到足以让他与罗保特·基里曼眼对眼。

这就是大贤者贝利撒留·考尔，自称这个时代最伟大的头脑，奥姆尼赛亚的首冠导引者。

他并未携带武器，也没有他在泰拉远征中携带的装甲板和其他战争神器，他的形体比梅西尼乌斯上一次见到他时更加修长。考尔从各个方面来看都是一个火星怪物，然而当他开口时，他的语气欢快又温暖。

"欢迎，帝国的达官显贵们。"他宣布道。他的声音经过放大，响彻房间。他摊开双臂，鞠了个躬，他所穿戴的各个机械义肢和触手附肢如同扇子一样打开。"也欢迎您，罗保特·基里曼大人，奥姆尼赛亚的造物，帝皇最神圣的代表，我的朋友。"他意味深长地指着原体。

他向基里曼单独鞠了个躬，然后直起身，伸出背后的一条手臂，指着广场上沉默的星际战士。在亮光下，贤者的金属手像水银一般闪亮。

"对于那些不认识我的人，我是大贤者贝利撒留·考尔。一万年前，正是今日与你们站在一起的这位原体委托了一项艰巨的任务给我——改进奥姆尼赛亚本人的造物。"

人群中传开一阵低语，其中最大声的是那群拥有技术知识或是了解火星教的人。

"你们已经参观过我的这艘船，看到了我的一些创造——改进的武器、盔甲和攻击载具，抢救而来的古老知识，以及全新的设计。我在武器装备方面取得的成就规模远超我同事们最狂野的梦想，但那只是我工作的一小部分。你们在这里看到的这些战士是我项目的最高成就。你们见证着一场新建军！"他欣喜地说道，"一种新型战士，原铸星际战士。"

他轻声笑道，声音极不协调。"不要因为我的妄自尊大而认为我是个技术异端，因为这是基里曼大人委托我实施的任务。即便是我也不敢冒失到在没有许可的情况下摆弄奥姆尼赛亚的杰作，是基里曼大人给予了我权利，让我能够使用幸存于大叛乱战争的有关创造星际战士的少量记录和材料，包括帝皇最初的原体项目的残余，愿机械神永远引导并照看他的化身部件。片刻之后，你们会看到，尽管我的劳作持续千年，但了解帝皇本人的杰作仍是我的才干所能及的，而我在各个方面都超越了原体的要求。"

他轻敲金属手指，广场上的战士们立刻划分为一个个小队，开始向四周行进。

"更强大，更坚韧，更聪明，更忠诚。在原铸星际战士身上，我已经完善了许多人认为已经是完善的东西，修正了缺陷，并引入了新的强化，以进一步提升战斗效率。"考尔发出又一声轻笑，谦逊地鞠了个躬，"神甫会中有人会因我的主张烧死我，但我所说的只有真相。我并非声称我的创作胜过帝皇，也并非暗示自己的绝技超越帝皇。我所做的这些事完全根植于奥姆尼赛亚的创造之上，这不正是我们火星信条的驱动力吗？回溯伟大，通过勤勉的研究而再创伟大。我站在巨人的肩膀上，方能触及星辰。"

他再次打了个响指。地板上打开了许多洞，从中出现了数十个重型作战机仆。星际战士们停止行进，放下枪，拔出战斗匕首。

"你们将要看到的这场展示是完全致命的，"他说道，"这些机仆是当前可用的最好的作战型号，我之所以知道是因为这是我亲自打造的，它们被设计用于杀戮。我会把它们的作战程序传给你们所有人以供全面审查，你们可以随意解构它们。这里面没有虚假成分，我是来提供希望的，我并非谎言使者。"他的下颌强化体遮住了他的嘴巴，但他们都能听到他声音中的笑意。"如果你们没有看过他们战斗，那向你们兜售这份杰出商品便毫无意义。现在来场小小的展示！"他拍了拍手说道。

贤者身上的灯光熄灭了，光线聚焦在了广场上的星际战士们身上。他们做好了准备，机仆们散开成攻击队形。不像那些星际战士，这些机仆装备着大量远程和近战武器，并对准了它们的敌人。灰色的脸庞上安装着先进的增强瞄具，盯着对面穿着动力盔甲的战士。双方都是非人的存在。

两支敌对力量相互对视了片刻。

"为了帝皇！"星际战士们喊道，他们的战吼通过头盔的增强发射器放大为咆哮般的冲击。即便是在这广阔的货舱中，这声音也十分惊人，许多人都感到畏缩。

广场陷入狂暴之中，星际战士们向前冲锋，机仆们的高能武器开火了。一道能量场包裹住了这个战场，射偏的等离子流打在能量场上，闪出火花。梅西尼乌斯看到一个星际战士在冲刺中途倒下了，一道闪耀的粒子束熔穿了他的胸甲，以极高的烈度烧掉了里面的肉体。考尔为了阐明观点，正在杀死他们，对此行径他无法苟同。他瞥向基里曼，但原体始终保持着冷漠。

又一个人被击中了，尽管他的盔甲被射开了口子，但他仍然站立着，并再次向前冲。

机仆们仅仅只射出了几发齐射，星际战士便冲入了阵中，陶钢和塑钢的撞击声回荡在亮堂堂的广场。他们展现出的攻击性十分骇人，而在完全克制的情况下更是如此。战士们首先攻击的是远程武器机仆，他们扭下机仆的枪炮，并以令人畏惧的效率杀死那些有机部件。除了开场的呼声，星际战士们在战斗时没有发出任何声音。金属碰撞，油血交融，地上一片浮油，机器和人类共赴死亡。

梅西尼乌斯看到三个星际战士正与一个六臂怪物较量，那个怪物的手臂末端装着噼啪作响的能量刃。原铸战士的速度很快，比梅西尼乌斯这样的星际战士更高更强。他的传感器尽可能多地收集着关于原铸战士的战甲信息，并将之传递给他。他们的反应堆更强大，他们的枪械更大更优良。没有全面占卜读数，他无法获得更多信息，但他能用眼睛看到。

这些人不是星际战士，他们是别的东西。

他们是他的替代品。梅西尼乌斯在观看的同时意识到了，他正见证着一种新型战士的诞生，同时也是他自己的终结。

一位原铸战士被砍倒了，他的盔甲在一阵闪光和裂解电流声中碎裂。其他人在飞旋的刀刃间移动着，在梅西尼乌斯老练的眼光看来，他们的动作并不优雅，看起来很僵硬，几乎有点机械，但他们的行动效率十分惊人。瞬息间他们便贴近了那个作战机仆，并开始攻击其肢臂关节，用匕首劈砍管子和能量供应器。液压流溅洒而出，机仆的手臂耷拉了下来。在仅仅几秒钟内，他们便击倒了一台恐怖机械。

在梅西尼乌斯观看着近战进程的同时，他的后颈感觉到一阵刺痛。他转过头，以为会发现身后墙上的窗户中有人正盯着他。但他什么也没看到，这令他心生怀疑。梅西尼乌斯经验丰富，不会无视直觉。

他向在场的常胜卫队资深成员蒂里努斯发出通信。

"看好原体，"他说道，"这里有个不速之客。"

梅西尼乌斯离开了战斗的喧嚣声，经过已然入迷的泰拉权贵代表团，走进一道打开的门，他进入了一个由暗淡的蓝灯照亮的朴素走廊。他的目光看向一边，注意力却被吸引到了另一边，他感觉自己被引向了右侧。走廊通向一个楼梯，正好位于货舱墙内的一个广场上。他任凭自己的脚带着他走上三楼。他再次右转，遵循着直觉的引导，感到有个存在正等候着他。也许是一个灵能者。他松开爆矢手枪的枪套，但并未拔出。

他来到了一个房间，这里有一扇圆角窗户，俯瞰着展示场。房间中有一排排托盘，厚厚的塑料隔热防水油布覆盖着上面的货物。每个货物外面都有一个干净的皮夹，单据上写着难以辨别的技语文字。

一个巨人站在这个寂寥的地方。房间里面没有灯，只有从货舱和展示场照进来的光，刚好照亮了那个人脸上的许多伤疤。他是一位阿斯塔特修士，梅西尼乌斯确定，但他的身形很大，比在广场上为生存而战的那些原铸星际战士还要大。他与众不同，巨大的肌肉在长袍下鼓起，乳白色的皮肤上点缀着黑色甲壳，后颈和手腕上的盔甲交互端口清晰可见。

"你好。"那人说道。他的目光仍盯着那场混战，脸庞却半转向室内，让梅西尼乌斯看到了他的神情，那是一种无法言喻的悲惨。不知为何，梅西尼乌斯对他感到极大的同情。

"你是谁？"梅西尼乌斯说道，把手放在手枪上，"你在这里做什么？"

"我住在这里。"那人说道。

"那么你为何呼唤我至此？你是个灵能者，对吧？"

那位星际战士转过身面对他，嘴唇下撇，目光悲伤。

"你感觉到了我的操纵？这很有意思，你定是对亚空间有些敏感性。"

"我不是巫师。"梅西尼乌斯说道。

那位星际战士盯着他。"随你。"他那忧郁的目光扫过梅西尼乌斯的全副武器，"你不需要那个东西的。我忠于王座，我对原体不构成威胁。事实上，我叫你来是要警告你。"

"你是个灵能者，"梅西尼乌斯说道，"是我既没有预料到也没有被告知到的。你是个威胁。"他站在门口。这是一个强大的战士，他已准备好发送紧急信息脉冲。

"是的，我是个灵能者，仅此而已，"那个战士说道，"但我向你保证我不是个威胁。"

"你是谁？"梅西尼乌斯再次问道。

"我并没有个像样的名字，但我的主人叫我阿尔法之首。"他低头看向半隐藏在黑暗中的考尔。"他的小玩笑，"他苦涩地说道，"大贤者喜欢玩笑。"

梅西尼乌斯对这个阿尔法之首仍保持着警惕，但他并未感受到威胁，于是便走过去站在他身旁，看向广场。战斗几近结束，大部分作战单位都倒下了，破碎的机器部件杂乱四散。六个星际战士阵亡，另外有几个受了伤。

"这是浪费，是不必要的残忍。"他说道，希望能引起那个奇怪星际战士的反应。他有问题想要提出。

"鱼与熊掌不可兼得，不是吗？"阿尔法之首说道，"牺牲少数性命，向原体展示新创造的力量。一场小小的表演，告诉那些反对他的人他能够释放何等暴力。这值得一点点鲜血，你不觉得吗？"

"原体不会容忍这种恣意的杀戮。"

"如果要他亲手来做，他肯定不会的，但他能够看到这场表演的效用。"阿尔法之首说道，"我的主人喜欢他的演出，他喜欢惊喜。基里曼之前并没有来过这艘船。"他看向梅西尼乌斯说："你了解他，我能感觉到。你觉得你敬爱的原体没有预料到这场表演吗？他任其发生，因为这是权宜之计。他在利用这场表演，就像他在利用自己对考尔成就的惊讶，来让自己与原铸造物保持距离一样，由此便能削弱对他试图取代他父亲的怀疑。罗保特·基里曼从来都不会错失任何一个机会。他就是一个杰作。"阿尔法之首说道，既嫉妒又欣赏。他低头看着原体，把手平放在玻璃上。"帝皇对原体灌注了何等伟岸之力，我却只是个可憎之物，由一个二流修补匠所打造。"他的手从窗户上垂下说道，"你怎么看待你的替代品？"

梅西尼乌斯一言不发。

"你不说话？好吧。不过我感觉到了你的惊讶，基里曼并没有告诉你原铸项目？"

"没有。"梅西尼乌斯承认。

"他也许根本没有告诉任何人，"阿尔法之首说道，"这让你做何感想？"

梅西尼乌斯怀疑如实回答是否明智，但他还是坦率承认了。"我没有得到信任，这让我感到冒犯，但我明白他为何没有告诉任何人。一位原体，在他苏醒后不久便拥有了一批新型星际战士。泰拉的许多贵人都记得大叛乱。对于一个怀疑的头脑而言，这看起来仿佛是他计划好的。"

"的确如此，不是吗？"阿尔法之首点点头，"没有人会真正敞开心扉，即便是你的基因之父。容我给你一些忠告，当你跟考尔交谈时，也不要相信他告诉你的一切。他过分夸大自己的天赋，他走的路并不正当。"

"这就是你的警告？"梅西尼乌斯看着阿尔法之首伤痕累累的脸庞。

"是的。"

"你并不需要向我警告这一点。他创造了你？"

阿尔法之首点点头，流露出明显的悲苦。

"你是什么？你是这些……原铸星际战士的一员吗？"

阿尔法之首将他悲伤的目光转向战场。他缓缓走动，仿佛每一个动作都需要耗费巨大的精力。"我与他们不同，我与所有人都不同。大贤者说我是原铸兄弟会的第一人，但我认为这不是真的。我能做到他们都做不到的事情，我在他们被创造之前便已存在，我曾看着他们的数量逐渐增长，我守卫了他们数千年。早在他们中的第一个人被唤醒接受测试之前，我就在这里了。"

"你究竟为何呼唤我？"

"为了警告你，以及……"这位巨人耸耸肩，"因为无聊，孤独，但主要是为了警告你。"他疲惫地吸了口气。"帝皇给予了他的每一位子嗣一丝天赋。我怀疑，只有他才拥有这所有的力量。对于这些子嗣的子嗣，这部分天赋也随之传承下来。我拥有这些天赋中的其中几个，考尔敢赋予我的都赋予了。梅西尼乌斯连长，我呼唤你来，是为了向你展示我自己。我就是不能相信考尔的活生生的证明。"

他的脑袋缓缓转向下方的演示。星际战士们正列队等候检验，同时死去的作战单位则被清理掉。他们很强大，对于控制他们的那个人而言，这是一支决定性的力量。

"别害怕，"阿尔法之首说道，梅西尼乌斯确信他能读到自己的思想，"考尔无意统治，他与我们意图一致。"

"什么意图？"

"拯救人类。"阿尔法之首缓缓吸了口气。"但考尔并非绝对可靠。他相信自己是的，但他不是。他视自己是他的神——奥姆尼赛亚，你们的帝皇的执行者。你知道吗，我能看到许多事物。当我看向这残酷的现实之外时，我看到帝皇在他的灯塔之火中燃烧，永远身处痛苦之中。神并不会受罪，所以他不是神，这是我的理解。因此，考尔对于这个宇宙的基本理解是有缺陷的，这意味着他是错的。"他沉默片刻。"或许我才是错的,也许帝皇无法看清真相，也许他就是个神。"他耸耸肩，"这重要吗？"

在下方，考尔做着手势，如同一个满怀优雅激情的小商贩。他的表演愈发充满活力，虽然听不到演讲的声音使这看起来近乎滑稽。不知怎的，这让考尔看起来更加危险。

"伟力云集，"阿尔法之首说道，"数千年来，无人领导帝国。最终人类有了可以相信的人，而他们的确怀有信心，他们的信心足以搅动亚空间。对于许多许多存在而言，从政客到诸神，这就是一种警告。要小心，维特里安·梅西尼乌斯。原体有着众多敌人，他们现在也是你的敌人了。"

"我对我的原体怀有信仰，"梅西尼乌斯坚定地说道，"我无所畏惧。"

阿尔法之首露出悲伤的笑容。"同样也要警惕信仰，连长。终有一天这会毁了我们所有人。信仰，"他说道，指着基里曼，"还有傲慢，"他继续指向考尔，随后他收回了手指，"我所要说的都说了。如果我是你，我现在会回去了。考尔的终场大表演即将开始，我觉得你不会想错过的。"

梅西尼乌斯瞥向亮堂的广场，周围四面八方都是黑暗。

那里面藏着什么？

"终场？"

当他抬起头时，只剩他孤身一人，阿尔法之首已经不见了。

他感到烦恼不安，自顾自地走回展示大厅，并向他的士兵发出通信，下令他们进行搜查，但他已经清楚他们什么也找不到。

梅西尼乌斯匆忙回到了展示看台，星际战士们正从大厅后方进入长廊，常胜卫队进入了战斗姿态。基里曼似乎不为所动，但梅西尼乌斯能够看到他已经做好了战斗准备，如果有必要的话。

当他经过高官们的看台时，他仔细注意到了他们的反应。在有些人身上，他看到了对能拯救人类于迫近末日的新武器的希望。在另一些人身上，他看到了惶恐，对此他有同感。从冷箱中走出的新战士，做好了战斗准备，他们定是通过催眠教导才会具有如此效率；假若如此，他们的脑子中还会有什么呢？受到污染的战团文化会很容易通过这种方式传承下去，而梅西尼乌斯完全清楚一个有野心的人会在这些新战士中植入怎样的思想。

他回到了自己的位子，考尔刚完成对原铸星际战士的作战能力、武器和盔甲细节的冗长描述，他确保能给代表团留下深刻印象，这只是他所铸造的利剑之尖，并同样确保自己表明了对帝国的忠诚。他喋喋不休，在像他这样地位显赫的火星人中，这是个不同寻常的特质；更不同寻常的是，他似乎渴望取悦众人。这些特征不仅让梅西尼乌斯感到惊讶，还让他感到失望。考尔很卑鄙，但这让他更值得信赖，还是更不值得？考虑到阿尔法之首的存在，梅西尼乌斯认为是后者。

最终，考尔停止了唠叨，鞠了个躬，在他的重力平台上略微后退。罗保特·基里曼沉默地看着这群立正站好、一模一样的战士。考尔并未揭露他们的父亲是哪个原体，这又是令人忧虑的一点。

"你的表现十分出色，"基里曼说道，"我无以言表。"

"我有一万年的时间，罗保特大人，"考尔说道，"也许我有点激动了。"

"我期待着更好的战士，更好的武器。自从我苏醒后，我所见到的一切都只有衰败。而这……"基里曼踌躇了。

"是崭新的事物？"考尔说道，满意地点点头。"我是一位创新者。许多人会因此称我为异端，但我和他们不一样。我是一位科学家，"他说道，这是一个当下时代鲜有使用、起源古老的词，"他们的异端指控纯属污蔑，我是机械神真正的仆人。我密切研究帝皇的工作，我使用的是演绎推理的古老艺术。这并非异端，实际上我认为，恰当地使用他的工具，而非陷入狂热愚昧的教条，这才是给予机械神的荣光。"

"你给予了我一支军队。"基里曼说道。

考尔突然转过头，从他的机械脚托架上直起身，摊开他的肢臂。"军队？"他说道，声音放大，如同雷霆一般响彻货舱。他大笑着。"一支军队？大人，我给予了您众多军团！"

他做了个手势，货舱中的黑暗处突然亮起了成对的光点，那是万千激活的目镜。

"瞧啊，"考尔呼喊道，"我的天赋的全貌！"

一片片灯光亮了起来，伴随着响亮的轰鸣。灯光从展示场发散而出，起初很慢，随后逐渐照亮了整个货舱网络，从地板到天花板，灯光亮起的速度越来越快，最终跨越四千五百米多的整个区域都被点亮了。

在耀眼的磷光下站着数千原铸星际战士。代表团头上的重力平台倒转了过来，天花板和地板上排列着同样多的战士。他们以基因系相区分，不像最初没有涂装的那一百人，这些人分别穿着帝国之拳的黄甲、极限战士的蓝甲、太空野狼的灰甲、圣血天使的红甲、暗鸦守卫和钢铁之手的黑甲、火蜥蜴的鲜绿甲、暗黑天使的暗绿甲以及白色疤痕的风暴白甲。

每一块区域中都有着多种盔甲变型，渗透者、恐怖部队、侦察专员、重型突击部队等。他们身后伫立着新型无畏机甲和人控步行机甲，而当考尔再次拍拢他的金属手时，一排排重力坦克启动了引擎，从甲板中升起，组成嗡嗡作响的编队。星际战士们的武器放于胸前：爆矢武器、等离子武器以及其他各种类型的枪械，都是全新的型号。他们跺了两下脚，震颤着舰船。

"为了帝皇！为了泰拉！为了统一！为了基里曼！"他们齐声怒号。

考尔提高音量，欢欣鼓舞，他站得更高了。"自从您的父亲行于世间以来，从没有如此多的星际战士存在于世。他们说我是亵渎，他们说我在无知中摆弄着奥姆尼赛亚的杰作。他们才是无知之人！我，贝利撒留·考尔，是唯一一个拥有才智遵循帝皇原初愿景的人。"他再次沉下身，压低了声音，谦逊地将双手扣在面前，"但我也仅仅能完成其中一部分。我并非帝皇，您也一样，大人。帝皇打造了他的大军，率领他们征伐四海，但要实施他的壮举，需要我们两个人，因此我真诚谦逊地献出这些战士——所有战士，每个人，每把枪，每辆坦克，每艘虚空舰，每套盔甲，每发爆矢——全都交予您的麾下。"

基里曼再次低头看着这支大军，他们的数量随着探索者之王号的无数货舱增加。考尔盯着他，老迈的脸庞上露出狡黠的神情。

"我算出这里有两万四千名星际战士，还有吗？"基里曼最终说道，"这些并非全部？"

"全部？全部！"考尔放声大笑，他的通信发射器发出三重声音，层层覆盖，"正如谚语所说，这只是冰山一角，亲爱的罗保特。"

考尔习惯性地展现出与原体过度亲密的态度，他那缺乏尊重的举止令梅西尼乌斯恼怒，也加深了他的怀疑。

"我带来的每一艘船上都有五千名战士，当前全都处于沉睡中，"考尔继续说道，"沉睡在火星上的数量比这个数字多许多倍，其他地方也有。瞧，我万分谨慎地隐藏着他们。有的人十分嫉妒我，甚至想要我死，要烧掉我的所有成果！您能相信吗？"他营造出受伤的氛围。"这里的这些只是我的演示样板，我希望能对您，以及我尊敬的泰拉领主们产生足够的影响。这些数量足以让您开启战事，而我向您保证，我还有足够的数量让您完成战事。"

基里曼再次看向大贤者。

"总共有多少？"他问道。

贝利撒留·考尔极为享受地告诉了他。

在那一刻，银河的历史永远地改变了。

基里曼看向货舱四周。梅西尼乌斯第一次看见原体真切地感到惊讶，然而他知道阿尔法之首是对的。基里曼预料到了这一点，并将之纳入了他的算计之中。他在运用自己的情感来取得政治利益。

"你对帝皇的效劳鲜有人能及，贝利撒留·考尔。"基里曼转身面向代表团，"这便是我带你们来见证的，大人们，这项命令始于一万年前，在各个方面都表现出色，如今已经得到善终。自从伟大远征以来，我们从未拥有过这样的力量。"

"帝皇曾有一个梦想，"他说道，"团结所有人类，走向和平与繁荣，确保每个人类的生活都能免受异形压迫的恐惧或是黑暗诸神的渴求。"他垂下目光。"我曾活过两次。在我的第一次生命中，我还很天真。我并未看清宇宙的真正面目，我们所居住的这个物质领域并未包含万事万物，而仅仅只是万物中的一部分，精神上的战争与血肉上的战争同样重要。我曾因这份无知而付出了许多代价。正是由于这份无知的残余，我选择保留我们从荷鲁斯之乱中所挽救的些微残骸，而非让我的兄弟们创造新事物。

"当我归来时,我发现自己的努力并不足够,人类因为我的疏忽而受罪。为此,我恭请你们原谅。此时此地,我向你们所有人发誓,我将弥补那些错误,我将纠正我犯下的错。现在不是纠结失去的时候,也不是纠结过去的时候,更不是向往我们曾短暂经历的、也是你们所称的奇迹时代的时刻。这不是为了存留的时代,而是为了人类大业前进的时代。我们不会再像崩塌博物馆中的受惊老鼠一般生存。恐怖的时代曾降临于世,那是堪比冲突年代的恐怖黑夜。但黑暗中仍有光明,我们将战胜万难,我们将逼退黑暗,重夺属于我们的一切,我们将恢复的不是昨天,不是十年前,不是一千年前,甚至不是帝皇行于人世间的时代,而是在那之前的人类统治银河的时期,是崇高的科技时代,那时所有人都害怕我们。那时有和平,有繁荣。我所要复兴的正是这样的时代。正如帝皇几乎取得成功一样,你们和我,我们将一起再次尝试这一壮举,而我们将会取胜!"他朝着考尔的原铸战士伸出手臂说道,"泰拉有了它的大军,我们的舰队正在集结,让帝国的敌人为之胆怯,黑暗时期已经结束。

"银河的再征服即将展开。"

第十七章

数据矿工

修正三项错误

揭露出路

纳乌拉很饿。

选择走侧路是一个错误,这条路一次次分岔,愈发错综复杂,她很快就迷路了。看起来朝上的路实际上却在朝下,本该朝前的路却在朝后。她在一个废弃的房间中度过了一夜,早上则在换班期间从一个小食堂偷了点食物和水,但那已经是几个小时前的事情了。她嘴巴很干,胃很痛。她完全不知道自己在哪里,她正逐渐远离聚居区,徘徊于高大书架之间狭窄又寂静的走廊。

无数羊皮纸和卷轴延伸而出,消失于远方,它们全都因岁月而显得灰白。不同寻常的是,走廊很亮,仍在运作的流明灯挂在带有棱纹的屋顶上,但这里一个人也没有。她曾希望这条走廊会带她回到主路,但她走得越远,就越发不确定,直到她肯定自己完全走错了路。她停了下来,回头望向来时的路,那看起来就和前方的路一样遥远。

她发出坚定的声音,手里紧握着帝皇的神像,继续向前走。

几小时后,走廊消失了,前方是一个巨大的大厅,一直延伸到视线之外。书架上堆积着一沓沓高耸的纸张,似乎无人照料。在她进入这片废纸地时,她放缓了脚步,畏缩不前。

这里很冷，一阵绝望涌上心头，伴随着疲惫感。她找寻着能够休息的地方。

"我会回去的，"她说道，"只要沿着原路返回，直到我找到人帮我指路。也许那个路障现在已经没了。"

她在自欺欺人。无论如何，她都不拥有差役书吏的权利，她会被抓住并遣返。这个大厅中似乎也没有安全的地方，她能听到有东西在刮擦的声音，这里到处都是被咬过的羊皮纸碎片。是老鼠，她确定。她的父亲曾说，在地底深处的老鼠长得有人的手臂那么长。她并不喜欢她的父亲，在她被送走前，她几乎不怎么了解她父亲，但她记得这个故事，这曾让她吓得不轻。

在她快要睡着的时候，她发现其中一个大纸堆中有一个洞。那是人弄出来的，不是啮齿动物，因为那里大到足以让人弓身站立。她抄了一条捷径走过去，发现自己是对的，那个洞由破碎的卷轴架子支撑着，而老鼠是做不到这样的。洞口堆着更多整齐的纸堆，让她觉得有人会返回这里。她在想，他们会帮她吗。至少他们会有些食物。

"有人吗？"她朝着洞里喊道。压缩的羊皮纸组成了坚硬的材料，但仍软到足以吞没她的声音。她走了进去，发现里面有一碗烛台，上面仍插着一截蜡烛，覆盖着灰尘。她内心一沉，看起来这里很长一段时间都没有人来过了。

这个洞向上倾斜探入黑暗，她看不到任何老鼠的迹象，而她也不在乎了，她实在是太累了，因此她躺在了压缩的卷轴上。这里很温暖，并且出人意料地舒服。几秒钟内她便迅速入眠。

"嘿，嘿！你醒一醒！嘿！"一只瘦骨嶙峋的手抓住了纳乌拉的肩膀，透过直筒衣刮擦着她的皮肤。她醒了过来，一个头戴式探照灯正照着她的脸，她看不清那只手是谁的。

"这是我的地盘！"那个男人说道，他的一只手威胁性地拿着一只短柄叉子，准备刺向她，"你在这里做什么？这是我的！"

她直往洞中退，手肘撑着身子。

"我不知道你在说什么，"她说道，"我只是在找个地方睡觉。我迷路了，我迷路了，拜托。"

光线照在她身上，她抬起一只手挡住光。那个男人嗤之以鼻。

"嗯，"他怀疑地说道，"你闻起来不像是个挖掘者。"那把叉子有一丝动摇。

"我不是，我甚至都不是档案员。我来自尖塔，处理五部。"

"尖塔？你现在在塔楼里。"

"我知道。"她说道。

探照灯拉开了，那人将灯从头上取了下来，放在地上。纳乌拉眨眨眼，去掉眼中的残像，直到她能清晰地看着他。

这个男人很老，衣冠不整，口中一排黑牙，胡子拉碴。他眯着眼睛，双眼周围的皮肤泛起皱，他的神情在友好与疯狂之间游离不定。

"你离家很远，"他说道，"非常非常远。"

"我正试着去上巢，我迷路了，那儿有路障。"

"是的，到处都是。请求区外发生了大事，战争在泰拉肆虐，谣传还发生了其他事。"

"战争？"她说道。

"是的。战争，冲突，坏事情。"那人上下打量着纳乌拉。他伸出手触碰她，纳乌拉不假思索地拍开了他的手，他猛地抽了回去。

"哎哟！"他说道，"你干什么？我只是看看你是不是真的。"他呻吟着，甩了甩他疼痛的手指："这下面常有幽灵，各种各样的。"

"我不喜欢被人摸来摸去的，"她说道，"你为什么在这里？"

"我是一个挖掘者！一个数据矿工。所有这些卷轴，好几百万，有些已经有几千年历史了。他们让这里保持着凉爽，这样卷轴便不会腐烂。这是处理过程中重要的一部分，也是我的工作。"

"为什么？"纳乌拉说道。

"你不知道吗？"他说，眨了眨眼，站稳脚跟。"这里是请求处理区。公函巢都，档案员塔楼，处理大厅——全都是。每天有数千信息传到这里，收件员阅读，分类员分类，上层采取行动，或是不行动。"他说道，指着上面和身后。"记录最后来到这里，暂时的，但……"他突然靠近，他那布满皱纹和灰尘的脸露出饥渴，"但他们并不总是弄对！有时候他们会犯错。如果我找到一个错误，我会得到奖赏！这就是我在挖掘这堆纸的原因，这里的大多数纸堆都只有几百年的历史，"他拍了拍压缩的信息纸墙。"仍是最近的。如果我找到一个归错的文档，我便可以把它带给管理员，获得奖金。如果根据次级法能提起诉讼，那么奖金就翻倍。我找到过三个，"他大声说道，"三个愚蠢的书吏因为犯了错误而被推上了火堆，他们活该！帝皇会怎么想？"他发出啧啧声，"非常糟糕的工作。"

"三个？在你的一生中？"

"别人一生都没这么多，不是吗？"他厉声说道，"三十二年中找到三个已经是很好的进展了，我告诉你，如果除去我开始工作前的五年童年，这就更加了不起了。我是一个真正的发现者，而我现在发现了你。"

他舔了舔嘴唇，看着纳乌拉的目光让她感到不安。

"我可以给你挣些钱。"她说道，打消掉那人可能产生的任何念头。

他猛地抬起头，目光重新聚焦。"钱？"

"我是来这里见我父亲的。"纳乌拉说道。"我从分类部被交换到了处理部。他仍在这里，我希望。"她低声补充道。

"你为什么想要见他？"

"他是我父亲！"她说道。

"太不寻常了。"那人说道，并未信服。

"他会付给你钱的，他有一间很不错的祖传办公室。"

"那为什么你是个处理员，而不是分类员？"

她低下头，眼睛湿润了，她眨了眨眼，忍住眼泪。"我是他的第七个孩子，家里没有我的位置了，我们的世袭办公室全都满了。"

"哈！"那人说道，"那为什么他会付给我钱？"

"因为他会的！"纳乌拉说道，那人向后退缩，"瞧，你认识塔楼里的路？"

那人点点头。"是的，是的，我认识！"

"那你会损失什么？在这里面搜罗一天？"她拍了拍压缩的羊皮纸，"显然，一个你已经拥有的不确定奖赏，比一个你可能根本找不到的确定奖赏要好。"

他看起来若有所思。"也许吧，也许吧。"他的目光锐利起来，"要是这花费的不止一天呢？"

"不会的。我被带到尖塔花费了不到一天，而且是步行。我也打赌你知道一条更快的路。"

"我知道！我知道！"他说道，"我们要去哪儿？"

"我父亲的名字是哈姆兰·尼森，他住在邮政分类大厅，预分类处。"

"啊哈！"那人说道，欢呼雀跃，"不远，根本不远，我们走。"

"别急,"她说道,"你有吃的和喝的吗?"

那人一脸怒容。"你还要吃的?"

"要是我饿死了,那你什么也得不到。"她说道。

他明白了其中的道理,像螃蟹一般从洞口匆忙离开,片刻后他带着小块老鼠干肉和一杯神圣的纯净水回来了。纳乌拉拿了过来,开始狼吞虎咽。

"现在我准备好了。"她说道。

那个数据矿工的名字叫蒂兹尔,他带着纳乌拉通过一道她永远也找不到的门离开了大厅。一想到如果他们没有相遇自己会有怎样的下场,她就战栗不已。她要么会在这下面永远迷失,要么回去被文吏逮住。

那道门通向一个楼梯,他们向上攀爬了许多层才看到了另一道门。蒂兹尔对这道门熟视无睹,继续走了大概几个小时。他们进了下一道门,穿过工作长廊,这让她想起人们工作的小隔间,但这里完全不同,数千米的小房间全是大片书架,装备着硕大强化体的文件机仆操作着大片数据输入终端。没有人阻止她,也没有人问她在做什么,人们都非常忙,她遇到最糟糕的事是当她挡住别人路时对方投来的尖锐目光和发出的大声斥责。

她工作的小隔间十分安静,这些地方却回荡着复核的歌声和请求声。由机仆的躯体驾驶的电车隆隆驶过,其上堆着高高的卷轴,并且还拖着一列列货车,两侧的线栅中装着更多卷轴。他们走得越高,空气就越好。这里的人们看起来稍微健康些,他们的长袍更干净些。最终,他们来到了中等技师的那一层,这是她父亲的领地。

破旧的地毯铺在混凝塑地板上,有一半多的流明灯在亮着。她见到的技师养得都很好,有的人看起来甚至精力充沛,没有人拥有下层工人普遍拥有的那副脱水憔悴的神情。

一条又一条长廊上遍布办公室的门,一个又一个模板上全是数字和名字。苦工们匆忙来回,自恃高傲。天花板上是一团气动管,文件盒在其中快速流动,咯咯作响。

纳乌拉眯着眼看向一道道门,直到他们抵达了一个标着她父亲名字和数字的门。

"哈姆兰·尼森!"她说道,抓住仍在向前走的蒂兹尔。他回过头,盯着那扇门，他微笑着，露出了他的黑牙。

"就是这儿了？"

"是的！"她说道。

"我很快出来。"他说道，并未敲门便走了进去，将纳乌拉一个人留在走廊中。

一位见习技师匆匆走过，气动管继续咔嗒作响。几分钟后，蒂兹尔出来了，他看起来很高兴。

"你现在可以进去了。"他说道，为纳乌拉撑开门。

纳乌拉在她六岁时被卖到了处理部族，这是巢都中开始工作的标准年龄。她从未造访过她父亲的办公室，她几乎不记得他了，但在纳乌拉看到她父亲的那一刻，她立刻认出了他。父亲更老了，并且变得有点胖，尽管只有帝皇才知道他是怎么变胖的。他的工作场所令她感到惊讶，这里比总监杰德蒙德的老窝更加奢华，并且亮得令人压抑。这里的环境令她不安，自此事态也愈发糟糕。

"啊，纳乌拉，所以是你，"他说道，"我到哪里都认得那张可怜的脸，差不多过了十四年了吧。"他交叉着双手，看起来并不高兴。"以荷鲁斯的九魔之名，你来这里做什么？"

纳乌拉新萌生的冒险感消失了，她感到胆怯。

"没有回答？我还得给那个可怜鬼付钱。你知道对于我这样地位的人存钱有多么困难吗？我可没法到处撒钱的，你知道。"

她觉得这并不困难，父亲的办公室陈设精良。

"你被送给了公函处理员，你应该待在那儿的。你的工头会怎么说？你的丈夫会怎么说？"

她拖着脚步。"我没有丈夫。"她说道。

哈姆兰高声呻吟着，用手擦了擦脸。

"这就是整个问题的关键，把你送到另一个部族，是为了让你得到一个好职位和一个合适的伴侣！你要告诉我你还待在小隔间中吗？"

她的喉咙因羞愧而哽咽，所以她只是点点头。

"姑娘，你总是一无是处。"他咒骂着，"他们知道自己在跟谁的女儿打交道吗？"

他的怒火纯粹是朝着自己的；他并不在乎纳乌拉的感受。

哈姆兰推离书桌，走向一个餐具柜，那里有一瓶巢都中心的烈酒。他朝着一个破裂的玻璃杯倒了一大杯酒，然后一饮而尽。他并未给纳乌拉任何酒。

"你不能这样到处乱跑，现在事态并不太好，"他说道，"帝皇对每个人都有所计划。拒绝它，就是在冒着异端的风险，而我们全都会承担责任。"

"但这就是原因！"她说道，"你总是告诉我们，我们全都是帝皇战争中的士兵。"

"没错。"

"这就是我来这里的原因，"她说道，双手颤抖着掏出她长袍中叠好的公函，递给她父亲，"这就是原因。"

哈姆兰双眼大睁。"你带着这个做什么？"他说道，"你不能带着这个，不能带到这儿来！这完全错位了，我只能通过正确的途径看到这个。"

无论如何，他还是接了过去，开始阅读，他皱起眉。

"为什么是这封公函？不，这不行，"他说道，"完全不行。"

"父亲，父亲，拜托了，听我说。帝皇无所不知，我们都在实施他的神圣工作。这便是我现在在做的事。"

她语气中的某些东西让她父亲开始正眼看她。对她父亲而言，她永远只是一种资源。他从未把她当作人一样看待，直到现在。在那微小的片刻，她跃出了那一步，上气不接下气地讲述了塔罗牌阵的形成，以及她害怕其重要性的原因。幸运的是，她父亲是个虔诚之人，即便他有许多缺点，但他仍然听了进去。

"我需要一条捷径，"纳乌拉说道，"我认为有人得看到这个，这很重要。我必须得取得差役书吏的身份，就这样。"

哈姆兰的指甲轻敲着这张羊皮纸。

"也许吧，也许吧。"他咬着牙，呼吸急促，"处理部的那帮混蛋之所以容忍我们，是出于我们的必要性，我们是链条中的早期一环。我厌倦了他们低头看待我们的这些该死的日子。"他走回书桌，转过身，手指掠过身后的一排架子，上面放着一个个标签整洁的小盒子。他打开了其中一个，拿出一张表，在上面写下了一条信息和他的签名。

"我们会说这是一次错误归档，"他说道，将一张纸条附在那条信息上，再加上他的印章，"如果有人质疑你，就说你来找我是因为你别无选择。如果发生任何反响，那都会影响到地峡另一边那帮违背了我们婚姻安排的啰唆学究。你得离开这个尖塔群，前往最终评估部。那里有地位足够高的技师，能够对此做出恰当的决定。我听说有个人对于不合规的事情特别宽容，确保他能搞好他的工作，而别让工作搞了他，要我说，他很蠢，不过这是他办公室的名称。"他把这个名称潦草地写在了另一张纸上。

纳乌拉看着她父亲的笔迹。墨水浸入纸张，但仍然清晰可辨。

上面写着，1/8923-FG-4。

"确保把你告诉我的事全都告诉他。"

"尖塔群？"纳乌拉说道，"那是什么意思？"

哈姆兰猛地抬起头："你也没接受过教育？"

纳乌拉摇摇头。

这尤其令哈姆兰恼火。"有人得为此掉脑袋，我要亲自负责！"他来回晃晃手指，随后打开了另一个抽屉。"让那个卷轴挖掘工带你去，我打赌他认得路。像那样的渣滓总是知道一些他们不该知道的事情。"

他掏出一小袋硬币，将之和那个文件一同递出。

"帝皇与你同在，孩子。借助一点幸运，以及他的引导，我们能让那些目光短浅的嗅墨人遭点罪。"这想法令他愉悦。"哈！"他宣告道。

"谢谢你，父亲。"纳乌拉说道。

"好的，好的，现在快走吧。"哈姆兰说道，就像是对待他的仆从一般打发她走。

"纳乌拉？"她父亲说道。

"嗯，父亲？"她转过身，希望能得到一丝赞许。

"我再也不想看到你了，"他说道，"别回这儿了。"

第十八章

阿多利-4963

一艘年轻的船

第五舰队的灾难

"赞美奥姆尼赛亚，赞美机械神，赞美原动力。"

转化技师阿多利-4963不假思索地吟唱着祝颂。他的音调很和谐，但他的心思并未完全在颂词上。他的半个视野里都是内部观测屏幕，在他进入烈火襟怀号第十三号反应堆导管的第四号等离子溢流管时，这些屏幕已经堆积到了十二个。

他独自走在一个充满沸腾气体的隧道中，这艘船正处于低功率运行中，他的全能骡子在他身后拖着沉重的步伐。没有人会来到这种地方，连转化技师都不会。只有当引擎完全关闭时才有可能。他的职责和乐趣便是行走于这块秘密之地，执行第五舰队启航前必须进行的检查。

他的机械义肢在头顶上下挥舞，占卜仪肢臂上的机械钳吧嗒开闭，将走廊中的气味进行分解，传入他的脑海，令他感到愉悦。磁感应线圈反复加热的副作用便是在隧道中留下了一股令人愉快的金属味道，伴随着迷人的自由基混合物。他的内置设备能够自然而然地在原子层面上分析气味的成分，而他也一直在这么做。这便是他的使命之一，奥姆尼赛亚的光荣意志认定他足以胜任。

151

阿多利-4963热爱他的工作。

他三只手中的一只拿着一个巨大的元分析仪，上面的精密天线朝着走廊中的机器持续广播着代码连锁流。看着这些机器苏醒过来，他感到高兴，机器的指示灯朝着这位造访者激动地闪烁着，并将其功能日志载出，随后再次进入静止状态。随着阿多利走过管道，他的周遭满是机器活动，数据简短地填补了寂静的思维空间。磁环启动又关闭，机器迅速转动又停下，导向钉向外伸展，露出漏斗瓣，如同打开的金属花蕾，然后随着一阵金属嘶嘶声，它们收缩了回去。

阿多利-4963会时不时停下，与一台数据模型同步出错的机器进行更深入的交流，或是修补细微的机械缺陷。大多数情况是替换一根破损的灯丝，或是用一点神圣的油膏照料一个恼怒的活塞。烈火襟怀号是一艘相对年轻的船，刚刚进入其第二个千年的服役期。因此它的系统十分强健，其机魂鲜有展露出他曾在老旧虚空船上面对的衰老迹象。

小小的机仆构造体在他脚边奔跑着，腿部嗒嗒不休。三个伺服颅骨在他周围嗡嗡作响，主要颅骨通过直接硬链连接着阿多利的脊柱，两个次要颅骨则随意漫游着。它们全都和阿多利一样小心谨慎地进行着检查，并朝阿多利的颅内接收器报告着可能的故障和损坏迹象，如此他便能在脑内检视它们的关切点。他和他的构造体组成了一个小网络，一个完美的数据交换交响曲，粗陋地反映出机械神普世伟大工程的高度复杂性。

这条导管有几百米长，从引擎室通往集气室，来自几个管道的输入物会在那里被收集，随后被导入舰艇引擎组，排放进太空。

"力之运用，乃力之产生，"阿多利-4963喃喃自语，"向后推动，乃向前运动。"这不过只是个童谣，但他对这简单的吟咏念念不忘，让他想起自己六个月的童年。"幸福的日子，"他对贝塔-2颅骨说道，"自那时起，从未有过如此多的知识以如此快的速度得到吸收，要是我能在如此短的时间内再次学习到如此多的知识就好了！"

那颗颅骨在反重力场中转动着，无言地盯着他。下颌占卜仪闪烁着，对他进行了短暂的扫描。阿多利将之视为对其方才话语的赞同。

集气室就在前方，阿多利继续前往舰艉。这条导管的直径约有五米，而在集气室前方不远处，这条导管向外张开，并与其他导管相连结，形成一个斜角，需要走下四个台阶才能抵达集气室层。阿多利走了下去，驻足片刻，看向四周。

五条导管连结成了一条。透过网状墙能够看到磁力组件，它们在房间周围高速旋转，让活跃的等离子保持定位。这些磁体在激活时的移动速度非常快，它们会变成一个模糊不清的影子，因此当他在探照灯下清晰地看着这些磁体时，那覆着五彩热花的完美机械银面令他激动不已。

阿多利看向房间四周，想象着巨大的能量导入其中。正是在像这样的地方才能让他感觉离机械神最近，甚至比连接信息流和思维空间的神圣世界更加近。在离主网络如此遥远的地方，是深沉安静的机器，等候着被唤醒。在那些寂静之地，如果人们仔细倾听，就能听到神的吐息。

阿多利的构造体散开来，开始收集数据，探查塑钢、精金和铁素体的疲劳度，并远程衡量更具异类性质的部件，询问机魂。一切都很正常。磁体没有明显丧失质量，导管状态良好。他点点头，对他看到的一切感到满意。

"向——"他开口道。

一道尖锐的警报颤音打断了他。

他的一个凿机在一个访问面板周围焦虑地跳动，金属脚在甲板上咯咯作响，简易通信发射器尖锐地叫着，驱使这台机器的大脑半球在容纳瓶中摆动着。阿多利生怕它会在慌乱中扯断了某条线，于是他匆忙走了过去，实施停止仪式。

"你在这儿找到了什么，小家伙？"他说道。他的颅骨飘了下来，停在他的肩上，照亮了那个面板。他随后看到面板的一个角已经严重腐蚀，似乎是等离子火光造成的，这只可能发生在磁抑制场关闭时，但其他访问面板上并没有任何这样的迹象。他抬头看向最近的磁体，那是一块金属打造的一吨重的巨大厚板。那块磁体并不能说话，阿多利耸了耸肩。

"奇怪，"他低语着，增大的右手伸出一个能量驱动器，"但众所周知，奇怪是对机械神意志的诅咒。依他之令，事实是怎样就是怎样。"

他的一只机械义肢利用磁力将螺栓从洞中取出。当他取下面板时，那个角在他手中碎裂了。他将面板翻转过来，仔细端详。整块金属都磨损掉了，大部分地方都仅仅只比一张纸厚一点。

"令人担忧。"他说道，将一个明亮的流明灯伸入隔层中，灯下的机械义肢探向最深的零件，同时不触碰到任何复杂线路。一个小小的逻辑引擎嵌在一团电线中心，其外盒是机械之业的形状。他仔细端详着这个外盒。

"没有外部损坏的迹象。不过这毫无意义，嗯，贝塔-1？完全没有。我觉得这不太对劲。"

他的注意力切换到内部显示器上，并打开了连接逻辑引擎的数据频道。他所找到的东西令他难过。这个设备的机魂已经损坏了，无法挽回。究竟是这个损坏导致了等离子火光损伤了面板，还是等离子火光让机器产生了磁力脉冲并扰乱了其机魂，他之后会查明的。

"好吧，我的小朋友，你得被替换掉！"他伸出手，开始轻柔地断开电线，"我会确保你的部件变成有用的零件。"移除这个元件要关闭抑制场机器，如此才能进行程序的最后阶段，他必须关闭这个房间的安全保障系统。"没问题的，小家伙。今天没有等离子！"

阿多利走向他的全能骡子，在包裹中找寻着，直到他找到了一个替换元件。他小心标记了破损的部件，并妥善放置好，然后进行了短暂的仪式，确保替换物拥有良好的功能。他唱着提高安装效率的颂歌，并开始工作。

当他工作到一半的时候，警笛骤然长鸣，他惊慌地转过身。

"不！"他说道，站起身，"这个周期内没有反应堆测试，没有测试！"

阿多利冲向通信设备，试着与更高层进行交流。他太过深入舰船了，周围有太多装甲和机器，以至于他发出的信号被完全阻塞了。他在绝望中诉诸粗陋的无线电通信，但没什么能穿透屏障。

片刻间，他犹豫不决。

他会死的，他无法在引擎测试开始前离开导管，他会被机械神的力量烧得一干二净。一阵恐惧感令他惊讶，这种感觉源自他早已遗忘的边缘系统。

"如果我将死去，那么我会为您效劳而死，噢，奥姆尼赛亚。"阿多利说道，他听到了自己通信发射器中的颤抖声。"感谢三位一体，"他说道，"它们将良好运行。"他迅速将新的沉思机元件插入位，并首先开始了重接输出电缆的棘手步骤。这里有几百条头发一般细的电线，每一条都需要插入恰当的位置。阿多利的通信发射器发出的祈祷并不顺畅，他匆忙进行着工作，即便是在恐惧中，他也感到恼怒，恼怒自己无法为这台机器履行职责。

他的机械义肢飞快来回。警笛已经停止了，他感觉到脚下的金属在颤动。舰船的反应堆正提升至运行功率，以进行试验点火。纯粹能量的咆哮将唤醒一颗小小的人造太阳，那股能量很快就会将他化作原子。

阿多利的恐惧加深了，他似乎尚未准备好面对伟大工程的缔造者。

"专注，专注。"他想着。

他那敏捷的附肢将电线插入微米级的插口。他舞动着肉眼无法看见的钳子，将电线熔接就位。半数的神圣线路已经接好了。

甲板的颤动化作沉稳的振动，他的伺服构造体在周围紧张地跑动，在他匆忙中散在地上的工具开始在甲板上跳跃。

更多的电线接入了洞中，全都依据颅内强化体投射到他大脑眼中的电路图。他鲜有工作得如此迅速、如此优秀的时候。

一阵悦耳的尖鸣在导管中响起。风吹过通道，起初很冷，然后变热。阿多利-4963快没时间了。

在六十三根电线中，他还剩下七根没有插入，此时声音变成了尖啸声，闪耀的光芒涌上导管。

"二十二秒内接好了五十六根线，新的个人最高纪录。"他说道，与此同时，一股比恒星核还要炽热的等离子吞没了他。

第五舰队的大部都集中在天王星的集结场，数百艘舰船停靠在行星北极上方的轨道码头，另外还有数百艘船以整齐的队形无动力漂浮着。

为这些船提供补给就是在和时间赛跑。太阳系享有火星的赐福，武器装备和新型舰船的生产以极快的速度进行着。小行星带、气态巨行星和奥尔特云带来了原矿石、瓦斯和水，作为一个能够太空旅行的种族，即便是在近四万年之后，人类也只是消耗了太阳系巨量资源的微小部分。但食物、异类材料和稀罕的部件以及受训士兵都很缺乏，这些全都得从星系外引进，而这意味着要借助亚空间。天界之中混乱无比，舰船的到来无法预料，它们可能压根没能抵达目的地。第五舰队被指定为第一个启程的，它系泊于天王星外的极乐亚空间门以加快进度。

舰船间相互紧邻有助于提升装载效率，但就其他各个方面而言，这都会是个灾难。

在其主引擎测试开始后的七点三秒，一束等离子从战列舰烈火襟怀号的侧面爆出，片刻间便洞穿了三十层甲板到九十六层甲板，一道点燃的大气喷柱将船内的东西排入虚空。在此二点二秒后，反应堆达到临界，聚变反应失去了控制，迅速升级，不可避免。亚空间引擎爆炸了，席卷了方圆约一千五百米的空间。在正常的虚空行动中，这个距离是微不足道的，但在天王星拥挤的高锚地中，这是极具破坏性的。四艘舰船被烈火襟怀号引擎打开的短暂裂隙直接吸入了亚空间，数十艘船严重受损，几年内都无法航行。在裂隙区边缘，轻巡洋舰金矛号和思想之箭号轻微受损，但一次偶然的撞击导致金矛号的聚变反应堆也同样到达临界，其舰艏如同导弹一般直直撞入战列巡洋舰马卡里亚之傲号的舰舯，撞穿了它的左舷飞行甲板，将整艘船一分为二。

　　死伤成千上万，连锁爆炸中产生的残骸洒向了十几艘船，毁坏了远离最初灾难点的许多补给船、运输船和轨道设施，并对守卫天王星赤道航道的一个星堡造成了灾难性的损害。在这之后的半天，天王星厚厚的大气中都闪烁着撞击的光芒，行星的防御系统忙于消灭游离的金属块，它们遍布于近轨道到远轨道的每个锚地层。

　　这不是第五舰队遭遇的第一起灾难，也不会是最后一起。

第十九章

第三舰队准备就绪

舰队司令普拉索里乌斯的辩解

舰队司令凡勒斯库斯的请求

绿色的萤石覆盖了圆形全息舞台的每个表面，围绕着中心观众席排列的弧形长凳都是绿色的，楼梯、天花板、装饰朴素的墙板和其间的壁柱也都是绿色。流明吊灯是化学合成的绿宝石，驱动整个房间的机器隐藏在碧玉的厚板下，投影镜片雕刻着金色图案。不论是哪个古老的贵人打造了这个全息舞台，可以肯定的是他都非常喜欢绿色。

梅西尼乌斯看着这一切，心中怀着深深的忧虑感。在他的坚持下，所有远征会议现在都是远程进行的。基里曼当着几百万人的面公开宣布了不屈远征，他多次在各种难以保障安全的地方与贵人们会面，让自己身处危险之中。梅西尼乌斯不能再允许他那么做了，尤其是在舰队中有破坏者活动时。然而依然有太多的事情可能出差错。

要是原体在天王星，甚至在烈火襟怀号上的话……

梅西尼乌斯呈上了大量信息以说服基里曼同意进行远程会议。令人沮丧的是，自从考尔的揭示以来，他们还没有机会面对面交谈。通过列举第五舰队的破坏活动和泰拉上的持续暴动，梅西尼乌斯最终获胜了。摄政王如此重视他的意见，这令他感到骄傲，也更令人感到沉痛，因为梅西尼乌斯确信，这将会是他最后一次出席基里曼的朝议，待在他的基因之父身边的日子即将结束了。

他将他的战士安排在大厅四周，大部分人占据着舞台周围的走廊位置，隐匿在阴影中，头盔目镜在黑暗中闪着光，如同掠食丛林中猫的双眼。他们每个人都是由梅西尼乌斯亲自从泰拉远征的老兵中挑选的，并且经过了严格的精神检查。他会因极其细微的原因而将人送回他们的原单位。有的人称他为偏执狂，但怀疑乃是勤勉的敌人。

他只希望自己能审查伴随基里曼的六位禁军。他对护民官执行元帅柯肯抱有怀疑，柯肯是禁军的最高级军官之一，也是整个银河系中帝皇最伟大的仆人之一，但这位护民官公开质疑过基里曼的动机，因此梅西尼乌斯对于柯肯随侍在第一舰队感到忧虑。

柯肯的小队守着大门，两个在内，两个在外，第五个人在大厅巡逻，效仿着梅西尼乌斯的工作。他更希望这些战士来自其他小队，因为他们都是柯肯的誓言兄弟。

他强迫自己不再焦虑，基里曼无疑知道自己在做什么。将柯肯带在身旁既能够消除他的影响力，还有可能将其拉入基里曼的阵营。令梅西尼乌斯忧虑的是，禁军是帝国鲜有的可能与原体相匹敌的战士之一，但他无能为力，有些政治事务连他也无法干涉。他安慰自己，一切他能够影响的他都影响过了。

伺服颅骨最后一次扫过舞台。其他构造体扫描着隐藏在锃亮绿石下的环状投影仪导管和修改带。这些东西同样也检查了一遍又一遍。阿斯塔特修会的智库和星语庭的合法灵能者占卜过了房间。来自各个刺客神殿的特工潜行于外围区域，尽管并不接近，但梅西尼乌斯也同样不信任尊师。

若是让普通人来实施这些工作，他会对这些努力感到满意，但梅西尼乌斯从不认为自己的工作已经完善。自满会导致失败，这是他的战团在灾难中认识到的。

"内区和外区清扫完毕，连长大人，"一位星际战士发出通信，"所有人员下落清楚，并已离开。"

"再清扫一遍，"梅西尼乌斯说道，"所有区域。在整个会议期间继续进行巡逻，每五分钟进行通信检查，轮换小队模式。"

潜在的破坏者到处都是，第五舰队发生的事便是充足的证明。他仔细检查着原体的安保措施，让自己一次集中于一个数据文本上，并重新阅读守卫名册和执勤轮换表，而非一次吸收多个数据。他意识到自己有些心神不宁，自从他出生以来，他从未经历过这种感觉。他对自己露出悲伤的微笑，自己能够面对人类最可怕的敌人，而没有丝毫恐惧，但辜负职责的想法令他害怕。似乎连他也是有极限的。

"连长。"一位禁军走了过来，他披着深红色的斗篷，银色和铜色的叶边相互缠绕。像所有禁军一样，他的盔甲装饰着丰富的浮雕人物和神秘符号。一条卷轴在他的胸膛上盘绕数回，上面写满了名字，在他的盔甲内部还会有更多名字。他的头盔镶嵌着紫色的宝石，那是护民官五十夫长的标志，这令他显得进一步突出，尽管他们各不相同，但在梅西尼乌斯看来他们都是一样的，就像是被遗忘的虚幻英雄雕像。他们是遗物，梅西尼乌斯想，高高地站着，十分自豪，仿佛什么也没有改变，即便在泰拉上，帝国还在燃烧。

这个人叫尤斯蒂斯，他在讲话时丝毫不掩饰他的傲慢。

"我们的准备工作已经完成，房间已准备就绪，原体很快就到。"

将他的责任与荣誉同一个禁军卫士分享，这令梅西尼乌斯感到恼火。宣布房间准备就绪应该是他的决定，而非禁军的。不过他并未发表自己的意见。

"感谢，禁军。"他说道，在他的脑海中，外交礼仪优先。

这个禁军比他还要高大，那身闪亮的金银战甲令其已然宽大的体型更加夸张，圆锥形的头盔则令其身高又增加了三十厘米。梅西尼乌斯在想，与这个人战斗将会是怎样的光景。对于一位星际战士而言，将每个人视作一个威胁进行评估是很正常的事；星际战士是为战争而生的，但对于他能否在战斗中击败这个人，他感到由衷的好奇。对此他心怀疑虑。

"各就各位，这是重要的一天。"梅西尼乌斯正准备离开，但尤斯蒂斯拦住了他。

"我知道你们是怎么看待我们的。"尤斯蒂斯说道。

"那我们是怎么看待你们的，禁军大人？"梅西尼乌斯问道。

"一万年来，你们认为我们躲藏在皇宫城墙后，星际战士则为保护帝国而牺牲。要是这些人离开他们那金碧辉煌的皇宫，有多少生命和世界能得到拯救！如果他们能扛起统治的重担，有多少世界能变得更加美好！我遇到的每个阿斯塔特修士脑海中都有这种想法。"

"所以您是个灵能者,大人?"

尤斯蒂斯僵硬了。这是一个十分微小的举动,却让他离发起攻击更近了一小步。显然,他并不喜欢被人回嘴。

"我也知道你们是怎么看待我们星际战士的,"梅西尼乌斯说道,"我们是头脑简单的野兽,生来只为杀戮,你们则更加高贵,在才智和性情上都更似帝皇。"

尤斯蒂斯并未反驳他。

"我怀疑,两种观点都不是准确的。"梅西尼乌斯说道。

"我同意。"那位禁军说道。

"我很高兴你们能与我们并肩作战。"梅西尼乌斯说道,某种程度上这是真心话,因为禁军的确是无与伦比的战士。

"我会提醒我的兄弟们,像你这样的阿斯塔特比他们想象的要多。"尤斯蒂斯说道。

一道通信铃声引起了梅西尼乌斯的注意,两人在和睦中分道扬镳。

"陶托洛丘斯,报告。"梅西尼乌斯说道,看着那个战士的识别信号。

"原体已经经过了外围区域,连长兄弟。"

"谢谢。"他切换频率,"辞典官西里莫,你可以开始激活设备了。"

他收到了简要的符文确认。地板开始振动,发电机高速运转,沉思机阵列准备就绪。按西里莫的说法,同时投射出如此多的全息幻影会消耗巨大的能量,并且需要堆满处理设备的大厅来处理数据。梅西尼乌斯发现这个技术神甫虽然常常脾气暴躁,但又是一位努力服侍复仇之子的帝皇忠仆,他们所有人都没有足够的休息时间。

第一批与会者闪现而出。有的人通过全息设备渐渐聚焦,凝聚成形,有的人则直接以完整的形态弹了出来。为了使会议有序进行,他们全都坐着,投影让他们看起来仿佛占据着弧形长凳一般。这些人包括将军、大军法官、星区海军上将、统御贤者以及效力于不屈远征的各个修会的高级官僚。每一个人都是一位要人,通常他们都是主持自己的会议,但此时此刻他们只是众人中的一员。渐渐地,人们坐满了长凳,一支幻影大军占据了整个大厅。

与会者们的传输设备质量各不相同。有的人看起来很坚实,仿佛他们真的坐在那里,唯有交叉光束的微弱光芒显露出他们实际上只是光线幻影。有的人看起来只有平整的轮廓，伴随着干扰产生的条纹。有的人则呈现出颗粒状，完全看不出是谁。梅西尼乌斯启动了追踪查证所有数据束的协议。间谍和刺客一样是个麻烦问题，他不能依赖于图像的真实性，而那些颗粒状的人影既可能是让他丢失真正入侵者踪迹的诱饵，也可能是真正的间谍。

尽管他肩负着重担，而且原体与其臣民间的任何互动都具有内在的危险，但看到这场集会，仍然令梅西尼乌斯振奋。这样一场会议在原体归来以前是不可想象的。人类仍有存活的机会，因为在这个至暗时刻，希望降临了。唯有借助这场会议所代表的团结力量，泰拉的子嗣们方能长存延续。

会议的最后几位成员现身了，大厅坐满了人，投影的光芒照亮了整个房间。随着会堂最后的空间被填满，远征的首脑们也纷纷出场，他们的投影放大了两倍，以彰显他们的重要性：这些人都是即将驶入新黑夜的大舰队司令官们，基里曼的后勤总长也在其中。一同出场的还有对这场集结有着同样重要性的官员：军务部部长、帝国总理大臣、海军最高元帅、星界军最高元帅；值得注意的是，其他元老并未出席，他们的代表则待在普通人群中。

这都要归咎于政治。基里曼已经亲自与十二元老分别进行了会晤，这些会晤给梅西尼乌斯带来了更多问题。

基里曼最后抵达。他亲自前来，独自径直走入大厅，周围漂浮着一群伺服颅骨，捕捉着他的图像。国教修会会抓住任何机会让基里曼周围遍布教士，但基里曼很快就受够了他们，那些教士大部分时间都不被允许待在他身边。梅西尼乌斯很享受让那些人离开的时刻。

投影仪并不会传输音频，因此那些光影们安静得出奇，基里曼的脚步声十分响亮，他走下舞台的主台阶，来到中央。会众们的视角通过他们各自的接收设备固定，他们大部分时候都专注地盯着前方，这使得这场集会显得更加古怪。

基里曼抵达了大厅中央的台座，他拾级而上，站在一个高于地面的讲台前。讲台前方装饰着一只青铜天鹰，他抓住天鹰的双翼，开始讲话。

"大人们，夫人们。"他说道。这便是他的全部开场白。在这个大厅中，既没有谄媚之词，也没有自我做作。在场的所有人之所以被原体选中，是因为他们的实事求是和干劲决心。

"今天我们的第一项议题是处理第五舰队当前遭遇的问题。"

就此，所有的注意力都转向了舰队总指挥官特罗尼昂·普拉索里乌斯。当全息投影的运行处于最佳状态时，它会产生完全真实的幻觉，模拟出眼神交流。然而，像舰队集结这样的大型全息交流，要协调至精细的程度几乎是不可能的。营造出会面的表象相对容易，让不屈远征的舰队司令们看起来都在盯着原体并与原体互动也同样容易，但当全息幽灵们进行互动，特别是多人同时互动时，问题便会显现出来。一个全息幻影站在另一个人身后讲话是很常见的事，但此时此刻，设备运行得十分完美，在场所有人都直盯着普拉索里乌斯。

普拉索里乌斯身材很胖，他有着大如口袋的脖子和糟糕的再生发。煞费苦心培植的几缕头发通过发胶抹顺在他的头皮上，呈现出平整的三角形。梅西尼乌斯理解这份虚荣。星际战士也会受到虚荣心的影响，他们为自己的战甲而骄傲，但那是出于实用目的。普拉索里乌斯掩盖他秃头的尝试既毫无希望，也令人困惑。像他这样统率百万雄兵的人并不会紧张，但他头上那发亮的发胶给人一种冒汗的表象，并由此显露出恐惧的假象。梅西尼乌斯不理解，为何这样的人会想要为了几缕头发而让自己显得软弱。也许这是无意间的结果，但原体曾教导，达官贵人们应该意识到自己的行为会产生的问题，不论是大是小。

普拉索里乌斯清了清喉咙，露出一副严肃的面容。

"为诸位带来我舰队遭遇的又一场事故的消息，令我悲痛万分，但事与愿违，我不得不这么说，"普拉索里乌斯说道，"我们遭到了蓄意破坏。"

"我相信你们大多数人现在都知道了，根据泰拉标准计时，在昨日，第三千分日，第五十百分时，"基里曼说道，"战列舰烈火襟怀号在天王星高轨道爆炸了，摧毁了另外六艘船，并对十七艘船造成了严重损害，此外还损伤了几个轨道设施，并激活了行星防御网，以消灭爆炸残骸所造成的威胁。我们损失了半个连的白色执政官原铸战士，五个团的瑟西安散兵，他们的运输船也一并被毁，塔拉尼斯家族的一支骑士矛队及其战争机器也被毁了。这仅仅只是最显著的损失。"

"没错。"普拉索里乌斯说道，尽最大努力保持着镇定。

"告诉我们这是怎么发生的，舰队司令。"

"破坏者的踪迹隐藏得很好。我们只能推断，一小股不满分子试着在负责烈火襟怀号维护安排表的典记技师阶层中策划了一次错误传达，导致两支为舰队实施准备工作的转化技师支队间产生了混乱。他们中的一员正在等离子引擎深处实施检查，同时有人错误地安排了一场反应堆测试。我认为，我们应该相信这是导致这场灾难的原因。然而，审判官盖伦收集了许多证据，表明情况并非如此。"

"你确定这是破坏？"基里曼说道。

"是的，是的，"普拉索里乌斯疲倦地说道，"我们有幸存的目击者，一位军官，他在爆炸时并未待在烈火襟怀号上，他证实了一位不知名的中尉下令对轮班模式进行了微调。他拥有正确的代码，起初没什么可疑的，但这名据说下令进行了调整的军官再也没有出现过。我们只能假定，还发生了其他小的变动，以确保这场灾难的发生。"

"这是怎么发生的？"基里曼说道。

"在引擎测试期间，等离子被射入了一个空间中，那里却没有磁场抑制。结果，等离子切开了舰船。"

"但这也不该造成舰船的毁灭，"基里曼平静地说道，梅西尼乌斯能够看到原体的耐心正在耗尽，"那艘舰船应该只是会受损，然而你失去了十几艘舰船。"

"不。"普拉索里乌斯疲惫地说。所有舰队司令都因各自的努力而疲惫，但他尤其显得憔悴。"等离子脉冲切入了一个反应堆原料仓，那里正在进行填充，以为启程做准备。如果原料仓是满的或是空的，那就不会有危险，但第五舰队的首席星烈大贤者泽尔吉吉斯告诉我，当时只装了一半，在等离子流击中仓库时，里面有足够的大气混合物，引发了一场狂暴的反应。"普拉索里乌斯匆忙说道，"紧接着主反应堆内的等离子调节系统受到了损害，导致那里发生了一场失控的聚变反应，随后发生故障并爆炸。这场爆炸引爆了亚空间引擎，那里也在进行周期测试，又是因为命令变动。泽尔吉吉斯向我保证，这是十亿分之一的概率——几乎是不可能的，除非是计划好的，但我很难相信，有人能制造出如此精确的一系列事件。这至少需要来自机械修会中的反常分子的参与。"

"是否更有可能是因为你懈怠了？"基里曼说道。

普拉索里乌斯有一丝僵硬，他伸长了脖子。"我不会表示歉意，或是为您寻找借口，摄政大人。我会说您是对的，集结如此数量的人员和舰船正将我们的组织能力推向极限。但审判官盖伦相信事实并非如此，他的证据很有说服力。"

"盖伦很熟悉他的工作，对你而言这是个好事。"基里曼低头看向嵌在讲台后方的活性玻璃屏幕。原体鲜有离开信息源的时候。他并不需要查询材料，他的记忆很完美，但他对新数据的渴望无法得到满足。"你有抓住破坏者吗？"

"我有理由相信，他们都死在了烈火襟怀号上，"普拉索里乌斯说道，"不过，这份相信也可能是出于精妙的操纵。"

"那么他们可能仍然逍遥法外。"基里曼说道。

"有可能。在我们讲话的同时，审判官的杀戮小队正在整个第五舰队开展工作。"

基里曼沉默地阅读了片刻，随后向集会的其他人讲话。"普拉索里乌斯大人说的没错。这些舰队的补给和准备工作极度困难，大人们，夫人们。跨越银河的补给线仍然受到扰乱，舰船失踪率史无前例，然而我们必须排除万难。我们不能停下脚步，像这样的灾难不能再继续发生。若这是孤立的事件，那这次事件会得到注意，那些监督集结的人会受到处罚。但普拉索里乌斯大人，令我担忧的是，这场事故仅仅发生在虚空誓言号出现近乎灾难性的反应堆故障的一周后，而我得提醒你，玛戈里亚六号传染病仍在集结于木星的第五舰队的舰船中肆虐。"

"当然了，摄政大人，"普拉索里乌斯说道，"我已经加倍努力，确保这样的事不会再发生。盖伦正在追踪那些该为烈火襟怀号的损失负责的人。我们会做好准备的。"

一道新的声音插了进来。"您没有把握这么说，大人。"

说话的是卡珊德拉·凡勒斯库斯，她的语气宛如恒星撞击之力。她的个性盛气凌人，有人曾说连全息通信也无法减弱这般傲气。

"卡珊德拉夫人，"基里曼说道，"你想发言？"

"我何时不想发言？"她说道，引起了一阵笑声。

"那么讲吧。"原体说道。与惯常一样，他不露声色。对于一位过于自信的发言者而言，这样的邀请可能会招致灾难。凡勒斯库斯信心十足，但她也拥有足够的天赋，能够保持适度的傲慢。

"这是令人不安的事实,由于其准备工作遭遇的诸多不幸,第五舰队无法按照计划做好启程准备。"她说道。

普拉索里乌斯摇了摇头。"这些延误令人遗憾,但我们已经竭尽所能地为启程日做准备,比大部分人更加努力。我们会做好准备的。"

"如果您的后勤官们能与我的联络,那他们会不得不承认,第三舰队的努力胜过你们那值得称赞的准备工作,"她骄傲地说道,"而我们并未遭遇你们的那些事故。事实是,你们没有做好准备。第五舰队已经遭遇了各种挫折,每一方面的准备工作都落后于计划,补给、集结、加油、船员配备……"她露出微笑:"您能看到问题。"

"这些事情大部分都非我所能及。"

"然而它们仍在发生,"凡勒斯库斯说道,她的强化左眼尽管是一个十分精密的复制品,但仍然让她拥有一种非人的目光,"我并不会指责您,大人。您的杰出履历众所周知。您正极尽所能抹消您舰队所积聚的不应得的声誉。"

"他们说第五舰队被诅咒了。"第六舰队司令考肖莱夫人说道。这位女人伤痕累累,皮肤黝黑,她是风暴星域海军望族的子嗣。

"它当然没有受到诅咒,"凡勒斯库斯说道,"普拉索里乌斯大人仅仅只是不幸而已,我们任何人都可能会这样。我们所有人都有遭遇事故,尽管没有像第五舰队那样严重,而我们在场的所有人在部队组织方面都遭受着巨大的压力,所以我们应该感到惊讶吗?这场行动是自奇迹时代帝皇的伟大远征以来最大的军事任务。这项职责重大无比,这份荣誉令我们所有人欢欣鼓舞,不只是您,普拉索里乌斯大人,尽管您的努力足以与历史上的伟大海军将领们相匹敌,但第五舰队仍无法依照摄政大人的计划第一个启程。这是个简单的事实。强行推动事态只会让您的问题更加恶化,给您的人施加更大的压力,这必然会,"她强调到这一点,仿佛预感到普拉索里乌斯会提出反对,"产生更多失误。然而,第三舰队已经准备就绪。"她露出微笑:"就是现在。"

"您的意思是,您应该接过普拉索里乌斯大人的荣誉,第一个启程?"第八舰队司令阿斯万·雷尔梅说道。又是一位身披古老特权的贵人,他是帝国最具权势的一个行商浪人宗族的族长。

"没错。"

"为什么不能是我们其他人中的一员呢?"第四舰队司令特林库斯·阿布

康基斯问道,"为什么不是我呢?"

"或者我呢?"考肖莱夫人问道。她并非表示她应该第一个启程,第六舰队是第一波大军中最后一个开始集结的,但她需要提出这个问题。尽管基里曼器重凡勒斯库斯,但她那专断的态度令其他一些司令很恼火。

"因为我的舰队是唯一一支已经做好了准备的,"凡勒斯库斯说道,"我的舰员无所事事,我的舰船已经满载,我的部队已经集结。让我第一个启程,基里曼大人。允许我肩负起这最艰巨的职责。"

基里曼露出一丝不悦的神情。

"莫要掩饰,凡勒斯库斯夫人。你不是在跟一个特许商人或是军务部官员讲话,我是一位原体。"

"我并未欺骗您。第五舰队再次延误了,而我现在已经准备好启程了。"

基里曼盯着她的全息投影。

"我的意思是,你是出于个人原因才想要这么做。"基里曼说道。

"要是我说第一个启程并不享有荣光,那我便是在撒谎,"她说道,"但更相关的原因是战略意义上的。我准备好了。"

她停顿了一下,梅西尼乌斯看到了其中的虚夸伎俩。

"我还收到了来自太平星域马科塔星区的关于敌军的一场重大推进的报告。那些所谓的血神追随者正攻破那里的星云,许多帝国世界都陷落了,此外,随着他们的先锋而来的是亚空间的尾波,其将会在三个月内与大裂隙相连,切断星域的一大部分地区,危及堡垒世界海德拉弗尔,这会进一步动摇太平星域的北部边区。"

一阵交谈声在人群中传开,对许多人而言这是个新闻。

"海德拉弗尔是我们在太平星域北部实施军事行动的关键,也是抵御来自恐惧之眼南部的敌军攻势的主要要塞,"凡勒斯库斯说道,"大人,驱使我行动的不是情感,而是简单的逻辑。况且,我的路线原本就会前往海德拉弗尔。它正处于危险之中,因此我应该启程。让我现在出发吧,打出我们的第一击。"

"我了解这些事态的发展,"基里曼说道,"不要认为你的才智胜过我,舰队司令。"

"永远不会,"凡勒斯库斯骄傲地说道,"我只是想要启发我的同僚们。您的智慧无与伦比,大人。您知道,但我认为他们不知道。"她看向一旁,目光扫过其他与会者。

基里曼的嘴唇微微向上一撇。

"这里不是决定这些问题的地方。"基里曼说道。梅西尼乌斯想，原体并不想通过同意凡勒斯库斯的要求而削弱自己的权威，或是因过度偏袒她而冒犯其他舰队司令。

"那是自然，"凡勒斯库斯说道，"所以我在此请求一次个人会面，以便更好地陈述我的理由，而非迫使您做出任何决定。"

"准许。"罗保特·基里曼说道。梅西尼乌斯已经开始制订安保计划了。"现在别讲了。"他说道。

凡勒斯库斯鞠了个躬。

"总理大臣安娜－默扎·杰克已经同意，她的办公室将提供更多帮助，防止集结在泰拉的舰队遭到更多破坏。"基里曼说道。"同样的请求会发往太阳系所有世界的行星当局，每个帝国修会都要增强预防措施。我不会让我们的事业在开始前便结束，"他说道，"现在，下一个问题。"

基里曼刻意按下了讲台上的沉思机，显示出新的数据流，并在之前的话题下画了一条线。他假装通过屏幕阅读那个项目，尽管梅西尼乌斯知道基里曼记得上面的内容。这是基里曼的诅咒之一，他不得不淡化自己的能力，以免他人推卸自己的职责而指望他去履行。

"在帝国圣域的近空间重建赋税和贸易网络的远征目标要先于战役起始。考肖莱夫人，我相信你已经构建好了可行的计划。"

复仇之子可以自己制订计划的，并且能够超越考肖莱或其他任何人所能构想的。如果可以的话，原体会将整个远征计划到最后一颗替换铆钉的分配。但他不能这么做，他得放开手，相信次等人的次等能力去做他没有时间做的事情，而在他着手之前，他们得对他的信任感到自在。

梅西尼乌斯看着人类的最后希望巧妙娴熟地领导着他的将领们，他意识到，很快，他也得放手了。

第二十章

红与白

原体的青睐

旧武器与新武器

    当梅西尼乌斯走向基里曼的私人办公室时，红色执政官的基坦·阿什塔正从中走出来。在泰拉远征中，阿什塔是一位亲密的战友，有着星际战士中鲜有的挖苦式幽默感，更别提红色执政官的成员都始终如一保持严肃，而他也常常和梅西尼乌斯就他战团里存在的毫不容忍个性的态度开玩笑。在更加严肃的时刻，尤其是在艰难的战斗之后，他和梅西尼乌斯会讨论两个战团早已遗失在历史中的共同起源，找寻着共通点和兄弟情谊，两人的战团却远在天边。

    他们都停下了步伐，两人的形象极其相仿，一人身着白袍，一人身着红袍。他们的基因种子来自同一个原体，他们的面容也留有原体的印记。要不是阿什塔的皮肤更黑些，也更高些，他们可能曾是远房亲戚。两人感觉就像是堂兄弟，梅西尼乌斯想。他感受到一阵突如其来的失去感，他还会经历更多离别。

    "所以，他在与我们每个人单独会面。"梅西尼乌斯说道。

    "的确，兄弟，"阿什塔说道，"一次共同教导便足矣，但今天，老头子有些多愁善感。"

    他们管原体叫老头子，但即便以活着的绝对年岁来看，阿什塔和梅西尼乌斯两人都比原体更老。

"他也有情深意切的时候。"梅西尼乌斯说道。

"比大多数时候更深切。"阿什塔踌躇了，他若有所思，唯一一次显露出红色执政官所广为流传的冷静态度，"我要立刻前往我的远征舰队。我先提醒你，他正将我们拆散。"

梅西尼乌斯利落地点点头。"我也预料到了，我想我们很多人都不会再跟着他了，他需要我们的经验去引导这些新的星际战士。"

阿什塔点点头。"正是如此。"他伸出手臂，"与你并肩作战，既是一份荣誉，也是一份愉悦，白衣兄弟。"

"我不得不说同样的话，红衣兄弟，尽管我仍然认为我的战团更占有优势。"梅西尼乌斯说道，露出悲伤的笑容。

阿什塔显露出一丝惯常的态度。"啊，现在又来到了我们永远也无法解决的争论。"

梅西尼乌斯握住阿什塔的前臂。"也许有一天，我们会再次开始争论。"他说道，内心却明白他们很可能再也见不到彼此了。

"也许吧，"阿什塔说道，他将梅西尼乌斯的手臂握得更紧了，"别把自己搞死了。在这黑暗的时期，像你这样正直的战士太少了。"

"你总是这样，"梅西尼乌斯说道，"我鲜有与如此高尚和娴熟的战士并肩作战的时候。"他们松开彼此。

"我想这就是我，"阿什塔说道，咧嘴而笑，"连长兄弟梅西尼乌斯。"他敬了一个天鹰礼：双臂交叉于胸前。

"连长兄弟阿什塔。"梅西尼乌斯说道，回礼。

阿什塔迈向了他的命运之途。梅西尼乌斯面对着罗保特·基里曼主缮写室那高大华丽的门，准备发掘自己的命运。

原体在他的主缮写室的前厅接见了梅西尼乌斯。当他敲门时，基里曼便呼唤他进来。梅西尼乌斯推开门，一对冒着汗的书吏便走了出来，他不得不立刻让到一旁，他们推着一个手推车，上面装满了捆好的报告和数据板，存储核心闪着容量已满的红光。他们并不怕他，一边匆匆走过，一边嘟哝着，手推车的轮子高声尖啸。

前厅一片杂乱，纸张、卷轴、书籍、各种数据设备、全息仪等令整个房间都堆满了信息。基里曼沉浸在他的工作中。这里才是原体的自然生活环境，而不是战场。梅西尼乌斯对此依然怀有一丝惊讶：他曾以为原体首先应该是一位战士。白色执政官的战团传说充分描述了基里曼的行政管理天赋，但故事中更多的是对原体武艺的称颂。梅西尼乌斯意识到他们的神话故事的重心是错的。这并不是说罗保特·基里曼不是故事中的完美战士；实际上他更加强大——梅西尼乌斯目睹过原体战胜最可怕的敌人——但这堆账簿与法典才是基里曼真正的战场。他真正擅长的是数字与文字的冲突，他正是在那些术语中赢得战争的。梅西尼乌斯的战团曾努力试着赶上他们始祖的政治才能，但他现在明白了，与基里曼吸收信息并将之转化为政策的能力相比，他们就像是玩国王游戏的孩童。

原体也有其极限。基里曼并不喜欢这片混乱，如果他有时间的话，他会把一切整理得井然有序，但当前帝国除了战争，已经没有别的时间了。

"梅西尼乌斯连长，"基里曼抬起一只手臂欢迎他，并指了指一张椅子，尽管他是站着工作的，"请坐。"

基里曼穿着盔甲，他一直如此，也必须如此。梅西尼乌斯则身着简朴的衣物：宽松的裤子、靴子和无袖外衣，露出他那硕大的臂膀。他享受这身衣物赋予他的行动自由。因为他一生的大部分时间都包裹在陶钢中，所以他很享受不穿戴盔甲的时刻。对于原体而言，困在命运铠甲中定是难以忍受。尽管一些大型外壳部件已经移除，但这身盔甲仍然在相当程度上增大了原体的体积。他的一只拳套手中拿着一本书，看起来分外脆弱。他的工匠在他的指尖安上了黏性塑料垫，让他能够触碰日常物品，因为动力盔甲是被设计用于保护的，而非充当第二层皮肤。没有这些调整，他甚至都无法翻动书页。

"我正与在泰拉远征中效劳我的所有连长谈话，"基里曼说道，他语气柔和，不带感情，"出于你的躬亲效力，不论在战场上还是在泰拉作为我的安保负责人，我会花时间慢慢来。"他生硬地讲着四十一千年使用的哥特语，仿佛这么做令他不安。

梅西尼乌斯坐了下来。这把椅子垫得很厚，但对他而言实在太过柔软，很不舒服。了解星际战士心性的人不会做出这样一把椅子的。普通人类，在错误的崇拜中，根据他们自己的舒适范例打造了这把椅子。基里曼的宫殿中全是这样的情况：用于阿斯塔特修会的房间到处都是，然而里面装修过度，配备着同样不相称的家具，满是毫无必要的俗丽装饰和星际战士并不需要的所谓奢侈品。

"这是莫大的荣誉，大人。"梅西尼乌斯说道。

"胡说。"基里曼挥手打发掉梅西尼乌斯的话，命运铠甲呼呼作响。他砰的一声关上书，并极其小心地将之放下。"这是我的荣誉。梅西尼乌斯，从像你这样的人身上，我看到了一丝希望，阿斯塔特修会的内心仍然忠实，经久不息。"

他露出一丝微笑，让人感到一丝做作。作为一位领袖，基里曼能鼓舞人心。但在更亲密的情况下，这似乎有些困难。

"遗憾的是，我也必须向你道别。"

"我想这就是您想要单独会见我们这些连长的原因。"

"这是部分原因，"基里曼说道，"我欠你们所有人的，我要亲自感谢你们的效劳，并向你们每个人解释我们下一步必须踏足的地方。"

他的面容如同一尊雕像，是活生生的完美典范，除了他脖子密封处上方的那道丑陋伤痕。在他讲话时，他的目光中有种出神的神情，这是他那精密大脑在同时处理多个问题的迹象。梅西尼乌斯很感激他没有吸引原体的全部注意，否则那实在难以承受。

"我相信你已经猜到了，你们这些跟随我幸存于泰拉远征的大部分人都会被重新分配到其他远征舰队中。这是一万年来最大规模的军事行动，我需要我能仰仗的战士散布其中。我所绝对信任的人非常少，因此我就直截了当地谈谈我对你的要求吧。首先，让我履行对你的诺言。我知道你来奥特拉玛是为了给你的战团寻找援军，你会得到援军的。不过，我必须请你再耐心一点，因为我仍然需要你。"

"大人，您只需要向我下令。"

基里曼皱起眉，若有所思："我不会对你下令，维特里安。你有权拒绝我的要求，并带着新的阿斯塔特修士回去协助你的兄弟们，如果你想的话。增援白色执政官十分重要。一支火炬手舰队预计在一周内启航并找到你的兄弟们。如果你愿意的话，你可以跟他们走，我不会阻拦你。"

"我只会在原体认为时机合适时离开。"

"现在没有合适的时机，维特里安，只有一系列凶多吉少的无限的理论可能，以及相应的有限的实践可能。任何一个选项都能对帝国有益，选择权在你。"

"那么我会选择您认为最好的选项，大人。"

"那好吧，"基里曼说道，他看起来很感激，"那么我对你的优选命令如下：你会被赋予副官长的临时军衔，并统率附属于第三远征舰队卡珊德拉·凡勒斯库斯麾下的一队原铸星际战士。你将充当她的首席顾问。"

"如您所愿，"梅西尼乌斯说道，他踌躇了，"您批准了她的请求吗？"

"我还没有决定，但我们会做出决定的。她的推论很合理。如果我选择让她走，那她的表现方式让我不得不去抚慰其他人受伤的自尊心，但这没什么作用。没有人能掌控一切事物。我相信你可以帮我留意她。"

"我会的，大人。"

"你明白我为什么希望像你这样的战士来为我承担这样的职责吗？"

"凡勒斯库斯并非您的首要关切，您更在意考尔的新型星际战士的问题。"

基里曼点点头："为什么？告诉我你的看法。"

"原铸战士是新事物。他们是依照您的命令打造的，但缔造者是个非正统之人。我们无法确认他们的忠诚。据我所知，他们也没有战斗经验。在演示中，他们的战斗技艺很优秀，但缺乏智慧。"

"这就是问题的关键，"基里曼说道，"至于第一点，考尔也许看起来是个偏执狂，当他专注于一件事上时，他能很客观，但这从不会持续太久。原铸计划只是他的一个项目，其他一些项目也有着同样的规模。尽管我没什么理由怀疑他遵循我计划的真诚意愿，但他仍有他自己的设计。原铸星际战士是如何纳入他自己的计划而非我的，或者说他们是否有纳入我的计划，这在当前都是未知的。"

"当您给予他打造这一切的资源时，您一定很相信他。"

"没错，我的确相信他，就像我相信任何人一样，并且我亏欠他很多。"基里曼说道，"他对自己的描述很自负，但也很准确。他是个天才，是帝皇真正的追随者。我并不认为贝利撒留·考尔会成为火星版的荷鲁斯，但你无法确定每个人的真正意图。"基里曼看着梅西尼乌斯。"这并非愤世嫉俗，而是苦涩的经验，"他说道，"自始至终，必须考虑到所有理论可能，并构想出实践可能以应对出现的威胁，无论最初的假设看起来有多么不合情理。很久以前，一个叫艾恩尼德·希尔的人教会了我这点。"

"考尔有一位仆人，大人，一位有着不同寻常能力的原铸战士。"

"阿尔法之首？我读了你的报告，"基里曼说道，"你怎么看？"

梅西尼乌斯交叉手指，若有所思。"他在演示期间并未露面，他称自己并不完美。然而他是个强大的灵能者，他是……"他努力找寻着合适的词汇，"他是别的事物，很强大。我想考尔在试图隐藏他。"

基里曼抿住嘴唇："我并不惊讶，考尔总是超越他的权限范围，我可不想知道他的那艘船上还关着什么怪物。这个战士有让你担忧的原因吗？"

"除了他的创造，没有，"梅西尼乌斯说道，"阿尔法之首声称自己忠诚，并且似乎比其他任何人都想要向我警告关于考尔的事情。"

"他说了什么？"

"不要相信大贤者。"

基里曼踌躇了，他记了个笔记。"我会调查的。考尔人如其行，他的支持者这么说。"他的手指敲了敲桌子，"这次不谈这个。你最初谈到的第二点更重要，这些新型星际战士缺乏经验，宇宙中最好的训练也无法弥补这一点。他们必须拥有经验丰富的领袖，必须铸造兄弟情谊，打造感情纽带，让他们的思想更加灵活。尽管他们很强大，但没有兄弟情谊的纽带，他们会被更加机敏的敌人智胜。

"他们不只是没有经过鲜血的洗礼，事实上他们缺乏任何事情的直接经验，"基里曼继续说道，"据考尔说，他们大部分人已经处于假死状态数千年之久，其中只有几天是真正清醒的。他们被带走时还是个孩子，他们出生时的那个帝国已经不在了。他们所知道的一切都是通过催眠设备灌输给他们的，他们基本没有真正的训练。新兵常常会面对的升格后的问题会因他们的时间错位感而加剧，两者会彼此混合。我们作为后人类造物所至关重要的是要把握住我们的人性，否则我们会忘记自己生来是要为谁效力。谁知道这些原铸战士还保留有多少基本人性呢？你是你们战团的新兵之主，我想不出比你更适合这项任务的人选了。"

基里曼笨拙地做了个手势。身着动力盔甲使他很难自然而然地交谈，这妨碍着非语言交流，并使每个动作都有种无意识的侵略性。

"还有第三个问题，你太过忠诚，很难想到，"基里曼说道，"这也令许多元老感到担忧。上一次有这么多数量的星际战士在一个人的统一指挥下时，他们相互倒戈，人类种族几近毁灭。在这个时代，人们已经忘记荷鲁斯之乱是一场军团间的战争，原体们的传说故事过于简单化了。他们就像我一样，有着同样的缺陷和天赋，他们比你想象的更具人性。单凭他们自己的力量不足以对帝国造成这样的毁灭，尽管国教会的故事是这么讲的。我的兄弟们是指挥官和冠军勇士，他们相互间的竞争促成了那场背叛，但那场战争是由星际战士进行的，他们的心中早已有仇恨的余火，荷鲁斯则将之煽动，化作熊熊烈火。"

基里曼看起来似乎想要把双手扣在身后，但身着盔甲的他做不到，于是他将手臂垂在身侧。

"所以，我们必须解决三个理论上可能的威胁，"基里曼说道，"一、忠诚错位；二、缺乏经验；三、内斗的可能性。因此，我已经确定了几个行动方针，降低考尔团队对原铸星际战士的影响风险——不论有意无意——并为他们提供战斗经验，还要消除不同基因种子系间的任何敌意。"

"我们之间的差异真的那么根深蒂固吗，大人？"梅西尼乌斯问道，"这不更是一个文化问题吗？"

"不。"基里曼坚定地说道，"在银河系当前的阿斯塔特修会兵力中，超过百分之七十的阿斯塔特的基因种子源于我，尽管很难得到确切数字，传承我的兄弟基因的星际战士从根本上就是不同的。正如考尔所言，原初军团的很大一部分性格在一开始就混入了基因成分中。"

"混入？"梅西尼乌斯说道。

"考尔傲慢无比，并且喜欢荒唐的旧事物。当讨论到帝皇最伟大的成就时，他将之比作创造糖果。"基里曼看起来并不赞同，但同时他露出了一丝微笑，"他坚称，我们的存在是有目的性的。太空野狼的野蛮，圣血天使的狂怒，火蜥蜴的刚毅和工匠天赋，这一切都是刻意打造的，由帝皇在一开始便植入了基因编码中。这些倾向的变异和强化是其他现象的结果，最常见的现象是基因谱系的恶化，还有你所说的，文化偏好。考尔回溯到了最初的源头，并从源头再造基因种子。在很多方面，新的原铸战士都比当今活着的星际战士更加纯粹，更加接近帝皇的构想。考尔坚称，这些差异是被设计用于创造诸多相互关联的能力，由此产生出专攻不同战区的部队，或是将拥有相互支援能力的战士结合成混编队伍。也许，星际战士从未计划以同一血脉组成专一的军团，但是出于延误和迫切需要——主要是原体的失散——帝皇遵循了另一条道路。"

"您相信如此吗？"梅西尼乌斯问道。他鲜有与原体进行过如此长的个人会面的机会，听原体以一种实事求是的态度讲述这些神话故事，仿佛那是最近的历史，这令梅西尼乌斯敬畏不已。

"只是理论可能，"基里曼说道，"不论出于何种原因，这些差异都是存在的，并且导致了我兄弟的子嗣之间的误解。我曾目睹这份误解转变为怀疑，怀疑则转变为公然的仇恨。我不会让这样的事情再次发生。这非常重要，因为考尔为每个基因种子系制造了同等数量的原铸战士。极限战士占优势的时期结束了。

"所以，"他继续说道，"我的命令如下，即刻生效。考尔拥有数以千计的原铸星际战士。最近几年他增加了产量，按他的说法，他受到了机械神的启示引导。这些当代新兵大部分都还没做好准备，但当他们的升格完成时，他们会被激活，并投入战役。在他的火星地库中则全是等待唤醒的战士，这些战士正被激活，准备立刻部署，其中大约四分之一会组成新的星际战士战团，我们将称之为极限建军。一些新战团会先于远征军派出，其他的则会伴随远征军，并在我们向目标前进的同时分配给新的战团资产。我们保卫大裂隙这一侧的帝国世界的目标将会因考尔的这些造物而极大地加速推进。

"其余唤醒的原铸星际战士将会组成临时编队，我称之为编外之子。"他摊开手指，放在桌上一个带图的文件上，"每个人都会戴着其基因之父的纹章。我们需要集中兵力突破太阳星域内阻止我们大军的封锁线。当前，除了沃勒斯，主要的亚空间枢纽都由敌军重兵把守着，我们实际上被困在了太阳系。我们需要一把铁锤来打破牢笼，编外之子便是这把铁锤。在我们前进的过程中，这些编队会被拆散，为拥有同样基因遗产的现存战团提供援军，或是在需要的时候建立新的自主战团。"

"您不打算混编不同的基因系战士？"

"我打算修改《阿斯塔特圣典》，"基里曼说道，"但那种规模的改变太大了，会削弱几千年的传统，并产生征募方面的问题，特别是要在每个战团中维持多个基因种子系。尽管编外之子主要是与具有同样基因谱系的他人并肩作战，但他们所有人都会轮换部署于混编队伍中，如此他们便会学习到其他原体子嗣的优势和倾向。通过共同战斗，他们会学会尊重与他们不同的人，并与那些人结下兄弟情谊。当他们最终被分配到自己的母团时，他们会带上这些经验。

"我希望这样的措施也会改变关于我试图恢复军团的指控。相信我，这不是我的意图，但我会遭到指责，说我试图这么做。这里有太多政客认为我的动机值得怀疑。我必须在这些大型星际战士编队的军事必要性和政治代价之间做出平衡，而他们存在得越久，这份代价就越高。"

"凡事都有代价。"梅西尼乌斯说道。

"的确，"基里曼说道，"你会被赋予这样一个单位的直接指挥权，战团兵力，包含在一支由五千人组成的更大的大队编制中，两支大队会进一步组成一支支队，四支这样的支队则会组成一个兄弟会。一开始，你为对第三舰队中的所有原铸部队提供建议性指挥，但你要尽快放弃控制权——不过，我要强调，要由你自己来判断这个期限——并将之交予原铸指挥官。你的职责是为他们提供他们所缺乏的经验，向他们灌输我们任务的急迫性，教会他们包容和重视彼此，并在他们的心中培育忠诚感。"

"您给予了我莫大的荣誉。"

"这不是一项小任务，"基里曼说道，"而这项指挥权只是第一个。根据这些标准，一旦你认为你最初的队伍已经具备完全作战能力，那么你会被分配到另一个兄弟会，并重复这个过程。如果考尔提供给我的数字是准确的话，我计算在十二年内，首批原铸星际战士的所有分队都将具备自主行动能力，而创造更多原铸战士的技术至少会在帝国圣域扩散开来。然后我会给予你返回你战团的许可。"

"大人，我无意冒犯您的命令，但白色执政官并非唯一需要紧急援军的战团。战火肆虐于银河系，许多战团杳无音信，还有的战团四面楚歌。"

"对于烈火襟怀号被破坏所造成的损失，我很遗憾。"

"感谢您，大人，但我不是在谈那些失去的兄弟，我更担忧您的安全。烈火襟怀号是您旗舰的姊妹舰，他们本可直接尝试攻击您的。"

"也许吧。"基里曼说道。"不过，拥有足以以这样的方式操纵我们组织的能力的人，更有可能是在阐明观点。他们无法打击烈火黎明号，因此他们攻击了烈火襟怀号。他们试图展现自己的力量，但相反，他们暴露了自己的弱点。

他们无法接触到我。你对我的安全负有部分责任。曾几何时，我在像这样的一个房间内遭到过阿尔法军团渗透者的袭击，从中我吸取了不少教训。因此我对我军官的选择很谨慎，"基里曼说道，"至于你的兄弟们，援军会被派往那些最需要的地方，包括你的战团。火炬手舰队将会把我们到来的消息传播到帝国各方，并为我们的补给线准备好营垒世界，但最重要的是，他们会携带着材料和数据，让所有战团都能独立开始创造原铸星际战士及其相应的装备。一开始，这个范围必然是有限的，但完整的信息库会以恰当的方式分发给所有人。第一批火炬手舰队将会在一个月内启程，前往白色执政官的火炬手就在第一批之中。"

"谈到这点，"基里曼说道，"概括来说，你会被分配一名原铸副手，他一开始会拥有副官的军衔，顺便，这个军衔我会引入到所有战团，以增加连队部署的灵活性。这个战士是根据他的精神档案和模拟评估而选给你的。好好待他，教导他。"

基里曼小心翼翼地拾起一个细长的数据板，递给梅西尼乌斯。他在这个狭窄环境中做出的每个动作都极度小心，唯恐他的盔甲破坏了他那由事实组成的有序混乱。

"他的名字叫费伦，"基里曼说道，"这个数据板中包含了考尔关于他的所有数据，我想你会发现这里面信息很丰富。考尔做事十分周全，必要的密码和授权印章都在里面了，你所要做的就是去探索者之王号接他。你的首批单位当前正在激活，并会在接下来四十八小时内做好准备。考尔会负责其他事宜。"

"我立刻就办。"梅西尼乌斯说道。

基里曼仍怀揣着许多未言之事。通过将他的顾问散布到各个舰队中，通过混编原铸新兵，并将之纳入他所信任的星际战士麾下，他在确保服从，并在他的战事以及独立的星际战士战团中撒下一张影响力之网。原体的计划无疑还有其他层面、其他因素的考量。梅西尼乌斯对此并不清楚，但他完全相信基里曼的所作所为。

"大人，我已经耗费了您足够的时间。对于您的个人关切，我深感荣幸，但您得让我离开了，如此您便可继续工作。"说出这些话令梅西尼乌斯的内心感到刺痛，站在原体面前宛如沐浴在温暖的阳光中。

"你说得对，还有许多事要做。"基里曼说道。"但你我还有别的事情要处理。"他朝着通信接收器讲道。"把梅西尼乌斯连长的武器带上来。"他说道。

通往前厅的一道门打开了，一位身着制服的仆人推着一个装在悬浮场上的盒子走了进来。基里曼指示那个人将盒子留在连长面前。那个仆人退至门前，沉默地立正。

"维特里安·梅西尼乌斯，你尽心尽力为我效劳，现在是时候给予奖赏了。打开盒子吧。"

梅西尼乌斯看着基里曼。

"当原体向你下令时，不要犹豫。"基里曼热情地说道，神般的面容上露出一丝浅笑。

星际战士的神经系统得到了强化，能够抵御各种内外伤，然而这份荣誉令梅西尼乌斯的拇指感到颤抖，他将拇指伸向读锁牌。

那道锁发出鸣响，随着一道嘶嘶声滑开了。在里面那塑形完美的凝胶泡沫中，放着一只漂亮的动力拳。上半部和手指部分涂着白色执政官的徽标，镶边与梅西尼乌斯的个人纹章相匹配。这只手套覆着富有光泽的金色金属，精细地雕刻着马背上的古老战士与一群持矛步兵战斗的场面。

"泰拉上有许多宝物，"基里曼说道，"有许多都被藏了起来，被人所遗忘。是时候再找出它们了，而其中一些能适合星际战士使用。为此，我将这个呈献给你。"

"这……真漂亮。"梅西尼乌斯说道，他的喉咙哽咽了，他的双手悬在那只拳套上。

"你可以触碰它。很快它就将成为你在战争中的右手，你最好熟悉一下它。"

梅西尼乌斯将手指放在这只拳套的浮雕上。这金属很温暖，像黄金一样光滑，但又像陶钢一样坚硬。

基里曼说："鲜有的荣誉。除了帝皇本人的守卫之外，没有人会穿戴用这种金属打造的盔甲。"

梅西尼乌斯的手指抚摸着这个杀戮机器，光是触摸就令他的灵魂唱起了颂歌。

"在为我效力时，你失去了你所喜爱的武器，因此我很乐意找到替代品。这个型号的动力拳，最后一批大规模生产是在几千年前，"基里曼继续说道，"它在好几个方面都要优于当前的型号。我让考尔本人翻修了它，它不会让你失望的。现在，看看盒子的下一层。"

梅西尼乌斯对交予他的这个工艺品感到敬畏，他犹豫着将拇指放在盒子内的第二个识别锁上。装着动力拳的夹层在反重力场中静静升起。如此强大的技术用于如此平凡的目的，这令他感到惊讶。这预示着黄金时代的到来，基里曼的确会恢复人类的伟大。

在下面一层更薄一些的泡沫中是一把长长的等离子手枪。其外壳装饰堪比那只动力拳，并且雕刻着同样风格的场景，显示着一位下马的骑兵，在被击败的敌人尸堆上挥舞着他的利剑，同时微缩的星际战士沿着枪上的充能线圈边缘列队前行，巧妙的手法赋予了其纵深感。

"这是一件新武器，"基里曼说道，"遗憾的是，贝利撒留·考尔打造的大部分装备都不能轻易与现存的星际战士装备相匹配，因为他决意要重新开始，但他的新款式也比常用的要优越，我让他为我最尊敬的战士做出了一些调整。这一把是给你的。它只为你而开火，并且永远不会烫伤你。这只拳套和这把手枪一起代表着人类最好的知识，不论新旧。"

梅西尼乌斯拿起这把武器，掂量了一下。这比他之前曾用过的等离子手枪更轻更优美，而线圈的数量和调节盘的范围表明它十分强大。

"现在放回手枪，关上盖子。你会花许多年来习惯它们，它们会送到你的住处。"

"我无以言表，大人。"他关上了盒子。

"那就让武器为你发声。我一直都需要你，维特里安，但帝国更需要你。不过，"基里曼说道，"在我怀着敬意和对你未来英雄壮举的期待把你送出去之前，我还要你帮我最后一个忙，以钦差的身份行事。"

"尽管吩咐，大人。"梅西尼乌斯说道。

"你要前去位于天王星和木星的第五舰队，带上你的新战士。我要你去查明普拉索里乌斯是否能够赶上他的启程日期，然后向我报告，我们再来看看我是否要准许凡勒斯库斯夫人的请求。"

第二十一章

重生

美沙龙雾

阿瑞欧斯苏醒

  探索者之王号周围的空间遍布舰船。在维特里安·梅西尼乌斯的运输船接近的同时，穿梭机正以长长的队列飞离那艘机械方舟，携带着考尔的新制技术奇迹，前往位于集结舰队各处的目的地。他得到了接纳，毫无延误，不过并没有任何欢迎仪式。一登上船，他便将基里曼给他的数据板中的内容上传到了自己的战甲中，并让其引导他走入这艘船。

  探索者之王号巨大无比，到处都是意想不到的通道和空间，很容易迷失其中。他乘坐一艘重力列车深入这艘庞大的舰船，经过一列列运往另一个方向的装甲集装箱，还有长长的平台货车，上面搭载着坦克、攻击机与装载着武器和盔甲的开敞支架。一个个框架挂载着一百个原铸悬浮仓，迅速掠过，模糊不清。

  当他下车时，他看到唤醒的单位正结队而行。这些全都是多恩的血脉，穿戴着帝国之拳的制服和纹章，不过还有新的单位标记，那古老军团紧握的拳头徽标上画着一个灰白色的V形标志。每一支队伍都有连队规模，全副武装，由伺服颅骨引领着，身后跟着机仆驾驶的补给列车。多恩之子们正穿过由塔拉尼斯家族的一个骑士守护的大门，但不论在那骷髅面甲的警戒下走过多少战士，似乎都还有更多的战士正在到来。每秒钟都会鸣响警笛，隆隆作响的通信宣告响彻庞大的运输线。

他在一个主枢纽离开了列车，蜿蜒穿行过人群，梅西尼乌斯遵循着地图离开了舰船的主干道，进入了货舱，在那里升降机卡车正在装载巨型运输船，军务部、基里曼新建的后勤部以及机械修会的人员叫喊着、咒骂着，忙着将他们宝贵的货物送入战争。随着继续深入，他经过了一片片废弃的区域，这里有许多空无一物的巨大货舱。他的地图指引他走过一个巨大的静滞室，货物升降机闲置着，装载舱门关闭着。唯有地板和天花板上的插座以及一圈圈整齐连接的电缆标示出数千悬浮仓的位置，美沙龙雾从空空的箱子中飘到甲板上，雾气埋没了梅西尼乌斯的胸甲。他穿行其中，蒸汽化作卷曲的波浪。

在货舱中央，探索者之王号的大气循环系统将雾气吸入巨大的库中。梅西尼乌斯的盔甲警告他温度急剧下降。一个普通人会在几分钟内出现低温症。寒冷笼罩了他的陶钢，渗入其内，寒意彻骨。先是水蒸气，然后舰船空气混合物中的结冰气体积聚在他的战甲上，他的反应堆隆隆作响，进入高输出模式。雾气升高淹没了他的头顶，他不得不依赖于自动感官系统。梅西尼乌斯的心跳加速了，他的强化感官不由自主地紧绷着，期待着任何时刻发起的攻击。雾云是伏击他的绝佳位置。

梅西尼乌斯头盔所拥有的各种滤波器都无法为他提供清晰的视野。热源幻影令他的热量显示层毫无作用，雾气似乎如同反射场一般有效地弹回了他的回声定位发射波。他不得不停下重新校准他的地图，依赖于无形的占卜脉冲，直到其为他列出一道出去的门。他走过那道门，进入一个小走廊，里面涌出了极其寒冷的蒸汽。

他再次看到了工作中的技师们，大都是身着红袍的机械教神甫和军务部的计算人员。走廊很冷，他们全都包裹严实。在梅西尼乌斯经过时，没有人多看他一眼。

货舱对面的墙每隔一段就有一道门，大多数是关着的，但他经过了一个打开的门，看到一个新型星际战士坐在一个检查桌上，皮肤因长时间的休眠而显得煞白。机械教技师在他周围忙碌，他则盯着梅西尼乌斯。他的目光中缺失了某些东西，这令梅西尼乌斯感到不安，突然间他更加领会到了基里曼对他的要求。

那道门滑上了，打破了这段短暂的接触。他又经过了几个原铸战士，他们穿着医疗防护服，正被领出房间，有的人和第一个一样目光茫然，有的人则很警觉。这些新近唤醒的战士并不符合考尔展示中的承诺，他们看起来就像是孩童。

快速行走几分钟后，他抵达了目的地，这道门和其他所有门一样，房门为他自动打开，他走了进去。

他本期待看到一位做好准备的战士正在等候。然而事实正好相反，这里有两位技师，他们引领他走过房间的检查桌，进入第二个房间，里面放着一个静滞箱，箱中只看得清一个模糊的影子。

"这是费伦？"梅西尼乌斯问其中一个技师。两位技师外表基本上都是人形，几乎没有强化体。一个人表面上看是男性，另一个表面上看是女性。技术神甫们的性别常常难以区分。

"是他，连长。"第一位技师说道，并未报上她的名字。

"他为何没有被唤醒？"

"对于一位将要掌握指挥权的人，即刻为他引见指挥官能对他有所裨益。您会在他心中留下印记。"

梅西尼乌斯摘下头盔，朝着那个女人皱起眉。"你说'印记'是什么意思？你说得好像他是一只狗。"

"不必担心，高贵的星际战士。"那个男人举起手，鞠了个躬。

所以他们是那种人，梅西尼乌斯想。某些生物专业的机械修会人士会十分恼人地崇拜阿斯塔特修会，将他们视为神的造物。

"他已经沉睡了数千年，您将会是他亲眼看到的第一个超人面孔。这并非首冠导引者在他们精神中设下的某些东西，仅仅只是正常的人类反应。想想一个新生儿，而非一只动物。"

"原体大人警告过我的，"梅西尼乌斯说道，尽管他并不完全相信这位技师的解释，"他告诉过我，这些战士会经历比平常更大的错位感。"

"没错，没错！正是如此，大人，"那位技师说道，并鞠了一躬，这举动十分复杂，并无必要，"这并不可怕，我们所希望的只是贝利撒留·考尔的计划能够正确实施，直到程序结束，并让他的天赋造福于机械神伟大工程范围内的正当目的。在此之后，他将属于您。"

"好吧,"梅西尼乌斯说道,"那么我们开始吧。"

"那是当然,"那位女子说道,"重生的过程很复杂。"她满怀期待地看着梅西尼乌斯。星际战士有时候难以理解普通人类的表情,但梅西尼乌斯从他与诺尔斯市民那冗长无比的交易活动中学会了察言观色。

"你想要我来亲自打开它。"

"不完全是,连长大人,"她说道,带着显而易见的宽慰,"如果您能稍微退后点,给我们些空间工作,那会是极大的助益。"

梅西尼乌斯转身回头。尽管这个房间是用于复苏星际战士的,但其空间并不足以容纳他们所有人。那位女性技师露出微笑,朝着一个远离悬浮仓的位置示意。"那里应该够了,请远离我们的工作。"

梅西尼乌斯将头盔夹在臂弯下,走向指定的位置站着。他感觉自己完全是一个从属性角色,只想要尽快完成唤醒过程。

两位神甫在机器周围忙碌着,从那时起他们便不再关注梅西尼乌斯。他们低声祈祷,每分钟便调整一下一个大木板上的刻盘。这个装置比机械教的许多设备都要简洁小巧,与阿斯塔特的装备有许多相似的地方,上面还有许多活性玻璃打造的触感胶化显示屏,不需要神甫的明显接触便能做出响应。梅西尼乌斯判断,他们定是与这些设备有着深层次的连接,但与火星技师们常常穿戴的大而笨重的油腻强化体相比,他们的个人强化都隐藏了起来。

管子里亮起了一个耀眼的灯,照亮了里面的液体。液体很浓,里面的战士只显示出一个轮廓,但这至少让他看起来真实了些,他的粗糙轮廓变为了坚实的形体。他便是未来,他的影子投射到了现在,梅西尼乌斯的世界行将改变。然而费伦目前仍处于静止状态。尽管已经从美沙龙组件中分离了出来,悬浮箱仍然散发出深深的寒意,融化的冰霜从外部流下。

渐渐地,两位技师提高了箱子的温度。房间内的寒冷减轻了,最后一丝冰霜融化了,覆盖在玻璃上的水汽凝结为水珠,然后干掉了。梅西尼乌斯仍然看不清楚,也知之甚少。很快,他便意识到这场行动会很漫长。梅西尼乌斯的期望化为淡漠的耐心,尽管这是他刻意营造的。看着神甫们专注地照料他们的机器,他感到莫名的躁动,仿佛他应该做些有用的事,他却无能为力。他强迫自己完全保持平静,调整设备,进程逐渐走向结束。

"当前温度三十七度,正常人类水平。"那位女子说道。

"赞美奥姆尼赛亚与所有数字圣人。准备复苏。"

那位女子动作很快。她和她的同事交换了反复核查的教语，同时进行了一系列冗长的激活协议。水泵开始运转，吸掉防腐液，并将鲜血注入费伦的身体。各种化合物跟随着预热的血液注入循环系统中，并通过电流刺激心脏将血液送入这位战士的整个身体系统，他的手指在这过程中抽搐了一下。

"以奥姆尼赛亚的旨意，都准备好了。"那位女子最终说道。

"退后，"那位男子说道，"开始充能。"

那位女子用三根手指推起一个活性玻璃面板上的能量滑杆，墙壁中的引擎嗡嗡响起。

"原动力准备释放。"她说道。

"执行。"那位男子说道，他按下了一个方方正正的绿色按钮。

液体中传来能量的噼啪声，那个影子剧烈抽搐着。那位女子迅速检查了下显示器上的一个数字。那位男子则站在那里，欣喜若狂，他正在与机器直接交流。

"再来一遍。"那位男子说道，回到了现实世界。

那位女子再次将手指划过玻璃面板。

"原动力准备释放。"她再次说道。

那位男子的手指悬在那个按钮上，然后他闭上了双眼。

"以奥姆尼赛亚之名，要有生命。"

他按了下去。

费伦感到冰冷无比。他跑过水洼，双脚已经冻僵，他吸入的空气如同冰爪一般抓挠着他的肺。

他此前从来没有这么冷过。下巢是个温暖又潮湿的地方，从未有过寒冷，因此他觉得很难理解这种感觉，这种彻骨的寒意应该让人感到害怕。然而，他并不害怕。

他再也不会感到害怕了。

有东西在追赶他，穿过一个废弃制造厂的杂乱废墟。它们速度很快，难以看清，行动致命，寂静优雅，穿过一堆堆废铁和腐烂的电缆。

相比之下，费伦的声音却很响，他的双脚踢开一堆堆垃圾，响亮地蹚过来自上巢的污水坑。他的喘息声回荡在死寂的机器间，金属锈迹斑斑。他看到前方有一条逃离路线。它们也许比他更快，但他更熟悉巢都。一道门开向一个半坍塌的通道，通往一个废弃的巢都穹顶。如果他进到那里，那它们永远也追不上他。

一个身着红衣、面如镜像的人走到他面前，金属双手抓住了他。那人斩钉截铁地阻止了他，令他的皮肤撕裂，那人却岿然不动，如巢都一般牢牢伫立着。

"对象已俘获。"那人冷漠地说道。

他脚下的地面打开了，他掉了下去。

费伦坐在一个椅子上，被紧紧地束缚着。亮光照进他的双眼，但并不耀眼，他仍能看到在灯光后移动的非人形体。它们是黑色的影子，带着舞动的触手和危险的钳子。他的头上系着软软的垫子。

"第三十一条交战准则是什么？"一个毫无感情的声音说道，十分刺耳。

"对于非交战目标，考虑运用压倒性的兵力。"

"阐明一下。"那个声音说道。

他并不知道答案，却听到自己开口讲道，"恐惧是一种武器。"他思如泉涌。他感到冰冷无比，并不知道自己在哪儿。他身体肿胀，感觉不像是自己。但他并不害怕。

"说出六种渗出高人口密度海洋环境的方法，"那个刺耳的声音响起，"假定需要在战甲、基因种子和人员回收方面取得最佳结果。"

"传送、空中撤离、水下撤出、步行穿越海床。"他说道，话语脱口而出。

"还有更多方法，"那个声音说道，"再来一遍。"

一阵剧烈的疼痛感令他尖叫起来。

数千绿色怪物正朝他冲来，怒吼着不洁的外星话语，挥舞着粗糙的武器。他孤身一人，身着和装甲车一样厚的盔甲，装备着一把可以发射自推进微型导弹的枪械，一发便足以毁灭一个人。像这样的科技足以让他成为自己土地上的国王。

但这并不足以抵挡兽群，他会死的。

他有条不紊地朝着涌来的异形射光他的子弹。

兽人，他的脑海中出现了这个词，他的潜意识为自我意识提供启迪，他挑选出敌军中看起来最强大的兽种，并将之迅速杀死。那些异形体形庞大……

不洁。憎恨它们，他的潜意识说道。

……但从他枪中射出的爆矢弹击穿了异形厚重的头颅，并将之炸开了花。二十发爆矢弹，二十具死尸，每一发子弹消灭一个敌人，没时间再装填了。他扔下爆矢步枪，抽出手枪和刀刃，兽群则向他逼近。他的比例感有些歪曲，他的盔甲显示器向他显示出兽人的高度和质量，其中最小的也比一个成年人类还要高大沉重，他却比所有兽人都要高，除了最大的那些。他的刀有一把剑那么长，但在他手中看起来仅仅是一把匕首。那把手枪看起来也很小，却比他家里的那把步枪还要大。尽管这把刀看起来无足轻重，他却用其轻易地刺穿了第一个兽人的盔甲和胸膛，击碎其胸骨，洞穿其心脏。那个兽人的重量相当大，他却将其抬离了地面。那兽人愤怒无比，肮脏的指甲抓挠着他的盔甲，因此他重重地踢出腿，同时将刀扭出，锯齿状的反向刀刃砍向它。

战士种族，可能起源于生物工程。

……而这一只不肯死去，但它已经跌落在地，倒在费伦的脚边。费伦已经冲向了下一个目标，朝着第二个兽人尖叫的大嘴射出一发子弹，并用刀刺穿了第三个兽人的耳朵，刺入其脑中。他蹲下身，绊倒了第四个，让后面的兽人也纷纷倒地。费伦的行动四平八稳，每一个动作都经过了计算，了结又一个异形的生命。片刻间，他的钴蓝色盔甲便因溅洒的鲜血而染红。濒死的兽人在他脚边挪动，斧子砍在他的盔甲上，大口径子弹击中他。他的战甲仍未受到破坏，却开始承受损伤，一点点失效，直到他头盔中的警告符文从琥珀色闪成了愤怒的红色，他遭受了第一道创伤。

一把刀刺入了他胃部的盔甲间隙，刺穿了他的防护内衣。他杀死了攻击者。

一把由突突作响的能量场包裹的斧子击碎了他的臂甲，溢出的动能僵住了他的手臂。他将那把武器从那个兽人手中拽了过来。

一只手抓住了他的背包，将他向后拉。费伦随之转身，同时弯下腰，爆矢手枪射出一发子弹，炸开了那个兽人的胸腔。

战斗仍在继续。他射光了子弹，将手枪抛弃。他的刀磨钝破碎。他用拳头和双脚战斗，用头猛击，撞碎了乳白色的尖牙。它们仍在朝他涌来，拉扯着他，拖拽着他，直到他被埋在了一堆兽人躯体下，他的双手紧紧掐着最后一个受害者的喉咙，将之扼杀。

十几只肮脏的绿手抓挠着他，拉扯着他的肩甲、头盔和背包。

一把刀触碰到了他的颈部密封，缓缓刺入，令人痛苦。他无视了这份痛苦，决心在他死前掐死最后一个兽人。

他死了。

"再来一遍，"一道电子音脱口而出，"重置场景。增加异形凶残度。刺激对象产生更大的攻击反应。主要目标——在死前提升击杀数。"

费伦感到一阵震荡。

数千绿色怪物正朝他冲来，怒吼着不洁的外星话语，挥舞着粗糙的武器。他孤身一人，身着和装甲车一样厚的盔甲，装备着一把可以发射自推进微型导弹的枪，一发便足以毁灭一个人。像这样的科技足以让他成为自己土地上的国王。

但这并不足以抵挡兽群。

他会死的，而且他非常、非常寒冷。

一阵电击痛感传遍全身。

柔和的音乐响了起来，如此优美，令人着迷。费伦不知道竟会有如此非凡的旋律存在。他以为这是帝皇的音乐。倾听这完美的乐曲几乎令人痛苦，这足以让他忘记自己肉体的苦痛。

他漂浮在一个机器中，被强大的重力场固定着。拿着工具的手臂在他周围翻飞，切割取样，锐利的刀刃和扭曲的针孔刺着他。有的在朝他的身体系统中输入液体，有的则在输出。

附近有人正低声自语，那是一个巨大的机械存在，其上半部分却是怪异的人形。

"你做得很好，306-621-051，"那人说道，"我知道这很疼，但我保证，终有一天这一切会结束，你将会得到自由，效劳于你的使命。"

费伦想要对他呐喊，想要询问原因，想要请求他停下，但他无法说话，而那个生物的注意力已经转向了其他事务。他随着旋律离去，走过一排排机器，那些机器和困住费伦的一样，每一个都装着一具躯体。

更多的电击痛感刺向他。

他的肺中充满了液体，然而他并没有溺死。他的胸中有种陌生的压力，压迫着他的肺部，他则通过这种压力呼吸着。液体很浓稠，让他难以看清，但他猜测自己是在一个管桶中，管桶外面是一个房间。他看到两个模糊的人影在他周围工作着，而第三个人，体形更大，形体暗淡，站在那两个人身后。那两个人在说话，他们的话语因玻璃和液体的阻隔而模糊不清；他仅仅只听清了一小部分，并且并未关注具体内容。

出去，他想。我必须出去！

又一道电击刺入他的躯体，在他的意识大脑中简短地描绘出了他的神经网络。

出去！他尖叫道，话语化作了液体中的湍流。他抽回拳头，击打着管桶的一侧。液体拖拽着他的手，减缓了他的动作，然而他的力量足够强大，打出了响亮的砰声。他的行动使得那两个小人的动作更快了，体形更大的那个人则走上前来。

出去！他再次喊道，这次他的拳头在玻璃上打出了裂痕，玻璃传出一连串尖锐响亮的破裂声。

外面闪起一道红色的光，是紧急警报。

他的第三拳打穿了玻璃。液体突然从基底汩汩而出，他按下排水管的百叶门。管桶向外转开了一半。那两个人向后退开，费伦扑向地面，缠绕的双腿使他被绊倒在地。他试着站起身，但残留的液体让他的身体很湿滑，缠绕的电缆插入嵌在他骨骼中的金属，那股让他打穿玻璃的力量已经消失了。

"放轻松，星际战士大人。"一个人说道。费伦眨了眨眼，让液体流出双眼，以便看清面前之人，他仔细审视着那个男人的外表。一些他并不知晓的信息涌入了脑海。

男性，机械修会次级技师，生物学专业。

他转向第二个人。那人穿着同样的衣服，举止和强化程度也一样，却是个女性。

"您已从长眠中苏醒，"她说道，"您的试炼现在已经结束了。您重生了。"

"你能站起来吗？"第三个人说道。他的声音更加深沉，他盔甲上显示的徽章令费伦想要服从他。另外两个人让开路，他走上前来，伸出手。

费伦看着那覆着铠甲的手指，那只手笨拙而野蛮。

陶钢。他脑海中的声音现在正化作他自己的声音，如此他便能将之与自己的思想相区分。抗高热的高合金陶瓷金属。内衣是塑钢织物。

动力盔甲，他想到。星际战士，白色执政官，他想到，极限战士的古老子团。连长。

这位连长面容严肃，英俊的容貌因超人的体格而显得宽厚，甚至有点丑陋。

费伦握住了他的手。这是自从他有记忆以来，第一次感到不再寒冷。

"我能站起来。"他说道，他的声音也十分陌生。

尽管梅西尼乌斯身着盔甲，但他仍能感觉到费伦强大的握力，梅西尼乌斯将费伦拉了起来。这是他第一次与考尔的造物如此接近，直到这时他才意识到他们有多高。

费伦皮肤煞白，因沉睡时泡在液体中而显得肿胀，但当他的循环系统恢复正常时，他的皮肤看起来像是深棕色的。考尔只会选择最优良的人类样本，因此他从帝国各处搜刮他的对象。梅西尼乌斯好奇集结这样一支大军需要花费怎样的奇才、组织、秘密和谎言。

"欢迎，我的兄弟。"他说道。

"兄弟。"费伦说道，仿佛这个词对他而言很新颖。

他们之间仅仅存在表面上的差别。在被泰拉修会视为基本人类的人口中，人的形态变化广泛，但基因种子的同化作用消除了这一切，从核心重铸一个人，直到他们只剩下些微过去的特征。记忆片段、皮肤特征、身高和体格的些微差别——这些只是一个工匠在同一个制造厂中雕刻不同的武器把手的区别，仅此而已。星际战士看起来很像人类，但他们已不再是真正的人类。他们的性格主要源自其基因种子和战团信仰，而他们生长的环境，或是年幼时期心中的文化，以及让人优于野兽的感情纽带对其品性的影响都很少。

帝皇打造了星际战士，星际战士属于帝皇。星际战士的身上反映出了帝皇的一丝荣光，原铸战士的身上又有多少东西是来源于考尔的呢？梅西尼乌斯想。

费伦盯着他的双手。"我在哪？"一阵非人的平和感传来。普通人会在恐惧中尖叫，或者至少会要求答案，普通的新兵不会展现出这种平静。假死的寒冷已经从他的身体中驱离，但并未离开他的灵魂。

"我是白色执政官的梅西尼乌斯连长。"

"你是一个星际战士，"费伦陈述道，"一个死亡天使。"

"是的，你也一样。"

"他们是神话人物。"费伦说道。他的手指摸索着一块块湿滑的坚硬肌肉，试探性地戳了戳皮肤上的输入接口。那位女技师轻轻伸出手，拔下那些线。她和她的同伴在费伦周围忙活起来。梅西尼乌斯开口了。

"我们不是，"梅西尼乌斯说道，"你活着，我也活着。我们是真实的，我们是泰拉之上的他的士兵。"

"帝皇？"费伦问道。

"是的，帝皇。你知道你是谁吗？"

费伦的目光似乎很茫然，仿佛他并未完全清醒。

"我是费伦，"他轻声说道，"来自达纳五十号巢都，我曾以为那便是整个世界，但事实并非如此。我曾是个男孩，在梦中被带离钢铁之地，穿越童话中的天空。我被打造成了神话中的战士。自从那时起，我便一直在做梦。"他再次在惊叹中伸出手。"现在我醒来了，我看到自己再次站在金属屋顶之下，但这里并非达纳五十号巢都，而我发现，做梦的是那个男孩，而所有的梦魇都是真的。"他略微皱起眉，肿胀的皮肤让这个表情看起来很虚弱，这是情感的复写，"我不再知道我是谁了。"

"你想要成为谁？"

费伦再次低头看着自己。

"我的内心满是战争。战争正在进行，行将取胜。我想要成为我应当成为的样子，我想要效力人类帝皇。"

"忠实心诚？"

费伦看着他，仿佛这个问题难以理解。

"我应该怎样称呼你？你曾是费伦，你仍想要叫那个名字吗？"

"我……我不知道。你会命令我？"

"暂时如此。"

"那么为我取个新名字吧。过去的我已经逝去了，现在的我已经做好了战斗准备。我需要一个名字。"

梅西尼乌斯不由自主地想到了一个古老又鲜为人知的神话。梅西尼乌斯并不知道这个神话起源的文化和时代，只知道保存于他战团智库中的片段，从中他选取了一个曾经与火星同义的名字。

不知怎的，这个名字似乎很恰当。

"那么我将称你为费伦·阿瑞欧斯，你的旧名字源自你的出生地，新名字则源自改变你的这个世界。"

"阿瑞欧斯。"这位战士说道。

他跪下身，像他的所有动作一样笨拙。

"向我下令吧，我的连长。我属于您。"他抬起头，梅西尼乌斯在他的眼中看到了一丝痛苦，"我不知道自己还能做什么。"

"那么跟我来吧，我会让你浴火重生。"

第二十二章

第五舰队的感染

疾病检察官

怪异的传染病

  梅西尼乌斯给了阿瑞欧斯一天的时间进行适应，仅此而已。随后他便让阿瑞欧斯穿上盔甲，并从探索者之王号的其他地方召集了第一批原铸士兵分配给阿瑞欧斯，同时还征用了一艘星系内舰船，带他们前往木星。他与他的新部下一起待在舰船的小货舱中，所有人都坐在货舱两侧的硬长凳上，空空的货物带邋遢缠绕。他有两支半小队，由地狱轰击者等离子枪手和仲裁者组成。他们的队长分别是托特文和伊克瓦，两人来自星域彼端的星球。梅西尼乌斯已经意识到他们仅仅只在基因再编码和奥特拉玛蓝战甲方面具有统一性，而他已经明白自己的任务将会很艰难。

  "我们将参与这场远征？"阿瑞欧斯问道。他的声音有些分散，他们所有人都有些出神，尤其是阿瑞欧斯，仿佛他很难将注意力集中在当前发生的事情上。梅西尼乌斯记得他自己升格为星际战士的时候，他的改变是如此之大，他适应起来是多么困难。作为新兵之主，他曾在战团的新进侦察兵身上看到过这种情形，那是在他们被分配作战任务之前。没有引导的星际战士将会迷失，他们的原始力量将会受到诱惑。出神在年轻的星际战士身上很常见，但他在阿瑞欧斯身上看到的是别的东西。

"我们会的，我们会和第三舰队一同启程。"梅西尼乌斯说道。

"这里有多少舰队？"托特文说道，"我们一无所知，连长。您必须教导我们。"其他几个人低声赞同。梅西尼乌斯在托特文身上瞥见了一个怀疑的灵魂。他是团队中苏醒最久的，也拥有最敏锐的思维。梅西尼乌斯看到了希望，这种冷淡情绪只是暂时的，会过去的。

"集结了十支舰队，"梅西尼乌斯说道，"不全是在太阳系。有六支差不多已准备就绪。"

"我们的目标是什么？"阿瑞欧斯问道。

梅西尼乌斯坐在长凳上，身子向后靠。这艘船很小，被用于在几小时内往返月球和泰拉。在最大功率下需要花费五天时间抵达木星，舰船的引擎竭力呻吟着。

他们对远征一无所知，对帝国当前的状况也知之甚少。梅西尼乌斯将他的新动力拳搁在膝盖上。再次戴上拳套的感觉很好，尽管他还没有熟悉这种感觉。

"你们知道大叛徒荷鲁斯吗？"他问道。

"大魔王。"一位叫基特里的地狱轰击者说道。

"他不是魔鬼，是原体，像基里曼大人一样。帝皇创造了十八个原体，每一个都执掌着一支星际战士军团。在被称为古老长夜的时期——那时人类的首个伟大帝国已然陨落，我们的种族几近灭绝——之后，原体们被创造出来，用于征服银河系。但荷鲁斯在帝皇大捷的巅峰时刻背叛了帝皇，使帝国几近毁灭。荷鲁斯的八个兄弟与他一同倒戈。但还有九位原体仍然忠诚，我们的基因之父便是其中之一。"

"我们知道这段历史，考尔在重塑我们时将之放入了我们的脑海。"伊克瓦说道，他仍然保留着一丝出生地的粗糙口音。和他的同胞们一样，他似乎有点茫然，但梅西尼乌斯猜测，未来他将会成为一个好斗之人。

"但你们还是得听我讲，"梅西尼乌斯说道，"这场战争从未结束。阿巴顿，来自荷鲁斯军团的一位战士，继承了战帅的衣钵，并从那时起便和其他堕落的阿斯塔特军团一同进行着针对帝国的战争。最近，他归来发动了第十三次黑色远征，并以某种方法将银河一分为二。他们称之为大裂隙。"

梅西尼乌斯将一幅地图的数据传输到他们的头盔中，显示出亚空间风暴的参差线条。

"银河南面是帝国圣域，这部分帝国我们已经重新建立了联系，远征的任务便是夺取银河系的南半部。"

"那北面呢？"一位仲裁者问道。

"我们并不知道在那些风暴之外是否还存在什么。风暴可能一直延伸到了最北端，也许另一边什么也没有了。基里曼大人并不相信如此，他相信我们将与失去的星域重新建立联系，但这还有待证明。这部分被称为帝国暗域。"

梅西尼乌斯看着他们所有人。

"战士们，你们从长眠中被唤醒。你们被改变了，你们很困惑。自你们中最年轻的人出生时起，银河系已经改变了许多，但为了我们的种族，我必须劝服你们。你们现在必须效劳，拯救力所能及的一切。托特文、伊克瓦，植入你们左臂甲的装备，里面是不是有个投影设备？"

两位原铸战士看向彼此。

"是，连长。"

"叫我连长兄弟。你们必须学会像兄弟一样尊重彼此，战友情谊是星际战士战团的真正力量，不是盔甲，也不是爆矢枪。"

"是，连长兄弟。"托特文说道。

"那么将我发给你们的图像投射出来。我们很快就会谈及整场远征，但眼下我们有个任务，必须专注其上。这便是阿斯塔特修会的行事方式：集中精力完成分配到的任务。"

梅西尼乌斯向托特文进行数据传输。这位原铸士官翻开手臂上的一个口盖，露出了下面的一个袖珍沉思元件。一个投影镜头闪烁着，托特文进行了些许调整，转动手臂，让木星系的图像漂浮在空空如也的货舱中央。

"这是木星，太阳系最大的造船厂之家，"梅西尼乌斯说道，指着赤道和行星大型卫星周围的轨道船厂格构，"第五舰队三分之一的兵力集结于此，当前有两个战斗群正遭受着起源未知的瘟疫。我们将造访第四个战斗群的旗舰，主席团号战列舰。我的任务是评估他们的准备工作并判断他们是否做好了准备。你们要观察并执行近身护卫任务。"

"您的职责不小。"阿瑞欧斯说道。

"基里曼大人会让其他人实施类似的调查，发动或是停止一支舰队不是我一个人所能决定的,"他说道,"但我们的发现会影响他,而不像其他人。我们的抵达不会事先通知对方。我们的职责很重要,明白这一点。"

"这是什么类型的瘟疫?"阿瑞欧斯问道。

梅西尼乌斯将他的头靠在摇晃的船体上。"让我不会独自前往的瘟疫。"

木星航道如同泰拉周围的天空一样拥挤,他们花了几个小时才顺利通过。最终,他们接近了主席团号。梅西尼乌斯在最后时刻才宣布了他们的抵达,并且很满意地听到了回应军官声音中的一丝惊慌。他们试图拖延,但一展示出原体的授权,这个尝试就被迅速打消了。在梅西尼乌斯明确解释了他的身份后,他们的舰船便被迅速放行。梅西尼乌斯命令驾驶员迅速靠港,以防万一。

一道沉闷的哐当声响彻船体,主席团号的一个对接码头抓住了他们的船。

通信器响起了咔嗒声,托特文向他私下说道:"他们很快就会清醒过来,连长兄弟。"他说道,"您不知道沉睡了这么久是什么感觉,我被复苏时也是同样的情况。"

"也许原体知道。"梅西尼乌斯说道。

"也许他的确知道。"托特文说道。

主席团号的对接码头最终锁定住了他们,舰船略微震颤,流明灯在气闸门周围亮起。

"开门吧,船长。"梅西尼乌斯发出通信。

一声尖锐的警笛传出,内部闸门打开了。他们本可打开两道门的,但梅西尼乌斯想要保持这艘船的生物洁净,因此他们走入气闸,等候着内门再次关上,随后梅西尼乌斯按下了外门的开关。

外门卷入船体中,另一边伸出了一个廊桥,顶部空无一物,只有从女像柱张开的双臂中产生的大气能量护盾。一位后勤部官员正等候着他们,两侧站着两个拿着长鼻状生物扫描仪的人。他们全都穿着重型环境服,如此小的一支欢迎队伍让梅西尼乌斯感到疑虑。

"梅西尼乌斯连长,我们并未预料到您的到访,"那位后勤官说道,"我是一名三级后勤官,第五舰队塞拉斯图斯战斗群、塞克斯图斯战斗群和塞普蒂默斯战斗群的疾病检察官。我想您是来检查我们应对这场传染病的进展的。"

"你的设想没错,你叫什么名字?"梅西尼乌斯问道。

"我的名字是萨拉·特菲瑟,连长。"她说道,双眼瞥向梅西尼乌斯身后的原铸战士。这些人也许是她见到的第一批原铸战士,关于他们的猜想广为流传。特菲瑟很专业,这微小的眼神动作是她仅有的好奇表现。

开放的码头让他们能够清楚地看到主席团号的侧面。镀着闪亮金属的雕像以精巧的阵列矗立在关闭的宏炮口之间,外部扶壁比例匀称。帝国舰船大都很粗俗,但这艘不是。

"这是一艘优美的舰船,疾病检察官特菲瑟。"梅西尼乌斯说道。

他向前走上码头。特菲瑟举起了一只手,他停在了气闸边缘,高耸在特菲瑟面前。在那个透明的圆筒状头盔中的是一副年轻的面孔,并未显露出阿斯塔特恐惧症的迹象。

"还请您见谅,在我们对你们完成污染物扫描之前,请不要踏上这艘船。我们不得不保持警惕。如果这让我们看起来不太友善,那我很抱歉。可以吗?"

"开始吧,"梅西尼乌斯说道,"请便。"

那两个人走上前来,比那位后勤官更加紧张,扫描仪的漏斗扫过所有星际战士,呼哧作响。此外,他们还扫描了气闸内部。他们查阅了一下处理器顶部的面板,按下覆着塑料保护层的按钮,然后等候结果。流明灯亮起绿色。

"他们没有被污染。"一个人说道。

那位后勤官站到一旁。"那么欢迎来到不屈远征第五舰队,塞拉斯图斯战斗群指挥舰主席团号,梅西尼乌斯连长。"

梅西尼乌斯走上码头。

"您得到这边来,"那位后勤官说道,"拜托了,我们最好快点。"

在他们接近对接码头远端虚空闸的同时,那道门打开了,第二支队伍走了出来。一个戴着闪亮的青铜头盔和士官胸章的人率领着二十位身着虚空强化盔甲的武装兵,还有一位海军候补少尉伴随着他们。

"疾病检察官特菲瑟,"那位军官说道,"你来得很快啊。"

"保持这艘船的生物清洁是很有必要的,候补少尉萨韦。"

"即便是他们?"他说道。他的士兵们在码头两侧列队,梅西尼乌斯漫无目的地计算着威胁。他感觉到这里有些不对劲。他不再漫无目的,而是将目标分配给他的每个战士。

梅西尼乌斯走上前。"特别是我们,"他说道,"我们应当得到与他人完全一样的待遇。这是人类的远征。例外会滋生怨恨,这会让我们所有人都暴露在危险之中。"

"抱歉,大人,"萨韦说道,咔嗒一并脚后跟,略微鞠躬,"阿斯塔特修会的率直总是直切糟糕问题的要害。我恳请您原谅,并请您跟我们走。"

梅西尼乌斯低头看向特菲瑟,她直盯着前方。

"不了,"他说道,"疾病检察官特菲瑟将会是我的联络人,我相信她的专业知识能够以最清楚的方式解释这里发生的事。"

"我理解,"萨韦说道,"但韦什特舰长坚持要求您跟我前去指挥甲板,在那里您可直接与战斗群准将讨论这些事宜。"

"我更倾向于与她讨论,"梅西尼乌斯说道,他开始向前迈步,巨大的体形足以威慑士兵们,他们纷纷为他让开路,"兄弟们,尊敬地护送特菲瑟夫人和她的手下。"

星际战士们走向气闸,在后勤官和武装兵之间组成了一道移动屏障,气闸仍关着。

"连长大人……"

"现在打开这道门,"梅西尼乌斯说道,"如果你对我的职权或是行动有任何问题的话,那么我建议你去找复仇之子本人。"

气闸打开了。

"关闭小队通信,激活奥米克戎级密码,"他对手下说道,"我可不想让这些人听到我们说的话。"

这艘船正处于备战的痛苦之中,内部每一层都在进行各种工作,脚手架覆盖着大片墙壁,次级运输管道上满是从头开到尾的补给手推车。在他们从对接码头前往上层建筑的升降机枢纽的主干道上,舰员列车来回经过了三次。所有舰员都在忙碌,喊叫声和机器工具声回荡在每个走廊和每个大厅。没有人给予星际战士太多关注,即使当他们意识到那是原铸战士时,他们也只是好奇地多瞥了几眼,而所有人都迅速地让开了路。

他们跟着那位后勤官走过人群,梅西尼乌斯一言不发,他更愿意观察,举止小心谨慎。疯狂的备战步伐并未让他相信第五舰队已做好准备。人群中有些军官盯着他们，还有几个人很不专业地跟踪着他们。

他们抵达了一个限制升降机前，特菲瑟用数据杖将之打开。他们走了进去，并关上了门，隔绝了大枢纽中的噪声。升降机呼啸着加速进入战列舰高耸的尖塔。

"原体担心这个问题还未解决。"梅西尼乌斯说道。

"我们正竭尽所能消灭这个传染病。"特菲瑟说道。

"然而这个病仍在传播。"

特菲瑟紧张地点点头。"我们马上就会讨论这个问题，拜托了。这里太……不慎重了。"

她摘下了头盔，梅西尼乌斯能够看到她有多么疲惫。她的黑眼圈很大，皮肤蜡黄。尽管这身虚空服很庞大，并且在正常情况下难以行动，但她并未脱下这身衣服。

升降机迅速减速，将他们送到了三号指挥尖塔中层的房间。海军医疗队的男男女女们极其小心地在不同的房间之间走动着，每个房间都关闭着，气闸配备着圣洁结界和询问许可问题的机魂。

她带领他们走向一个房间。"在这儿等着。"她告诉她的两位随从。气闸外门打开了，星际战士们不得不弯腰走进去。这些气闸是新添加的，大小只适合普通人类。墙壁中的生物扫描仪发出嗡嗡声和咔嗒声，在一分钟后响起了放行的铃声，内门打开了，里面是一间空荡荡的实验室。

"开启照明。"特菲瑟说道。流明灯缓缓亮起，仿佛因为被唤醒而感到愠怒。她走向一个看起来格格不入的控制台，按下一个按钮。信息反馈入梅西尼乌斯的头盔，一个闪烁的符文提醒他通信屏蔽已激活。

塑料包裹的设备静静地放在房间中。特菲瑟走到实验室中央，转身面对星际战士。梅西尼乌斯的内心发出咒骂，如果这是作战态势，那他已经无意中走进了一场伏击中。对此他半信半疑。

"我必须长话短说，"特菲瑟说道，"我很高兴您来到了这里，在控制疾病方面我们并未取得进展。塞克斯图斯战斗群和塞普蒂默斯战斗群已经隔离了数周，与我们相隔离，与木星相隔离，并且相互隔离，然而疾病仍然在这些战斗群的舰船之间传播。"

梅西尼乌斯喉咙中发出的声音通过他的通信发射器传了出来，如同一声咆哮。

"造船厂目前有任何感染吗？"

"目前，只有第五舰队遭受了感染。"特菲瑟说道。她靠在一个工作台上，发出一声不自觉的疲惫叹息。"有时候我觉得我们被特意针对了，这种疾病并非自然。"她说道。

"为何这么说？"

"在我被招募进后勤部之前，我曾跟随过星界军的医务统领，"她说道，"传染病部。我见过各种类型的疾病，像这样具有高度诱变效应的疾病很罕见。这种病具有灵能性质，与亚空间有接触。"

"你对我的到来感到宽慰，在这个房间，你付出了你全部的坦诚，"梅西尼乌斯说道，"你想要我将这个情况报告给原体，而你一直无法这么做。"

"在我了解到您的到来时，我就竭力确保是由我来迎接您。我们无法控制这次的传染病，连长。这非我们所能及，只有……"她踌躇了，看起来有些害怕。"只有一个组织有能力应对像这样的传染病，"她尽力保持平静，但过快的语速让她显得难以平静，"最好通知他们。"

通信屏蔽的嗡嗡声让梅西尼乌斯感到恼火，因此他解开头盔，摘了下来。实验室中的空气很干，显然已经被过滤了许多次。

"你试过联系更高层吗？"

"我试过，"特菲瑟说道，"但我的建议被无视了。我尝试将我关于这件事的调查结果与我在后勤部中的上级进行讨论，却被拦截压制了下来。我被孤立了。"

"为什么？"

她改变姿态，靠在工作台边缘，说："您看到了为您准备的接待，我相信您能猜到。"她看了看天花板，看了看闸门，又看了看流明灯。我在被监视，她的目光这么说。通信屏蔽显然并不够。

"迁就一下我，"梅西尼乌斯说道，"我会听听你的假设，我的兄弟们会从你的推论中受益。"他稍微提高了音量，如此任何在监听的人都能听到。"你没什么可害怕的，我会确保这一点。"

特菲瑟思忖片刻。

"他们不想让你知道。关于哪支舰队首先离开泰拉，许多人的声誉都系于此。"她说道。

"舰队司令普拉索里乌斯大人知道这点吗？"梅西尼乌斯谨慎地问道。

"知道？当然。他完全知道这对他的下级指挥官而言有多重要，对他也一样。如果你问，他是否有牵涉进这里的情况，压制我们在此面对的疫情本质，那我不这么认为，"特菲瑟说道，"普拉索里乌斯大人是一位勤勉、值得尊敬的人。我相信他并不知道这场疫情暴发的严重性。

"他们说，不屈远征是自伟大远征以来最大的一场军事事业。即便事实并非如此，这也已经是帝国在三千年间发动的最大的一场行动了，单单第一舰队的规模便足以匹敌太阳统帅马卡里乌斯的大军这一事实就足以证明这一点。那时，每个阶级的每个家族都牵涉进了这场远征，任何值得注意的世界都有利益牵涉其中，千古一时，在此赢得的声誉和财富将会延续数千年之久，那些赢得至上荣光的组织和世界将会诞生出帝国未来的达官显贵。想象一下，成为首支离开泰拉的舰队中的一员，这是多么令人骄傲。"

"想象一下成为一场失败中的一员有多耻辱。"梅西尼乌斯怒气冲冲。人类的未来因为短视和谋取私利之人而处于危险之中，人总是如此，新的贸易路线、土地的赏赐、荣誉、官职，这一切都是人们所渴望的，这一切都令人们对危险视而不见。

"我是这么想的，"她委婉地说道，"在对第五舰队负责的人中，有些人对效力帝皇的渴望远超一切。他们并不明白这场疫情暴发所产生的危险，否则他们会将其严重性汇报给外部当局，并且请求修改启程日期。相反，他们相信他们能控制住疫情。他们错了。"

"我明白了，"梅西尼乌斯说道，"你有受到威胁吗？"

"还没有。"

"你要跟我来，"梅西尼乌斯说道，"我们会将这条信息一同亲自传递给原体，但我应该获取一些关于这场疾病的亲身经历。我们所了解的少量信息很混乱，我听说有暗示这里发生过暴力行为。"

特菲瑟点了点头："的确有，但很少。"

"我需要亲自看看，没有人能否决我的话。"

"我想那样最好。"

"在路上时，"梅西尼乌斯说道，"我会与韦什特舰长交谈。"

"那我会为你们准备好净化设施，"特菲瑟说道，从腰带上解下她的头盔，"你们会需要的。"

第二十三章

死亡噬菌体

艾迪欧斯

战斗考验

　　他们迅速离开了主席团号,选择了最直接的路线以追求速度,他们知道不论走到哪里都被监视着。梅西尼乌斯发起了与韦什特的谈话,直截了当地表明了他的意图。梅西尼乌斯有很小的概率会被灭口,他确定这个风险足够小。他判断大胆的行为会让他更快地取得结果,而事实证明他是对的。

　　一小时后,他们穿越了几千千米来到巡洋舰艾迪欧斯号,并在此着陆。这艘船处于低功率运行状态,只有舷灯和信标亮着。机库舱很黑暗,尽管舱门打开着,却没有开启大气场。护盾已经降下,主发动机也已经关闭。它的姊妹舰也都一样,全都如同墓冢一般黑暗寂静,只有它们的灯光和固定的阵型才显露出它们并非幽灵船,船上仍有一些秩序。

　　他们直接停靠在了主飞行甲板旁的一个港口。特菲瑟跟着他们走上了着陆甲板,这里很黑暗,空气在表面上结成了冰。周围有许多堆积的补给品,但就像舰船上的穿梭机一样,它们全都覆盖着防水油布,固定在原地。

　　这里与主席团号上的情形完全不同。这里的人很少,仅有的那些人都从头到脚穿戴着恶劣环境服或虚空服。他们接受到的欢迎也完全不同,三位疲惫不堪的军官接待了他们,一位海军中尉和两位少尉。他们全都流露出和特菲瑟一样的宽慰。

"所以，救援来了？"一位少尉问道。他的声音很绝望，仿佛他已经放弃了。

"会来的，"梅西尼乌斯说道，"你们的舰员在哪？已经死了这么多人了吗？"

"所有舰员都被限制在营舍中。我们对所有非重要区域都实施了排气减压，减缓了传播。至少在这方面，这种疾病和普通的疾病一样，"特菲瑟说道，"艾迪欧斯号的感染并不是很严重，但已经有……"

"今天有六例，"那位中尉说道，"总共九百一十三例死亡，是我们舰员人数的百分之八。"

"实属不幸，但对于这样一艘规模的舰船而言，几乎算不上是灾难。"梅西尼乌斯说道。

"疾病本身并非主要问题，"特菲瑟说道，"但在少数罕见的病例中，得病之后出现的情况不可能——"

一道短促的警报声打断了他们，舰船的通信发射器系统响起了一道通知。

"全员注意，艾普西隆区一百零六号甲板出现轻微显灵。传染已控制。预计存在少量。武装兵已前去交战。远离这块区域，直到另行通知。"

"您想要看看问题所在，"特菲瑟说道，"这便是您的机会。"

"什么样的存在？"托特文问道。

"疾病，"特菲瑟说道，"会产生某种显灵……"

"那么会有战斗了。"托特文说道。

那位中尉点点头。"这是个游离者。有时候感染者在我们能治疗他们之前便逃离了，并躲到了某个偏僻地方，直到他们……"他咽了口水，"直到他们发育成熟，然后我们便会发生这样的情况。我们欢迎您提供任何帮助。"

他的话语才落下不久，便传来了一阵咔嗒声和嘎吱声，星际战士们激活了他们的武器。

"我们即刻动身。"梅西尼乌斯说道。

"您已能够使用我们的内部占卜仪。"那位中尉在他们身后喊道。

梅西尼乌斯和他的手下已经走出了门，前往舰船的加压区域。

来自艾迪欧斯号的信息显示在了他的头盔上，不论那是什么东西，他都会在其造成任何真正伤害前将之杀死。地图指引他向前，他们的目标是一个跳动的点。投身行动令他精神振奋。在泰拉，他花费了数月的冗长时间，为各种细节烦恼，警惕着随时可能到来的攻击。战斗才是他的归属。他的肌肉平稳摆动，他的盔甲系统呼呼作响；数个小时的维护和调整让他的盔甲达到了他几年间都未曾享有的运行水平。他的新型等离子手枪插在大腿上的枪套中，他的动力拳包裹着他的右臂，拳套的重量由固定在顶部和底部的一对硬币大小的悬挂器所抵消，但反重力设备无法改变其体积，而他还尚未将他的跑步姿态调整到满意状态。

这是他唯一注意到的缺点，他所经过的人不会看出他的奔跑有什么毛病。在动力盔甲辅助肌肉系统的帮助下，他跑得跟马一样快。要是他以这般速度冲入战场，他会和冲锋的骑兵一样造成极大冲击。为免战士们冲过甲板的轰鸣声不足以为他们开路，他将通信发射器调至最大输出，发出咆哮。

"注意！注意！为帝皇的审判让开路！"

阿瑞欧斯跑在他的身旁，十位原铸星际战士在他们身后排成两列。梅西尼乌斯在冲刺，他们却是在大步慢跑，他怀疑他们能够超越他。原铸星际战士更壮硕，盔甲更强大，他们以他的步伐奔跑是出于尊重。梅西尼乌斯好奇，在即将来临的战斗中，他们会如何表现。

水兵和仆人从他们的路上逃散开。即便以普通人的标准而言，他们也都很矮小。一艘帝国战舰上的生活并不轻松，他们的食物足够存活，但并不足以让他们的身体发挥其全部潜能。下层甲板深处就和下巢一样拥挤又肮脏，难怪疾病会在这样的地方肆虐。如果星际战士们撞倒了一个舰员，他们会将其碾死，而星际战士们几乎不会被绊倒。梅西尼乌斯并不想伤害他们，因此他一遍又一遍吼出他的警告。如果有人挡住了他的路，那他也不会停下。职责第一。

舰船的墙壁迅速掠过，暗淡的流明灯化作一条条灯带，支柱和凹陷的门道之间的庇护所中露出一张张苍白的面孔，注视着他们。每个打开的舱壁门中都能看到凡人舰员匆忙跑开，仿佛食品柜中受惊的老鼠，星际战士们则继续前行。这些人太过卑微，无法拥有全身防护，仅仅只配备了呼吸器。

舰船的行动室传来了一条数据，弹入他的头盔。他将之打开，看到了一幅关于侵袭区域的精细光织地图。这个区域是某种竖井，他调出相关细节，看到这是一个换气口，用于在虚空排放后将新鲜的混合空气传输到船舱中，但传输门已经关闭，这里只有四条路进出。换气口和升降扶梯的面积比其高度要大出三倍，提供了良好的射界。这些因素有利于他的队伍。

旋转的红点标示出敌人。跳动的绿点则显示出发现敌人的舰队武装兵的位置，一个标准的十人巡逻队现在只剩下六人。与此同时又一个绿点被闪烁的红点淹没而消失，红点已经突破了武装兵并冲向一个通往舰船中线的走廊。他们遭到了来自舰脊方向的第二支巡逻队的拦截，但那些人守不了太久。这是个坏消息，梅西尼乌斯发出不悦的咕哝声。他将数据传输给他的小队。

"加快脚步。"他说道，驱使自己跑得更快，同时也知道原铸战士们能轻易跟上他。

几秒钟后，他们听到了海军霰弹枪在密闭空间中开火的嘈杂金属声、人的喊叫声以及刺耳骇人的嗡嗡声，令梅西尼乌斯的牙龈感到疼痛。

"散开交战，"他说道，在地图上为每个小队标示出目的地，"地狱轰击者，朝外墙射击时要小心。我们与虚空之间隔了好几米厚的装甲，但不要冒险，不要出现意外的舰体破裂。"

他们沿着走廊冲向竖井，那里进行着自人类起源起便肆虐至今的人兽之战，彼时梦魇在梦境之地中侵袭萨满，与异界生物的契约导致尘世的流血杀戮。梅西尼乌斯现在知道他们在这里对付的是什么了。

恶魔瘟疫。

梅西尼乌斯第一个冲入战斗。他紧紧握住那硕大的拳套，激活了能量场。他的左手尽可能轻柔地推开一个武装兵，在那个士兵倒向一侧时跃了过去。他们的到来令那个士兵震惊不已，他笨拙地向后爬，双手抱住膝盖，缩成一团。阿瑞欧斯的脚踩碎了那人的霰弹枪，就像是踩灭一根火柴。此时，梅西尼乌斯已经发起了攻击，他那巨大的动力拳挥向一个流着口水的亚空间恶魔，将之彻底毁灭。

墙上粘着一具干瘪的尸骸，较为显眼。他身上的茧从内部爆开，涌出一群无生者。敌人到处都是，数量远比梅西尼乌斯的仪器上显示的多得多。这些都是低等怪物，不是统治天界的那群大魔王的仆人，而是一些可怜灵魂的腐化肉体。它们很小，近乎球形，不同长度的触手让它们的体形显得很不匀称。一张咔嚓作响的巨嘴占据了它们形体上的大半部分，其唯一的目的便是杀戮。它们的牙齿组成了一只巨大的眼睛，似乎比身体还要大，仿佛是从亚空间中凝视着人类世界。两对参差不齐的翅膀在身后拍动着，模糊不清。

梅西尼乌斯和阿瑞欧斯发起猛攻，肃清了走廊的最后几米。这些生物的速度很快，有几只躲开了梅西尼乌斯的拳头和阿瑞欧斯的利剑，却遭到了来自后方战士们的围攻，然而至今仍无人射出一发爆矢弹或是等离子束。

他们抵达了环绕竖井中心中空区域的三条升降扶梯的中央。这些扶梯很宽，由耐用的开敞格子打造，以促进空气在通风井中上下流通。梅西尼乌斯的战士们散开来，将爆矢步枪扛于肩上，一边奔跑一边开火。梅西尼乌斯密切地观察着他们，这是他第一次看到他们投入行动，他对他们的效率很满意。他们实施的交叉火力很完美，也不像他所害怕的那样在战斗中行动僵硬。

他的仲裁者们挤在一起，让托特文的地狱轰击者能够开火。恶魔以令人目眩的速度飞掠墙壁，等离子流点亮了密闭的空间，追逐着那些怪物，划过金属，留下大量熔化的橙色油液。当能量接触到目标时，那些怪物便爆炸了。

"这些怪物头脑简单，"梅西尼乌斯发出通信，"包围并消灭它们。"他检查了下地图。通风井中的红点数量正在减少，有许多已被放逐，但有一小群正通过走廊逃入舰船中，那里的第二支武装兵小队已经备受压力。他抬头看向顶层的走廊入口处，看到怪物们正像下水道的污水一般涌向那个开口。

他估算了下怪物的数量，做出了决定。

"阿瑞欧斯，你来指挥，"梅西尼乌斯说道，"杀死不属于这里的所有怪物。"

在这位副官质疑他的命令前，梅西尼乌斯已经前去援助武装兵了。依照谨慎的战术，他应该带上一支小队的。

他需要战斗。事实上，这些微不足道的敌人几乎没有让他流汗。

他冲上连接第二层和第三层的楼梯，爆矢弹的爆炸和等离子束在他周围闪烁。他将冲向开口的那些怪兽留给自己的手下，自己则冲入敌群，开始拳脚相加，杀向武装兵们的位置。他拔出了自己的等离子手枪，向后射击，焚灭了一只只下颌上的眼睛。

武装兵们就在前方，在一堵低等恶魔组成的墙后。梅西尼乌斯现在正身处兽群之中，而它们试图伤害他。它们的牙齿紧咬着他的手臂和腿部，翅膀拍打着他。他的盔甲探测到怪物的分泌物中有腐蚀性物质，并响起了警告，但他并未理会，而是利用自己作为诱饵，吸引那些怪物远离羸弱的凡人，如此他便能消灭这些怪物。

梅西尼乌斯从怪物堆中走了出来，唱着白色执政官的战歌，浑身鲜血淋漓。

另一边的武装兵第一眼看到他时直往后退缩，随后便欢呼起来，为他杀死了敌人而喝彩。在武装兵无情的火力和梅西尼乌斯的猛攻下，恶魔很快便被消灭了。

"阿瑞欧斯？"他平静了下来，自己的一些沮丧情绪已随着战斗而消逝。

"所有亚空间异形已死，连长兄弟。"

梅西尼乌斯检查了下他的仪器。在各个方向上，他的头盔都显示威胁程度为零。

"你们，"他用动力拳的一根巨大手指指着那些武装兵说道，"回到通风井加入你们的战友，并等候任务报告。"

武装兵们鞠了个躬，表示感谢。在幸存于这场攻击后，他们现在感到欣喜若狂。尽管他们自身并无罪孽，但在暴露于恶魔之后，他们必须经历的信仰磨炼定会磨灭他们的心情，梅西尼乌斯想。

他们踏着步离开了。

最后一群怪物融化作一摊黑色的液体，梅西尼乌斯抑制住想要擦掉怪物溶解残骸的渴望。恶魔的血块已经够糟糕了，但他们溶化留下的淤泥如同魔鬼一般紧贴在陶钢上，让他怀疑这是故意为之，是恶魔的最后一丝恶意之举。他看着触手干瘪蜕皮，暴露出巨眼，随后如同火炉中的蜡像一般溶解。有毒气体飘了起来，通过与尘世的某种巫术作用而令空气受热。那摊泥收缩化为绿色的污迹，粘在甲板上，如同混凝塑一般坚固。梅西尼乌斯想，舰队中有多少人落得了这般结局，躯体被无生者所篡夺。

他再次扫视周围环境，从舰船的内部占卜仪中收集数据，强化他战甲上的有限的传感器。

梅西尼乌斯最后看了一眼走廊。腐败的恶臭弥漫空中，他操控舰船机魂，关闭了最近的气压门，并标示出战斗的位置，将之发送给舰船的指挥层。让他们决定该怎么做吧，他们要么会派遣水兵清理这片混乱，然后让教士为受到玷污的金属赐福，并永久性地封闭这个船舱，要么直接将这个船舱排入虚空，希望无垠的太空会吸收这次侵袭的污染。两者皆可行，这不是他所关心的。

"小队，重组，"他发出通信，"集结武装兵，别让他们离开。不要影响盔甲的完整性，戴好头盔，有效实施虚空密封协议。"

他返回了通风井。

第二十四章

打得漂亮

净化

战士的作风

    阿瑞欧斯和他的战士们在幸存的武装兵周围立正。

    梅西尼乌斯看向这些凡人，其中许多人都流露出了常见的恐惧迹象。这些恶魔只是劣等怪物，但它们仍在凡人的内心造成了异常的恐惧感，这与凡人的软弱无关。另外一些人似乎察觉到了接下来会发生什么，因此只是安静地坐着。其中一个人反复朝着星际战士们高呼经文片段，要求他们与他一同祈祷，但战士们无视了他。

    "打得漂亮。"梅西尼乌斯对阿瑞欧斯说道。

    "然而我们仍未经受考验，"阿瑞欧斯说道，"这场战斗并不足以构成挑战。"他仍不在状态，有些出神，说话与互动的方式和他战斗时一样机械呆板。

    "这由我来判断，阿瑞欧斯兄弟，而我需要你的帮助，我要求你对今天在场所有人的作战能力进行全面汇报。"

    "遵命，连长兄弟。"

    梅西尼乌斯向特菲瑟发出通信。"你是对的，我们的设备需要净化。这些怪物是异界的敌人，他们对战甲产生的效果很难预测，即便是在死后。你在船上有净化设施吗？"

"有，您会被立刻带到那里。您掌握的证据足够了吗？"

"够多了。回到我们的船上，在那里等我，你要跟我们返回泰拉。如果有人试图扣留你，那就以原体之名威胁他们。"

"这些亚空间生物，它们有那么危险？"阿瑞欧斯说道，"这些生物看起来没那么致命。"

"它们比你想象的更加致命。"梅西尼乌斯说道。

"这就是我们在这里看守着这些人的原因？他们打得很漂亮，我感觉……"阿瑞欧斯将公开声音通信切换为了私人通信频道，发出了一道咔嗒声，他学得很快，"我们在因他们履行了职责而惩罚他们。"

阿瑞欧斯对凡人的关切让梅西尼乌斯意识到他来自一个迥然不同的时代。作为一位白色执政官，梅西尼乌斯认为每个人类的生命都很宝贵；然而他们也只是等式中的一部分，必须与其他问题相互权衡。这个时代没有为了行善而为善的奢侈，那属于旧时代。

"几个人的死亡与这艘船的潜在损失相比不值一提。无生者显灵很危险，但最终处理起来很简单。尽管它们很强大，武艺娴熟，速度快得超乎自然，一发爆矢弹或是一把剑刃就能够像杀死凡人一样轻易杀死它们。我们必须保持警惕的是那些藏于幕后的恶魔，它们会侵入人的灵魂，让人们背叛他们的同胞。

"亚空间怪物以扭曲活者的精神为乐，对于它们而言，这是项娱乐活动。如果它们发现一个人具有潜在的灵能诅咒，那么它们会利用这个人在空间中撕开一道窟窿，让恶魔群侵入物质界。我曾目睹这样的事发生。我们今天所对付的这些可悲怪物不值一提，那些服侍于所谓黑暗诸神的怪物才是致命的敌人。这里的问题在于传染病，它为显灵提供了载体。这是场灾难，在离泰拉如此近的地方。"他摇了摇头。

"这些凡人会被处死吗？"阿瑞欧斯问道，他那惯常冷漠的声音有所提高。

"也许不会。他们是虚空海员，即便他们并不真正了解我们所面对的怪物，也曾听说过传闻。有时候，一点小小的预警能够为他们的灵魂提供防御。如果他们被认为没得病，那么我相信他们不会受到伤害。"

阿瑞欧斯点点头。"为何我的催眠输入信息中并未包含这些事物的数据？于我而言它们在各方面都是一种全新的敌人。滋生怪物、恶魔的疾病，在我的时代，这些事物都是民间传说。"

"千年来，恶魔存在的信息都被封杀了，"梅西尼乌斯说道，"即便是我们，死亡天使，也不应该了解亚空间的野兽，然而在实践中，我从未见过任何一位上了年纪的星际战士还没有遭遇过它们的。但在过去，的确有一整个战团在对抗亚空间孽物的战役后被清理了记忆或是彻底洗脑。在如今这样的时期，这种封杀信息的方式实属浪费，毫无意义。"

"谁负责做这些事？"

"审判庭。"梅西尼乌斯说道。

"帝皇的代理人？"

"是的。"

"他们会对抗忠诚的星际战士，就像我们可能一同责罚这些勇敢的人一样？"

"他们不仅会，还会这么做，"梅西尼乌斯说道，"在这个时代，有些东西远比不公更可怕。"

"我被教导过说，帝皇会保佑我们。"

"他不是神，"梅西尼乌斯说道，"记住这一点。他不可能无处不在。"

"我还有许多东西需要学习。"阿瑞欧斯说道。

"我会教导你的。"梅西尼乌斯犹豫了，若有所思，"有趣的是，考尔居然遵循了审判庭关于大禁令的准则。我相信他不可能不知道亚空间的真相，而且他对其他禁令漠不关心。"

"也许是因为我们那个时代，"阿瑞欧斯说道，"他很久以前便开始了他的项目，也许那时候他这么做更安全些。"

梅西尼乌斯瞥向这位年轻的星际战士，这个人在各种意义上都比梅西尼乌斯更老。"这种想法很好。"

"也许这是错的。"阿瑞欧斯说道。尽管他是出于合理推论而非谦虚，梅西尼乌斯想。

"是的，"梅西尼乌斯说道，"知道得这么少，你应该感到欣慰。据说，这些事物的知识会腐化人心。也许考尔不想让你们的创造引起注意。你沉睡了很长时间，我还听说，连梦境中都潜伏着间谍。如果这些怪物隐藏在细菌之中，我也毫不怀疑。"

梅西尼乌斯还能讲述更多关于他曾面对过的恐怖之物，以及他所了解的关于天界的秘密，但他克制住了。即便是想起这些事物都令人感到不对劲，仿佛这会吸引来自舰船外不必要的注意。

"阿瑞欧斯。"梅西尼乌斯说道。

"连长。"

"下次战斗时，给自己一些自由。你的技巧很完美，但你必须学会流动性。技巧能被识破，热情却不会。直觉会给予你优势。"

"是，连长兄弟。"

梅西尼乌斯继续与他的其他手下交谈，他对每个人都给予了类似的建议。

他们的交流被更多武装兵和舰船高级教士的到来所打断。

"全连，出发！"梅西尼乌斯说道。在他的手下列队走过门口时，他示意队伍中的高级教士靠近他。"尽可能好地对待这些人，"他说道，"他们打了个漂亮仗，他们毫无畏惧地履行了职责。"

星际战士们分为两组，由仆人引向一个净化室，利用高压圣水软管进行洗消。梅西尼乌斯等待着他的第一组战士通过，密切注视着他们的反应。原铸战士并没有什么意想不到的举动，始终冷冷淡淡。他加入了第二组，并示意阿瑞欧斯跟着他。高压水冲洗着他，同时一个国教教士吟咏着驱魔仪式，梅西尼乌斯之所以容忍这些废话，只是因为这很有效。他进行了片刻的冥想，水击打在他的战甲上，黑色的液体流入排水管，汩汩作响。

结束后，他走入第二个房间，在这里，在更多吟咏教士的注视下，身着防护服的仆人们清理着星际战士盔甲关节中的残渣。他们的歌声令梅西尼乌斯感到恼火。他和原体一样，根本不相信帝皇的神性。但似乎无生者和任何教士一样都对此满怀热忱的信仰，且为之害怕。

阿瑞欧斯定是捕捉到了这一点，他向梅西尼乌斯发出私人通信。

"您告诉我说星际战士并不崇拜帝皇。"阿瑞欧斯说道。

"没错，帝皇不是神。在他行于人世间时，他告诉过所有愿意聆听的人，他不是神。人们并未听进，我们则相反。"

耐心的奴仆用小撬子清理着他们盔甲的裂缝。梅西尼乌斯容忍他们的存在，就像是大型掠食者容忍小动物清理寄生虫一样。

"我的人民将他视为神。"阿瑞欧斯说道。

"忘掉那些吧,你的信仰是错误的。"

"那么为何你要听这些教士的话?为何他们还在这里?为何你谈及信仰和祈祷的力量,还听从着牧师和战团教派战斗礼拜?"

梅西尼乌斯踌躇了,阿瑞欧斯想要理解的事物很难解释。"信仰和真理之间是有区别的,"他说道,"这是我的理解。你会听到别的说法,但信仰自有其力量。这些人相信帝皇是个神,正是这份信仰保佑着他们,而非帝皇。因为亚空间的生物和巫术诞生于精神,所以一个强大的精神便能保护自己免遭侵害,不论这份力量来源于何处。想象一座以帝皇之名建立起来的要塞,由他的教士们祝福圣化。也许帝皇并未倾听他们——他不是个神,但他的强大远超凡人所能理解。不论他是否保佑众生,圣人的话语都毫无作用,但那堵城墙仍然挺立。一道固若金汤的城墙比得上一千次祈祷。"

小撬子清理着他盔甲的边缘和沟槽,一条条黑色的干枯脓液被小心翼翼地放入瓶子中,之后会用结界羊皮纸将之封上。

"我认为信仰就像是这样,"梅西尼乌斯说道,"它能强化精神,就像是防止理智崩溃的城墙支柱,但那并不意味着信仰就是真的。比如,你的创造者考尔,他信仰他的机械神。那能保佑他或是他的奇怪同类?我大胆地说,能,否则机械教的所有世界都会堕入混沌。机械神和帝皇并不一样。考尔只是以另一种方式来阐释,他对自己怀有信仰。因此我推断,一切信仰都有其效力。我们阿斯塔特修会对我们的使命怀有信仰,对我们的战甲和帝皇的赐礼怀有信仰,这使我们强大无比。"

"我们只是在讨论语义问题。"阿瑞欧斯说道,他的语气始终都很轻柔,若有所思。

"那么对此感到欣慰吧,我们是为战争而生,只有有限的时间讨论这些。言谈并非战士的作风。"

"我们现在有时间了。"

梅西尼乌斯看向奴仆们,他们仍在小心翼翼地刮出每一丝亚空间物质。他们还会工作好一会儿。

"的确。"梅西尼乌斯承认。

"关于帝皇的本质,我们能通过观察他的子嗣而得出结论。"阿瑞欧斯说道。

"对此我表示怀疑,"梅西尼乌斯说道,"基里曼并非帝皇。"

"我曾听教士们说他近乎是个神。比圣人更崇高，更贴近帝皇。一位半神，人类的救世主。"

不是我们的救世主，而是人类的救世主。所以阿瑞欧斯已经感到了自己与常人的分离。

"他也不是个神。"梅西尼乌斯说道，抬起手臂让奴仆们冲掉他腋窝棱纹关节中结壳的恶魔物质。

"那么他是什么？"阿瑞欧斯说道，他的语气很温和，带着由衷的好奇，"跟我说说原体。"

"你想要知道什么？"

"一切。"

"他不是常人。"梅西尼乌斯说道，"他不是星际战士，他超乎这两者，他是……"他停下了。他并不愿意对自己不完全了解的事物发表意见。"我不知道他是什么。相比于远观，站在你眼前的他更加高大。他气宇轩昂，魅力超凡，你会想要服从他。你明白我的意思吗？"

"就像您一样，"阿瑞欧斯说道，"您也气宇不凡。我们尊敬您。"

"基里曼所拥有的气质与地位无关。"

"我明白，您所拥有的气质也和地位无关。"阿瑞欧斯说道。

这位年轻星际战士的赞美令梅西尼乌斯感到尴尬，他的声音变得沙哑起来。

"不论你认为我拥有怎样的气质，那都比不上我们的基因之父。他是……他是……"梅西尼乌斯努力找寻着词语，他的话语仍在由牧师引述给新兵。

曾经被引述，他纠正自己。萨巴亭已经不在了。克罗诺斯是否还在？新兵们是否还在学习大厅倾听牧师坎德雷德的智慧？或许这一切如今都已化作星际尘埃，他则是最后一人？

"连长兄弟？"阿瑞欧斯问道，伸出手触碰梅西尼乌斯的肩甲。

"他是超然的存在，"梅西尼乌斯简洁地说道，"事实上，我不知道他是什么，不论他是像教士们所说的那样是个神，还是像我们的传统所认为的，是帝皇的天生子嗣，抑或是像火星人所认为的，是精妙技术的造物。我只知道我会追随他前往死亡之门，我会为他做任何事，他对我所要求的一切都不过分。"

"包括教导我这种乏味的工作。"阿瑞欧斯说道。

"这是个笑话吗，阿瑞欧斯？"

阿瑞欧斯沉默了片刻。

"我不太确定。"阿瑞欧斯说道。

"嗯。"梅西尼乌斯咕哝着。

他陷入了沉思。谈话停止了，两人沉默地站着，直到拿着蒸汽喷嘴和刮刀的仆人们终于完成了清理，并开始擦拭他们的盔甲。最后一丝污水流走了，这些水会被收集于圣化银罐中，然后抛入虚空。梅西尼乌斯仍在思考阿瑞欧斯的问题。

仆人们引导他们离开净化室，进入一个走廊，热腾腾的气浪将他们烘干。

"现在有必要检查您的感染迹象，大人。"那群凡人的监工说道。

梅西尼乌斯努力思考着。如果第五舰队的指挥层想要不顾一切地隐瞒这里发生的事，并且蠢到要对抗阿斯塔特修会，那他们现在就会动手。另一方面，带着瘟疫回到第一舰队的风险则更大，因此他默然接受了。

他们走向一个临时军械室，那里有更多的奴仆等候着移除他们的战甲。奴仆们首先摘下了梅西尼乌斯的动力拳，扭开其能量供应器并解开固定在他右小臂的外壳。三位奴仆略微艰难地扯下了外壳，并将之哐的一声放到一个架子上。看到他们笨手笨脚的动作，梅西尼乌斯大声清了清嗓子。

"小心点，"他说道，"那个武器可是由帝国摄政王本人亲自给予我的。"

这句话让仆人们面色煞白。梅西尼乌斯并不喜欢逗弄凡人，但这些仆人太差劲了，他们没有服侍超人的经验。

梅西尼乌斯的标准右拳套现在露了出来，他亲自摘下了头盔，军械库的人员迅速取过架子接住头盔。他深吸一口气，吸入带有金属味的酸臭空气，并让这空气弄干他头皮上的在作战时产生的汗水。相较于他的性情而言，阿瑞欧斯的表现值得赞赏，他决定将自己对原体的印象讲出来。

"在我的兄弟登上船驶向卡迪亚之时，我离开了萨巴亭，"梅西尼乌斯说道，"并前往奥特拉玛从极限战士那里请求援军。我的任务并未成功，却经历了一位传奇的重生。我在原体苏醒数周后才抵达。我与奥特拉玛一同欢庆，并参与了拯救奥特拉玛的战争。当基里曼离开时，我伴随他加入了前往泰拉的远征。我亲眼见证他走入王座室。他在里面时，我在外面站岗，而我也亲眼见证了他从中现身。我永远无法忘记那一天。"

现在，军械室中的每个人都在倾听他的讲述，原铸星际战士们坦然自若，仆人们则鬼鬼祟祟，假装显得毫无兴趣，却难以掩饰。

"罗保特·基里曼亲自走过了永恒之门。你无法想象当那道大门打开时我所感受到的痛苦。在大门关闭时站在那附近已经够糟了，你的精神中有着极大的压力，意识到某个事物就关在那几米厚的围墙之后，却仍能知晓你和你的每一道思绪，你的每一次失败，你的每一个可悲的抱负，但当那道门打开时，那种感觉令人盲目。我看不见那里面。那些服侍凡人的教士们会喜欢说我看到了光，看到了帝皇的圣体庄严地端坐于黄金王座上，但我什么也没看到。那就像是失去了视力，仿佛我从未有过视觉，一切景象对我而言都是陌生的。这既非空白，也非黑暗，这种感觉难以形容，还有痛苦。"

他露出了惊叹的神情。"在大门打开时，门缝中散发出巨大的痛苦。大门仅仅开了一个缝，大到也许能让一支小队五人并肩而行。如果那道大门完全打开，其高度足以让泰坦通过，然而我怀疑这会让那种痛苦完全释放而出。我们中的许多人都跪了下来。只有禁卫修会傲然挺立，但就连他们也失去了些许傲慢的姿态。那般力量，那种痛苦。然而基里曼走了进去，进入了王座室，在他走过那道门缝时，我完全没有看出那种力量在他身上的重压。

"当那道门关闭时，我们仍然感到不安。谁能承受住这样的经历？禁卫修会告诉我们，他们能承受帝皇之光，因此原体也能，尽管我坚称我没有看到光。"

一阵紧张的寂静感笼罩了房间，房间内的每个人都感受到了梅西尼乌斯所描述的力量的回音，仿佛帝皇的全能之力依附在了梅西尼乌斯身上，并随之萌动。

"一天过去了，两天过去了。我们开始害怕。禁军再次向我们保证一切安好，并在我们走向大门时挡在我们面前。我们已经来到了离人类之主如此之近的地方，但不能再近了。

"基里曼在几天后现身了。不要问我过了多少天，我无法准确回答。在离帝皇如此近的地方，时间的流逝有所不同，我们的战甲系统和我们的精神一样受到了影响。基里曼出来时面色凝重，皮肤灰白。他下令召集达官显贵们，因为他有消息要传达，他将依照他父亲的命令，承担起摄政的职责，并致力于复兴帝国。但他并未谈及他看到了什么，或是帝皇说了什么。对于那些胆敢询问他的人，他仅仅回以冷酷的沉默。

"据我所知，他从未告诉过任何人，我视自己为他的密友。在他出来的那天，我意识到了某些东西。那时我明白了，纵使他拥有强大的力量，拥有他父亲给予他的赐礼，还有强压给他的责任，尽管他并非常人，但他仍是人类，和我们一样。我们永远不能忘记这一点。你们原铸兄弟必须学习到这点，以防遗忘：我们乃是人类之盾。我们生生死死，改头换面，但我们的本性始终如一——我们的本性，我们的灵魂，乃是人类的灵魂。基里曼亦是如此。他是复仇之子，但他也会受到伤害，他也会悲伤，他也会犯错，他也会死。"

仆人们已经停下了他们的工作，工具停在他们手中，星际战士则在他们的连长周围围成一圈。梅西尼乌斯看向他们所有人，不论是凡人还是超人。

"记住这一点，阿瑞欧斯，还有其他人。基里曼会是第一个说自己并非永无过失的人，而我找不到比我自己的战团，白色执政官更加贴切的例子了。我们不折不扣地遵循着基里曼的教导，我们承担起超越战士职责的责任。我们满怀自信，想要效仿马库拉格，在太平星域打造一个新的奥特拉玛。如今我们的战团支离破碎，依靠来自这场远征的援军才能幸免于难。

"原体的行事方式并未完美，因为他也是人类。他知道这一点，他也道出了这一点。许多人却并未听进。他们说他是一个神，但你们应该听从原体的话，而非别人。追随他，奉献出你的身心，但不要因他的伟岸而盲目，因为这并非他的本意。心甘情愿的盲从是一项缺陷，这导致了我战团的落败，导致了基里曼兄弟们的背叛。你们原铸战士理应超越我们。要证明这一点，你们要看到真相，而非自己想要看到的东西。"

"这是怎么发生的？"一位原铸战士问道，"白色执政官怎么落败的？"

梅西尼乌斯盯着那位年轻的星际战士，直到那位战士垂下了目光。"好问题，拉尚兄弟。我们想要证明自己是合格的政治家，就像我们的基因之父和他的模范子嗣极限战士一样，但我们忘记了帝皇首先将我们打造成了战士。我们将自己的天赋投入到了最好留给凡人解决的问题上。"

"基里曼的圣典说我们的天赋有许多，"阿瑞欧斯说道，"我们并非只是为战争而生。"

"假若果真如此——尽管我并不这么认为——那么现在不是将我们的天赋投入其他事务的时候，除了战争。"他目光凝重，"我曾亲眼见证。兄弟们，因为失去了焦点，白色执政官赢得了和平，却输掉了战争。"

他朝着奴仆们伸出装甲前臂。

"现在移除我的盔甲,进行测试。我们得离开了。"

军械室中响起了电力驱动器解开盔甲的嘎嘎声,没有人再开口。

第二十五章

落页

焚烧部族

羊皮纸之战

  蒂兹尔拉开了一个门把手，这道门已经几年没有打开过了。铁锈紧紧夹着铰链，他拉了很多次才终于拉开，并且伴随着一道突如其来的嘎嘎声。光线涌入废弃的隧道，非常柔和，但纳乌拉的眼睛已经习惯于过去黑暗的日子，因此她眯起了双眼。一阵轻柔的沙沙声从另一边传来。蒂兹尔低声自语着，并开始拨弄地上的垃圾，他对自己发现的东西发出咯咯的笑声，毫不理会纳乌拉。纳乌拉渴望光明，并且对噪声感到好奇，她走进门，抛下了蒂兹尔。

  这道门通向一个圆形金属房间。生锈的管道从地板和墙上伸出，但本应连接这些管道的机器很久以前便被移走了。包裹着老旧易脆的绝缘材料的电缆僵硬地挂在天花板上，一根管道滴着水，其下方的地板已被侵蚀，水滴落入了一个深坑中。

  墙壁上结满了铁锈和黑色的氧化物。外墙上有一个长长的矩形窗户，但玻璃已经没了，窗户边缘只留下了密封胶的些微痕迹。这是个丑陋的房间，充满了霉菌和腐烂物的刺鼻气味。地板在她脚下嘎吱作响，金属将她的鞋沾染成橘色。她继续向前，感到着迷。

  在那扇窗户外的是她见过的最美的风景。

一张张纸页从窗前落下。有的翩翩飞舞，有的猛扑而下，还有的飒飒旋转。她走向那个空荡荡的窗户，望向一个宽阔的竖井。

上方洒下柔和的光线，但这个竖井是如此宽阔，光芒直照了下来。墙壁中还有其他房间，向上延伸约两百米，看起来全都废弃了。这些房间都很脏，但那道光洁白又纯净，而在那光芒中的落页似乎也十分纯白。它们轻轻飘落，彼此环绕。这场景触及了她的灵魂深处，那是白雪与飞鸟的灵能回音，是她的祖先在久远的过去所目睹的景象。她从未经历过这些事，对此也毫无概念，但她内心深处的一部分以某种方式记得这一切。

纸页轻轻飘扬。她的目光循着一张纸，望向下方的地底。这些纸页在落地时一同发出安静又令人愉悦的沙沙声。戴着呼吸器、配备着耙子的人在地底忙活着，将纸页扫在一块，并投入位于竖井一侧的一台震动着的机器，这台机器将这些纸页按压成一小捆一小捆。他们的身遭泛起一团尘埃。

空气中充斥着羊皮纸的味道。她抓住了一张纸，那张极薄的羊皮纸上带着最高级公函的印章，一个大大的红色戳记沿着对角线划过正中，"行动无效"，上面写着。她抓住了又一张羊皮纸，这一张比较粗糙，接着她又抓住了一张，她将纸张紧抓在胸前，阅读着上面的内容，然后继续抓过又一张羊皮纸。它们全都是最高优先级请求公函，全都戳着"行动无效"。无数个世界的求救呼叫都被无视了。环绕在墙壁上的斜槽咯咯作响，一张张纸从中飞出，形成一团云雾，安详地飘落而下。

纸页飘落，位于底部的人们将纸页耙拢塞入机器中。机器震颤着，吐出一块块压缩的文件纸，这些纸页被送到一个手推车上，两个拴着背带、戴着面罩的孩童正等候着。

蒂兹尔轻轻抓住纳乌拉的肩膀，将她从阳台边缘拉回。

"这里很危险，别磨蹭。可不要被看到。"他在纳乌拉耳边低声说道，他的嘴很臭。

"这是什么地方？"纳乌拉问道。

"垃圾站。"蒂兹尔说道。他抓过纳乌拉手里的公函，扔回竖井。"这里都是经过处理、检查并无视的文件。他们将那些过期的文件扔到这里。这些文件甚至不会存入仓库。焚烧部族将它们打包烧掉，用作燃料，驱动公函巢都群的发电机。"他摇摇头，颇不赞许地说道，"他们烧掉了那些文件！谁知道有多少错误被烧成了灰？有多少坏技师没被逮住？"

"有多少赏金没法拿到？"纳乌拉说道。蒂兹尔并未注意到她的语气。

"是啊！没错，这工作很糟糕。"他紧张地看向四周说道。"嘘，但要小心！"他说道，将一根手指竖到嘴唇前，"我们得安静行动。可不要被听见。"

"这里为什么很危险？"纳乌拉问道。

"会被抢的！"蒂兹尔难以置信地说道，仿佛纳乌拉本就应该知道。

"为什么，被谁抢？"

"纸啊！纸啊！"他说道，朝着坠落的文件纸示意，愈发恼怒。"还能为什么？这个巢都中的羊皮纸并不够。有些书吏部族会不顾一切来这里偷，将纸刮干净再利用。如果他们拿到了足够的纸，那他们就能履行帝皇的神圣职责，但这妨碍到了那些家伙，"他十分夸张地低声说道，指着下面，"履行他们的职责。一边必须记录，另一边必须销毁，却没有足够的纸来满足双方的需求！多么讽刺！"他咯咯地笑道，然后面露怒容。"现在我们得走了。安静点。我可不想被逮住。"

在那之后，蒂兹尔开始小心谨慎起来，这让纳乌拉十分紧张。她害怕遇到这些偷纸人，蒂兹尔则形象生动地描述了焚烧部族会对在他们的领土上抓到的人做些什么。他们蹑手蹑脚地走下了许多层，大都是废弃的，这道竖井周围的区域看起来已经废弃几个世纪了。蒂兹尔说那些焚烧者现在生活在熔炉附近，尽管他们得走那边，但他知道一条秘密通道。他带着纳乌拉走过弯曲的走廊，这里的地板上散落着焦黑的碎纸。有一次，一群打包工经过了他们，全都戴着同样的特大号呼吸器，穿着黑色的防护衣。他们相互争吵着，紧张又轻松，就像是家人一样，然而他们的方言口音很浓，纳乌拉根本听不懂。

纳乌拉正站在开阔处盯着他们，相同的，打包工中的一人也正好看向左侧她正站着的侧廊，他们会发现她的。蒂兹尔厉声喝道，将她拉进了一个潮湿的房间，手紧按在她的嘴巴上，抓着她，直到那些人离开。

"藏好了！如果你被发现了，他们也会把你压扁烧掉！"他说道，"你想要那样吗？"

纳乌拉摇了摇头。

"很好。"蒂兹尔放开了她。随后他找了个地方睡觉，并给了纳乌拉一些吃的,纳乌拉并未询问食物的来源,最好不要。

第二天,蒂兹尔开始驱使纳乌拉走快点,他开始紧张不安。

"在这儿待太久了!太久了!"他说道,时不时停下,侧着脑袋倾听着。

"我们在哪儿?"纳乌拉问道。

"快要出去了,"蒂兹尔说道,"上大路,走过熔炉平原上方。别担心!那里很高,他们看不见的。然后穿过远端的门,跨过一条臭河。那里有座桥。找到那座桥,走过去,你就进入了高级技师的领地,然后便可以利用你爸给你的印章,享受差役书吏的特权。你要是跨过了那条河,那定是帝皇祝福了你走这么远,明白吗,他们不会找你麻烦的,还会帮你!"他按了按鼻子一侧。"只不过他们不认识老蒂兹尔!"他傻笑着,"不管怎样,他们会听你讲的。"

"我现在就能用这个印章。"纳乌拉说道。

"你能,然后你会死的,"蒂兹尔回答道,"我们必须赶快!这些隧道中还有其他人,他们可不友好。"

他推搡着纳乌拉。纳乌拉的手再次轻抚公函,通过羊皮纸那柔滑的触感感受到些许安慰。

他们走过古老的通道、管道、通风管以及潮湿之地,污泥沿着地板汇聚成渠,他们始终避开拥挤的道路。焚烧部族的领地危机四伏,大部分地方都荒废了,甚至比纳乌拉的地方还要糟糕,往昔荣光的痕迹很明显。纳乌拉一直将破败视作理所当然的,但看到这一副深度衰败的样子,她明白了这个状态并非始终如一,她深信,曾几何时,这一切事物都是崭新的。她听到了远方的鼓声,还有高声嘶哑的歌唱声。燃烧的气味常常裹挟在热风中吹过走廊。

他们来到了一扇门前,这扇门和纳乌拉之前经过的其他门并无二致,因此当蒂兹尔将一根手指举到嘴前,眼睛亮白,肮脏的脸上露出惊恐时,纳乌拉感到惊讶。蒂兹尔说:"嘘!"

他打开了门。开门时的骇人尖啸声被另一边传来的工业喧嚣声所掩盖,随之而来的还有一阵难以忍受的热浪。蒂兹尔抓住纳乌拉的手,将她拽入一个步道,下方是一片由火光染黄的巨大空间。她鼓起勇气瞥向边缘,滚烫的热浪自开放的大门席卷而来,数十条小道相互交叉,如同深火之上的黑线。

一束束光线中忙碌着上千微小的人影。地上撒满了纸张,成千上万张求救呼叫被泰拉的奴仆们踩在脚下。不同年龄不同性别的人都在工作，男人们用叉子将一捆捆纸投入火焰之中，女人们推着独轮车运来更多捆纸，孩子们则弯腰捡起撒出的文件纸，并塞进他们背上的篮子中。这项工作永无止境。冒着烟的引擎推动着小列车送来更多捆纸，无休无止。希望被抛入地狱之火中，诸多星球的消息焚作虚无，无人关切。

纳乌拉畏缩不前，她传给上面的一些公函无疑也落得了这般结局。

"来吧！来吧！"蒂兹尔紧张地说道。他战战兢兢，东张西望，然后拉着纳乌拉继续前行。

下方传来一阵轻柔的声音，蒂兹尔低下头，发出一声咒骂，推着纳乌拉蹲下。透过步道的格栅板，纳乌拉看到一群苍白瘦削的书吏偷偷溜过了下方的一个交叉口。蒂兹尔再次把手指放到嘴前，用力按压，令他嘴唇发白。纳乌拉并未理会蒂兹尔，她注视着那群新来者。那群人的身子前后用绳子绑着钢板，他们携带着武装，大部分人都带着小刀，但其中也有人带着几把粗制滥造的火器，看起来只不过是金属管绑着老旧的椅子腿一样。尽管如此，他们看起来像是在办正事。他们戴着纸浆打造的夸张面罩，看起来很吓人。他们静悄悄地行动着，有种经验丰富的老兵风范，尽管他们装备破烂，明显缺乏实效。纳乌拉猜测，他们以前就这么干过。

"帝皇啊帝皇，他们朝着我们的方向来了。"蒂兹尔说道，他一边向后退，一边大口地吸着气。

"他们在另一座桥上。"

"全都通向同一个地方！"他说道，"他们要去仓库，去抢燃料罐和羊皮纸。我们得走那条路前往大臭河，他们也要走那条路。那儿常常会发生恶斗。"他皱起眉，焦虑地抽搐着。"不，"他说道，"太危险了，我们会被杀，我们得回去，都结束了，现在该回家了！"

"但还有公函！"

"呸！帝皇才不要你的公函！蒂兹尔想要活着！"

"这是我的神圣使命。"纳乌拉低声说道。她感觉自己这么说出来很愚蠢，但她相信这是真的，她的犹豫化作了坚决。她的声音提高了。"他向我展示了卡牌。他派我送达这个羊皮纸。这很重要，我很清楚！"

"不，不，我们得离开，立刻马上。"蒂兹尔匍匐在地上。纳乌拉抓住了他的脚踝并用力紧捏，蒂兹尔龇牙咧嘴，试图踢开她，但她抓得很紧。

"我父亲付你钱，让你把我带到最终考核部。你要带我去。"她在语气中聚集起她所有的权威。她那惯常的胆怯如熔炉中的公函一般消失了。

"我不！"

"你和他订立了契约，不是吗，达成了一致？"

"是的！"蒂兹尔啐道。

"那么如果你不遵守约定，你就和你所搜寻的那些坏书吏一样坏。我会告发你，他们会烧死你的。"纳乌拉满怀恶意地说道。

蒂兹尔的恐惧加深了。

"噢不。"他瘫倒在地。

"那就带我去。"纳乌拉说道。

蒂兹尔很不情愿地点了点头。

"这边，"他说道，转过身，指向熔炉大厅的远端，他皱起眉，"没错。"

他俩尽快穿过了熔炉大厅。下方的人们都在专心劳作，没有人抬起头，而这里看起来也没有伺服颅骨或者其他形式的监控存在，因此没有人注意到他俩的经过，他俩如同熔炉嘴洒出的热光一样转瞬即逝。

待到他俩抵达另一端，蒂兹尔打开了另一道门，进入了又一个废弃的走廊，纳乌拉浑身是汗。在这里温度的改变是如此巨大，她突然间感到冰冷无比。

羊皮纸滑溜溜的。突然间，她感到惊慌，将那张纸抽了出来，唯恐自己的汗水糟蹋了那张纸。但纸上的墨水并未消散，仍然清晰可辨。

她松了口气，将羊皮纸卷起来，攥在手心。

"现在，快！"蒂兹尔说道。

他冲向墙上的一个方形开口，并招呼着纳乌拉，随后他消失其中。

纳乌拉跟着蒂兹尔扑了进去，却发现自己坠入了黑暗。这个开口曾经是某种传送带，但传送带已经没了，坚硬的橡胶残余擦破了她的皮，她滚下尖啸不已的滚筒。

纳乌拉情不自禁地发出了尖叫。

这场下落似乎永无止境，但突然间她翻滚到了一个滚筒轨道上。纳乌拉滚入了一个明亮的空间，并重重地撞上了一堆松散的纸张。

她站起身，吐了口水。她的衣服被扯烂了，上面都是铁锈和自己的血。

蒂兹尔从一堆烂纸中跃起身，抓住了纳乌拉。

"噢，你干吗尖叫？干吗啊？"

他拉着纳乌拉开始奔跑。他们正身处一个堆满纸堆的巨大仓库，其间有许多轨道。一条轨道上有一个列车，引擎空转着。

纸堆压低了所有声响，但纳乌拉刚刚仍然听到了轻柔的声音。蒂兹尔放缓步伐，迅速蹲伏。纳乌拉首先看到了那个人。

一位书吏正在撕开一捆纸，扯出里面最好的羊皮纸。他身旁一边的地上放着一个打开的书包，另一边是一个焚烧部族人的尸体。那人抚平了一大张羊皮纸，满怀渴望地盯着它。

蒂兹尔停下了脚步，纳乌拉撞上了他。那个人抬起头。片刻间，双方都感到惊讶，随后他发出一声刺耳的尖叫，爬起身。

"跑！"蒂兹尔说道，飞跑起来。

纳乌拉跑向了另一个方向，那个人选择追她。

不知怎的，她始终保持着领先。也许她的禁忌夜行给了她适应环境的优势。在这些偏僻的地方，所有人都很不健康。她很快便上气不接下气，但当她回头时，她已经甩开了那个劫掠者。远方传来了一声叫喊，还有一道微弱的枪声。

她的歇息很短暂。又一个劫掠者绕过一堆烂纸箱跑了过来，他的护甲在胸前疯狂弹跳着，他的面罩滑开了一半，露出他那灰色的泰拉皮肤，并挡住了一只狂野的眼睛。尽管视野受限，他还是看到了纳乌拉，并直接朝她冲来。

纳乌拉掉头开跑。那人发射了他的火器，但那把粗制滥造的武器仅仅只是击铁发出闪光，枪口冒出硫烟，因此他把枪扔向了纳乌拉。

她向后一缩，那把枪从一堵压缩羊皮纸墙上弹开，枪托从枪管上脱落，击中了纳乌拉的背，令她踉跄不已。但这为那人带来了小小的优势，足够了。他撞向纳乌拉后背，把她撞飞。他将纳乌拉按倒在地，纳乌拉挣扎着，试图站起身，却被那人反手打了一耳光。她的口中尝到了鲜血。

"上好的羊皮纸，"那人说道，"是我的。"他紧抓住纳乌拉的喉咙，一只手用力按压，另一只手伸向那个公函。

纳乌拉猛烈击打着那个人，用指甲撕扯他的脸，打下了他的面罩。

"等我弄死你再拿走这张纸。"他说道，另一只手也抓住了纳乌拉的喉咙，并用力按压。

那人承受住了纳乌拉的打击，脸上露出狂野的笑容。纳乌拉的视野里满是黑点，她无法呼吸，整个世界正化作黑暗的隧道。

远方似乎传来了一道喊声。有什么东西击中了那个人，纳乌拉身上的重压突然消失了。

她翻过身，猛呛着。她的喉咙无法张开。她不断咳嗽，直到下巢的污气再次填满她的肺。

蒂兹尔正同那人打斗。两人皆是人类发育不良的典范，却翻来滚去，拳脚相加，气势汹汹。

纳乌拉站起身，踉踉跄跄，找寻着从劫掠者的那把拼凑枪上脱离出来的木枪托。她找到了那个枪托，捡了起来，转过身，刚好看到那个劫掠者占据了上风。他的手中拿着一个绑着破布的把手，上面插着一块玻璃碎片，他用那块碎片迅速地猛刺了蒂兹尔几次。

"滚开！"纳乌拉声音沙哑，她感到前所未有的愤怒，并用枪托打向那人的头。那人发出了奇怪的声音，倒向一旁，但纳乌拉并未停手，她一遍又一遍猛击着。纳乌拉精疲力竭，她啜泣着，将枪托扔到一旁，垂下头，双手按在膝盖上。

她的身后传来一声喘息。

"蒂兹尔？"纳乌拉说道，她走向蒂兹尔，跪在他身旁，"我以为你死了。"

蒂兹尔虚弱地咳嗽着，嘴角泛起血红色的泡沫，他的呼吸很急促。"我走的那边。"他露出微笑，"我不是坏书吏。"

"不，不，你做得很好。"

"你现在快走，离开这地方。这大厅是个大矩形，朝短的一端走。"他喘息着，胸膛咯咯作响，很可怕，"上……楼。左边第三个门，第一层平台。跟随你的嗅觉。大臭河……穿过去！"

"蒂兹尔！"纳乌拉说道，眨着眼。

"屏住呼吸，空气很差。"

"蒂兹尔，别死！"她说道。

蒂兹尔的血手抓住了纳乌拉的衣服。"帝皇保佑！"他发出嘘声。

他的双眼闭上了，脑袋垂向一边。

战斗声愈发激烈，纳乌拉不能再逗留了。

走之前，她捡起了那把血淋淋的枪托。她四处找寻着蒂兹尔装着补给的背包，却找不着。她害怕找得太远，于是她逃走了。

纳乌拉迅速跑过一堆堆纸。一开始她跑得很快，但又不得不停下来喘息。在那之后，她稳住步伐，开始匀速慢跑。纸堆越来越高，挡住了天花板和远端的墙，因此当她发现自己已经抵达仓库尽头时，她感到出乎意料。

仓库尽头没有人，她也听不到战斗声了。大量破碎的流明灯配件悬挂在链条上，上面覆着许多灰尘，看起来就像是长长的毛绳。这里很黑，她不得不放慢脚步，苍白的纸堆令她的视野模糊不清。

她找到了楼梯，爬了上去，直到她来到与纸堆齐平的楼层，她回头看向那一捆捆块状的纸堆，那就像是一堆堆蛋白质方块。

蒂兹尔就在那里面的某处。她能弄清他们来的地方，却不知道他们战斗和蒂兹尔死的地方。

她找到了那扇门，门后是一条又长又窄的走廊，通向一个光点，整个走廊至少有一千五百米长。有那么一刻，她犹豫了，疑惑自己是否走对了路，但一阵冷风吹了过来，裹挟着熏人的恶臭，令她作呕，于是她沿着走廊走向那道光，与此同时这臭味更浓了。

她绊倒了几次，不是因为走廊中有障碍物——实际上走廊相当整洁——而是因为她害怕有，她的脚期待着并不存在的障碍物。她确信她要么会因黑暗中的某个危险或是骇人的东西跌倒，要么羊皮纸劫掠者会跟上来杀死她，而当她抵达那唯一的光源时，她已经快要神经崩溃了。她皮肤上的汗水不久前已经干了，但她的衣服仍然是湿的，这里的空气更加寒冷，她开始发抖。风声萧萧，噪声靡靡，她的恐惧加深了。

流明灯呈现出晦暗的黄色，嗡嗡作响，如若悲鸣。谁知道这盏灯在皇宫深处孤独守候了多久。这是最后一盏灯，其他灯都已熄灭。她一点点走过那盏灯，并欣慰地看到不远处有一扇门，一丝游离的光照亮了门上的锁轮。她走向那个轮盘并转动它。轮盘上了油，随着一道空气释放的声音，门打开了。

那气味更加浓厚了。

外面是一个前厅，分叉出三条走廊。纳乌拉走上了气味最浓的那条。

她继续前行，身上没有水也没有食物。她精疲力竭，步履艰辛。

"等我跨过河，"她向自己许诺，"我要睡一觉，但要到那时候才行。"

前面有多条岔路需要选择，每一次她都遵循着自己的嗅觉。臭味越来越浓厚，她不得不用嘴巴呼吸，即便如此她也闻得到那味道。

她的脑袋开始眩晕，她知道自己已经离河很近了，沉重的水流声回响而来。

走廊变成了一座跨越隧道的桥。一条烂泥河在她脚下流过，里面全是各种肮脏的东西，然而连那里面还有生命存活，河边闪着暗淡的磷光。河的另一边有九十米远。

尽管这气味让她想要呕吐，但她还是大口咽下了大量有毒气体，然后开始奔跑。她的脚滑过桥上积聚的污秽，这里没有屏障，她不得不放缓步伐，以免跌入淤泥。待到她抵达另一边时，她已经难以呼吸，唯有蒂兹尔的临终告诫令她紧闭着嘴。

那里有道门，一开始打不开。她的肺在尖叫，几番绝望的尝试后，她找到了一个按钮。她猛拍那个按钮，上面亮起了橘色光芒，门把手突然转动。她猛地将其拉开，冲了进去。与此同时，她的呼吸渴望战胜了她，她深吸了一口气。另一边的空气更加纯净，但河流的臭气跟了进来，她跪倒在地，头晕目眩，口中冒着苦涩的唾液。

她捂住嘴巴，把门推上，等着空气变清新。待到她觉得自己能够呼吸而不呕吐时，她躺了下来。纳乌拉只想休息几分钟，但她很快便陷入了沉睡。

第二十六章

烈火黎明

一分为二的帝国

阿瑞欧斯和原体

　　罗保特·基里曼的旗舰甚至比第五舰队的舰船还要忙碌。烈火黎明号上人潮涌动，人们和机仆一样一心一意地专注于各自的工作。这里有来自各个组织的各种人，从最低级的到最显赫的，各自为了争夺空间而相互推搡。距离基里曼的启程日只有几个月之遥。准备工作如火如荼，随着时间渐渐耗尽，活动也随之增加。这艘舰船周围的虚空和它的大厅一样忙碌，每天有数百艘飞船往来于旗舰。

　　阿瑞欧斯穿过人群，满怀惊奇。在考尔带走他以前，他从未见过如此多样化的人类。过去，他巢都中的帮派通过醒目又迥异的标记和服装来相互区分。他现在意识到帮派们的自我表现是多么局限，而他们看起来又有多么相像。在烈火黎明号上，阿瑞欧斯面对着各种形体的人类，尽管他能调节自己的心理，但这一切仍然令他头脑发出鸣响。作战程序和文化冲击争相吸引着他的注意力，一同为他呈现出冗长的威胁列表和麻木的惊奇感。梅西尼乌斯似乎完全没有受到影响，他挤过人群，如同一艘破冰之船，阿瑞欧斯努力跟上他连长的脚步。

　　这感觉就像是一场梦。他怀疑自己会在达纳五十号的一个温暖隐秘的角落醒来，他害怕自己会在考尔的检查桌上醒来，再次经受千年冬眠里那无法摆脱的寒冷。似乎只有在他那半休眠的大脑中运行的无止境的训练演习才是真的。他战斗过的一次又一次的异形和魔鬼对他而言十分逼真，但自从他醒来后，所发生的这一切就像是视频传输，是发生在别人身上的完美录像，遥远又不真实。

他试着摆脱掉这种感觉。偶尔的一丝清晰感是一种犒劳，真正的意识却如同烟雾一般从他指间溜走，无法抓住。似乎是他的训练在引导他，而他的意识仅仅只是他新躯体中的载客。他是个幽灵，困在鲜活的尸体中，就像是达纳五十号的长者们所讲述的发生在耻辱战士身上的事。

他可能也是其中一员，处于半死状态。他此前便这么想过，现在仍然这么想。这是他人民的地狱。

托特文告诉过他这种感觉会有所改善。他曾安慰阿瑞欧斯，表示他也有过同样的感受。

"活下去的方式，"他曾说，"便是坚持活下去。很简单。满怀坚定地去经历，从中把握住每一丝感受。相信我，这种错位感会过去的。你很快便会再次感到自己是这个世界的一分子。"

阿瑞欧斯希望这种感觉尽快过去。他和梅西尼乌斯走过分外拥挤的人群，他不得不十分小心，以免伤到凡人，他们一直在推挤着他，而在最拥挤的关卡，人们紧贴在他的战甲上。如果他愿意的话，他本可像淌水一般轻易地穿过人群，但那样的代价是在身后留下一片残肢断臂。他缺乏像梅西尼乌斯那样穿越人群的技巧，他感觉自己很笨拙。

这里到处都是士兵。有阿斯塔特修会的新老战士，有来自帝国海军和星界军的数千凡人士兵，还有各个军事修会的特工。在舰船的关键部位，禁军的金色金钢闪烁着。他们得经过一个又一个关卡，这里没有前往原体指挥中心的直接路线，而在他们离开着陆舱之前他们已经交出了武器。

尽管这些预防措施是在梅西尼乌斯的指导下打造的，但他仍然感到不耐烦。他的军衔和地位让他能够通过每一个路障和门卫，但进程仍然很缓慢。舰船列车已经满载，动力转换引擎因拉着十分沉重的车厢而嗡嗡作响。各处的货物从舰船的装载机库直接送往其目的地，运输车堵塞在各个主大道上。

一小时后，两位星际战士抵达了指挥甲板。这里几乎同样忙碌，技术神甫和技术军士正在拆卸建筑的大型部件，并对许多地方进行设备升级，整个甲板看起来就像是在建设中一样。脚手架上的工匠们为柱子和拱顶增添新的装饰，同时一小队国教教士四处走动着，为每个人、每个物高声祝福。

杰梅因·贡特接待了他们，他是基里曼的一位高级后勤官，他们走过了位于主指挥甲板尾部的大战略室。几个小房间被移除以容纳这个新设施：这是一个大型球体，数百个战位遍布整个下半球，每一个战位都配备着沉思机和多个显示器，上半球则布满了一排排全息投影仪，数千聚焦镜头在昏暗中闪闪发光。在整艘舰船上，战略室是唯一一个完工且安静的地方。这里同样也没有任何华丽的装饰。走进战略室，阿瑞欧斯感觉自己像是回到了一个更干净更具效率的时代。

罗保特·基里曼正站在一个重力平台上，那个平台正靠在主成像位边上，处于关闭状态，他正与三个人低声商谈着。梅西尼乌斯和阿瑞欧斯保持着一定距离以示尊敬，等待原体完事后呼唤他们。

即便是在这个距离上，原体也令阿瑞欧斯感到畏惧。原体高耸在他的顾问身旁，但他的气质远超他的肉体，他仿佛占据了整个房间。在阿瑞欧斯的脑海中，原体看起来似乎在变大，变成一个由其意志所束缚的巨人，仿佛他随时都能打破舰船的墙壁，迈步于星辰间，不再受到科技的约束。

当原体转向他们时，这种魔力消失了。那三个人像船上的其他人一样匆忙离开。

"维特里安，"原体带着真切的热情呼唤道，"过来吧。"

两位星际战士穿过战略室，走向基里曼。梅西尼乌斯迅速敬了个礼，阿瑞欧斯也随之效仿。原体现在看起来更像是常人了，尽管仍有着不同寻常的魅力和体格，但他仍然是人类。阿瑞欧斯感到有些失衡。

"摄政大人，"梅西尼乌斯说道，他朝着阿瑞欧斯示意，"我的副官，费伦·阿瑞欧斯。"

"啊，很高兴亲眼见到你，费伦。"基里曼伸出手，他的手掌和打开的动力拳一样大。阿瑞欧斯在握住前踌躇了片刻，虽然只是片刻，但足以让人注意到这一点。原体的手完全握住了他的手，阿瑞欧斯感受到了一丝对于他生父的短暂而又惊人的回忆。

"放轻松，费伦，"基里曼说道，"对于我已经认定有价值的人，我不会再做评判。你对得起这身奥特拉玛蓝甲。"

阿瑞欧斯投去了疑惑的目光。

"你的测试记录令我印象深刻,是我指定你为维特里安的副手的。"

"感谢您,大人。"阿瑞欧斯勉力说道。那种不真实感消散了,但现在他面临着相反的问题:罗保特·基里曼似乎太真实了,仿佛一位真金烈火之人,踏出幕帘,揭露出往昔阴影中的虚假演员。

"阿瑞欧斯,"他说道,"你取了个新名字?"

"梅西尼乌斯连长兄弟依我的请求给予我名字,"阿瑞欧斯说道,"我的旧生活已归于往昔,烟消云散。费伦似乎已不再合适。"

"忘记本我会危及自我。"基里曼说道。

"同样,我们也不该固守消逝的过去,"阿瑞欧斯说道,"但我仍然保留了我的第一个名字,作为提醒。"

基里曼露出微笑,那笑容如若烈日。"一个拥有哲学天赋的人,很好。星际战士不仅应该成为一位战士,也应该成为一位思想家。"基里曼注视他良久,令他感到不安。"很好的选择。"基里曼说道,意指这个人而非他的名字。他松开了阿瑞欧斯的手,将注意力转回梅西尼乌斯。

"第五舰队没有准备好?"基里曼说道。

"没有,大人,"梅西尼乌斯说道,"这场传染病有亚空间污染,并且在最严重的情况下会导致低阶无生者显灵。他们可能向舰队司令普拉索里乌斯隐瞒了这个问题的真实情况,而后勤部的人员也受到了限制。若非您下令我去造访,这个问题会一直隐藏下去,直到为时已晚。实际上,我们只造访了一艘感染的舰船,并被迫遭遇了一场显灵。我们没有伤亡。第五舰队无法按照您的日程表做好启程准备,也不应该做此尝试。"

"诱惑的形式有很多,不只是来自所谓的诸神,"基里曼说道,"人们对荣誉和财富的渴望令他们步入歧途。疾病检察官特菲瑟提供的报告很全面,你的证词是最后一块碎片。他们必须在问题解决后才能离开。"

"特菲瑟暗示应该召唤审判庭。"

"是的,我已经下令让他们前去接管,"基里曼说道,"墓葬庭的审判官斯利维克有信心在一周内清除传染病,但需要采取激进行动。受感染的舰船已被带往行星际空间进行清洗。"他皱起了眉毛,雕像般的脸庞上泛起刻凿似的皱纹。"这会让我们损失人员和材料。当然了，凡勒斯库斯会很高兴。不过令我担忧的是，她的内心有将这个问题转变为危机的强烈动机，但她的战略推论很合理。"基里曼看向阿瑞欧斯，"你将要在凡勒斯库斯麾下服役，你对她了解多少，费伦？"

"非常少，大人。"

"她是一个引人瞩目的女人，"基里曼说道，"在战斗中和政治上都很凶猛。对于一位凡人而言，她有着不同寻常的身高。她生于沃丁瑟迦斯泰的指挥阶层，但她流着虚空的血液。她的家族拥有将军、海军将领、星区司令官，并与两个行商浪人大家族有关系。凭借几个世纪的审慎联姻、结盟和互助条约，她能够呼唤数个海军与特许王朝。凡勒斯库斯的名字已经传播到了数个星区，提及她，人们无不怀着极大的敬意。而卡珊德拉似乎决意要将其传播得更远。"基里曼的口音很奇怪，不像是他之前所听到的。那是过去的口音，而非现在。

"所以她是一个野心勃勃的人？"阿瑞欧斯问道。

"任何人都会野心勃勃，你也野心勃勃。你出身卑微，却想要掌控你所能掌控的一切。重要的是你会利用野心做出什么事。野心是一匹野马，"基里曼说道，"操控得当，它便能拉动大量负载。凡勒斯库斯傲慢自大、过度自信、不善交际、时而粗鲁。然而，她才华横溢，是当下最优秀的军事头脑之一。她的举止态度虽然令其他人恼火，却很有效。她能成事，而我们正身处一个需要成许多事的时代。"

基里曼踌躇了片刻。

"实际上，让我展示给你看吧，阿瑞欧斯。很快，终有一天，你会承担起指挥一整个连队战士的责任，也许一整个战团。梅西尼乌斯只会指导你一段时间。理解我们的初期战略会对你有所裨益，你有兴趣吗？"

"有的，大人，"阿瑞欧斯说道，"荣幸之至。"

"那我们开始吧。"基里曼说道。重力平台在安静的引擎驱动下升起，悬浮在十五米高处。平台静止不动，主全息仪激活了，将银河系的光模型投射而出，整个模型有三十米宽，中央凸出部分有三米厚，旋臂则只有三十厘米。两千亿颗恒星的模拟光使他们沐浴在缥缈的光芒中，旋臂围绕着银心缓缓旋转。

"这是我们的银河系，"罗保特·基里曼说道，"令人惊叹，不是吗？只可惜，这是对其应有样子的复原,是没有亚空间的情况。"

图像改变了。几个地方出现了渗出的疮光,最大的位于泰拉上方,将毗邻太阳系的旋臂一分为二。一个较小的光点出现在离中心星团更近的地方。另外还有几个更小的,尽管其外表同样凶险。

"恐惧之眼,大漩涡,"基里曼说道,依次指向那两个光点,"在诅咒瘢痕打开前,这是物质界与非物质界的主要交界区域。它们是远古灾难的遗迹,是空间中的裂缝,直接通入亚空间。它们是万物之面上的丑陋伤痕,但更加糟糕的事物取代了它们的位置。这是现在的银河系。"

光线改变了。一道紫色的污迹在图像中缓缓扩散开来,起初是从现存的亚空间裂隙向外延伸,卷须相互蔓延,随后在现实空间结构中出现了更多新伤口,相互延伸聚合,最后形成了一道长长的癌性脉络,将现实空间一分为二。大裂隙向南弯向极限星域的远东边疆,同时在银河西端星辰最稀疏的地方回卷,目前其最宽广的部分位于银心,那里的百万颗恒星遭到吞没,可怕的能量猖獗肆虐,现实与非现实相互撕扯。海德拉弗尔北面的恐惧之眼融入了这个大结疤,大漩涡则是从银核凸出的丑陋肿块。这道裂隙并非一堵完整的墙面,而是有着许多节瘤,朝着各个方向凸出,其表面连绵起伏,并不均匀,它切断了银道面,因此有些地方的高度比宽度还要大。远离主裂隙的地方也有空间小伤痕,尽管最大的裂隙集中在已知的亚空间和现实空间的交界处,但有许多裂隙仍是全新的。

这是邪恶之心,即便看着大裂隙的光线投影,也让阿瑞欧斯感到不安。

银河北部渐渐淡出,那里的对象被附上了另一种数据标签。

"由此,阿巴顿的万年大计达到了巅峰,"基里曼说道。"他剖开时空结构,让亚空间自由侵入,将我们的国度一分为二。帝国圣域,"他说道,指着图像的南部,"这里局势危急,但仍然稳定。盲目时期已经过去,我们已经与帝国的领地重新取得了联系。星语信息能够发送接收,亚空间航行尽管比以前更加危险,但仍可以再次进行,星炬之光也照耀着这里。圣域危机四伏,但并未丧失。而在银河的相对北部,"他说道,手指向暗淡的那部分,"是帝国暗域,关于那里,我们一无所知。我无法确知在亚空间风暴之外是否还有任何事物存留,也不知道这些风暴是否只是个裂隙,还是一堵坚固的墙壁,在那之后,亚空间一直延伸到了银河边缘。"

"您认为那里的一切都已经失去？最可能的情况是怎样？"阿瑞欧斯问道。他的家园就在那道墙之后，而对于这个想法他感到一阵恶心。

"我不这么认为。我已经咨询过了太阳系中最富经验的先知、宇航员、星界贤者和导航者，我相信那道裂隙只是个屏障，或者说更像是一道裂缝。这个地图显示的只是理论可能。这是一种推测，但我们的战略正是基于这种推测。我们得怀有一丝希望。在我们讲话的同时，火炬手舰队正前往北部，查明这个假设的真实性，而如果证实了的话，他们将找寻一条可以穿越的道路。"他的手划过蠕动的能量，"我相信，阿巴顿自从他的基因之父荷鲁斯陨落以来便在致力于打开这道裂隙，他的十三次远征看似随机，但其实是为了促成这场灾难。"

许多红点四散在银河，这些纯粹标志性的图形与逼真的星图和裂隙形成了鲜明的对比。

"我判断，敌人成功的关键是黑石，"基里曼说道，"也被称为夜曲石，这种物质能够与亚空间相调和，或者克制亚空间。这种物质长期以来都被帝国所忽视，但阿巴顿似乎更快地掌握了其重要性。大贤者贝利撒留·考尔和其他人耗费了大量时间来了解黑石的功能。要是我们能更快一些了解到它的话，那这一切也许就不会发生。"他停顿片刻。"不过，还有其他种族了解黑石的力量，并对之加以利用。这些红点是这种物质的已知聚集世界，而这些世界上有着被称为巨石体的异形建筑。"

红点世界闪烁着，其中许多都被圈了出来，大部分都位于大裂隙的紫色污迹深处。红光闪烁消失，大部分被圈出的星系都变成了绿色。

"这些绿点表示的是过去十千年间被战帅攻击并摧毁的塔体世界。注意它们沿着裂隙的路径集中成了一条线。"

"所以它们的毁灭打开了裂隙？"阿瑞欧斯说道。

基里曼点点头。"显然，这些塔体以某种方式抑制着亚空间的能量，而没了它们，那些能量便恣意溢进了现实空间，"基里曼说道，"在伟大远征的日子，有谁知道混沌是如此强大又无所不在呢？那都是神话故事……"

他的声音逐渐减弱，随后重新开始说道。

"我认为阿巴顿的策略遵循着以下两种理论可能之一。一是他打开大裂隙是为了让他主子们的无生者仆从更容易进入我们的现实世界，并切断我们的通信，阻碍我们的航行方式，孤立我们的世界，正如实际已经发生的一样。亚空间既是我们的命脉，也是我们的毒药。这把戏很久以前就曾用过，在荷鲁斯进攻泰拉时，他先是利用毁灭风暴阻碍我们，然后在太阳系内打开了一个裂隙，促使他的恶魔盟友加入战斗。如果是这种情况，那么这场战争仍然遵循着常规目标——获取领土，推翻当权者，让人类屈服于亚空间伪神的意志，而阿巴顿则是它们的傀儡皇帝。这是荷鲁斯的目标。"

"另一种可能是什么？"阿瑞欧斯问道。梅西尼乌斯自始至终保持着沉默，他已经了解了这个信息。

"另一种可能更加令人忧虑。"基里曼说道。

"他想要将整个银河系投入亚空间之中。"阿瑞欧斯说道。

"非常好，费伦，"基里曼说道，"我扪心自问，他能从中获得什么好处？银河系的现实空间会被摧毁，也许现实空间的削弱会导致宇宙终结的开始，而不仅仅是我们的银河系。这真的是他的目标吗？因此我必须质问我们的理论可能——为什么会有人想要将一切存在都投入亚空间？我不理解这些所谓的神的诱惑。它们所奉上的力量转瞬即逝，腐化人心，因此我无法理解追求这些力量的敌人。然而，理解并不重要。因为我的不理解并不能否认其存在。我的理论可能是基于最糟糕的设想。因此，我的实践可能也必须对此做好准备。"他再次朝着地图示意。

"这个推测进一步引出了一个问题。看看大裂隙的线条。如果战帅的目标是上述两者之一，那么为什么要沿着那条线打开瘢痕？为什么不让大裂隙直接穿过泰拉？如果我们假设帝皇能，那么为什么不利用亚空间风暴孤立王座世界，就像帝皇崛起前的冲突年代一样？实际上，我们必须问问自己，为什么那些塔体一开始就在那些地方。"他停顿了一下，"你们俩认识黄泉星的奥秘大贤者西古鲁斯·赫斯托芬吗？"

"不认识。"阿瑞欧斯说道。他看向梅西尼乌斯，梅西尼乌斯也摇了摇头。

"他是帝国在亚空间和黑石方面的顶尖专家之一。"基里曼说道。"黄泉星的技术神甫以他们的外星科技知识而闻名，而赫斯托芬毕生都致力于研究黑石。是他首个提出黑石会与亚空间产生共振，而后又提出黑石可以产生偏振，使其能传输或是排斥天界的能量。赫斯托芬对物质界与非物质界的相互作用了解甚多，并提出理论：亚空间裂隙更容易形成于大质量区域，"他继续说道，

"就此而言,我所谈及的不是星系内亚空间迁移所产生的危险——质量高度集中会产生重力裂口,危及从天界中出现的舰船。"

基里曼的右手指向地图。"看看这儿,恐惧之眼,集中在灵族的古老家园星团。"他所说的这条信息仿佛是寻常的事实,然而两位星际战士都不知道。"这是一个大质量区域,有许多恒星,相互紧邻,形成一个大型球状星团。而这是否与那个古老种族的陨落有关?"他的手指向下移动,"大漩涡,靠近银核的边界。这是又一个大质量区域。现在看看银核,这里在大裂隙以前几乎没有受到天界的影响。"

"这里现在被吞没了。"阿瑞欧斯说道。

"这是银河系中质量最大的区域。数十亿颗恒星,比其他地方更加密集,在银心黑洞的漩涡周围排列得愈发紧密,这里也是大裂隙最大最激烈的地方。这里大都是未探明的空间,谁知道那里有多少塔体世界在帝国逐渐衰落之时被阿巴顿所摧毁。"

"所以塔体所在的地方正是现实与非现实空间之间的帷幕最容易被突破的地方,"阿瑞欧斯说道,"沿着银河系最密集的地方形成一条线,这是您的意思吗,大人?"

"塔体的毁灭打开了一条断层线,从恐惧之眼,延伸到银心,那里的物质密度极大。看看它是如何循着银心棒,同时绕开了英仙臂的边缘的。同样要注意的是同一个旋臂上有多少塔体世界。我们的现实空间结构,我们的时空结构,并非扁平的,而是因物质的存在而弯曲。在曲率最大的地方,现实空间侵入了天界,就像是浮在水上的物体,或是放在布上的重物。这些质量聚集区让我们的导航者能在旅途中的恰当地点引导出入。星炬是一个灯塔,这些质量聚集区则是海中的岛屿,是夜晚海洋中的海岸,是悬崖峭壁,是遥远的山峰。但布料弯曲的地方也是更加脆弱的地方。

"现在,"基里曼说道,他挥挥手,地图改变了,放大到泰拉西北方的一个地方,"这里是马科塔海峡,位于马科塔星区的中心,"基里曼说道,"它正位于大裂隙断层线的南边,但这里也是一个大质量区域。这片星云被称为科瑞弗瑞肯,是一种恒星现象,其中央有着不同寻常的密度。屠杀远征军正穿越海峡,前往海德拉弗尔,并绕过了通过莫达克斯的更直接的路线。"

"莫达克斯亚星区遍布兽人,"梅西尼乌斯说道,"自从那个铸造世界陷落以来便是如此。他们可能是在避开兽人。"

"兽人对于大敌而言只是个小麻烦，"基里曼说道，"我猜测，绿皮的存在与远征的路线无关。马科塔海峡的质量存在扭曲了时空，在这里破坏我们宇宙的自然法则更加容易。穿越海峡，他们会更快地切开现实空间，暴露亚空间。基于大敌当前的路线、活动以及他们打开物质界暴露于亚空间的结果，我提出这么一种推测。看看当屠杀远征军到达科瑞弗瑞肯时会发生什么。"

地图进一步放大到马科塔海峡，显示出一片布满新生恒星的密集星云。数十颗太阳密布在边缘，如同灯笼一般点亮了星云。星云中心缓缓旋转，划出长长的尘埃和气体，几乎就是微缩版的银河系。几条卷须的尖端是新近燃起的太阳。向外看去，年轻的恒星在吸积盘中散发出暗淡的光泽，那里正形成新生的行星。

一道闪光从左上方穿越星云，直到右下方，在模拟的虚空中划过几个绿色的名字：西扎朗、弗摩尔、阿凯尼、洪堡世界，还有几个新近的定居点：新临星、展望星、远临星等，三十个太阳都被圈出标示为帝国所有，另外一些则由小标签标示出帝国的存在。

许多暗红色的箭头自北方的恐惧之眼而来。它们朝着最北边的世界散开，在它们触及帝国世界的地方，标识符便改变了。远临星是第一个，如同熄灭的蜡烛一般闪烁消失，它的名字灰化暗淡。其他名字持续得更久一些。其中一些名字亮着惨淡的红色。

随着红色箭头扩散开来，蓝色箭头自星区外进入，大部分来自海德拉弗尔，它们与红色箭头交锋，并巩固了诸多世界。几个红色小箭头消失了。更多的蓝色箭头被消灭了，或是调转回头，规模缩小。更多世界被屠杀远征军所夺取。整场战事通过符号来展现，但阿瑞欧斯能够想象每个沦陷世界所遭受的苦难，而损失仍在持续，十分严重。

在远征军身后是亚空间裂隙的紫色污迹。它起初很小，是一片令人不快的颜色，但随着远征军突入星云，裂隙扩大了。裂隙跟随着红色箭头，如同跟随在大军身后的食腐鸟，穿过每一个被征服的星系，展开紫幕，如同巨翼的阴影。更多世界被亚空间所吞没，更多文本灰化暗淡。一种模式浮现而出：裂隙以一道宽阔的螺旋形态移向星云中心，同时红色和蓝色箭头刺击分裂，包围撤退。两个蓝色小箭头刺向裂隙的尖端，一个调转回头，另一个则消失了。

弗摩尔星系有一场聚集。各方的箭头都汇聚于此，随后蓝方被击退了。帝国部队向银河西南面撤退，海德拉弗尔为其提供了安全港。

"我们已经经过了当前时刻，"基里曼说道，"接下来的是推论。"

在模拟的未来中，最后一批绿色世界遭到了攻击并被夺取。裂隙逐渐进逼星云，随后如同利箭穿眼一般刺穿了星云。

整个星云凝结了。紫色的光芒涌入图像，向四面八方扩散开来，如同受到感染的动脉将疾病传遍全身，同时向顶部地图外的大裂隙扩张。一条参差不齐的长长根茎涌向海德拉弗尔。地图再次缩小，显示出扩张的裂隙刺穿海德拉弗尔，并卷向泰拉。马科塔星区的裂隙与诅咒瘢痕完全融合。与更大的亚空间风暴的连接为其提供了能量，使其飞速向前，距离王座世界只有几光年，同时数百个红色箭头与之并驾齐驱。

"停止模拟。"基里曼说道，动画停下了。"屠杀远征是一个威胁，但并未威胁到整个帝国。血神的战争自会燃尽自身，但大裂隙的这场扩张必须阻止。这会为阿巴顿提供一条通往太阳系的道路。"他说道，"我们必须假设这是他的主要战略目标之一。泰拉危如累卵。我们的初期战略是夺取太阳星域边缘的八个关键亚空间枢纽。但当前只有沃勒斯在我们的掌控之中，我们的远征军实际上被困住了。第五舰队本应迅速离开前去夺取莱西拉，打开南路。第三舰队则随之夺取死寂世界奥尔梅克，取得西路。然后我将会启程。控制亚空间门是我们巩固帝国圣域的关键。唯有当圣域安全了，我们才能考虑涉足大裂隙之外，如果那里还有东西存在的话。但现在这项战略的第一阶段必须重新考虑。"地图消失了，战略室陷入昏暗之中。

基里曼的眼窝阴影中似乎燃烧着微弱的火光。"必须阻止屠杀远征军。我们的部队将会通过沃勒斯门前往海德拉弗尔。这趟旅程会很漫长，第三舰队得依靠自己的补给，直到其抵达海德拉弗尔，而奥尔梅克必须得等等了，但我已经决定了。"他看着阿瑞欧斯和梅西尼乌斯，"我现在告诉你们这点，因为这会直接影响到你们。凡勒斯库斯将得偿所愿。"

"第三舰队第一个启程。"

第二十七章

高尚戒律

沃勒斯的亚空间门

第三舰队的航线

  在嘹亮的号角声中,第三舰队从泰拉轨道启航。凡勒斯库斯的旗舰高尚戒律号第一个出发,脱离守护它的轨道船坞,驶向黑暗无垠的虚空,它就像其女主人一样满怀信心,令人钦佩。这是一艘奥伯龙级战列舰,曾经是半人马座战斗舰队的指挥舰,高尚戒律号如同一把巨大的刀刃,犁铧舰艏的大小堪比一艘轻型巡洋舰。

  尽管就其质量而言,它的武备较少,它的大部分运载能力都给了飞行甲板,而作为一艘航母,奥伯龙级很出色。高尚戒律号进行了广泛的改造,安装了比常规型号更多的机库,因此其运载量达到了惊人的十支中队,包括轰炸机、战斗机和突击艇。随着高尚戒律号离开船坞,这些飞机以紧密的编队伴随着它,小飞机和巨型航母之间的体积差别突显出了这艘旗舰的庞大。

  为了支持不屈远征,这艘船得到了进一步改装。上层建筑配备了大量战略和通信装备,其中大部分由贝利撒留·考尔设计,舰艏则布满了占卜阵列,强化了其作为指挥舰的能力。这些新装备要么是仿造自新近发掘的古老设计,要么是基于考尔开发的全新造物。大贤者的对手们指控他,一私藏古代知识,二实施危险的创新,并且在这两方面都是一个技术异端,但使用其造物的人并不在乎机械教的那些小牢骚。这些新设备比舰船此前携带的那些更小更优良。考尔有许多敌人，保守团体发出日益激烈的呼声，要求以行为不端的罪名对其进行判处。然而，帝国海军对考尔怀有极高的敬意。对于虚空海员而言，更大的炮、更好的引擎胜过任何神学辩论。

考尔则并未表露他对于这一切的看法。

在精心编排的武器射击和绚丽的烟火表演中，高尚戒律号启航了，其麾下的舰船在它身后编队航行。在泰拉上仍然拥有秩序的地方，国教修会的教士们敦促崇拜者们为舰队的成功奉上祈祷。为了帝皇及其重生之子的荣耀赞歌重复了数天，人们的嘴唇纷纷干裂流血。技术神甫集会举行仪式，呼唤机械神，确保所有技术设备都能良好运作，这是近千年来前所未见的大规模崇拜之举。随着舰队驶向火星，一支皇家星界舰队的分遣队并入其中，而在其经过时，红色行星陷入了狂热的崇拜之中，制造产量短暂激增到了百分之三百多。

舰队向外驶入黑暗，穿越人类步入虚空的首个百年便将之挖空的小行星带，穿过土星、木星、海王星和天王星。随着舰队跨越每个行星轨道，更多的舰船加入其中，单是木星造船厂便清空了伽利略卫星的整整三十六座船坞来扩充凡勒斯库斯的部队。为了避免扰乱进入太阳系的船流，舰队越过了星系内的极乐之门和冥府之门，前往日球层顶之外的主要孟德维尔点，庞大密集的第三舰队在那里才能够一起安全地进入亚空间，而最慢的舰船从泰拉全速航行至那里也需要大约五天时间。

实施迁移很容易，来自帝国各处的无灵室女保护着舰队麾下各个战斗群的大型舰船的导航者。她们的存在令灵能导航者们非常痛苦，但减少了他们遭到亚空间侵袭的危险，同时，通过小小的技巧，她们能够充当一道屏障，降低导航者在激烈能量中的暴露程度。大型舰船充当着小型舰船的牧羊人，第三舰队穿越非物质界，朝着沃勒斯的亚空间枢纽前进，它们航行于一条主要通道，舰队达到了自大裂隙打开以来从未有过的速度。

舰员们为噩梦所困扰。在亚空间旅途中，许多飞船报告出现了轻微灵能显灵，还有常见的自杀、精神错乱以及其他令人悲伤的事件，但并未出现重大缺口，也没有舰船损失于恶魔侵袭或是导航错误。

舰队迅速抵达了沃勒斯。变幻莫测的亚空间航行在大裂隙之后变得愈发难以预测，而计时几乎是不可能的，但舰船的计时官在伴随舰队的一对时间庭秘密特工的帮助下，根据沃勒斯的当地时间，测量出这场旅程花费了大约两个半月的时间。

舰队停留在星系边缘，向帝皇表达感谢，同时每艘船上的每个小教堂都响起了钟声。

舰队只在沃勒斯休整了三天。有几艘船在亚空间中遭受了损害，被迫留下。更多补给被带上了船，但没有增援部队加入。

沃勒斯一直都具有战略意义，但大裂隙剧变改变了主要的亚空间潮流，许多潮流都因此汇聚到了这个星系的现实空间层之下的一个枢纽，从而使其愈加重要。基里曼亲自阻止了沃勒斯毁于敌手，而如今它正转变为一个堡垒世界，这是帝国部队能够突围而出的宝贵门户。

星图部以及导航者家族内更加神秘的卜卦师仍在绘制汇聚于沃勒斯的稳定潮流的改向路线，但没有迹象表明任何潮流能将第三舰队直接从位于太阳星域东部边缘的沃勒斯位置带向西北方，他们的航线需要他们原路返回穿过泰拉，再到太平星域的边缘和海德拉弗尔。凡勒斯库斯在他们的短暂逗留期间一直在与她的首席导航者和最高阶的寂静修女进行闭门会议。几小时过去了，时而还爆发了激烈的争论，他们最终产生了一条最佳路线，其中不可避免地涵盖了多次短距亚空间跃迁以及随之产生的危险。

第三舰队和其来时一样迅速离开了，舰队中的大批舰船遮蔽了沃勒斯夜空中的星辰。

从沃勒斯出发，穿越建造中的星堡骨架以及守护太空航道的庞大舰队，第三舰队进一步前往孟德维尔点，并再次驶入亚空间。

从那时起，旅途便愈发艰难。舰队损失了更多舰船，许多船上都发生了侵袭事件。

几周后，舰队抵达了。

第二十八章

海德拉弗尔

高升之人

枢机主教布加里斯的遗产

  海德拉弗尔在星堡高升之人号的火炮阵列的注视下旋转着,肥硕又肮脏。审判官罗斯托夫和他的一小群追随者与阿莎盖准将及其指挥队伍一同走在平静走廊那长长的环道上。这条路很长,走廊中自始至终都排列着来自不同团体的部队,星界军兵团、星际战士战团、战斗修女修道会、机械修会以及人类战争机器的其他各个部门。他们的种类形体从符合人类历史上任何时代的标准人类,到近乎异端的突变体、大幅强化的半机械人以及高耸的超人,可以说十分丰富。尽管他们在身形、武装和制服等方面有所不同,但他们的目标是一致的,所有人都骄傲地展示着第三舰队的标志。

  舰队司令卡珊德拉·凡勒斯库斯在摆明她的观点,而海德拉弗尔这个世界的历史正是建立于此。

  平静走廊呈曲线绕过了如同责备的手指一般指着下方行星的腹部信号阵列,这里是这个太空站强大装甲上的一个弱点。尽管在遭到攻击时这里能够关闭,但它为要塞的跳帮者提供了一个可能的入口,芬纽拉想。然而,这个走廊的政治价值胜过了其脆弱性。海德拉弗尔长久以来一直是帝国不同阵营间的紧张关系地,组成走廊连续观景墙的优美泡状区段便是帝国力量本质的必要证明。

　　海德拉弗尔是一个分权的世界。大气层的界线之上是海军的地盘，之下，国教修会和机械修会共同统治着行星，两者关系并不稳定。灼热的气体化作虚无，一排排轨道防御设施相互凝视，位于稀薄大气中的设施覆着塑钢打造的圣人雕像和奇迹浮雕，位于虚空中的设施则更加寡淡，装饰着老鹰，雕刻着星图，还有记载着重大胜利的荣誉卷轴。太平战斗舰队的实力在虚空中可见一斑，同时从轨道上也能清晰地看到覆盖于海德拉弗尔地表上的宏大教堂和制造厂。

　　造成这种三权分立的原因可以追溯到四千年前的叛教时代，这个世界可耻地向枢机主教布加里斯的部队投降，但让这种难以控制的权力安排留存至今是具有战略智慧的，因为这样能够防止任何一个组织对一个战略性的关键星系实施控制，同时这也是帝国主要修会间权力制衡的缩影，三个组织凝聚在一起比单个组织更加强大。

　　海德拉弗尔是人类帝国的一个大型堡垒世界，坐拥着太平星域的主要海军基地。其位置接近太阳星域的北部边缘以及朦胧星域的南部边区，这意味着它的舰队常常受到呼叫而在这两个星域打仗，就和在其本土星域一样，太平星域的广大边界延伸到了银河的南端和西端，光晕星群构成了面对星系间虚空的稀疏边界。由于离恐惧之眼很近，其舰船千年来始终处于保卫卡迪亚的前线，在卡迪亚之门陷落时，它的损失也十分严重。

　　然而海德拉弗尔仍然挺立。近几个月它三次遭到混沌的袭击，其火炮从未失灵，不论是在黑暗如同幕罩一般笼罩星炬之时，还是在大裂隙劈开天空之际，海德拉弗尔的要塞从未陷落，其舰船亦从未沉毁。

　　如果要依据多方兵力来源、不屈不挠的品行以及凶多吉少之时拒绝接受战败的顽强意志来选择一个代表帝国典范的世界，海德拉弗尔会是个不错的候选。

　　芬纽拉跟在罗斯托夫和阿莎盖身后，他们一言不发。阿莎盖浓妆艳抹，华冠丽服，她的拖裙需要四位水兵拿着。罗斯托夫盔甲锃亮，光彩夺目，他的红色披风划过阿莎盖织锦旁的闪亮地板，飒飒作响。圣阿斯特打击群的指挥官们身着他们的军服，每个人的胸前都闪着勋章。这是个足够正式的场合，连罗斯托夫的邋遢游民队伍都好好打扮了一番，除了那个异形蹒跚行走着，披风褴褛,面露傲慢,刺激集结的人类保护者们将之击倒。这是她想要摆明观点的又一体现。

芬纽拉讨厌政治,但她无法避开政治。政治是人类奋斗中的必然副产品。不论人们是嫌恶政治还是喜好政治,都不会远离政治,只有蠢货才会鄙弃政治。

行星辐射出数千码头设施,排列整齐,长长的金属带伸向群星。他们正位于赤道轨道平面的对地同步锚地,因此当他们在日中光芒中往下看时,海德拉弗尔就像是一个外星国王的宝石球。一段段长长的设施通过能量输送管连接在一起,但并没有达到月球或是火星的人造环带的规模。如果说它们不如太阳系的造船厂那般雄伟,那么至少海德拉弗尔的船坞能比肩它们的生产力,海德拉弗尔设施的绝对产量仅次于一个铸造世界。

当圣阿斯特打击群从夜面驶入时,海德拉弗尔的近地虚空已经挤满了舰船,这是一幅令人愉悦的场景,展现着帝国的实力。在基里曼的命令下,多支星区舰队从太平星域、朦胧星域和太阳星域各处来到了这个世界,集结于此。其他一些船是在星炬失效大裂隙后的灾难期间来到海德拉弗尔的,它们被环绕第四颗行星的第三个卫星上的中继站所吸引,那里的地表上坐落着星语庭的一个大神殿。

在场的舰船已有数十艘之余,又增加了第三舰队的数百艘。它们的光芒超越星辰,比肩这个星系的太阳。芬纽拉在她整整二十年的持续服役中从未见过如此多的战舰聚集于一个地方,其中包括她从未见过的舰船型号,还有她能通过轮廓便立刻辨认出的船,因为第三舰队中拥有许多负有盛名的舰船。看到围绕海德拉弗尔的这一切,芬纽拉相信帝国能够取胜,古老的叛徒能被击退回亚空间。

第三舰队的规模难以尽收眼底,而这场景令她将弗摩尔Ⅲ的可怕战斗抛之脑后。有了这支远征舰队,战斗几小时内便会结束,那个世界也将得到拯救。帝皇啊,她想,有了第三舰队,他们能够在几天内便夺回整个马科塔星区。

这场游行在他们走完整个环道后开始令人烦躁。芬纽拉从不喜欢仪式,这就像政治一样令她烦恼;事实上比政治更甚,因为政治是必要的,仪式却鲜有必要。她曾见过人们因为停下进行仪式而死。平静走廊很长,她的军靴很紧,她的脚在这趟旅途结束前便在疼了。但她仍依照人们所期待的那样不动声色,挺直身子行走着。

第二十八章

最终，长长的步道来到了尽头，前方传来的肃穆歌曲宣告着他们走完了步道。

"祭司！"她听到那个外星人说道。陪同罗斯托夫的一个男人——是身着整洁的星界军中尉制服的那个，不是那个穿着褶皱做训服的邋遢鬼——朝着那个异形说了什么。他的话音很小，芬纽拉只听到了那个外星人的回答。

"什么？"那个令人厌恶的东西说道，随后发出大笑，仿佛它正身处一个异教集市，而非被帝国的战士和帝国的力量所包围，"是啊，我相信诸神，但我不崇拜它们。诸神的麻烦胜过诸神的价值。"

走廊分叉开来，这里距离他们出发的地方大概只有几百米，芬纽拉猜，因为她能再次看到行星船坞中的圣阿斯特号以及来自弗摩尔的其他舰船。圣人们戴着斗篷，聚集在一起，空气中混合着焚香味。一位肥胖的主教在一个多腿运动讲坛上带着他们布道，那个讲坛的神圣雕刻中夹杂着武器枪口和瞄准镜的沉稳闪光。

一扇门打开了，露出了另一扇门，随着第二扇门打开，第三扇门也露了出来，其后是更多扇门。每一扇门之间的距离不到十二米，这些门将走廊划分为一连串前厅，门关上时的轰鸣声点缀于教士们的歌唱声之中，空气因感谢帝皇及其神圣子嗣的赞美声而振动着。他们经过了好几个这样的小房间，这里分别供奉着帝皇、海军的圣人们、机械神，最后是复仇之子。最后一扇门十分庞大，有十二米高，差不多一样宽。二十位身着白袍的教友推开了门，大门向内缓缓转开。枝形吊灯的光芒照亮了巨大的浮雕，一块块镶板讲述着过去四千年的星球耻辱和帝皇的审判。

前方是一个巨大的大厅，数十个帝国组织的徽章悬挂在高大的蓝色纹理柱之间的链条上。大厅呈圆形，有数百米高，天花板是一个黑色的巨大穹顶，显示着从泰拉方向望去的太平星域的七个关键星座。

面对大门的整个半弧大厅人山人海，金印紫绶，陆离斑驳。在人群中央的是一个浮动平台，上面搭载着众人的魁首们：星际战士、将军、海军将领，而身处最前方的，乃是舰队司令卡珊德拉·凡勒斯库斯夫人。

罗斯托夫和阿莎盖的小队伍走上前来，停在了一排华冠丽服的武装兵面前，他们的装备更像是暴风忠嗣而非简单的海军部队。阿莎盖从她的荒谬服装中伸出一只手，招呼芬纽拉向前，于是芬纽拉匆匆来到了她的女主人身旁。

那个重力平台降了下来，停在了离地几米的地方。平台前方折下台阶，凡勒斯库斯迅速走了下来。

"审判官罗斯托夫。"凡勒斯库斯夫人说道。她转向阿莎盖，奇异的有褶蕾丝和层层丝绸沙沙作响，义眼在聚焦于准将时呼呼飞转。芬纽拉鲜有见过如此精良的义眼，那个人造虹膜如同蓝宝石一般明亮，替换凡勒斯库斯右眉和上面颊的闪亮铂金精雕细刻，色彩斑斓。相比其他大部分丑陋的强化体，这简直是个珠宝。芬纽拉猜想，凡勒斯库斯本可拥有完美的仿生体，却并未选择如此。她散发着财富和祖传权力的气息。

"你一定是阿莎盖准将了。"凡勒斯库斯说道。她伸出一只手，并非为了握手，而是朝着准将示意，仿佛舰队司令为了强调自己指的是阿莎盖。

王座啊，凡勒斯库斯真高——以普通人类标准而言几乎显得反常。她也不瘦，而是体格健壮，肌肉结实，肩膀宽厚，腰部较细。她那奢侈的衣物令她显得更大，因此她填满了人的整个视野，排挤出站在她身后的众人。她似乎比生命本身还要高大。

她的衣服是一件镶有宝石的连体紧身衣，紧贴着她的臀部、脚踝和手腕，膝盖下和肩膀处呈多层喇叭状。她的脖子上戴着一块精美的链条，她的每根手指都戴着精致的指环，上面的雕刻拥有堪比她强化体的油质光泽。她的帽舌很尖锐，如同一只鸟喙，脑袋两侧是长长的羽毛，根部呈黑色，但中间如同彩虹一般五彩缤纷，直到顶部呈现出最纯洁的白色。单看她的脸庞会显得很丑陋，因为那副脸庞宽厚且毫无女子气质，但在凡勒斯库斯身上，结合她的举止、身高、姿态以及这位女人散发出来的极度自信，她显得凶悍而美丽。

阿莎盖僵硬地敬了个礼，她的服装显然让她很不舒服。凡勒斯库斯饶有兴趣地盯着她，芬纽拉能感觉到阿莎盖感到了刺痛。这两人之间会产生麻烦的，她确信。她们太相像了，芬纽拉想。两人都令人生畏，都很高，都很壮，两个女人都会摧毁挡在她们目标面前的任何人。但凡勒斯库斯在这些方面要胜过阿莎盖：她是另一个层次上的阿莎盖准将。阿莎盖的缕缕粉发难以匹敌凡勒斯库斯的艳丽不羁，而准将的礼服更加突显了她的劣势，就像是绚丽的相框突显出其中图画的平凡一样。阿莎盖之所以穿上盛装是因为她别无选择，她的不适让她看起来更加可笑。凡勒斯库斯则看起来仿佛每天都穿着艳丽的服装，如同明星一般闪耀。

帝皇佑我，芬纽拉想。这两人会相互看不顺眼的。她已经能在埃洛伊丝的脸上看到恼怒正积聚于她的不适之下。凡勒斯库斯习惯于专横跋扈，她拥有着高贵富足的气质，百代人的影响力令她总是得偿所愿。阿莎盖来自忠嗣学院，天资聪颖，但并无显赫背景。她对那些天生将相的反应很糟糕，她的一大弱点便是妒忌良好的血统。

庆幸的是，她保持着安静。这是罗斯托夫和凡勒斯库斯的事务：他们被召唤到舰队司令的面前只是因为他们将罗斯托夫送到了海德拉弗尔。像这样在没有特雷赫斯康上将和马科塔战斗舰队的其他成员在场的情况下面见凡勒斯库斯乃是借来的荣耀。芬纽拉和阿莎盖只是旁观者。

"你以令人钦佩的速度回应了我的召唤，"罗斯托夫说道，"感谢你。"他略微低头，这是他给予舰队司令仅有的尊重。

凡勒斯库斯笑了。她的牙齿如同打磨的珍珠，平滑又整齐。

"我收到了你的信息，如果这是你的意思的话，审判官。第三舰队一直打算前来这里，不过多亏了你，我们绕过了本来的目标，提早来了。不用怀疑，审判官大人，没有人召唤我，这是我的决定。我是不屈远征军的一位舰队司令，我只对帝国摄政王罗保特·基里曼负责。"

"而我只对帝皇负责，"罗斯托夫说道，"别无他人。"他拉开外衣，露出挂在他胸甲环上的审判官印章。

"我明白了，"凡勒斯库斯说道。她看起来有一丝不悦，她并不习惯于这样的讲话，"那好吧，你也许对这场迎接有点失望，考虑到你是对最高权力负责，如果我们的仪式令你失望了，我就此道歉。"

"我并不意外。"罗斯托夫说道，他的声音十分平淡，芬纽拉猜不出他是否感到受到了冒犯。

罗斯托夫举起一只手，伸出他的小指，上面戴着一只非常精致的指环。

"这只指环装有一个阿尔法级隐私场，它会防止任何人听到我们将要讨论的事情。"

"现在吗？"凡勒斯库斯说道，"你知道，我还有场宴席。"她扬起那只仍未改造的眼眉，上面粘着一排宝石。

"宴席可以再等一刻钟，"罗斯托夫说道，"我马上就激活隐私场。我的消息只能传给你，并且不可拖延。我要求你选择一个见证人来倾听，这个人需无可指责，完全可靠，要是你死了，他也能够携带这条信息。"

"我不会死的！"凡勒斯库斯笑着说道，"我的身后有半个大星域的军队！"

"如果敌人了解了我所知道的，他们会不遗余力地消灭你和我。这会耽误你在此的行动。他们会竭尽所能挫败我们，而他们无所不用其极。他们只需要查明是谁。保守这条信息的秘密至关重要。"

"好吧。"凡勒斯库斯说道。她转身呼唤平台上一位身着白色执政官盔甲的星际战士。

"梅西尼乌斯，基里曼信任你，来我身旁。"她朝着那个星际战士勾了勾手指。

在他走下地板时，平台震颤着，他站在了阿莎盖对面，盔甲嗡嗡作响。

"我自己则会选择这位准将，"罗斯托夫说道，"只有我们四人知道所有真相，这也许足够我们开始了。"

凡勒斯库斯显然清楚地知道什么事重要什么事不重要。她将自己的恼怒放到一旁，表情十分严肃，并点了点头："同意。"

"第一副官，这不是你能听的。"罗斯托夫对芬纽拉说道，既不严厉，也不温柔，只是陈述事实，她并不包含在内。

芬纽拉退后，与小队伍中的其他人站在一起。那位星际战士的难以捉摸的目镜跟随着她，她的脊柱一阵颤抖，她并不喜欢离阿斯塔特修士这么近。

"我们开始。"罗斯托夫说道。

审判官扭动他的指环，四人周围的空气变得模糊。他们似乎被冻住了，轮廓变得模糊不清，就像是高度光栅化的图像。所有的声音都停止了，取而代之的是通信系统中急促的噪声，就像是太阳干扰一般刺耳。芬纽拉的通信珠高声尖鸣，她龇牙咧嘴，将之断开。因为隐私场的干扰，周围十五米的所有人都关闭了他们的通信设备。

芬纽拉握紧了双手，皮手套在指关节的紧压下嘎吱作响，让她感觉手套仿佛会开裂，她的皮肤也会裂开，露出其下闪亮的骨骼。帝皇啊，被排除在权势之人外，她感到紧张无助。凡勒斯库斯队伍中的许多人也和她做出一样的表情，但这并未令她安心。梅西尼乌斯、凡勒斯库斯、阿莎盖和罗斯托夫的四人小群像颤抖着。她在想，如果自己走进隐私场会发生什么？她此前从未见过像这样的东西。她觉得不会有好结果的。

她的身后传来一声无聊的叹息，一个沉重的身子坐在了地上。芬纽拉转身看到了那个小异形奇尔克，她将长袍搭在交叉的双腿上，并拿出了一个皮袋。

"你在看什么？你们这些人不知道盯着别人看很粗鲁吗？"她从包里拿出某种臭烘烘的口粮棒，并开始咀嚼。"别盯着看，放松些，"她大张着嘴说道，"我们可能得等很久。"

第二十九章

审判官罗斯托夫的差事

审判官戴尔的工作

心中人选

"夫人们,连长。"罗斯托夫说道,向每个人微微点头。他有着贵族般的姿态,梅西尼乌斯想,这个男人泰然自若,举止从容。在这方面他和凡勒斯库斯以及梅西尼乌斯一样,他们皆是出身显贵。阿莎盖则是个异类,她举止僵硬,过度警觉,她是一个被高贵血统包围、出身平凡的强势之人。

"感谢你们陪我加入这场会议。"罗斯托夫说道。他平静自若,近乎冷淡。他的双眼非常明亮,那是灵能者的眼睛,梅西尼乌斯想。他能够感觉到这个男人精神中的寒意,他的身上有种爬行动物的品性。

"我会尽量简短,"审判官继续说道,"我们说的时间越少,我们便能越快地前去阻止敌人,成功的概率也就更大。"

梅西尼乌斯体会到了四人的些许紧张情绪,他同时思考着原铸战士要花多久才会重新学会人类的肢体语言。当下有些星际战士甚至完全无法理解普通人类。尽管白色执政官比大多数星际战士更加贴近大众,但升格的过程和抑制的恐惧会完全剥夺一个人的情感,而对于原铸战士而言这尤其棘手。

凡勒斯库斯在罗斯托夫停下歇口气的那一刻便试图夺过这场谈话的控制权。"你来此的任务是对抗屠杀远征,你的印章是属于异形庭的,"她说道,"我了解你们并非完全受限于一个调查领域,但看到一个异形猎人对抗混沌势力,这实在不同寻常。"

"我们全都在对抗混沌,夫人。"罗斯托夫说道,他几乎令人难以揣摩。

基里曼对凡勒斯库斯的评估是准确的。她傲慢固执,过于独断,略带侵略性。梅西尼乌斯的头盔微微转向审判官,观察他的反应。他发现凡人间的这些互动十分有趣。

"我是异形庭的,没错。"罗斯托夫说道,他的说话方式拘谨审慎。这个男人只会在他需要的时候开口讲话,梅西尼乌斯想。梅西尼乌斯利用他的传感器读取罗斯托夫的心率。果然,罗斯托夫的心跳完全稳定在每分钟六十下,凡勒斯库斯根本没有令他慌乱。

"一开始我只是在简单调查一种物质的盗窃和非法交易,这种物质被称为夜曲石,这项调查却将我引向了横扫这个星区的远征。"罗斯托夫停顿了下,给凡勒斯库斯留出了一个可以进一步插嘴的机会。这是在挑战,而非出于礼貌。凡勒斯库斯扬起了眼眉,因此罗斯托夫继续说道,"你手下的特工已经告知了你,这场前往海德拉弗尔的远征身后留下了一道亚空间裂隙。"

"有意思,"凡勒斯库斯说道,露出一丝微笑,"关于这件事的第一个消息来自你,不过我已经确认过了。基里曼大人认为,战帅阿巴顿意图进一步扩大大裂隙。我相信这个目标便是海德拉弗尔。这并非某个混沌军阀的孤立行动,而是颠覆银河秩序的宏大战略的一部分,而在这里的具体行动便是夺取我们这个无与伦比的堡垒世界。要是海德拉弗尔陷落了,那么三个星域的边界将会处于危险之中,并且会打开从恐惧之眼通往泰拉的进攻走廊。这项战略很简单,但实施的方式很奇怪。"

"你的推论很合理,"罗斯托夫说道,"但你的认识并不完整。我怀疑敌军的行动比我们想象的更加协调。"

"这是自荷鲁斯之乱以来针对帝国最大的一场突袭,"凡勒斯库斯说道,"这当然是有所协调的。"

"你并不了解全貌,"罗斯托夫说道,"我的上司是审判官戴尔,他一直都对黑石怀有兴趣。通过他的努力,我们获得了这种材料的供应以用于研究,并偶然发现了一个交易异形造物成品的网络。"

"机械教近来一直对这种材料很感兴趣,"凡勒斯库斯说道,"他们并不总是遵守律法。我们了解到，自从卡迪亚的塔体陷落以来，研究这种材料便成了他们最紧迫的事务。如果火星人参与了一些异形材料的私下交易，并且最终能让我们所有人受益，那又有何关系呢？"

"并没有太大关系，"罗斯托夫承认，"而且在许多情况下，这种交易是合法的。机械修会已经在这个星域积极开采原生黑石五百多年了，但必须始终警惕异形造物落入错误的手中，因此戴尔承担起了监控这个产业的重任，就在他所负责的星区内。他与大部分主要供应人达成了交易，将他们的活动合法化，并让我们对其实施监督，在我们认为合适的时候拦截异形技术样品。我们警惕着那些拥有各种形式的黑石却又不可信赖的人，主要是游走的贤者，其中一些被我们追查处决了，但还有其他人。久而久之，我们发现了一种令人极为担忧的交易模式。部分成品消失了。我们就此追查到了许多异端教派，并在异端庭成员的帮助下将之成功铲除。然而，即便是成功了，我们也鲜有追回材料的时候，这显然是某种组织性的影响力在发挥作用。"

"但为什么？为什么不直接打掉它？"凡勒斯库斯说道。

"因为那样会揭露其计划的规模。根据我在机械修会内部的线人传来的消息，这项秘密收集已经进行了一段时间。不论是谁在收集黑石，主要都是对异形技术感兴趣，并且他们已经收集了很大数量。我相信这与屠杀远征军创造这道裂隙的方式有关，而且，我相信实际情况更加糟糕。这是我们第一次见到使用黑石的例子。"

"巫术是他们惯常的手法。"梅西尼乌斯说道。

"这些人是血神的追随者，"罗斯托夫说道，"他们鄙视灵能者和巫师。我的情报表明，还有些别的情况，我和我的上司追踪到了某些大型黑石造物，它们被安装进了某种机器中，并能够用来打开现实空间与天界之间的帷幕。我指的是破碎的塔体和其他类似的碎片，大型碎片。"

"基里曼大人告诉过我这种东西。"梅西尼乌斯说道。

"在长时间的调查之后，我们发现了真相。我亲自拷问了许多邪教成员，"罗斯托夫说道，这是他第一次流露出情感，某种痛苦的神情闪过他的双眼，"其中一人提到了一个人。那个对象称这个人为'手'。在痛苦令他崩溃之前，他的胡言乱语揭露了黑石正是通过这个人在整个星域传输的，这让我对'手'的真正意图有了些线索，看！"

罗斯托夫再次举起他的指环。一道细笔般的光束投射出一个绑在椅子上的3D人物图像。他浑身是血，主要神经簇上有几个精确的洞口，几颗牙齿已经破碎。梅西尼乌斯对此人所遭受的原始酷刑感到吃惊。从罗斯托夫的整洁外表来看，梅西尼乌斯以为他的手法会更干净些，但这场酷刑是刀子和钩子、拳头和指骨共同作用的结果，而非痛苦引擎或是更精妙的设备。

"你们会明白的！"那个人在尖叫，"待到星辰淹没，诸神冉冉升起，大能之力将推翻伪帝。他已经拥有了他所需要的，他将发挥其作用。然后，"那人在喘息，濒临死亡，但破碎的牙齿露出胜利的奸笑，"然后你们会知道什么才是自由。"

图像消失了。

"这条信息很难获取。不过，戴尔并不怀疑其准确性，我也不。"

"没别的了？"梅西尼乌斯问道。他很厌恶酷刑，这并不光彩，也很少有用。人为了了结自己的折磨会说出任何事情。

"他很快便断气了，"罗斯托夫说道，"我进行了全面的灵能撕探，他只知道这么多。"

"所以你是个灵能者。"梅西尼乌斯说道。

罗斯托夫点点头。

"是谁的手，或者说是什么东西的手？"凡勒斯库斯说道。

"这是我未来将会回答的问题，"罗斯托夫说道，"我必须看到这个机器。如果我能接近它，也许我就能查明其起源和最终的目的。也许我们能带回俘虏，并引诱他们透露更多信息。"

"这是项危险的行动，"梅西尼乌斯说道，"但基里曼大人相信敌人的最终战略是将亚空间扩散到物质界。关于这个理论正确与否的任何情报，他都有着很大兴趣。"

"那么我们会竭尽所能帮助他，审判官戴尔也害怕同样的事发生。黑石无疑牵涉了进来，这种机器留下的踪迹不止一个，可能还有其他装置，等候着被用来劈开物质界，"罗斯托夫说道，"在我们重夺马科塔之后，我将掌握相关证据。不论这是孤立的事件，还是更大战略的一部分，这都不能继续存在。我们必须阻止这个机器，并对其进行检查。"

"我们应该如何行动，"梅西尼乌斯说道，"它能够受到物理攻击吗？常规武器能否对它造成影响？"

罗斯托夫瞥向他们三人。"我拥有阻止它的方法，并扭转已经造成的一些伤害。"

"什么方法？"凡勒斯库斯说道。

"异形技术。我不会告诉你们详细情况，"罗斯托夫说道，"知道的人越少越好。"他转向地图。"这里应该是这场战役的最高优先目标。一旦我们取胜，我便会向原体发送一条信息，将我所了解的一切传递给他。"

"那如果我们都死了呢？"梅西尼乌斯说道。

"我为他准备了一条封印信息，以防不测。"罗斯托夫说道。

"我打算夺取整个马科塔海峡，"凡勒斯库斯愤愤说道，"我会释放整个第三舰队的力量抵御这场侵袭，并将之焚灭于星辰。是时候提醒这些异端谁才是这个宇宙的真正掌权者，夺得这场远征的首个胜利将会是我莫大的荣耀。"

"你必须见机行事，"罗斯托夫说道，"但坦率地说，我并不在乎焚灭的是马科塔还是我们的敌人。重要的是那个装置，必须阻止它，并且如果可能的话，研究它。"

"我见过，"阿莎盖第一次开口说道，"我们都见过，在弗摩尔。是一艘船，尽管它试图隐藏自己。我没有看到任何装置，但有艘船在裂隙的前方。马科塔战斗舰队曾两次试图摧毁它。第一支远征队根本无法接近它，不论它们航行得有多快，那艘船始终与它们保持着同样的距离。第二支特遣队消失了。这不是普通的敌人，攻击它是不可能的。"

"我同样也知道该如何接近它，"罗斯托夫说道，"天界充能的黑石能在亚空间中创造出共振。追溯它需要花费很多工夫，它必须处于激活状态，并且必须在主观上的一光年内实施，但我们仍有可能锁定并跟踪它。我们会追踪这艘船，在那个机器的正上方突破亚空间，突袭其守护者。"

"你是在说巫术吗？"凡勒斯库斯说道，"审判庭的一些方法值得怀疑。我知道有些激进派会使用任何手段，但我不会容忍在我的船上使用黑暗魔法。"

"不是巫术，而是罕见的科学。"罗斯托夫安慰她。"我有一种机器的设计图可以帮上忙。我会制造一台机器，并且我需要一位导航者，"罗斯托夫说道，"我们需要一位志愿者，跟踪那个机器的轨迹很可能会导致追踪者的死亡。"

"你也需要舰船，至少是一支特遣部队，"凡勒斯库斯说道，"或许是一支战斗群。"

"没错，"罗斯托夫说道，"我猜想你打算对马科塔星区实施一场多路进攻。"

"敌军分布广泛，这是唯一的方法。"凡勒斯库斯承认。

"敌军主力位于裂隙前方。如果你能在我们攻击那个装置的同时带着第三舰队大部进攻敌军主力，那么它们会被吸引开，无法保卫那个装置。我相信敌军认为这个机器很安全，花时间实施警卫任务不是吞世者军团的作风。这项任务应该包含在宏观进攻战略中，而非孤立地行动。"

"显然如此，"凡勒斯库斯傲慢地说道，"那就这样吧。我相信我们能达成合意。在主攻前发起几次牵制攻击会增添些趣味。"凡勒斯库斯放声大笑，令她帽子上的长长羽毛跳动了起来。"不过，为了方便讨论，如果我说不呢？你会用你的印章征用我的舰队吗？"

"你要拒绝？那我会的，"罗斯托夫说道，他那戴着指环的手伸向挂在他胸前的小装饰，那个东西代表着帝皇本人的权力，"但你不会拒绝的。"

"我无法拒绝，不是吗？"凡勒斯库斯说道，"出于良知，以及这会招致的后果。如果我拒绝你，不论是现在还是十年后，审判庭都会来找我兴师问罪。"

"没错，"罗斯托夫简单说道，"你是在忤逆帝皇，死亡是唯一公正的回报。"

凡勒斯库斯嗤之以鼻。"无论如何，我同意。不论这个浮夸的理论正确与否，都必须阻止那艘裂隙船。如果你是错的，烦扰人类国度的只是一种邪恶之物，那它也会被消灭。如果你是对的，那么我们将对敌人占据上风，并阻止大裂隙向南延伸。"

"这便是这场会议必须保密的原因所在，"罗斯托夫说道，他严肃地看着他们所有人，"唯有我们四人知道我所发现的真相，这艘船并非源于大敌的恣意残酷，而是一项精密计划的一部分。第三舰队内会有敌方的特务，舰队司令夫人。也许今天你带来的男男女女之中就有叛徒，并处于攻击距离之内。唯一将我们分隔于胜利和失败的便是这个隐私场。你派给我前去击杀这个邪恶之物的部队必须对他们的猎物一无所知，直到最后一刻。只要敌军相信他们是安全的，他们就是脆弱的。如果他们意识到我拥有追踪到那艘船的方法，或是我拥有使他们的机器失效的方法，那么那个机器就会消失。保守秘密必须成为我们的格言。"

"那么关于谁来执行这项任务已经成了既定事实。"凡勒斯库斯说道，她看向阿莎盖准将。

"我的确已经有了心中人选。"罗斯托夫说道,他露出了淡淡的微笑。

阿莎盖抬起下巴,她那帽子和高领之间的脑袋似乎又小又脆弱,但她满怀自豪。

"圣阿斯特打击群会执行这项任务,"她说道,"为了帝皇。"

"是圣阿斯特战斗群,"凡勒斯库斯纠正道,"你现在属于我了,准将。"

第三十章

必要的牺牲

斯科洛斯接受

穿越亚空间的路

没有人告诉斯科洛斯·艾夫哈弗雷德和其他人这项任务会是致命的，但从他被唤至圣阿斯特号的那一刻起他便知道了。他不需要利用自己的能力便能读到阿莎盖准将及其助手所流露出的不安，阿莎盖将打击群的二十位导航者召集到了指挥甲板的舰长室，并板着脸要求推出一位志愿者。

斯科洛斯看着他的同僚们。他们代表着十七个导航者家族，他们的出生地从各自独特的着装方式和形态便能看出。大家面面相觑，没有人讲话，没有人想要第一个说不。

斯科洛斯做出了表率，总得有人出来说点什么。

"准将夫人。"他说道。他的声音尖细又刺耳，这是他的声带变异的结果。这种变异是如此显著，以至于他那扭曲的喉结都清晰可见，他则习惯用鲜艳的领带挡住自己的喉结。斯科洛斯一直都很讨厌自己的声音，这让他听起来像是落进了氦气罐中，他尽可能地试着让自己的声音显得端庄，并以礼貌的举止和诙谐的幽默隐藏起他对自己声音的嫌恶。

"我想我必须代表在场的所有导航者发言。"他说道。

阿莎盖看向他，斯科洛斯看到了阿莎盖有多疲惫，但她的下巴仍然紧绷，满怀决心。

"我们并不愚蠢，"斯科洛斯和善地说道，"不论是谁承担起这项任务，他都会死的。"他举起拐杖，杖顶朝着他的同僚们挥舞。他的双手也有变异特征，每根手指上都有一个额外关节。他的手套隐藏着这种畸形，只有最善于观察的人才会发现。"在场的所有人既非最高级的导航者，"他说道，"也非最低级的。我们是足以胜任中上层任务的导航者。因此，我猜想，您需要的志愿者要有些技能，但又并非是对舰队和远征军不可或缺的人。"

阿莎盖一言未发。

"跟随您的两位军官看起来很不安，"斯科洛斯说道，"我怀疑他们之所以那样，是因为他们与我怀有同样的逻辑。他们也许和我们一样对这项任务的性质知之甚少。这表明，这项任务不仅危险，还非常重要。您保守着这个秘密，防止敌人知悉，我相信，假若如此，这项任务定是至关重要的。"

作为一舰之长，阿莎盖拥有与导航者打交道的许多经验。斯科洛斯也能看得出来，阿莎盖并不喜欢这样。有些舰长讨厌他们的导航者，而他们更讨厌的是他们不得不依赖导航者。阿莎盖是个异形嫌恶者兼突变体讨厌者。

"说了这么多，你想怎样呢，导航者艾夫哈弗雷德？"她冷酷地说道，"这项任务无利可图。这是效劳帝皇的行动，而非合同谈判。"

她并未驳斥斯科洛斯所说的，对他而言这已经很好了。

"我什么也不想要，"斯科洛斯说道，"我只想要确定我所自愿参与的这项任务的重要性。"他的拐杖包头敲了敲甲板："您是否接受我的效劳，为了人类帝国的伟大荣光，为了泰拉之帝皇？"

阿莎盖扬起眼眉。"你自愿参与？"她说道。

"我猜想待到只剩我们二人时，你才会告诉我更多细节，在这艘船的圣所内。"

"是的。"她脸上的线条放松下来，她曾以为这会很艰难。

"这是我的职责。"斯科洛斯瞥向其他导航者，斥责他们的懦弱。"我只要求一个好处。"他说道。

阿莎盖的面容再次绷紧了。

"我说了……"

"不是为了我的家族，而是为了我。"斯科洛斯露出了他最迷人的笑容。

"我请求您将我的犬马之劳告知我的家族,告诉他们我自愿赴死。我被视为不够纯洁,不能拥有子嗣。"他解释道。尽管他的变异很轻微,但他的家族近来遭受着变异的困扰,他们的繁育准则收紧了。斯科洛斯用牙齿咬下他的手套,卷了卷手指,让阿莎盖看到他们相较于人类神圣常态的变异,随后又拉下他的领带,露出喉咙上丑陋的肿块。"我希望我的名字能被光荣地铭记,我,斯科洛斯·艾夫哈弗雷德,是我家族的一位有用子嗣。尽管我的躯体上有这些印记,但我的灵魂是纯洁的。"

阿莎盖理解斯科洛斯的动机,她对荣誉的认同感胜过她对突变的厌恶。

"没问题。"她说道。

"那么我很高兴接受这项任务,不论结果如何。"

当斯科洛斯在导航者首席椅上发出他的临终尖叫时,他才发觉他对于做出正确之事的渴望似乎是个错误。

旗舰的圣所很大,是真正贵人的居所,是斯科洛斯垂涎已久的领地:这是一个巨大的装甲球体,五层甲板高,充斥着普通帝国公民只能想象的奢侈之物。

当他踏入并接受导航长瑟佐拉斯的迎接时,他让自己陷入了小小的幻想,幻想这个住宅属于他,幻想自己最终在人类的统治阶层中取得了正当的地位。

那个愉悦的时刻在此时似乎变得遥不可及。

圣阿斯特号一头扎入了危及船只的亚空间潮流中。红金相交的无尽漩涡翻江倒海,从某个角度看,它十分美丽。看向那漩涡的任何普通人都会毙命。那光芒中的恶意会熏黑灵魂,但这并非斯科洛斯尖叫不止的原因,他那令人讨厌的尖细声音因数小时的痛苦尖叫而变得嘶哑。他全身上下血脉偾张,汗如雨下。他的亚空间之眼流着鲜血,而他仍在尖叫。斯科洛斯的面前是一个黑石亮钢打造的机器,其中的射气腐蚀着灵魂。他强迫自己盯着那奇怪的显示器,遵循着上面划过的痛苦光点。

圣阿斯特号的导航室还有另外六个导航者座,这是他们身处严峻时期的表象。斯科洛斯占据着房间正中原来的座位,侧方中最外围的两个座位由低级导航者所占据。他们的亚空间眼和人眼都蒙着,看不到斯科洛斯必须忍受的景象,他们只是为斯科洛斯提供些许力量,而即便是那微小的努力也可能会杀死他们。

这是不屈远征舰队中的惯常做法——两位无灵室女沉默地站在导航室的前方，阻挡着涌入圆屏的可怕能量。她们的存在也令斯科洛斯感到疼痛。对于斯科洛斯的亚空间视野而言，灼热的光芒与无尽的阴影相互斗争，两者都对他产生了伤害。

这种痛苦无比强烈。他全身发热，心脏剧痛，喉咙发红，然而他仍然坚持着履行职责。

"找寻亚空间中的囊肿，"审判官罗斯托夫在他展示他制造的用于追踪裂隙的设备时曾这么说，"那是天界和物质界交融的地方，但在那里的边缘，有种坚硬又怪异的东西，不属于这两个界域。它和你所见过的任何东西都不一样。我提供给你的这台机器会引导你，但也会杀死你。"他能告诉斯科洛斯的就这么多，因为尽管他也是一位灵能者，却并非导航者。

斯科洛斯果真发现了那个黑石装置留下的尾迹，那是一抹浮油，如同水中的鲜血，仿佛现实空间将其内脏吐入了永远饥渴的亚空间巨嘴中。物质的解体以及亚空间中形成的短暂现实一同激起了强烈的湍流。舰船翻来覆去，危险异常。透过亚空间圆屏，斯科洛斯只能看到物质消散产生的汹涌能量。风暴愈发险恶，痛苦愈发深切。毫无疑问，他们处于正确的航向上。一块小小的坚硬空间在显示器周围旋转，他追了过去。

对于斯科洛斯而言，整个房间都充斥着可怕的怒号，但对身处灵能屏障和遮光的活性玻璃后的在廊台中工作的技师和其他导航者而言，他们只能听到他的尖叫声。

在一位导航者航行时让其他人也在场，这并非惯常做法，但在没有一支完整的后裂隙团队，且斯科洛斯几乎语无伦次的情况下，他们需要有人将位置传递给其他船，而所有船都与圣阿斯特号盲目连接着。整支远征队的命运都依托在斯科洛斯的脑袋上。这项重担给予了他力量，即便他的灵魂正在那个黑石机器的影响下逐渐撕裂。

圣阿斯特号击中了物质与能量交融形成的一道波前。它猛地向前一跳，速度是如此之快，连重力板也无法固定住舰员们，舰船各处的男男女女们被甩了出去。其他船也随之波动，但并非所有船都幸免于难。一艘火风暴护卫舰突然转向，舰舯断裂开来，化作残骸，尖叫的舰员直接飞入了非物质界中。

警报响起，一块块凝结的物质撞在了圣阿斯特号上。它们在异域能量中爆炸，在舰船身后留下扭曲的面孔。舰队现在很接近了。斯科洛斯紧咬牙关，牙齿碎裂。他抑制住自己的尖叫，但尖叫的渴望令他的胸膛抽搐不已。那台机器在吞噬他的躯体和灵魂，他的皮肤在变黑。

被亚空间打碎的物质风暴飞速掠过，能量变得稀薄。透过变幻的帷幕，斯科洛斯看到了黑暗的现实空间，以及那里的星辰。前方是地狱般的光芒，是一道猩红又愤怒的极光，而在其中心有一个东西，那是一艘船，一个神，一个怪物。斯科洛斯注视着那个东西，后者变幻无穷。那是一只眼，直盯着他。那是一只爪手，行将抓攫。那是一艘古老的船，身后拖着一个巨大的小行星，上面搭载着一个石头引擎。

最后一道景象摇曳着。蛇结与血流试图取代它，但在所有的伪装中，那艘船和那个小行星最常出现，因此他将注意力集中于此，利用这台机器迫使其现形，与此同时，他的肉体在超自然的热量之下燃烧着，骨肉分离，化作硬碳。

那台引擎是一个旋转着的古怪装置，刀刃般的黑石大如尖塔。八块黑石围绕着一个中心排列，那是邪恶的混沌八角星。尽管相距了几十万千米，但当他看向那个小行星时，相对距离似乎被压缩了，他想他看到了一端升起的低矮山丘，还有机器及其周围的小人，周围飞着一群恶魔生物，在能量的热流中翱翔，如同追踪着一具尸骸的食腐鸟。

那个装置的刃尖切割瓦解了现实空间的表层，让亚空间得以溢出。那并非一道干净利落的切口，而是一道粗糙的裂痕，向上渗出。黑暗的虚空包入裂隙之中，如同伤口上脱落的皮，在这些亚空间波动的开口处，现实空间消失于激荡的巫术电光中。那便是他一直追踪的机器，它在亚空间中的存在就像是眼中的沙子；那便是罗斯托夫的设备上显示的结构肿块。

随着那艘船向前航行，裂隙愈发扩大，一半处于现实空间，一半处于亚空间，像拉开口粮包一般撕开现实空间，将其中物质随意散出。仅仅因为他的注视，那漩涡便拉扯着斯科洛斯的灵魂，将其一丝丝剥出他的躯体，烧煮沸腾。某种东西攫取了他的不朽存在，将之吸去。

"迁……迁……"他喘息着。他的双腿已瓦解为尘埃，他的左臂扯开了链条，左手裂解为一摊黑沙。他吸入了最后一口气，抑制住尖叫。他的脸庞脱落成灰，腭骨暴露，直逼双眼。

"迁移！"他尖叫道，"迁移！"

导航室顶端的亚空间钟开始鸣响，舰桥上的并联钟亦随之鸣响。导航者王座的后方廊台上，人们开始向各处发送数据脉冲，提醒机魂和舰员就位。

"迁移！"斯科洛斯尖叫着。他的躯体渐渐化作了一片尘埃。

斯科洛斯的残骸缓缓流到地板上，与此同时，盖勒力场外的恶魔惊声尖叫着。

圣阿斯特战斗群坠入了物质界。

闪电在虚空深处闪烁着，而这里根本就不应该有闪电。鲜红的伤口撕开天际，尖端很窄，后面则越来越宽，宽达数百万千米，宽到吞没星辰，尖啸的黑色疯狂推翻了宇宙的自然秩序。一个多变的形体在现实空间中拓开了这道伤口，其形态闪烁不定，变幻莫测，欺骗双眼和灵魂，但不论这个形体为何，它都从一个维度一路劈向另一个维度，将亚空间的一切肮脏地狱之物释放到了物质界。

在裂隙边缘，一个新的裂口打开了，这是更加可控、更加短暂的紫黄闪光，尽管对正常的事物也极具腐化。一个明亮的斑点闪烁而出，散发出非光般的卷须，如同一只凝视之眼的辐射状肌肉。自那丑恶的光芒中，一个形体出现了，它从粗糙的轮廓化作风暴中的剪影，并最终成了圣阿斯特号，它从亚空间中疾速驶出，翻滚着，几乎就要脱离控制。它稳住自身，但仍在裂隙打开的反流中颠簸不已。

它的姊妹舰在同样的紊乱中加入了进来，但随着舰船的数量逐渐增加，它们也恢复了秩序。现实空间引擎点燃，等离子的蓝色明光化作十字编队，在亚空间的非现实风暴中，舰船的引擎闪烁着清洁的科学之光。辉光号、典记之声号、无情号和信仰之诺号，以及埃洛伊丝·阿莎盖准将麾下的所有舰船一齐全速驶向它们的立誓目标，一组鱼雷冲向前方，如同古地球原始时代的大军抛出的长矛一般密集。

尽管出其不意，但它们已被发现。

第三十一章

凡勒斯库斯展开计划

强舰归来

自由开火

"全体舰员，准备迁移！"高尚戒律号的舰长向整个旗舰发出警告。

卡珊德拉·凡勒斯库斯夫人站在战略室的高台上，倾身向前。

"就是现在，"她说道，"准备战斗。帝皇与我们同在，圣阿斯特战斗群应该已经就位并准备发动突击。"她露出饥渴的笑容。"是时候向敌人发起战斗了。准备激活所有显示器！"

她的策士和助理重复着她的命令，让部下准备好眼下的艰巨任务。警报响彻旗舰，跃迁所产生的灵魂不安感迅速消散。凡勒斯库斯的攻击群集结了许多舰船，非物质界温顺地将它们放回现实虚空。舰船震颤，亚空间的压迫感已然不在。随着又一道震颤，有人发出了一声喊叫。

"跃迁完成，盖勒力场已降下，虚空盾已激活。"

随着现实空间引擎的点火，舰船隆隆作响，战斗警笛开始鸣响。

"发现敌军。"

"所有舰船进入战斗位置！"凡勒斯库斯下令道，"激活舰际思维空间和战术链接。启动所有显示器，给我敌人的真实图像，让我们看看他们。"

整个甲板的机器都发动了起来，低鸣不已。首先亮起的是小型显示器，显示出主力部队中三支战斗群的部署，其中整个阿尔法斯和贝塔里斯战斗群就在附近，而德尔法里斯战斗群还尚未加入战场。在最初的遭遇战之后，凡勒斯库斯命令自己麾下的黑费斯图斯战斗群驶向弗摩尔，拉姆达克斯战斗群朝着北方前进，前往战役早期遭到攻击的新近定居世界，同时小型特遣部队则前去协助在别处陷入交战的部队。屠杀远征军发现自己四面楚歌，每场突击都进行了细致的协调以同时进行，或至少在亚空间允许的情况下彼此接近。

在这场战斗中，时间意味着一切。

阿尔法斯和贝塔里斯战斗群一齐出现，由六艘帝国战列舰率领一场矛尖突击。凡勒斯库斯的高尚戒律号则待在后方，和它的护卫组成矛杆。侧袭和追击中队在两侧以稀疏的阵线散开。整个部署情况显示在了小型显示器上。

最大的全息仪最后启动，敌方舰队的 3D 彩色真实视频画面显示了出来，其舰船数量与凡勒斯库斯的大致相当，压倒性的兵力正穿越杨斯星系，那里有六个文明世界。

凡勒斯库斯检视着敌军部署。敌舰主力呈一条线散开，编队并不出色，每个群组都以战帮的方式各行其是，并未组成一支联合大军。他们只需各个击破；敌方会偏好于跳帮行动，而非远程战斗。有些船已经变成了怪物，被它们所服侍的力量扭曲成了野兽机器。另一些船则看起来与帝国舰船无异。唯有在一艘大型巡洋舰周围的舰队显得组织严密，它们组成了大型防御编队，难以击破。

被显示器识别出的舰船跳出了标签。那艘大型巡洋舰的图像闪烁着，绿色的轮廓凸显而出。

血王号。

敌方舰队已经做出了反应，缓缓转入进攻方向。合理的虚空战教条应当是让一部分舰船逼向原目标，同时主力按兵不动，但这是以具有真正的战略目标为前提条件。这些叛徒只渴望杀戮和战争，如此一场大战的诱惑难以阻挡，所有敌舰都调转了方向。

凡勒斯库斯露齿而笑，这正是她想要的。她打开了全舰队的通信频道。

"来了，所有人做好准备！记住我们今日的目标，要将其彻底歼灭。让我们用新星炮给他们一场开幕齐射，刺激一下。敌方舰队有三十六艘大型战舰，女士们，先生们。如果你们能在他们接近之前消灭掉一些，我会非常感激。

这能让我的任务轻松不少。"

她的话引起了一阵轻柔的笑声。

"好了，好了，"她斥责道，"我现在是完全认真的。如果我们在此取胜，你们都会被永远铭记。"她再次露出微笑。"好吧，我也会。你们都会受到通报表扬。但如果我们失败，那么你们什么都得不到，除了被残存的后世痛骂，因为我们的失败会打开从大裂隙通往泰拉的直接进攻路线。我请求第三舰队首个启程并非出于对自己非凡才华的信心，而是因为我对你们取胜的能力怀有坚定不移的信心。所以别让我的脸难看。动手吧，开战！"

"所有装备新星炮的舰船报告装填完毕，舰队司令。"一位助理通知她。

"那么所有舰长，开火。"她说道。

在凡勒斯库斯下令的那一刻，安装于十二艘舰船艏部的巨大磁轨炮射出了它们的炮弹，磁轨将不稳定的等离子超级弹头加速到接近光速。

即便是在如此远的距离上，炮弹也几乎是同时命中。精确到毫秒的时间引信触发引爆了炸弹，太阳般耀眼的能量球同时出现在敌方舰队中的二十四处位置。敌方舰船摇摆颠簸，电磁脉冲令系统崩溃，虚空盾在人造星火的冲击下闪烁消失。金属在燃烧，破碎残骸的剪影在火焰中清晰可见，随后便被烈火吞没，燃烧殆尽。炮弹直接命中的地方效果则更加惊人。炮弹的速度比炮弹本身造成的伤害更大，三艘巡洋舰在阵阵光泡中消失了。新星炮的炮弹闪烁不见，在所有观看者的眼中留下残影。

"所有舰船，装填，自由开火。"凡勒斯库斯说道。射击的次数取决于每艘舰船舰员的速度，她估算出在敌军靠得太近之前他们还能实施三到四轮齐射，新星炮炮弹的绝对速度令其只能用作远程武器。

"敌方舰队加速至攻击速度。"一位策士报告道。

"稳住，四分之一速，"凡勒斯库斯说道，她的全息图像显示在每艘船的指挥甲板上，"等敌军抵达三十万千米的标记点时，准备首轮鱼雷齐射。阿尔法斯战斗群麾下的本原、特西安和纯洁特遣部队侧舷迎敌，并组成炮线。高调和复仇特遣部队开始包抄，进行大规模掩护射击。贝塔里斯战斗群准备进入集群攻击航线，自行决定交战目标。各自执行命令。"

她有她自己的目标。

血王号正朝她冲来，随之而来的还有荣耀的前景。

跳帮警笛召唤原铸战士们前往他们的攻击艇，阿瑞欧斯及其手下也在其中。梅西尼乌斯率领了一小队星际战士去执行他的任务，凡勒斯库斯则下令将其余星际战士部署到了阿尔法斯和贝塔里斯战斗群，并全都赋予了跳帮和反跳帮的任务。

阿瑞欧斯的队伍将会发起进攻，在敌军送出跳帮队之前便与之交战。

他的队伍列队登上了一架霸王炮艇机，这是由考尔打造的一种新型大飞机，用于将原铸星际战士送入战场。它拥有两个宽敞的运载舱，分别位于它的两段机身中。下掠机翼和双机体间隆起的驾驶舱让它看起来就像是一只伏在猎物上的猛禽。每个机体外排列着武器泡舱，其中配备了由人类操作的重炮，同时翼尖装备着加特林激光炮，宽阔的翼展下则挂载着大量导弹。

阿瑞欧斯指挥手下登机。每个隔舱搭载了四十人，他和副官科利尼乌斯各自指挥着一个接近满编的半连，包括一支满编的地狱轰击者小队，一支满编的仲裁者小队，三支五人侵略者小队，以及一支由牧师、药剂师、技术军士和书记官组成的指挥单位。科利尼乌斯的队伍还包括了一位连队旗手。那位掌旗者的头衔只是个名头，他们全都视自己为重生者，仅仅只活了几个月。

靴子踩在跳板上，咔嗒作响。几百米开外的发射管内传来了截击战斗机启动引擎进行循环测试的噪声。机库嘈嘈杂杂，阿瑞欧斯很高兴看到侵略者们缓慢登上了机，他也跟了上去。艏部和艉部的登陆跳板低声关闭，隔绝了外面的大部分喧嚣。他的手下在检查各自的战甲时零星交谈着。命令与通知时不时地传入阿瑞欧斯的头盔，大部分都是"待命，待命"。

最终连这些声音也渐渐消失。星际战士们将靴子锁定在甲板上，武器用磁力锁固定在胸前，随后抵着前面一个人站定，左手放在前人的左肩上。

阿瑞欧斯复查着他的任务目标。与敌人交战，尽力杀戮，破坏、瘫痪、撤退，很容易。他此前从没有这么干过，但他已经梦到过上千次了。

霸王艇在着陆支杆上晃动着，他们的巡洋舰开火了。这是一艘突击专用舰，被设计用于行星攻击和跳帮行动。因此，其实弹武器的有效射程比大部分武器都要短，其火炮能量更小，炮弹速度更慢，使得他们更容易被击落。如果他们在开火，那说明他们正在接近目标。

"准备好，兄弟们。我们很快出发。"他发出通信。

第三十一章

没有人讲话。战士们在战斗流明灯的昏暗光线中等待着,舰船在他们周围震荡。

第三十二章

恶魔大军

敌人的本质

帝皇保佑你

"所有舰船，开火！"阿莎盖准将喊道，"鱼雷同时发射，覆盖面八千米，梯队左侧。再装填，准备第二轮齐射。"

阿莎盖想，罗斯托夫是对的，敌军极大地依赖于他们的亚空间技术，如今他们已是穷途末路。只有一艘船等待着他们，其身后拖着一个巨大的小行星，上面安装着黑石装置。扫描显示出上面没有其他武器。

阿莎盖对这场进攻感到兴奋不已。这场伏击取得了完全成功，敌人毫无防备。几百万千米外，凡勒斯库斯正在攻击远征军的主舰队，防止他们调转回头。凡勒斯库斯的首场战斗光芒尚未抵达圣阿斯特战斗群，但星语信息确认了第三舰队主力已经处于交战状态。

战斗的嗡嗡声让她满怀激动。凡勒斯库斯带给她的不称职感消失殆尽。这是她的战斗，由她运筹帷幄。

阿莎盖的舰船从后方接近敌舰，在敌舰的尾流中颠簸不已。他们的目标正在犁开现实空间，身后留下变形的时空，令圣阿斯特号的引擎嚎叫着，舰身也尖啸不已。拖着黑石装置的那艘地狱船舰部朝着他们，无法用火炮瞄准。关于小行星的最初占卜测量似乎是对的，他们并未侦测到武器锁定。

舰队直冲向前，火炮充能，虚空盾开启，引擎全速。在舰内通信的一个子频道中，阿莎盖听到了机械教的主子们匆忙交换着数据语言。他们建议要谨慎行事，不要给系统过多压力，但阿莎盖无视了他们。她也同样无视了罗斯托夫，那位审判官正站在指挥平台前方，身着全套战甲，若有所思地轻抚胡须，仿佛这是他自己的船。最后，她也无视了教士们，他们一群人正站在圆屏正前方，呻吟哀号，让她心烦意乱。阿莎盖并不喜欢教士，但圣阿斯特号的主教坚持如此，并且罗斯托夫也指出神圣的帮助不会出差错。就她看来，巴兰杜斯主教可以晾在一边，但无视审判官的提示会让自己身犯险境。

"典记之声号报告打击机准备发射。"她的舰队中队长报告道。

"告诉他们等我们接近。"芬纽拉说道。

"所有舰船报告第二波鱼雷齐射准备发射。"舰队军械长说道。

"不要开火，"芬纽拉说道，"发射前先让我们看看第一波的战果。"

"不，开火，"阿莎盖说道，"保存弹药没有意义。现在开火。"

圣阿斯特号震颤着，第二波鱼雷齐射放了出去。依稀的线条显示在战术仪上，如此细微的标记标示着建筑大小的导弹。它们迅速达到了最大速度，跟随着前一波鱼雷的狭窄散布。

"目标正在加速。"顿巴斯副官报告道。

"保持拦截速度，"阿莎盖说道，"占卜仪控制，有任何亚空间引擎启动的迹象吗？"

"没有，准将夫人。它看起来不像是要逃跑。"

"火炮甲板报告准备就绪！"圣阿斯特号的军械长喊道。

"辉光号和无情号的火炮甲板准备就绪！"舰队军械长补充道。

"不要开火，不要发射。保持拦截速度！"阿莎盖下令。

"敌方反应堆流动正在增加。"首席舵手在靠近甲板前方的嵌入战位发出通信。

"那就增加我们的反应堆输出，追上他们，"阿莎盖下令，"所有舰船跟上，保持编队。"片刻间她的命令便被传达到了引擎室，一道反对声传入她的目镜，二进制语自动翻译为哥特通信文字。她看也没看便眨眨眼将之去除。

圣阿斯特号震颤着。动力系统低声轰鸣，能量涌至几乎最大容量。空间中的每一道波纹都令舰船框架尖啸不已，但阿莎盖已经胜利在望。一组鱼雷在裂隙的现实断面处爆炸了，其余鱼雷继续飞行。

阿莎盖倾听着指挥平台上副官们的相互交流，听着他们的命令传到甲板各处的次级战位，然后再传到舰队中的其他舰船，但她的注意力主要放在了主全息仪上。圆屏的遮板仍然关闭着，因为那道裂隙直接朝着亚空间开放，而尽管有瓦解的物质帷幕遮挡，但目光所及之处仍会令人陷入疯狂。她将裂隙视为一条红河，一个划开空间的简单三角形，但即便是一个如此无害的图形，它也仍然投射出一种超自然的威胁感，让阿莎盖的脖颈毛发刺痛。

尽管整个裂隙都是一片危境，但占卜仪只在战术球屏上显示出了两个敌方目标：地狱船和小行星。五艘巡洋舰及其护航舰船是一支数量可观的部队，在正常情况下，一支如此弱势的敌军会被优势力量所击败，但阿莎盖自从盲目时期以来便迅速接受了教训。她曾见证圣阿斯特号所经历的许多不可能发生的战斗。这将会是那样的情形之一。

"我们正再次缩短距离，"首席舵手向她发出通信，"十二万千米，正在接近。每秒减少约八百千米。"

"准备所有武器，"阿莎盖说道，"准备发射舰队打击战斗机。等我们进入攻击距离时，让舰队升至裂隙平面上方八千千米。"她打开了一个计数器，随着舰船接近他们的目标，上面的数字正迅速减小。主战术全息仪上标示出亚空间机器及其拖拽物的跳动点逐渐增大，鱼雷的稀疏线条正朝着目标飞驰而去。

"敌军正在减速，"芬纽拉说道，看向肩后，"他们没有逃跑！他们打算战斗！"她的眼中也同样闪着战斗的兴奋感。

"全员准备立刻交战，"阿莎盖说道，"舵手，开始让舰队爬升到主目标上方！"她紧咬牙关，肌肉紧绷。

命令传到了整个舰队，圣阿斯特号迅速爬升到地狱船行进平面的上方。阿莎盖看着她的舰船逐渐上升到那个红色三角形的上方，直到她判断他们的距离已经足够。

"这应该足够安全了，"她说道，从座位上站起身，舰船系统的输入电缆拖拽着她的目镜，但她调整了下自己的姿势去适应缆线，以便尽力摆出坚决的姿态，"打开遮板。"

红色的流明灯闪烁着，遮板转开收入外壳中。舰员们望向窗外的景象，甲板上的工作停滞了下来。

裂隙从圣阿斯特号下方的地狱船扩散开。他们称之为尾流，而它的确看起来像是一艘海船驶过发光的大海。翻腾的红橙艳色能量自小行星散开，如同舰船身后的浪花。这种相似性到此为止，那道裂痕就像是切开天穹的血腥之路，让整个指挥甲板沐浴在凄凉的血红色调中，那艘地狱船则如同伤口中的一粒尘埃。他们现在离那艘船很近了，它的形体逐渐固定，不再是变幻无穷的一个个梦魇。从他们的位置来看，那艘船如同一块金属片，那个小行星则是其尾部的闪光，如同切开现实的锐利刀锋。

"占卜仪，锁定目标，将主要目标的真实图像放大。"阿莎盖下令道。

两个辅助战术仪改变了视角，分别投射出地狱船和小行星的图像。尽管那艘船拥有引擎，并且像一艘船一样移动着，但它看起来并不像别的船。它是一个长长的痂块，如同覆在虚空鲸表皮上的赘生物。它的外形更似有机体而非机械，但各处都有突出的造型怪异的机器部件。那艘船的外表和它的用途一样丑陋，它是宇宙结构中的致命癌症。扫描无法穿透其表层，传回的少量读数也是毫无意义的混乱数据，转动的机器则发出尖叫声，操作员迅速将其关闭。那艘船用大如战机的链条拖着那个小行星，看起来十分荒谬。占卜读数向阿莎盖显示这些链条是黄铜，尽管它们因与虚空接触而显得焦黑，而且每个链环还在持续流出鲜血。链条的钩子深深嵌入地狱船的肉体中，只露出了尖端，从撕开的金属皮中突出，流着脓液。

相比之下，小行星看起来差不多正常些，那是一块肮脏的冰石，宽高都有几千米。翻腾的亚空间能量在小行星后方散开，并映射于晒焦尖塔上的冰水中，让它们看起来就像是捕捉于一瞬间的火焰。其周围是舞动的云雾，看起来就像是尘埃，但阿莎盖怀疑那不是。

中央战术仪聚焦于他们的目标，那是一个巨大的机器，破碎的黑色方尖碑排列成混沌的八尖轮。阿莎盖根本无法理解其运作方式，就像是异端们的一切亵渎行为一样。

"那就是了，"罗斯托夫说道，双手放在平台前方的栏杆上，"黑石装置。"

第一波鱼雷正在逼近小行星，如同帝皇之怒的化身直冲而去。敌方没有射出任何防御火力，鱼雷毫无阻拦地接近目标。

"没有防御措施，没有虚空盾。"芬纽拉说道。

鱼雷以完美的航线追踪着小行星。

"这也许比我们想象的要容易。"阿莎盖说道。

罗斯托夫的双眼紧盯着猎物，轻轻摇了摇头，但并未说话。

军械长开口道："鱼雷命中倒计时，三、二……命中。"

二十四枚赫利俄斯级聚变鱼雷击中了目标，舰员们纷纷挡住了他们的双眼。弹头中的重原子发生聚变，释放出太阳般的能量，耀眼的蓝白色光芒让指挥甲板中的一切都化作单调的黑白色。

阿莎盖眨眨眼，让眼中的余像消失。那个小行星承受的伤害很小，一缕蒸汽从中升起，其后方留下了一道凿痕，仅此而已。

"至少我们还有些杀伤力，"阿莎盖说道，"我们为什么没有在目标上识别出虚空盾？"

"你看不到的，"罗斯托夫说道，"它由亚空间保护着。"

"灵能圆屏，我要看到第二波齐射命中时的读数。"阿莎盖下令。甲板远端的一个昏暗战位上，几个苍白的人匆忙从命。

第二波鱼雷击中了小行星，爆炸的结果和之前类似。

"审判官是对的，小行星周围有一层亚空间力场。"灵能圆屏的先知长报告道。

"但那无疑应该显示在我们的占卜仪上的——亚空间力场是由什么不洁手段产生的？"

"自然法则在这里几乎没什么影响，"罗斯托夫说道，"我们的机器几乎毫无用处，只有信仰才能取胜。"他拿起挂在他脖子上的念珠，亲吻中间的护身符。

"准将，我读取到多个目标，正在，呃，离开小行星的轨道……它们……它们……"

"讲清楚！"阿莎盖质问道。

"它们不是船，我正努力获取清晰的读数。"

"那就给我视觉图像。"她要求道，尽管她在看到它们之前就已经猜到那是什么了。

一个装饰华丽的大型屏幕框从天花板上飘下，一幅放大了许多倍的模糊图像出现在了上面。

图像中满是怪物。尽管没有空气，但它们仍在飞翔，翅膀在虚空中扇动，仿佛在星球天空中翱翔的鸟儿，然而它们的速度如同虚空战斗机，直朝着舰船而来，速度之快连瞄准阵列都难以保持锁定。其中一些戴着马具，飞驰于太空，拖着骷髅状的双轮战车，上面骑着露出奸笑的有角人物，手持黑剑。虽然阿莎盖对像这样的景象做好了心理准备，但无生者的这幅场景仍然让她头晕目眩。舰桥上的几个舰员因恐惧而不自觉地发出呻吟。

"这不可能。"芬纽拉说道。她的双眼移向甲板后方静静等候着的十五位星际战士。尽管她并不喜欢身处他们周围，但她显然很感激他们在场。

"在我们近几个月经历了这么多之后，你知道最好别这么说，亲爱的。"阿莎盖喃喃道。"关闭那个图像。发布全舰队警报，所有武装兵、驻舰部队和星际战士准备击退跳帮者。罗斯托夫，"她说道，"它们也许没有护卫，但我们无法在它们接触我们之前将之全部消灭。"

"我们必须坚强。"他回答道，似乎是在对自己说话，而非阿莎盖。

他们已经进入地狱船的光矛射程，她的军官们下令开火。激光束在无垠的太空中闪过。这一次她看到了，在地狱船和小行星周围有一圈令人作呕的亚空间闪光。她的舰队已经将之包围，并拥有完美的射击方案，但大炮对地狱船或是那个小行星神殿的伤害并不大。警报嘀嘀作响，报告显示有更多恶魔从后方的裂隙中出现。

"这可能是一个陷阱。"阿莎盖说道。

"即使是，我也要跳进去，"罗斯托夫说道，"梅西尼乌斯的人已经做好了地面突击的准备。是时候看看这些新型星际战士的作战效率如何了。我和我的随从会加入他们。"他鞠了个躬，"在裂隙被关闭前，敌人会源源不断而来。在我们被淹没之前，我们只有有限的时间达成目标，所以尽你所能挡住他们。每一秒都很重要。"

"遵命，审判官。"阿莎盖说道。

"祝你好运，阿莎盖准将，"罗斯托夫说道，"愿帝皇保佑你。"

第三十三章

战斗的邀请

无灵室女

地狱船

他们让拉克兰特跟着他们去地表。他们并非以十分直截了当的方式命令他，而是邀请他去，但他很明白大家对他的期许。此外，他是一个士兵，除了战斗他还能做什么呢？

凡勒斯库斯的舰队中有几位审判官伴随。罗斯托夫在海德拉弗尔与他的同僚进行了几天的秘密会议，之后很快便有新装备送到了审判官的住处，其中有些是给拉克兰特的，这令他感到惊讶。

"我不是你们的一员。"他曾这么说，那时他正拿出一件他从未想过自己会碰到的高品质武器。

"你不想战斗吗？"安东尼亚托说道。

"想。"拉克兰特说道，并且是认真的。"但我可以回到我的团，我的残部，"他说道，"他们加入了第三舰队。"

"为什么呢？"安东尼亚托说道，"我们遭受了一些损失，在弗摩尔Ⅲ上面，还有那之前。以前我们有更多人的。我们现在需要新鲜血液。"

"班查、菲泽门特、福·鲁，全都死了。戴尔也死了。"奇尔克说道。她坐在地上，用她的刀雕刻着一个指骨。拉克兰特并不知道这些名字是属于人类还是异形，也不知道那个手指是人类的还是异形的。

"人终有一死。"安东尼亚托说道。

"而我还活着，还跟你在一块。"奇尔克说道。

安东尼亚托向她露齿而笑。"得了吧，有更多后援是个好事，"他说道，"我们喜欢你，拉克兰特。"

"是啊！"奇尔克发出极其挖苦的欢呼，"来跟我们一块死吧。"

"为什么是我？罗斯托夫对我一无所知。"拉克兰特说道。

奇尔克咂着舌，摇摇头。

"他是个灵能者。"安东尼亚托说道。

他像同志一般将一只手臂搭在拉克兰特肩上。对安东尼亚托而言，这是个很从容的姿势，也许在他的世界上这很正常。像这样的亲密行为在拉克兰特的世界绝对很罕见，他不安地绷紧了身子。安东尼亚托要么没有注意到，要么并不在乎。

"他在相遇的那一刻便能分辨出一个人是否拥有好心肠，他能够来无影去无踪。"他拍了拍拉克兰特的左胸，"还有——"

"他的有些天赋我们并不能谈论。"奇尔克发出警告，安东尼亚托耸了耸肩。

在拉克兰特跟着罗斯托夫走过圣阿斯特号飞行甲板的一条安静的入口走廊时，他一直在好奇审判官的其他能力是什么。奇尔克穿着一件奇怪的虚空服，看起来就像是皮革缝制的，两个嵌入式的玻璃目镜戴在她的双眼上。她背着她在弗摩尔Ⅲ上背的背包。拉克兰特和安东尼亚托则穿着先进的甲壳护甲，这身护甲是环境密封的，灰色的内衣则由坚硬的碳织物和铰接板组成，并且与他常见的战甲相比遮蔽了更多的身体部位。整个护甲涂成了漆黑色，上面没有任何标记，除了左肩垫上有一个小小的金色审判官"I"。他拿着一把热射激光枪，仍在适应盔甲系统背上挂着的动力包的重量。安东尼亚托拿着他的太阳枪，奇尔克拿着她的外星火器，同时罗斯托夫则为他的甲壳护甲戴上拳套和头盔。

奇尔克吹着口哨，曲调很不和谐。除此之外，走廊一片寂静。罗斯托夫走到门前，伸出他戴着指环的手——戴在他拳套上的指环似乎变大了，以适应更宽的拳套。门打开了，机库甲板熙熙攘攘。罗斯托夫走过守门的哨兵，自动炮台扫过他，然后让他们通过。几架四四方方的星际战士炮艇机排列在转台上，背对着挡住机库入口的闪亮大气场。罗斯托夫径直走向其中一架，无言地经过了星际战士守卫，登上了机。

拉克兰特停下了，他从未走进过一艘阿斯塔特修会的飞船。

安东尼亚托猛推他的后背，"你快上去！"他愉快地说道。

飞船上载满了星际战士，他们站成了三列，一列十人，靴子通过磁力锁定在地板上，目镜在昏暗中闪着微光。靠近前跳板处有四个加速座椅，是为审判官及其随从准备的。他们系上扣子，一声警笛响起。

一个身着盔甲、身材修长的女人跑了上来，靠近拉克兰特。拉克兰特看到了她那剃光的头上有个长长的顶髻，脸庞则被某种口套挡着，她还带着一把剑。但拉克兰特的视线残缺不全，似乎很难看清全貌，只能一瞥其外观。那个女人散发出一种令人难受的氛围，在她经过时，拉克兰特感到一阵胃痉挛。星际战士们为她让开路，她匆忙走向上方的驾驶舱。阿斯塔特修士们再次归位，靴子踏在甲板上哐当作响。

安东尼亚托轻敲甲壳甲的头盔。

"无灵室女，她会带我们穿过亚空间力场。"他说道。

拉克兰特望向外面。

"嘿！"他喊道，他们通过小队通信交流，但空转引擎的轰鸣声和地勤人员的喊叫声隔着盔甲也震耳欲聋，"那不是副官长梅西尼乌斯吗？"

"是。"安东尼亚托说道。

"你不是告诉我只有他和隐私场中的其他人知道罗斯托夫的大秘密吗？如果我们都死了呢？这场任务中有其中两个人，如果算上准将那就有三个。"

安东尼亚托耸耸肩。"这些审判官，他们总有办法的。如果他需要的话，消息会通过某种方式传出去。"

警笛开始鸣响，他们下方的机器发出短暂的嘎吱声，开始启动。雷鹰猛地开始缓缓旋转。更多警笛响起，其他战船开始在各自的转台上旋转起来。这艘船缓缓转向，机库入口转入视野。飞船震颤着停下，拉克兰特望向太空。

从遥远的星球地表望向那道裂隙已经足够可怕了。而靠近裂隙则简直疯狂，五彩缤纷的恐怖颜色争相吸引着拉克兰特的注意。裂隙喷涌出的灼热气云闪着闪电，他还能看到其他东西，如月亮一般大的恶魔脸庞闪现而过，还有倾盆鲜血。他感到恶心，闭上了双眼。这并不起作用，不知怎的这样反而更糟——他仍然能够看见那些东西，而现在他感觉那些东西能够看到他。他迅速再次睁开了眼，一团团小点正从小行星飞向舰队。

"这是你能直接看向亚空间的最近距离。在这个距离上可能不太安全，即便这里有所遮蔽，"安东尼亚托喊道，"尽量避免看向那艘船的尾流。后面现实物质消弭的地方，以及天界的边缘会更清晰。不论如何，别看那边！"

雷鹰震颤着。随着引擎提升到飞行速度，其内部的机器高声抗议着。跳板升了起来。

"等我们下到那里，你会看到一些疯狂的玩意，"安东尼亚托说道，"恶魔，异端阿斯塔特，变节者。无论如何，跟紧我。"

"我能照顾自己。"拉克兰特说道。

"嘿！帝皇保佑，但如果你有这个会更好。"安东尼亚托拍了拍太阳枪的枪托，露齿而笑。他的脸庞被头盔内的灯光照成黄色，看起来像个食尸鬼。他在流汗，拉克兰特想起来他有多么讨厌飞行。

罗斯托夫在低头祈祷，他的双手紧握着念珠。奇尔克若无其事地踢着腿，四只手臂紧抱着背包。拉克兰特能够想象，在她那当作头盔的刽子手头罩内，奇尔克仍在吹着口哨。

雷鹰的引擎声逐渐增强，直到噪声充斥着拉克兰特的脑袋。一架炮艇机开始起飞，机鼻向前倾斜，爪具收起。它穿过了大气场。又一架随之起飞，然后又是一架。在跳板关闭前，拉克兰特最后看到舰船射出了一波齐射，上方和下方的机库发射管飞出护航机，随后跳板哐的一声关上了，雷鹰向前一倾，加速飞离，那力量将拉克兰特的肺中空气都给打了出来。

安东尼亚托发出呻吟，他们朝着小行星疾驰而去。

雷鹰就像是骰子杯一样咯咯作响。梅西尼乌斯的双眼模糊不清，他很高兴自己的头盔内有衬垫。没有了战舰的巨大质量和强大引擎，星际战士的攻击机翻滚着穿越地狱船的尾流。

雷鹰的视频画面转播到了他的头盔面罩上，他看到了一群恶魔正飞驰着迎接登陆部队。阿莎盖尽力让舰船开到了离小行星足够近的位置，但中间仍需跨越几千千米，即便是按照他们当前的速度，那也是好几分钟的高危飞行。激光束和熔合光矛从舰队射出，掠过炮艇机，高爆炮弹在恶魔群中爆出火球，为他们清出路。在七架雷鹰组成的小队前方航行着两艘打击巡洋舰，这两艘船更容易承受瓦解的现实所产生的湍流，而它们也开始朝着挤在小行星周围的恶魔群开火。

图像跳跃不止。基于密闭的头盔和视频画面的产生方式，图像通常会漂浮在他眼前，但他们的飞行是如此剧烈，他只能短暂一瞥那来袭的恐怖之物。

恶魔朝他们疾驰而来，梅西尼乌斯看到大多数恶魔都骑着由凶猛野兽拉动的怪异双轮战车，看起来忽隐忽现。它们那伸展的手中握着的剑倒是格外真实。

炮弹在登陆部队前方爆炸，形成一堵坚实的火墙，吞噬了第一波恶魔。打击巡洋舰率先突破，它们的武器朝着无尽的恶魔群疯狂射击。恶魔不可能彻底消灭，它们只打算开出一条路。真空中火焰迅速消逝，舰船射出的激光火力形成的风暴射穿了第一波之后来袭的恶魔。恶魔群中有些大家伙，是比无畏机甲还要大的带翼怪物，那是恐虐大军的主子们。雷鹰猛烈震颤着，它们躲避着这些大型恶魔，星际战士们则被甩来甩去，相互碰撞。梅西尼乌斯暂时失去了战场视野。这些飞船内没有座位或是安全带，货舱很空，以便携带尽可能多的人。他们的靴子通过磁力锁定就位，但他们仍被甩动着。

接下来，他看到敌军正在逼近两艘打击巡洋舰。各种枪炮都在射向敌人，在恶魔抵近前将其消灭；那些侥幸存活的则被虚空盾撕裂。

攻击机飞在雷鹰前方，瞄准了大型恶魔，随后运输机猛地开始俯冲，振动是如此剧烈，以至于梅西尼乌斯头盔面罩中的图像变成了难以辨认的光斑，他紧咬牙关，期待着着陆。

"突击部队穿过了第一波……敌军，"戈南副官不确定该如何称呼敌人，"预计两分钟内着陆。"

"保持速度，跟随敌舰，"阿莎盖说道，"一旦亚空间力场降下就立刻准备实施炮击。"

恶魔以超乎想象的速度穿越太空朝他们而来。它们的存在本身便是对现实的冒犯，阿莎盖抑制住强烈的厌恶感。她低声传下命令，将所有针对那些生物的近距图像和视频画面最小化或是关闭。眼下，随着那些恶魔接近舰船，它们的莽撞冲击被虚空盾所阻止。阿莎盖通过私人画面看着那些撞在屏障上扭动的怪物，它们无法穿过抵御它们的古老亚空间技术。它们是无尽的荒诞集群，阿莎盖所能想象的一切恐怖之物都通过模糊的人形所展现出来。那是对谋杀和罪恶的表达，充满活力，渴望她的灵魂。

"虚空盾仍然稳定。"一位副官报告道。

"准将夫人，占卜报告显示目标正在积聚大量能量！"这条信息足够重要，绕开了常规指挥链，直接从占卜台发向了阿莎盖。

"灵能圆屏也是，"又一个人报告道，"是那个彗星上的夜曲石构造体。"

她的舰员知道何时有必要向她发出信号，因此她将画面切换到了推给她的数据流。图像中的线条峰值跳得越来越高，这是种陌生又奇特的能量模式，但她认出了这是武器即将发射的迹象。

"给我视觉画面，"她下令道，"小行星前方和中央，放到最大。"

那个轮盘的旋转速度逐渐增加，黑色的光环在方尖碑周围积聚。这似乎对裂隙产生了负面影响，亚空间侵入的恶心光芒消散了一点。

"那是个该死的亚空间武器，"阿莎盖说道，"所有舰船做好防备！"

方尖碑停下了，悬在小行星上方，随后一道巨大的能量脉冲爆发而出，冲过恶魔，席卷舰船。其接触到的无生者纷纷精神焕发。空间在颤抖，短暂的亚空间裂口闪烁而出。这道脉冲在接触到物质宇宙的抵抗时有所减缓，但仍在继续袭来，当脉冲接触到领舰辉光号的虚空盾时，它引发了剧烈的反应。

那道光芒如同聚变核心的爆炸，闪耀天穹。当光芒消逝时，辉光号的虚空盾已经失效，恶魔们涌向了那艘船。接下来轮到圣阿斯特号了。

那道能量如同翻滚的玻璃面，令其后方的战斗扭曲失真。它击中了虚空盾，令其闪烁失效。阿莎盖通过目镜看到了恶魔们在期盼中尖叫着，穿越最后几千米的距离朝着金属舰体而来。

即便是舰体，也无法阻挡它们。

"重启虚空盾，快。"她下令道。

机器呼嚎着，没有进行正确的安抚咒语便被驱使着配合。

嘈杂的报告声争相吸引着她的注意。

"无生者，夫人……"

"……敌人正在接近，两千七百米。"

"……黑石装置正在充能发射又一轮脉冲……"

她只听清了来自迪奥梅德副官的声音。

"我们又有麻烦了,"芬纽拉报告,唤出一幅漂浮的图像,显示出拖拽着小行星的敌舰,"地狱船正在脱离。"

千年前,这艘船的名字还叫兰德尔公爵号。这个名字不再有任何意义了。它既不属于物质界,也不属于非物质界,它是一个憎恶之物,是物质与维度外恶意的融合,是一个被邪恶精神所占据的机器。

一艘恶魔船。

它放缓了速度,更加迫切的问题取代了拖拽其重担穿越太空的需要。萤火虫般的灵魂在世界尘埃的寒夜中舞动,引诱着它,渴望被吞噬。

这艘恶魔船没有船员,男男女女们曾经生活了一辈子的走廊和房间满是腐朽物质。这艘恶魔船独立生存着,其灵魂源自亘古以前的亚空间,与人类所设计的钢铁大厅相结合,它已不再将自己视为亚空间之物。

与其丑恶精神相融合的,乃是舰上人类和机器被俘获的灵魂,它们永不停歇地尖叫着,其能量传遍腐蚀的电路。

它停了下来。侧面一阵震颤,勾着其重担的链条在摇晃,嵌入其躯体的钩子在亘古间第一次动了起来。它感受到了近似痛苦的感觉。

这艘船如同病狗一般抽搐着,链条随之摇晃,钩子从金属肉体中脱离。一些萤火虫怪朝它喷吐着,将金属和热光撒在其躯体上,但这加速了链条的脱落。其肉体中的奇怪结构伸出倒刺,挤掉钩子,随着它猛地一滑,一阵恶魔液体流了出来,第一个钩子挣脱了。

接着又是一个钩子,然后又一个,最后只剩下一个钩子。恶魔船已经等不及了,它将引擎功率增至最大,突然间的加速将最后一个钩子扯了出来,在其侧面撕开了一条血腥的口子。

地狱船挣脱了,它屈伸脊柱,如同某种巨大的深海动物,引擎闪着暗淡的红色。它实施的机动足以将普通的船只折成两半,它掉转船头,肌肉扭曲,前往新的航向,并达到了任何真实事物所不可企及的加速度。

这艘船的皮肤破裂脱落,露出了獠牙环绕的豁口以及脱皮肌肉间的破塔碎炮,邪恶无比。古老的雕像透过包裹的肉体向外凝视,每张面孔都扭曲成了可怕的尖叫状。它的舰艏裂开,这东西仍存的一丝船貌支离破碎,撞角向外爆出一股金属和鲜血，其下是如同无皮犬一般的长长口鼻，它张开嘴，露出尖牙和舌头。这艘船的其余部分就像是腐烂的身体部位和腐蚀的金属，令人作呕，那根舌头却很健康，湿漉漉的粉色裹挟着邪恶的生命，很不协调。狭长的双眼眨了眨，弄掉黏稠的液体，眼中透露出狡诈的神情。

占据其指挥甲板的黏质大脑发出一道指令，传遍沉思机网络的腐化电路，在这道思维的集中地，火星的神圣造物与亚空间的肉体相交融，巫术与技术相交融，神圣与邪恶相交融。

猎杀，它想要猎杀。

拉克兰特的脑袋阵阵作痛，在他们穿过亚空间护盾时，末日的景象折磨着他。当雷鹰以震骨般的力度着陆时，他仍然感到眩晕，前跳板和后跳板同时降下，安东尼亚托抓住了他的胳膊，免得拉克兰特站起来被星际战士们撞倒。阿斯塔特修士们举着枪冲了出去。在他们踏上小行星的土地之前，最后一批星际战士已经在开火了。

审判官的队伍接入了星际战士的通信网络，拉克兰特倾听着他们处理掉登陆点的少量敌军。星际战士的话很少，相互间的汇报和命令都简明扼要。爆矢火力的轰鸣声回荡在跳板上，随着星际战士向外推进建立起防线，他们的声音略微有所减弱。此外还有其他武器的射击声，以及虚空飞机着陆的咆哮声。

奇尔克离开座位，背上背包。"重力正常，至少对人类来说是这样。"她说道。

"也有大气。"安东尼亚托说道。

奇尔克怒气冲冲地说："所以我们会被射杀而非窒息而死，等我们死的时候，我们会像样地倒地，而不是飘走。棒极了。"她的短手指摸过步枪侧面的一系列按钮，一个玻璃泡闪起蓝光。

"出发。"罗斯托夫说道。

他们走下跳板，步入战场。

小行星的地形并非像拉克兰特所期待的。安东尼亚托曾告诉过他侵扰帝国的那些邪教徒的真相，而他期待着看到各种野蛮行径。但是相反，他看到了很多机器。这看起来很奇怪，这里没有怪物或是丑恶的突变体，这个地方更具科技感而非超自然。地表上并没有恶魔——少数没有参与虚空战的恶魔在亚空间护盾外盘旋着，并没有穿过力场暗淡的油光曲面。

"嗯，"奇尔克说道，"看起来它们进不来。"

"外面那些怪物就是愤怒的化身，"安东尼亚托说道，"让它们在你的末日武器附近溜达可能不太明智，你觉得呢？"

奇尔克咯咯大笑，她的笑声与星际战士的枪声相互交融。

这颗小行星本身毫无价值可言，密实的虚空尘埃构成了破碎的地表，包裹着一个铁核。肮脏的冰柱从地上突出，其间布着蜿蜒的能量导管，连接着便携式组件。从他们的位置能够看到两组机器，很可能是大气产生器和重力稳定器。

雷鹰在小行星上凿出的一个坑中着陆。这个坑呈半球形，悬壁陡峭，顶部崎岖。星际战士的打击巡洋舰保持着距离，近到似乎足以触地，它们正与虚空中四面八方的恶魔交战。裂隙那令人作呕的光芒照耀在缩短的地平线上，雷鹰扬起战斗炮，朝着那个方向倾泻炮弹，清理掉坑洞的边缘。

星际战士们向外推进。目前为止，拉克兰特和其他人看到的敌人都是被爆矢武器肢解的一片红色残骸。一些残躯中混杂着机器碎片，很可能是强化体，但敌人被消灭得十分彻底，很难分辨出他们是否是人类。

罗斯托夫率领着他们大步向前。所有雷鹰都已降下，最后一批星际战士正在下机。他们总共有几百人。一到两个星际战士就已经令人望而生畏，但如此多的星际战士聚集在一起实在令人恐惧。战士们冲刺而过，盔甲低声咆哮，哐当作响，拉克兰特避开了他们，以免自己被踩在脚下。

罗斯托夫走向围绕着梅西尼乌斯的一群军官。那里有通信和医疗专家，有两人穿着星际战士玄秘者的装备，还有一个身着黑甲和骷髅面罩的牧师。罗斯托夫在走近时大声喊叫着，以盖过雷鹰火炮的轰鸣声，梅西尼乌斯转过身，开始汇报。

"审判官，我们已经在山脊线另一侧建立了防线。"他指向坑洞边缘，"目前，敌方抵抗极小，大多是人类渣滓，那里有一个黑暗机械教的侍僧。"他指着一堆破碎强化体周围的鲜血残肉。

"异端阿斯塔特呢？"罗斯托夫问道。

听到这个名字，拉克兰特的心咚地一跳。他可不想再面对那帮人。

"能量排放显示，他们正在那个装置周围掘壕固守。即便身处亚空间护盾内，我们也难以就其数量取得清晰的读数。"梅西尼乌斯抬起头，"我们需要关闭亚空间护盾，让其余打击部队能够登陆。没有支援和补给，我们无法坚持太久。以中等射击速率来算，我们的弹药补给最多只够十分钟。"

"你的队伍准备好了吗？"

"是的，审判官，"梅西尼乌斯说道，拉克兰特注意到梅西尼乌斯瞥向了奇尔克，而奇尔克正直直盯着梅西尼乌斯，"托特文士官会率军进攻发生器。我们则将实施封锁，直到他的目标达成。"

"等亚空间力场失效，我们就会暴露在无生者面前。我们必须尽快准备好朝那个装置进发，所以我们得赶快，"罗斯托夫说道，"如果戴尔的理论正确，那我们就能在此对敌军造成大量伤害。"

一群星际战士从旁边走过，携带着重型板条箱。其他人在安装移动哨戒枪以保卫坑洞的通路，通信设备则安装在坑洞中央，离叛徒们的环境机器不远。

"这里将充当我们的滩头阵地。"梅西尼乌斯说道。"假如我们陷入了激战，那我们可以撤回这里。如果我们需要等候来自主舰队的援军，那这里很易于防守。他们无法将我们赶出这颗小行星。如果你的计划能够达成，那就很好。如果不能，那舰队可以轰炸毁灭那个黑石装置。我们定会取胜，"梅西尼乌斯肯定地说道，"重要的是我们成功的大小。"

梅西尼乌斯向审判官敬了个礼并低头鞠躬。这场面很荒谬，一个身形巨大全副武装的战士向一个身材相对较小的人致以敬意。梅西尼乌斯向他的手下下达命令，他们散开了。

"我们现在行动。"罗斯托夫说道。他那头盔里的下半张脸戴着一个呼吸面罩，视野被狭窄的面甲所限制。然而他眼中的决意清晰无比。

梅西尼乌斯身先士卒，踏上疏松的山脚，走向坑壁的一个凹口。在星际战士的重压下，粉尘洒落，埋没了拉克兰特的膝盖，暴露在虚空中百万年的风化层寒气逼人。在其盔甲辅助肌肉系统的帮助下，星际战士们迅速抵达了顶部。罗斯托夫的行动十分轻松，他一定是将某种力量增强器植入到了战甲中。安东尼亚托躲开了每一波滚石和落尘，仿佛他有所预知。只有拉克兰特和奇尔克在奋力挣扎。在拉克兰特从沙子中拖出他的靴子时，奇尔克跌倒在了他的面前。拉克兰特迅速将她扶起。他期待着奇尔克的尖刻言语，她却吸了口气感谢拉克兰特，拉克兰特则帮助她抵达了斜坡顶端。她的包很沉重，拉克兰特在顶部拖着包带，帮她分担负担。待到安东尼亚托折回帮助他们走上最后几米时，他们两人都气喘吁吁。

"那里面是什么？"拉克兰特问道。

"你不会想知道的。"那个小异形说道。

地面趋向平整。起初他们的视野被星际战士们高耸的背影所遮挡，但战士们分散成了不同的单位，如此罗斯托夫的小队得以看到黑石装置所在的小行星中心。

八块成形的黑石，如同几百米长的矛头，围绕着一个刻着巨眼的轮毂旋转，看起来就像是一个巨大的神秘罗盘。它们没有物理支撑，而是飘浮在空中，散发着噼啪作响的能量电弧。轮毂和矛头上都刻着不同的手形印记。轮毂较新，但凿刻得比较粗糙。

八角星围绕着轮毂中轴旋转，其速度和倾角却十分古怪，它先是倾向一边，然后又水平旋转，现在却近乎垂直。长长的绿色闪电在周围舞动，从矛尖射入地面。一道漩涡在上方旋转，将亚空间力场拉向轮毂，而拉克兰特只能看到黑光。雷声时时响起。这幅景象人脑难以领会，拉克兰特好奇他们为何无法从坑洞中看到这一切，按理来说他们应该能看见的。这一切都很不正常，很不真实。他的脑袋阵阵作痛，他闻到了空气中的污染，那是一股金属味和酸臭味。他还能闻到某种粉尘味，但不论他检查了多少次环境设置，上面都显示他的空气供应是清洁的。

一支星际战士小队加入了梅西尼乌斯的队伍。四十多位战士排列在山坡上，他们一齐走下冰雪覆盖的小山丘，走向小行星中心。在山脊和那个装置之间充斥着厚厚的蒸汽，漂浮于地面上，其中有些动静。他们的前进将会遭到挑战。

"这是个憎恶之物，"罗斯托夫说道，"异形科学服务于人类最大的敌人。那就是我们的主要目标。我们必须阻止他们的所作所为。"

"托特文，"梅西尼乌斯发出通信，"现在开始突击。"

第三十四章

霸王炮艇机

第三舰队的力量

内心的孩童

    战火撕裂苍穹。

    阿瑞欧斯透过霸王炮艇机的占卜组件目睹着战斗。随着混沌，舰长们争相冲入战斗，数十艘舰船已经陷入了近距离交战状态。大型舰船中队中产生的爆炸令虚空盾荡漾，冲击着黄铜蚀刻的塑钢舰体。能量武器的火力将空间化作舞动的光影表演。五彩缤纷的耀目光辉闪烁于舰船侧面，炮火、爆炸、引擎组和虚空盾光影交加。

    三艘敌军巡洋舰冲在最前，箭头般的舰艏闪着炮火。一艘船遭到了舷侧宏炮的全力打击，虚空盾崩溃。七发光矛束向其集火，将之射穿。它的舰脊爆发出气流和爆炸，令其脱离编队，并迫使另一艘船进行规避翻滚。

    霸王炮艇机爬升至舰船上方，飞速驶过。轰炸机和战斗机与星际战士的飞机编队航行，等待着反击。很快，星爆型防空炮弹便在编队中爆炸开来。几架飞机被击中了，残骸撞在阿瑞欧斯飞船的虚空盾上，令他的视野变得煞白。霸王、雷鹰和其他炮艇机分散开来，并各自带上了战斗机中队。一队驱逐舰穿过战场朝他们而来，三波轰炸机脱离攻击航线前去拦截，将之炸毁。剑级护卫舰与霸王的飞行路径相平行，它们的舰艏光矛狙击着受损的敌舰和暴露的上层建筑。

他们遭遇到了敌方的攻击机护航部队，那是由恶魔引擎和叛徒驾驶的星际战斗机组成的集群，帝国中队发起了进攻。跳帮艇遭到了攻击，但它们全副武装，保持在战斗机护航队中间，靠着一连串激烈的炮火杀穿敌军。霸王俯冲倾侧，在两艘舷侧交火的巡洋舰之间闪避穿行。火焰遮蔽了阿瑞欧斯的视线，他们穿了过去，上方的敌舰四分五裂。

他们的僚机被一发光矛束击中了。身着盔甲的人影飞入虚空。阿瑞欧斯希望他们能有好运，因为原铸星际战士十分坚强，有的人定能幸存下来。随后他们飞了过去，进行螺旋上升，同时交叉的激光束试图击落霸王。霸王的虚空盾再次将危险的能量传入亚空间，与此同时它开始加速，拥有超人反应的技术军士驾驶员实施着对普通人类而言足以致命的机动。

他们冲过了又一个敌军巡洋舰编队。一发新星炮炮弹在几百千米外爆炸，炸毁了一艘屠杀级巡洋舰的艉部。它的剩余部分发生了连锁爆炸，将其舰艏推向别的舰船，穿透虚空盾，并在一艘船的侧面划开了一道长长的口子。

阿瑞欧斯感到热血沸腾，激动不已，这是一种真切的感觉，既非源于他经过调整的新陈代谢功能，也非源于战甲提供的药物。第三舰队的力量看起来势不可挡。在霸王炮艇机所到之处，他都能看到一艘又一艘舰船被击毁。但敌军也在还击，它们的突击巡洋舰正在发射恐惧之爪空降舱和地狱炮艇机，一波又一波鱼雷和攻击机鱼贯而过。己方所遭受的伤害也同样巨大。

他们的目标缓缓进入视野，霸王炮艇机开始水平飞行。其伴随的飞机回到了护航编队中。

"副官，"技术军士机长发来通信，"我们正进入攻击航线。准备跳帮。"

血王号在他们前方迅速变大。周围的二十艘船有序排列，它们朝着登陆艇射出火力风暴。霸王摆脱了大部分火力，但机群中的雷鹰并没有虚空盾，而只能依靠其灵活性存活。在这最后的冲刺中，它们显得十分脆弱，两架飞机爆炸了。

来自帝国舰队的掩护火力掠过突击群，在敌军的虚空盾上闪起光辉。它们没能击毁虚空盾，但突击艇仍能够慢速穿越，而护盾偏转来袭火力所产生的电流干扰着瞄准系统。猛烈的炮火持续不断，突击群飞速向前。

"开始减速穿透护盾。做好准备。"

飞船启动了制动喷口，速度急剧降低，令阿瑞欧斯的视野涌现出黑点，他感到自己的体内器官在移位。虚空盾冲刷而过，霸王再次加速，产生出令人痛苦的力量。烈火朝他们袭来，现在的火力是来自点防御枪炮和快速移动炮塔，而非主炮阵。这些火力能够更加精确地打击战机，但并不强大，尽管霸王的一个虚空盾在跃动闪烁，但并未崩溃，他们继续飞速向前。

血王号在他的视野中变得十分庞大，其舰体几乎填满了他的外部输入端，模糊不清。突击艇分散开，幸存的支援飞船前去攻击武器系统和通信阵列，运送着星际战士的其他飞船则前往它们的指定跳帮点。一道剧烈的撞击令霸王的虚空盾爆作一阵紫色闪电。另一端的船体又挨了一发，片刻间飞船翻滚失控，随后驾驶员将其稳住，并向目标疾驰而去。

飞船放缓了速度，直到停止，它面对着一个腐坏的大型货物对接门。虚空盾再次涌动，吸收了来自四面八方的激光炮火力。飞船震颤着，射出了它的所有导弹，将货舱锁炸开。随后飞船向前倾，顶着破口泄露的大气狂风。霸王降了下来，所有舱门都打开了。

"快！快！快！"阿瑞欧斯下令道。

侵略者走下了前跳板，冲入敌军的轻武器火力中。霰弹枪的子弹在他们的强化重型盔甲上弹开，咯咯作响，那效果就像是雨点打在金属屋顶上。侵略者们用爆矢风暴拳套施以回击，同时他们迈步向前。

仲裁者从后方涌出，用他们的远程爆矢步枪施以火力压制。地狱轰击者在侵略者身后寻找掩护，等候着重型部队现身。阿瑞欧斯和他的指挥团队走了下来。他们的敌人是身着虚空服的凡人，但他们现在全都死了，鲜血在冰冷的金属上冻结。

阿瑞欧斯指向内门："把入口打开。散开，前往各自的目标。"

气闸室内十分肮脏，维护也很糟糕，虽然似乎没有受到亚空间的腐化，但墙上用鲜血涂抹着亵渎的符号。阿瑞欧斯调出舰船布局地图。这是血王号原始型号的通用楼层平面图，同时他还要求霸王的机组利用占卜扫描更新地图。

他看向飞船的另一侧。前跳板和前四分之一的船体都没了，金属焦黑破碎，里面没有生命迹象。

"伊克瓦士官！"他下令道，"检查幸存者。"

伊克瓦从他的小队中脱离出来，看向毁坏的船体。

"没有幸存者，副官兄弟。"伊克瓦说道。

"那么我们得靠自己了。整队。预计会遭到敌方激烈抵抗。"阿瑞欧斯看向他们的目标。

在几百米开外，几层甲板上，便是指挥甲板。

阿瑞欧斯是为战争而生的。他沿着通往指挥甲板主入口的宽阔走廊迅速前行，每走十几米便躲入掩体掩护手下前进。他的枪与他的步伐精确匹配，让他的瞄准完美无缺。盔甲系统以暗淡的橘色轮廓高亮出朝他冲来的可怜鬼，并显示他们为低威胁人物。充斥着信息的明亮图形悬在那些人头上，显示出大部分人都是精神奴隶。尽管他们没法伤到他，尽管客观上他们并未犯下背叛的罪过，但他们是敌人，必须死。对于每一个敌人他仅仅射出一发爆矢，并以非人般的平稳从一个目标切换到另一个目标。爆矢弹的马达在他的热成像系统中闪耀着。敌人的死亡仅仅只是短暂的白点，突显在舰船甲板的深蓝绿色上。

他一边移动，一边杀戮，但他并未思考。阿瑞欧斯投入战斗，却如同自身脑海中的过客。千年来，贝利撒留·考尔的催眠设备重塑了他的存在。他曾以为自己仍是过去那个男孩儿的延伸，直到他投入血王号上的战斗时，他才意识到那是个谎言。

他的身体不需要更高级的机能意识输入便能够做出反应。当他来到舰脊大道时，他决定把武器切换为匕首和手枪，却发现自己的双手已先行完成了切换，并已经在向尖叫着涌来的奴隶实施致命打击。在他判断热成像在近战中太过局限、涌现的信息符文太过繁多的时候，他的头盔已经切换成了标准视图，他像用裸眼一样看着他的敌人，同时战甲的沉思机修正了场景色彩，去掉了强化玻璃上的红色。

警报尖鸣，箭头在仲裁者盔甲的视网膜显示器周围滑动，高亮出从右侧袭来的威胁。阿瑞欧斯已经在转身，他举起爆矢手枪，在有机会处理他所目睹的事物之前便开火了；行动迟缓的战争机仆装备着噼啪作响的动力爪，前来夺取他的性命。他短暂地瞥到了机仆的迟钝脸庞，随后在无意识中爆矢弹便已消灭了他们，而他正转向下一个目标，仅仅在他杀死了敌人之后才注意到他们。

阿瑞欧斯的移动十分迅速，他的四肢不由自主地行动着，他毫无顾忌、毫不犹豫地杀戮着。他已经经历过数千场模拟，他从探索者之王号苏醒时起便一直在练习拳击，还经历了艾迪欧斯号上的战斗，但这是他第一次杀戮真正鲜活的生命。每个敌手都是一个人，即便是机仆也曾是人。每个人都有自己的思想、渴望、梦想和恐惧。许多人都是俘获自帝国世界的奴隶。尽管如此，他依旧进行着杀戮。他在孩童时所拥有的任何道德异见都已不在。

他便是战争，他便是人类毁灭冲动的活化身。

费伦仍在，但只是个残余，像个幽灵一样依附在他精神的暗影中，无言地注视着，他又想起了自己家园上的耻辱死者。

他左手的刀刃刺入一个机仆的喉咙，伸出左腿将其踢倒，同时抽回剑刃，在其倒地前将之斩首。更多人从侧门涌出，就像是蚂蚁爬出巢穴，地狱般的锻炉光芒照耀着他们。阿瑞欧斯和兄弟们奋勇杀敌，他冒出了一个可怕的想法，自己和敌人其实没什么不同。他也并不想被掳走，远离他的家园和人民，被打造成战争工具。对于自己的所作所为，他似乎无法掌控。他们都是人类的子弹，用于一场永无终止的战争。

阿瑞欧斯记下了这个想法，以供事后斟酌。

最后一个机仆倒在了甲板上，破裂的线路中涌出鲜血、滑油以及奇怪的乳白液体。

"副官！"另一个人用手持占卜仪示意着，指向指挥甲板。在混战中，他看起来就和其他人一样，但阿瑞欧斯的视网膜显示器中的符文标签显示他是伊苏斯兄弟。"那边的能量读数很强，是异端阿斯塔特。"

"四小队和六小队，散开，守住后方抵御反击，"阿瑞欧斯下令道，他的爆矢步枪连响四声，一个机仆化作残片，掉进了一个突袭洞中，"把那些洞口堵住，将穿甲手榴弹扔进去。二小队、三小队、五小队，跟我来。"

他调出被选中的小队的名单。所有战斗兄弟的轮廓都显示为绿色，表示既没有受伤也没有盔甲损伤，但弹药数闪着橘红色的不详光芒。他检查了下自己的计数器。手枪中有五发，步枪中有十三发，各自还有一个额外的弹匣。他们得掌控舰桥。他接入了伊苏斯的占卜仪，数到有超过三十个动力盔甲的读数，可能还有更多。

还有别的东西，某个大家伙令他战甲的短程传感器和威胁指示器响起了不确定的警告。他的意识似乎在脑袋中飞转，他开始回归自我。现在必须做出决定，而不能仅仅依靠本能反应。他们的目标就在前方，但防守严密。他应该怎么做？他在无尽的长眠中经历了百万次的情景都指向了一个结论。尽管他得做出抉择，但并不需要做出真正的决定。他有他的命令。

"前进，"他说道，"保持警惕。"

第三十五章

海洋掠食者

亚空间力场

托特文的任务

恶魔尖叫着飞向圣阿斯特号。这艘船周围的空间如同疯狂艺术家用灼热线条勾勒出的素描，点防御炮塔射出由融合光束、等离子流、激光束和实弹组成的风暴。恶魔的非自然形体在宇宙中被焚灭，它们那扭曲的灵魂尖啸着回归亚空间，进一步扰乱了时空结构。然而它们仍冲了过来，无尽的红皮怪物群因对暴力的渴望而冲入炮火之中。战斗机射穿了它们，在恶魔集群中杀出一条路。宏炮炮组持续轰鸣，时间引信炮弹在恶魔群中引爆，尽管万千恶魔惨遭屠戮，但仍有更多恶魔从裂隙深处涌来，无穷无尽。

星际战士在小行星上实施了首波登陆，但他们的打击巡洋舰仍在近轨道交战。他们现在身处恶魔群深处，靠近小行星，与舰队的通信受到了干扰。梅西尼乌斯得尽快关闭亚空间力场。

阿莎盖将注意力转回到战斗中。恶魔充斥着舰队周围的作战球面，它们数量众多，难以剿灭，尽管虚空盾的亚空间技术似乎能够伤害到它们，但它们已经穿透了护盾，开始涌向舰体。来自圣阿斯特号各处的外部视频图像显示它们正在撕裂装甲，并聚集在气闸和机库槽附近。星界军、星际战士和舰船武装兵组成的队伍在最有可能的侵入点等候着它们。她对于让寂静修女跟随雷鹰派往地面的决定感到后悔。

但这不是最紧迫的问题。

地狱船正朝他们而来。恶魔们在它面前四散开来，仿佛猎物逃离深海巨兽。这令她着迷，因为在许多方面来看，它仍然像是由凡人之手打造的舰船，即便其撞角已经变成了一排微笑着的鳄鱼下巴，湿漉漉的眼睛在两侧火炮甲板的位置转动。她能看到其背上的指挥建筑，半埋在有机体中，但仍然清晰可见。其短粗的主甲板防护板仍是垂直固定的金属，埃古战斗舰队的褪色徽章依然可见，但其行动是完全有机化的。它的舰部左右摇摆，就像是一条尾巴，游过虚空，如鱼得水，然而其引擎仍闪着丑恶的红光。它正快速接近，速度难以置信，实施着一艘金属船所不可能实施的弯曲机动，令其已然可怖的外观更加恐怖。湿漉漉的眼睛似乎直盯着阿莎盖，那会意的微笑仿佛是想与她分享一个私密的玩笑。

阿莎盖意识到自己出神了，她摆脱掉那种感觉，以免那锐利如锥的目光深深刺透她的灵魂。

她打开了全舰队频道。

"全体舰长，听好如下命令。新的优先射击目标将会提供给远程主武器。"

芬纽拉开始给圣阿斯特号的火炮长下令，其他船则在准将讲话的同时提供射击方案。

"摧毁那艘恶魔船。"阿莎盖说道。

在托特文及其手下穿过亚空间力场的机器设备群时，一股令人厌恶的邪恶感折磨着他们。亚空间引擎在颤动，它们投射出的神秘能量影响着现实空间，使得托特文的战甲传感器将垃圾数据喷吐到他的视网膜图像上。他意识到，相比之前，他们并没有离主发生器更近。

亚空间力场既有点像虚空盾，又有点像盖勒力场，但比这两者更不稳定，也更加险恶。托特文能够尝到空气中亚空间的味道，就像是热金属和腐臭的脂肪。一次故障或是误判，亚空间力场便会内爆，打开一条通往亚空间的短暂入口。这项技术在帝国是被禁止的，但黑暗机械教并没有这样的顾虑。这些事实不由自主地进入了他的脑海，而这又是考尔灌输进他脑中的一点知识。

他感到头晕目眩，视线模糊。他利用药物弥补那些机器所造成的灵能出血，并举起一只手。他的小队停了下来。

"就这儿，"他说道，"不能再近了。"

他下令手下保持警惕，同时他利用瞄准系统找寻着安放热熔炸弹的最佳位置。他的视线缓缓扫过设施群，轮廓线在不同机器周围闪烁着。

几个部件上增添了叠加符号，闪着红色。

"那三个。"他下令，用手指快速做出作战手势，并向他的战士传输附件点的数据。三个星际战士走上前，从大腿上解开沉重的熔合瓶。他们扭转顶部的把手，引信灯显示为绿色，并设定为远程引爆。

最后一枚炸弹安放到位，托特文的威胁指示器突然发出尖声警报。在两排噼啪作响的引擎间，一个巨大的身影从黑暗的通道中冲出，他只有极少的时间做出反应。他做出翻滚，躲开了一个大如躯干的金属爪，那爪子在空气中嗡嗡作响，埋入小行星的基岩中。

数千小时的模拟训练已经将动作灌输进他的脑海，令他的反应就像是呼吸一样自然，但他仍然俯卧在地上。他的动力设备很沉重，而硕大的动力盔甲让他难以迅速站起身，他就像是古地球上的海龟。穿着四分之一吨重的盔甲倒在地上可不是个好主意。

托特文的肩甲撞到了地上，双腿收到胸前，他转换重心，把枪杵着地面，甩过他的动力设备，像杂技演员一般轻身跃起。

那个攻击者直面着他，那是一个大如无畏机甲底盘的机械单位。透过其正面的一个厚实的观察口，他看到了一张因痛苦而扭曲的人脸，插着百根电线。软骨肌肉贯穿其四肢，器官和暴露的机械一起跳动着。其左臂装着一个爪子，打开之后，钳子中是锯齿状的转轮，火星四溅，右臂则装着一把重型喷火枪。

"瞄准重型战斗机仆，听我口令！"托特文及时呼唤小队前往他的位置，随后那把喷火枪便开火了，朝他喷吐出一道钜焰。他躲过了那道热流，那个机仆则继续追逐着他，灼热的液体燃烧着机器和地面。即便隔着陶钢，那热度也很强烈。

爆矢步枪从后方击打着那个机仆，令其震荡不已。托特文的小队从四面八方发起进攻，第二支小队则从通往亚空间发生器的一个弯曲小道冲了出来。碎石在开阔地上弹跳着，那台机器发出痛苦又可怕的尖啸声，挥出它那巨大的近战武器，击中了一个星际战士的胸膛，将其打飞并撞上了一台设备。那个战士撞破了机器的外壳，压碎了内部结构，他被灼热的闪电所吞没，托特文头盔上的生物信号消失了。

托特文开火了，他朝着那个机仆的面甲射光了整个弹匣。观察口裂开了花，遮蔽了视线。又一发爆矢弹击中了盔甲后的柔软部分，鲜血四溅。那机器再次尖叫着，重型喷火枪扫过周围的一切事物。托特文的一个战士在冲入空地时被火焰吞没，另一个则被挥舞的爪子击中，被钳子一切为二，陶钢碎片从托特文的战甲上弹开。

他抛下射空的爆矢步枪，拔出链锯剑，剑刃轰鸣着启动。那台机器向他挥臂而来，他的手下则用爆矢弹将那机器的后方射得满是窟窿。托特文向后倾身躲过那一击，同时转身用剑斩向那台机器的腕部。锯齿尖啸，火星飞溅，一块块碎金属掉在了地上。那台机器再次发出尖叫，感受到了痛苦。它猛地抽回那只受伤的手臂，重型喷火枪开火了。

一片液态火焰击中了托特文的胸膛，强大的压力让他撞向一台机器。他的传感器响着警告，盔甲中酷热难耐。警告符文在他的视网膜显示器上闪烁着，显示出他的软密封处和关节处。陶钢甲灼热无比，烧伤了他的皮肤。他的盔甲帮他抑制住痛苦，并让他的脉搏飞速跳动。他站起身，仍在浑身着火。

他用肩甲撞向那台机器，使其摇晃着后退，随后他举起剑从左到右向上一砍。利剑切开了那机器的盔甲，击破了羊膜罐的密封，并深深刺入其中的亚空间肉体部件。那台机器咆哮着，用拳猛击，但托特文的一个手下扑了过来，用双臂抱住那机器的肘部并向后拽。另一个人前来帮助他，紧抓着那台机器的手臂，两人的盔甲相互碰撞，那一击未能命中。那机器转过身，试着摆脱他们，这让托特文发现了一个破绽。

火焰仍在他的盔甲上燃烧，托特文再次冲向那台机器。他把剑尖对准其膝盖，将剑刃深深刺入其关节并扭转，粉碎了其中机件并斩断了几根软骨。那机仆被拖着其手臂的星际战士拽倒了。它踉跄着，火焰扫过托特文的头顶。托特文躲过烈焰，并挥舞着他的利剑，猛地击中了机仆的左踝。

他将链锯剑前后拉锯，直到那只脚向后弯曲。这台人形机器向后倒地并翻滚着，试图靠它那毁坏的双腿站起身。

"别管它了！"托特文喊道，"撤退！"

他的手下离开了现场，抛弃了同僚们的战甲和基因种子。

等他们抵达了安全距离，托特文用一道精神指令引爆了热熔炸弹。熔合火焰在那些机器上方爆炸开来，化作令人盲目的蘑菇云。大部分机器设施群都瓦解了。托特文的盔甲机魂判断爆破成功，设施群因二次爆炸而震颤着，其他机器跟着第一批毁灭，但仅此而已，没有更严重的后果，也没有嚎叫的巨嘴将它们拖回亚空间。托特文抬头看向上方，亚空间力场的油光消散了，就像是着火的塑料胶片。他的传感器传输很清晰，通信频道也能听清楚了。

"副官长，"托特文发出通信，"主要目标已完成，亚空间力场已失效。"

这些人曾是阿斯塔特修士，然而他们已经配不上这个名字了。

他们和攻击弗摩尔Ⅲ的是同一拨人。镶着黄铜边的血红色盔甲，链锯武器，几把爆矢枪，所有东西都装饰着颅骨——不论是真颅骨还是黄铜铸造的，两者很难区分，因为它们都覆着陈旧的棕黑血块。七架雷鹰在山脊的另一侧轰炸着敌军的阵地，令地面上扬起一团团砂砾，排布精确。它们没有选择从空中扫射敌军阵地的原因现在已经很清楚了——敌军的堑壕布满了炮塔，其中许多都是防空炮台。深深的堑壕连接着地堡，射击孔深埋入地下。所有的东西上都堆着颅骨和血淋淋的骨骸，尽管其装饰很野蛮，却十分坚固。

安东尼亚托从拉克兰特手中拿过望远镜，红色的人影在远方消失不见，化作地面裂缝中的小点。

"对于血神的追随者而言，按兵不动可是很罕见的，"安东尼亚托说道，扫过那台黑石机器，"他们的掘壕固守地十分紧密。"

"你们的死帝皇把他们塑造得很好。他们也许是帮疯子，但看起来在必要时他们也能控制住自己。"奇尔克拿着一只外星模样的单眼望远镜。

"不，"安东尼亚托说道，"他们全都是狂战士，无一例外。一定是别人给他们打造了那些防御工事。他们不会等太久的。这样也好，等他们冲出堑壕，干掉他们会更加容易。"

"那不会的，我跟你说，他们会等着的，"奇尔克说道，"我们会死在这儿的。"

安东尼亚托发出愉悦的咕哝声。

拉克兰特发现他们两人真是奇怪的一对。除了在飞行的时候，安东尼亚托永远都很愉快，奇尔克则极度宿命论。拉克兰特感觉自己在他们周围很多余。他完全就是个外人，即便他们二人试着让他在罗斯托夫的团队中感到受欢迎，但他仍闯入了他们的友谊，而他仍对于异形的存在感到不适。

拉克兰特看向身后。他、奇尔克和安东尼亚托正趴在一个尖锐的风化层上。几米开外，罗斯托夫正和梅西尼乌斯交谈着，周围是那位星际战士的指挥小队和那七位带着炮艇机穿越亚空间力场的无灵室女。星际战士们沿着山坡排列成松散的队列。有许多枪炮正指着他们，但尚未有一个开火。

"他们在等什么？"拉克兰特说道。

"等我们做出蠢事，而我们会的。"奇尔克说道。

"这关乎荣誉，"安东尼亚托说道，"血神的追随者唯独欣赏武艺，他们想要在与这些新型星际战士的战斗中证明自己。"

"所以他们在做蠢事，"奇尔克说道，"我的周围都是蠢货，因为你们都是人类。"

一声巨响回荡在小行星受限的天空中。亚空间力场闪烁着，随后失效了。

"蠢事。"奇尔克说道，抬头看向天空。她和安东尼亚托蹲起身，开始准备他们的武器。战线上传出一阵动静。

"该出发了，中尉。"安东尼亚托说道。他拍了拍拉克兰特的肩膀，意味深长地瞥向上方。

蜂拥在两艘打击巡洋舰周围的恶魔群改变了，一些恶魔转向了小行星。舰船改变了射击模式，在天界大军中炸出一条路。火力的重新安排使得天空充斥着燃烧坠落的躯体，舰船的侧面也更加清晰了。巡洋舰朝地面下降，巨大的舰体遮蔽太空。它们进入了小行星稀薄的人造大气中，引擎令整个世界震颤。随着它们的到来，大炮也开火了，朝着黑石装置周围的星际战士叛军阵地轰炸。地面上炸出巨坑，但对小行星来说的最大威胁尚未到来。

打击巡洋舰的侧面和龙骨闪着火光，虚空充斥着飞驰的泪滴。虽然空气很稀薄，但它们下降的速度是如此之快，空气摩擦所产生的火焰在周围闪烁。恶魔跟着俯冲而下，试着追上它们，却从其侧面弹开，落到了地上。现在，叛徒的枪炮做出了回应，火力线交织于天空。激光炮闪烁，破片切开了灰暗的空降舱，将之化作短暂的金属雨。少数空降舱被击中了，一些倾斜着失去了控制，一些消失在了天空中，还有几个爆炸了，其中的战士化为碎片，撒在战场上。但它们的数量有很多，而速度也很快。敌人仅仅只能拦下少数几个。

那噪声震耳欲聋。拉克兰特从未感受过星际战士空降突击的恐怖，直到现在。那喧嚣声敲打着他，令他内心胆怯，丧失勇气。若不是安东尼亚托和奇尔克在他身旁，他可能会崩溃逃跑，尽管来袭的战士是自己这一方的。

空降舱像炮弹一样点起火，在它们离地面不到三十米时，侧面的制动喷口轰鸣启动，修正角度并减缓到安全速度。然而它们落地的力度仍足以杀死凡人，落地的空降舱炸开了岩石，其着陆位置离敌方防御工事很近，爆炸门闪炸开了跳板，积聚的战争烟雾闪烁着。星际战士们从安全座上跃出，枪口闪烁，敌军的炮台则做出反击。压抑的敌方阵地化作了沸腾的锅炉，充斥着火焰、烟雾和噪声。

拉克兰特的目光跟随着一支冲过破碎地表的小队。他看到一个战士被自动炮击中，在地上翻滚，他倒在了地上，他的朋友们则消失在了烟雾中。暴力似乎在刺激那个黑石装置，它转动得更快了，射出更多绿色闪电，而这进一步搅动着迷雾。

梅西尼乌斯站起身，右手戴着的巨大动力拳紧握着，举在头顶上。随着一声轰鸣，它点亮了，吸引了周围所有人的注意。

"帝皇的士兵们！"他透过通信发射器咆哮着，增强的声音如若神明，"前进！"

随着一声咆哮，山丘上的星际战士们冲下山坡，朝着空降点前进。恐惧驱使着拉克兰特冲在了他的同伴之前，安东尼亚托不得不冲上去抓住他。

"跟紧我们，让他们先上！"安东尼亚托抓着拉克兰特的胳膊说道。他、拉克兰特和奇尔克奔跑在被委派来保护他们的小队身后。罗斯托夫则和那位副官长待在一起，但他离他们很近。"那些异端会不假思索地杀死我们，"安东尼亚托说，"但如果我们待在一块，那我们还有点机会。"

"并且要小心它们！"奇尔克说道，尽管她身材矮小还背着包，但仍紧跟着他们的步伐。她指向上方，恶魔正跟着空降舱从天空中飞驰而下。

"它们太多了，我们一点机会都没有。"拉克兰特说道。

"我们有的，"安东尼亚托说道，"我和奇尔克遇到过比这更糟的。"

"凡事总会有第一次，"奇尔克说道，"而死亡，也是最后一次。"

第三十六章

战争的救赎

战团的错误

引擎开火

  一个身着扭曲盔甲的狂战士冲向梅西尼乌斯，链锯剑向后摆，准备施以打击。梅西尼乌斯仅仅瞥了他一眼，但每一丝细节都永远地刻在了他完美的记忆中，从覆在那个战士战甲上的一块块干涸的血液，到将他的武器绑在手腕上的黑色铁链。他的爆矢手枪状态很糟糕，看起来都无法射击。他的呼吸格栅已经破碎，下面的面罩也是，梅西尼乌斯能够透过那缝隙看到那个战士黄色的凶相。

  一秒钟后他便不在了，仅仅只存留在梅西尼乌斯的记忆中。那个狂战士的第一击滑过了梅西尼乌斯的左臂，而他没能得到第二次机会。梅西尼乌斯的金色铁拳击中了那个战士的胸膛，摧毁了他的盔甲和骨肉，在器官的原本位置留下了一个冒烟的洞。鲜血溅洒在梅西尼乌斯的白色盔甲上。

  "为了萨巴亭！"他怒吼着，将那个死去的叛徒抛在一边。

  看到这些叛徒就像自己的战团一样犯下错误，梅西尼乌斯感到愉快。当第十三次黑色远征从恐惧之眼中袭来，卡迪亚呼叫援助时，梅西尼乌斯的大部分兄弟都做出了回应，仅仅在他们的战团星球萨巴亭上留下了一个连。如此，他们让自己处于易受攻击的境地，但因太过傲慢而没能预见到莫塔瑞恩的可恨子嗣就此摧毁了他们的世界。

如今恐虐的子嗣也蒙受着同样的后果，黑暗之力的恩赐也无法防备傲慢。

集结的地狱轰击者们开火了，打掉了又一个地堡。敌方的防御正在瓦解，但堑壕和重型枪炮在这场不朽者的战争中无关紧要。恶魔自天空中拥来，那些有翼的怪物飞了下来，但大多数都在一团团红光中翻滚直下。第一批恶魔撞在了岩石上，当场死亡，它们的精华卷回了亚空间，风驰电掣，清晰可见，但很快恶魔的肉体便堆得足够高，让落地的怪物们不再受到伤害，它们纷纷从堆积的尸体上滚下。在地面，恶魔们面临着更多危险，因为圣阿斯特战斗群的舰船正朝着地面射击。大地剧烈颤抖，让梅西尼乌斯以为这颗小行星行将解体。在坠落和轰炸的水深火热之中，仍有数百个亚空间怪物安然无恙，有蹄的双脚朝着星际战士们奔来。

梅西尼乌斯低身躲开了扑来的恶魔。无灵室女们依靠自身存在将恶魔逼退，那些靠得太近的恶魔则被修女们的反灵能压力磨成了黑烟。罗斯托夫的团队紧跟着梅西尼乌斯和他的战士，表现出色。这样最好不过了，因为梅西尼乌斯没有太多闲暇关注他们的安全，他正与从堑壕中冲出的恐虐星际战士交战。

他派出了一队侵略者前去清理堑壕线。火箭挂架咯咯作响，小型导弹击穿了腐化的陶钢，炸毁敌军。他们的下挂喷火枪来回扫荡，清洗掉更多狂战士，并烧死混沌的凡人仆从。帝国的进军起初很快，但随着更多敌方战士投入混战，进度有所减缓。梅西尼乌斯麾下的原铸星际战士比他们的敌人更强、装备更好，但狂战士们有着数千年的经验，还有神明的狂怒相伴。陶钢相互碰撞，身着蓝甲的编外之子与身覆血红黄铜的恐虐追随者扭打在一起。梅西尼乌斯在战士们的最前方鏖战，用拳头和等离子击倒可恨的叛徒。在每次交锋的短暂间隙，他都会为上方的巡洋舰指定目标，舰船的光矛在小行星上凿出熔化的轨迹。

怪物们持着由闪烁黑火铸造的利剑，冲入编外之子的编队后方。梅西尼乌斯在地面上拥有近半个战团的兵力，这是一支强大的部队，但恶魔无穷无尽。

他瞥向上方，黑石装置呼啸着，喷吐出绿色的闪电。他们离目标很近了，但前方仍有阻碍。

他下令手下坚守战线，随后朝着战线最前方推进。他选中了一个与仲裁者扭打在地的战士，头盔发出鸣响，表示已经瞄准，随后他将一发等离子流射入了那个叛徒的脑袋。

"我们得尽快抵达那个装置，"罗斯托夫说道，他来到了梅西尼乌斯身旁，银色盔甲上满是鲜血，动力剑因血块蒸发而嘶嘶作响，"我们会被敌军淹没的。"

梅西尼乌斯点点头："你需要多少时间？"

"几分钟，"审判官说道，"仅此而已。"

"苛刻的要求。"

"我们必须穿过去！"

梅西尼乌斯搜索着山坡。有许多楼梯通往引擎所在的高原，但它们都防守严密。那里有条路，他想，但首先他得杀过去，唯有那样才能重新取得他们失去的势头。

他朝巡洋舰发出通信，请求支援。舰船的机库中出现了光点，那是先驱者，身着重型盔甲和强力跳跃背包的低轨道穿插专家。他们的速度比空降舱慢，许多人还遭到了空中恶魔的袭击。炮火击打着恶魔群，将之逼退，让二十位先驱者突破敌群，他们的火箭闪耀着冲向梅西尼乌斯的位置。先驱者越过战场，飞向守护着通往装置道路的敌军防线的后方。尽管有两个人被地面火力击中，并在一片火焰中坠落，但其他人射杀着拥下山坡的异端阿斯塔特，削弱了敌军的数量，让星际战士们得以再次向前推进。

"这个机会不会持续太久，"梅西尼乌斯说道，"跟我来。"

"看！"罗斯托夫的一个手下安东尼亚托正指着黑石装置。其方位正在改变，它向上升起，围绕着一个尖端开始旋转，就像是硬币沿着其边缘转动。

那个装置吸收着战斗中的色彩，声音变得柔和遥远。随着一道噼啪声，黑色的闪电从最高的矛尖射向虚空中的舰队。他们的位置看不到那道闪电射向何处，因为那道冲击被恶魔所淹没了，但那不是个好兆头。

"我们现在得行动了。"罗斯托夫说道。

"继续炮击！"阿莎盖下令道，"让它们的注意力落在我们身上！"

虚空中，舰船之间传递着短促的通信。它们周围有数百万只恶魔，圣阿斯特号的点防御火力朝着四面八方射去，扫过令人窒息的虚空。他们几近盲目，舰载武器在恶魔群中清出一条路，让他们短暂地瞥见了小行星，随后便再次被恶魔群遮蔽。地面闪烁着炮火，占卜仪射出测量束，但它们收集的信息一直受到干扰。阿莎盖无能为力，只能让舰队的武器瞄准她觉得合适的地方。

这已经足够了，他们有自己的麻烦。

阿莎盖看着一架狂怒星际战斗机被带翼的恶魔撕成了碎片。上一刻它还在飞驰于虚空中，下一刻它便化作了银色的金属碎片。显示器中的舰队攻击机配置一个个闪烁着红光，更多的战斗机被区区利爪所撕碎。

"有地狱船的迹象吗？"阿莎盖问道。她不能让自己分心，地狱船才是更大的威胁，但这些恶魔吸引着她的注意力，既令她着迷又令她厌恶。

我们被告知了多少谎言，阿莎盖想。一直以来，这些怪物都在黑暗中等待着吞噬他们。她曾听过那些故事。毕竟，他们是海军，他们的大半生都在亚空间中度过，但阿莎盖足够明智，不会对那些故事信以为真，至少不会在公开场合那样做，因为那些高声谈论奇怪现象的人往往会消失得无影无踪。如今，她看着恶魔爬上舰体的视频传输画面，好奇人类是有多么害怕，以至于对面前的事物视而不见。这些事物不可能仅凭主观希望而摆脱，清理掉目击者也不会有什么影响。

"没有地狱船的迹象。也许第一轮炮击将其击退了。"芬纽拉说道。

"不，它来了。睁大眼睛注意它！所有传感器战位，最佳优先。"

恶魔拥有着生物的一切外观，但它们不需要空气以供呼吸或是飞翔。它们完全是非自然的，目睹它们让阿莎盖的感官感到一阵令人厌恶的恶臭，看着它们让她头晕目眩。

"要是它们杀了进来，帝皇拯救我们，"她低语道，"继续炮击，尽可能多地杀死这些怪物，我们得为罗斯托夫争取更多时间。"

"埃洛伊丝……"芬纽拉因某些事物而显得十分不安，忘记了她们在执行任务，"地表上的引擎已准备好再次开火。"

"虚空控制，做好准备。"阿莎盖说道，恐惧在她的胃中积聚。

"它开火了！"

恶魔群感知到了，分散开来。小行星射出的绿黑色锯齿状线条划过虚空，击中了无情号。尖端穿透了虚空盾，仿佛护盾并不存在，舰体被击中了，金属被猛地射穿，喷射出大量气体和火焰，令那艘巡洋舰脱离了航线。光芒闪烁着，引擎堆熄火了。那道光束消失了，并在现实空间中留下了小小的伤痕，溢出蓝色和银色的能量，就像是粗心拔出的利剑在皮肤上留下的伤。

片刻后，无情号的反应堆核心达到了临界。一颗直径达八百千米的火球吞没了舰体，并消灭了成千上万只恶魔。

"帝皇保佑我们，"阿莎盖说道，"它更加强大了。撤退，转移到小行星下方，带我们离开那个引擎的视线。让舰队靠拢，集中火力攻击恶魔群。也许我们能带走一些恶魔。"

"这会让我们离裂隙非常近，很危险。"

"那就关掉遮板！我们得行动。我们毫无机会对抗那个亚空间光束。"

"审判官罗斯托夫——"

"他得靠自己了，"阿莎盖说道，"我们死了对他没好处。我们的胜利命运在他的手中，帝皇保佑他。"

炮击停止了，舰队离开了，然而地面仍因那台引擎的震颤而颤抖着。它一边旋转，一边嚎叫，那尖啸的歌声违背现实存在。这感觉令梅西尼乌斯恨之入骨，但他强迫自己向前，走上凿在小行星岩石上的阶梯，走向那台引擎所在的低矮顶峰。他的指挥小队和幸存的无灵室女在后方守着楼梯的底部，修女们现在只剩下四个人，因为她们吸引着恶魔的愤怒，所以总是第一个遭到攻击。

梅西尼乌斯与罗斯托夫及其小团队攀爬而上，先驱者们尽可能地给予他们空中支援。楼梯转了个弯，一个异端冲向他，链锯斧咆哮着。梅西尼乌斯做好了冲击准备，但一发明亮的脉冲弹飞速掠过，击中了那个战士的左目镜。那个异端倒下了，翻滚下阶梯，停在了罗斯托夫的小异形脚边。白色执政官并没有先入为主的偏见，也不是对所有异形都怀有自发的仇恨，但梅西尼乌斯仍觉得那个异形令人厌恶。

"别那样看着我，"那个异形尖锐地说道，拍了拍她的步枪，"你欠我的，星际战士。"

那异形挤过梅西尼乌斯，大胆地触碰到了他那神圣的战甲，然而他并未上前杀死那个异形。她有她的用处，那个死去的异端便是证明。

走过楼梯的最后一个拐角，他们来到了一个宽阔的高原，中间有一个大井。那个亵渎的八角星正是绕着这个最低的尖端旋转着，它的移动速度如此之快，看起来就像是一个灰黑色的实体球，绿色的闪电和红色的亚空间电流闪烁其中，它嗡嗡咆哮，震耳欲聋。诸多机器在其周围有规律地排列着，如同史前的巨石柱。所有机器都带有黑暗机械教的亵渎标记，那些堕落的贤者们照料着这些机器。

还有更加糟糕的场景，潮湿的导管蠕动着，从尸体身上吸取某些精华，并传输给那些机器。

在整个圆圈的中央，围绕着内环的机器，站着许多超人。在光芒中很难看清他们的颜色，但他们的盔甲透露了其身份：亚空间大能的黑暗使徒。也许是怀言者，也可能是其他同样受到蒙骗的危险人物。他们伫立着，双臂张开，朝着黑石八角星高举着邪恶的图腾。能量在黑暗使徒、机器和旋转的装置之间流动着。

他们一开始并没有注意到梅西尼乌斯一行人的抵达，直到先驱者们一跃而起，发出呼啸，他们的突击爆矢枪开火了，将机器和伴随的贤者炸成碎片。

"我们终于来到了终点，"罗斯托夫说道，"奇尔克、拉克兰特、安东尼亚托，跟我来。"

"我们该怎么做？"梅西尼乌斯问道。围绕着那台引擎分布的祭司们转向了干扰的来源，随着他们放下手臂，引擎的速度减缓了，并开始摇摆。

"这个包里装着一个异形设备，"罗斯托夫说道，摸了摸奇尔克的包，更多先驱者落到了平台上，用武器扫射着周围环境，罗斯托夫喊叫着，以盖过他们的声音，"我们必须将这个设备连接到中央机组，剩下的就交给它了。位于中央的机器必须保留下来，以便它进行工作。其他的可以烧掉。"

"明白。"梅西尼乌斯说道。

"副官长，如果可以的话，抓一个活的。"罗斯托夫说道，指向那些祭司。

"他们不会崩溃的，"梅西尼乌斯说道，"让他们活着很危险，最好杀掉他们。"

"到最后，他们都会崩溃的，"罗斯托夫说道，"去搞定吧。我会来判断他们的危险，还有价值。"

占卜仪上的能量信号突然开始集中，很快走廊中便传来了含糊的嚎叫声。敌军发起了冲锋，他们几乎因狂怒而盲目，冲过走廊，迎面朝着星际战士们的爆矢和等离子火力而来。第一排人被轻易撂倒，肉体被等离子焚灭，但其他人跃过了他们倒下的战友，并不在乎他们的死亡，爆矢弹从其古老的盔甲上爆开，他们冲入了原铸战士们的阵线。

后方也同样遭到了威胁。一群凡人从舰船深处拥了出来，他们仅仅携带着棒槌和长链，他们的武器也仅仅只是刮擦着星际战士们的马克十型盔甲。然而他们欣然赴死，嘴中喊着他们邪神的名字，并为这艘船的主子们实施一项重要任务，那就是消耗跳帮部队的大量弹药。

"侵略者，后撤，"阿瑞欧斯发出通信，"掩护后防线。"他们缓步离开，很快便杀入了敌阵，阿瑞欧斯听到了动力拳击中未受保护的肉体所产生的虚假雷鸣。

在后卫战斗的同时，混沌星际战士正逼退前卫。阿瑞欧斯的人以撤退作为回应，战士们利用掩体退离前线，一有机会便转身还击。

药剂师凯斯维纳尔正努力处理着一位遭受灾难性胃伤的原铸兄弟。技术军士德斯尼乌斯的伺服装具则射出了多发等离子。

"我们必须继续推进，"阿瑞欧斯说道，"我们不能被困在这里。牧师兄弟甘尼夫，跟我来。"

那位战士祭司点点头，点亮了他的奥秘牧杖。

"击退他们！"牧师怒吼道，"将他们打回深渊！"

技术军士和半队仲裁者提供着掩护火力，甘尼夫和阿瑞欧斯则冲入敌阵。仲裁者们站成了两排，与持斧的异端们相互推搡。阿瑞欧斯的几个手下被砍倒了，走廊远端的重型武器开火了，子弹滑过甘尼夫的能量场。

阿瑞欧斯和甘尼夫撞向一个战士，他正准备朝着一个受伤的星际战士施以致命一击，两人一齐将他撞向他身后的同僚。甘尼夫利用这个空档将他的牧杖挥向另一个战士的胸甲，将之击碎，并产生了一道锐利的光化闪光。阿瑞欧斯挥着他的动力剑，反手捅入第三个人的肚腹。

"帝皇打造了我们，"甘尼夫喊道，"要求我们强大，以清除群星间的邪恶事物！战吧，兄弟们，要知道，他正注视着我们，他评判着每个人的勇气与美德！"

星际战士们向前推进，干净崭新的肩甲与沾染着数世纪无辜鲜血的盔甲相互摩擦。战线有一丝松散，群体争锋分散成一连串个人交锋。战士们之间出现了更多空间，双方伺机射击，走廊中遍布死者。

阿瑞欧斯正与一个挥舞着双斧的狂暴星际战士激斗。那两双斧子没有能量场，但仍很沉重，脏污的合金密度很高，当它们与阿瑞欧斯的动力剑相碰撞时并未破碎。阿瑞欧斯不得不改变战术，将他的剑当作裸刃来运用。随着敌人的每一次攻击，能量场都在噼啪作响，敌人的连续打击速度很快，其技艺经过了千年战争的打磨。阿瑞欧斯被步步逼退，退入了他身后的兄弟们中间。

牧师的等离子手枪烧掉了一个异端的面甲，那个异端倒下了，无肉的颅骨尖叫着。又有两个人冲向了甘尼夫，一人挥舞着动力斧，另一人甩着一个连枷，脑袋周围挂着恶魔的黄铜脸庞。甘尼夫用他的牧杖击向那个持斧人，一只能量翼打碎了头盔，深埋入那个叛徒的脑袋中。牧杖卡住了片刻，拿着连枷的那个人趁机将链条缠绕在牧杖上，并将之从甘尼夫的手中扭出。

那个死去的持斧人倒下了，让另一个人得以冲向前，一把双持链锯剑挥舞而下。锯齿飞舞，牧师的保护能量场产生了反应，但链锯剑穿透了力场，随着一声尖啸，火星四溅，链锯剑切穿了甘尼夫左臂和脖子之间的盔甲，切入他的锁骨和肋骨，锯齿最终卡在了那里。

"以帝皇之名，我给予你审判！"甘尼夫喊道,鲜血从他的通信格栅中涌出。他的袭击者试图拽出其武器，但甘尼夫抓住了那把武器，令那叛徒动弹不得。他举起等离子手枪，一枪射穿了那叛徒的胸膛、后背和动力设备。反应堆猛烈爆炸，击倒了从后面冲上来的战士。

"药剂师！"阿瑞欧斯朝着通信器喊道，"凯斯维纳尔！"

阿瑞欧斯躲开了来自对手的一击，并试着用他的剑钩住那把斧子的前端，将之卡住，与此同时他举起爆矢手枪，朝着另一个从侧面冲来的叛徒的胸膛射光了弹匣。他和他的对手僵持了片刻，他感到自己的利剑金属在破裂。他的皮下肌腱圈紧绷着，拉扯着他的天然肌肉，与他的盔甲一同抵御着敌人的神赋力量。那叛徒是个怪物，他手臂赤裸，十分肿大，无法穿上战甲，他大笑着，将一把斧子朝着阿瑞欧斯压下，同时举起另一只准备斩下阿瑞欧斯的首级。

裂解场最终战胜了那把斧子的高密合金。两人的精力突然得到了释放，那把斧头飞了出去，他们撞到了一起。阿瑞欧斯抓住了仍拿着斧子的那只手腕，那个叛徒扔下了毁坏的冒烟斧柄，抓住了阿瑞欧斯的喉咙。

"帝皇的走狗！"那叛徒咆哮着。

"你从没打过像我这样的狗。"阿瑞欧斯说道。他的剑十分轻易地刺穿了那个叛徒的胸甲，毁掉了他的主心脏。那叛徒发出一声痛苦的咕哝，但仍紧握着阿瑞欧斯的喉咙，并掐得愈来愈紧，直到黑暗渗入阿瑞欧斯的视野边缘。他的利剑划过那叛徒的胸膛，燃烧鲜血的味道从陶钢的裂缝中升起，原子裂解，盔甲噼啪作响。当阿瑞欧斯的剑切过那叛徒的肺部和次心脏时，他的手终于无力地垂了下来。

阿瑞欧斯在败敌的重压下踉跄后退，他不得不用剑尾将其推开。

没有敌人再冲上前来，他们已经耗尽了大部分兵力，剩下的正被一一射杀，尽管如此，他们仍疯狂地战至最后一刻。

道路远端的重型武器朝着阿瑞欧斯的手下射击着，将他们逼退回走廊中央。他扑倒一对尸体后，一个忠诚者，一个叛徒，两人死在了一块。

"地狱轰击者！清理前方道路。"他下令道，喉咙仍因那个叛徒的紧掐而疼痛。舰船因火炮射击而震颤着，胃中的一阵搅动告诉他这艘船正前往新的方向。"血王号已经与舰队交战，我们必须赶快。"他不需要补充说明如果他们没能夺取这艘船会怎样，凡勒斯库斯会毫无悔恨地将他们连同这艘船一起炸毁。

他关闭了头盔的叠加图形显示。此时他才意识到自从苏醒时那种迷糊的感觉已经消散了。他看向四周，自己死去的手下和将死的手下四散在曾经高贵的战士的尸骸间，他怀念那种迷糊的感觉。

第三十七章

亚空间威势

邪恶的狂怒

掠食者与猎物

追逐的恶魔数量每一刻都在增加，圣阿斯特号降到了小行星的下方，离开了黑石装置的视线。地狱船就在此时发起了攻击，它从阴影中跃出，躲开了侦测，直到圣阿斯特号想要避开却为时已晚。

它张开巨嘴咆哮着，那声音违背物理法则，穿过了真空，穿过了护盾和舰体，刺入他们的大脑。阿莎盖的脑海一片茫然，痛苦不已。一阵骇人的狂怒攫取了她，她大叫着倒在了座位上。一连串恐怖的图景涌入她的脑海，随之而来的还有难以抗拒的杀戮渴望。她抗拒着，其他人则没有那么强的意志力，甲板远方角落回荡着轻武器的火力。疯狂仅仅持续了片刻，下一刻她便看到了真实视频传输，那怪物张开的巨嘴正朝着舰船疾驰而来。

"准备冲击！"

圣阿斯特号的火炮队长们训练有素，在地狱船撞上前便打出了一轮齐射。地狱船的食道深处闪着爆炸，照亮了其内部怪异的肉体和机器结合物。他们的努力并未减缓其速度，飞驰的巨嘴填满了整个视频屏幕，超出了屏幕边缘，整个图像一片黑暗。

撞击将阿莎盖甩出了她的王座。她翻出了边缘，滚下台阶，撞在低层指挥平台周围的一个栏杆立柱上。

圣阿斯特号被地狱船撞到一边，金属呻吟着，警报响彻每个角落，人们四散在甲板各处。阿莎盖站起身，有些擦伤但安然无恙。她比一些人更幸运。有许多伤亡是源自友军射击和撞击，武装兵的枪怒吼着，被狂怒所攫取的最后一批人被射杀掉了。

"给我损害报告！"阿莎盖下令道。她的几位中层参谋或死或伤，她的副官们仍在缓缓起身，她不得不直接与各个甲板区域交流，降低了指挥效率。她厉声喊出命令，同时绕过平台，评估着手下军官的伤势，并呼唤他们的帮助。

"多层甲板有大型破口。"一位少尉汇报。

"有跳帮者，十四层甲板。是恶魔。"另一个人说道。

"派乌利尼乌斯连长的连队前去处理，"阿莎盖下令道，"我们来看看无生者如何对付帝皇的天使。"她来到芬纽拉跟前。芬纽拉正在她的战位前，鲜血从她脸颊上的伤口中流下。

"乌利尼乌斯被锁在了十六层甲板。"芬纽拉说道。"那里也发生了侵袭，另外还有四个地方。他们无法同时身处各处。我可以重新部署艾夫雷森副官及其手下。"她说，回头看向甲板后方仍然通过磁力锁定在地板上的星际战士。

"帝皇之骨啊，不！"阿莎盖咒骂道，她仍在与地狱船毒害精神的狂怒残余斗争着。"这会让我们失去防卫。敌人很快就会到这儿来。只管让人前去所有侵袭地点，"她说道，"任何人都行。在感染区域拉响全员撤退的警报。告诉那些无法逃离的人躲在他们能找到的最强的隔舱中。一段接一段地封闭甲板。我们无法将无生者排入虚空，但我们能暂时将它们控制住。舰队的其他船情况如何？"

"我无法取得联系，"芬纽拉说道，"我们失去了主通信桅杆。"

"地狱船在哪儿？"

撕裂金属的呼啸声回答了她。

"它咬住了我们，就在那儿。"芬纽拉说道。

圣阿斯特号震颤着。

"它怎么会有一张帝杀的嘴？"阿莎盖说道，她爬上通向她王座的台阶，坐了上去，"好吧，它够大的。大概确定下它在哪儿。让火炮队长们将它轰回虚空。"

"我们会遭受损伤的，这是近距离直射。"芬纽拉说道。

"我不在乎，我要那该死的东西离开我的船。"

命令得到了传达。圣阿斯特号正被地狱船推出编队，而它实际上在盲目飞行，它的占卜仪受损，或是因靠近裂隙而受到干扰，出于同样的原因他们不得不关闭了圆屏遮板，因为他们正直面着太空中裂隙最深的地方。看向那里无疑就是在直视亚空间。

接下来的几分钟十分紧张，圣阿斯特号的舰员们努力恢复受损系统的运作，并找寻着地狱船的确切位置。

"坚持住，"她对着自己的船低语，"让受过王座祝福的装甲坚持住！"

很快，圣阿斯特号各处都传来了报告，足以让他们知道地狱船的位置。射击方案规划了出来，更多命令传达到了火炮甲板。一个准尉拿着一张羊皮纸走了过来。

"所有火炮报告就绪。"他说道。"那就开火。"阿莎盖说道。

圣阿斯特号的主炮组直接朝着咬住它的地狱船射击，整艘船从头到尾震颤着。警报呼啸，地狱船的牙齿咬碎了装甲，撕裂了武器，十几个甲板都响起了压力警告。又一声怒吼响彻整艘船。

"王座拯救我们哪，它不肯放开！"芬纽拉说道。

阿莎盖站起身下达进一步命令，也许找到那个怪物的脑袋会有所帮助，突然间，她身后传来爆矢武器的三声轰鸣。她正转身，艾夫雷森副官的警告便传了过来。

"跳帮队！"他喊道。空气闪着微光，一幅地狱场景展现开来，那场景仅仅一瞥便会成为永远地缠绕着阿莎盖的梦魇。

肌肉发达的长臂魔鬼踏了进来，黑角、黑舌、黑剑。它们的体形大如星际战士，并开始血腥杀戮，攻击着保卫甲板的多恩之子。一个星际战士的头盔在四溅的鲜血中飞过舰桥，在地上弹跳着。

"我们要输了，"阿莎盖说道，"别管那艘船了，拔出你们的武器。"

热熔炸弹炸穿了舰桥主门的锁轴。技术军士德斯尼乌斯在一个打开的面板前工作着，朝着恶毒的废代码和邪恶的机魂高声宣告守护词。座架上的内部武器则在冒着烟。"敌军正从后方而来。"他的一个手下报告。

"德斯尼乌斯！"阿瑞欧斯喊道。

"快了，"技术军士说道，他的盔甲附肢来回扫过机器，"这艘船的腐化程度还没那么深，也许能够拯救它，进行再神圣化。"他发出一丝满意的声音。"那儿。奥姆尼赛亚在向我们微笑，我已准备好开门。"

枪声开始在远方响起。"他们发现了我们的警戒哨。只有凡人，没有异端阿斯塔特。"一个士官报告。

"伊卡林和戴莫斯小队守住后方。"阿瑞欧斯说道。"其他人列队，"他下令，"门前组成射击线。"

他的侵略者和一支仲裁者支援小队回头前往后方支援警戒哨。剩下的二十个人面对着门，一半人跪在地，其他人则将手臂置于跪下战士们的头顶。

"准备好了？"德斯尼乌斯问道。他抬起伺服臂，转向指挥甲板的大门，他的人手则放在大门机械内等候着阿瑞欧斯的指令。

"准备好了，开门。"

德斯尼乌斯扭动了墙内的某个东西。齿轮隆隆作响，大门震颤而开，熔接的脆弱金属轰鸣着破裂掉。在热熔瓶炸掉锁闩的地方，金属仍因退去的热量而闪着红光。

大门震颤着缩回墙内，缝隙中传出污浊的空气，陈年刺鼻，腐朽不堪。

"封上你们的头盔。"阿瑞欧斯下令道。一阵刮擦声中，众人面罩鼻部上的格栅纷纷关闭。

黑暗静候在另一边，后方战斗的声音愈发接近。

"后卫状况？"他发出询问。他将态势的监控留给了一位士官。

"大量凡人向前逼近，我们的战士坚守着防线。"

"那我们前进。"阿瑞欧斯说道。别的打击队并未传来通信，但如果他们拿下了指挥甲板，那么血王号的战斗便几近结束了。随着舰队中最具组织性的战斗群中枢被解决掉，剩下的便能够各个击破。

阿瑞欧斯让一个小队接着一个小队地进入。探照灯和目镜光扫过外面的空间，这里仍保留着帝国甲板的大致模样，但一个人也没有，厚厚的灰尘积聚在各处。

"他们是从哪里进行指挥的？"阿瑞欧斯问德斯尼乌斯。

"这里，"技术军士停顿片刻后说道，"舰员在哪儿？"

"他们就在战位上，"一位战士说道，"死了。"

战士们四散开来。甲板各处都一样，衣衫褴褛的骨骸到处都是。许多人看起来是死在工作时，另外一些人则脸朝下躺在地上，四肢摊开，或是以保护性的姿势遮住了他们的脸。许多人都没了脑袋。

"这些全都是帝国的军服，"德斯尼乌斯说道，"这里发生了什么？"

"检查指挥平台。"阿瑞欧斯感到自己被圆屏所吸引。遮板打开着，外面是拥挤的虚空。贝塔里斯战斗群已经杀入了敌方舰队之中，正遭到四面攻击。阿尔法斯战斗群发射的新星炮炮弹仍在爆炸，将敌舰撕碎，但帝国舰队也并非如鱼得水。炮击在太空中闪烁着，数千米长的舰船在近距离用舷侧交火。许多船的虚空盾都处于激活状态，整个视野闪烁又扭曲。鱼雷在双方之间飞驰而过。尽管只有部分第三舰队参战，但战斗中的舰船数量已经达到了数百艘。

随着血王号继续移动，视野也在转变，整个场景开始倾斜翻滚。血王号震颤着，射出又一轮齐射。他看到了火炮的闪光，安装于上层建筑前方的光矛炮塔追踪着目标并开火，这一切都没有指挥舰员的干预。视野进一步改变，阿瑞欧斯看到了高尚戒律号的明显轮廓，其舰队正朝着敌军主力逼近。

"凡勒斯库斯会摧毁这艘船的。贾罗努斯，去操作通信系统。技术军士兄弟德斯尼乌斯，你确定指令脉冲来自这里？"

"非常确定，"德斯尼乌斯说道，查看着连接控制台的一个手持设备，"这里有些黑暗科学在起作用，要小心。"

"摧毁舵轮、武器和虚空盾控制系统。如果命令是来自这里，那我们就阻止它们，"阿瑞欧斯下令道，"艾蒂恩小队，撤回后方，增援其他人。德斯尼乌斯，向高尚戒律号发送消息，告诉他们我们拿下了舰桥。"

"副官！"他的两个手下走上了舰长台，这艘船的舰长台高踞于指挥舰员的工作台和控制台上方，"你得看看这个。"

战士们正用他们的手榴弹摧毁甲板，阿瑞欧斯走了过去。有的人则采取了更加直接的方法，扯开机器的外壳，拉出巨大的电线。烟雾缭绕，坟墓般的寂静被战术性的破坏声所替代。

阿瑞欧斯踏上楼梯，脚下踩碎了什么东西，他停了下来，抬起靴子，下面是一个粉碎的颅骨。数十颗颅骨排列在台阶上，一路通向顶端。指挥平台上则排列了数百颗颅骨，积着厚厚的灰尘。

"这儿，副官兄弟。"那位仲裁者指着指挥王座的位置。

王座上是一团波动的暗淡黄铜，其基底位置看起来像是金属帷幕，仿佛黄铜被倒在了王座上又通过某种方式迅速硬化。上方的形状则更加匀称。一只巨手抓着王座的扶手，一个肿块可能是另一只手，然后是模糊的胸膛，以及明显的肩膀，最清晰的是一个带角的头颅，眼神空洞，张开的獠牙巨嘴面对着圆屏。

阿瑞欧斯看着舰长，在他此前的生命中和他的长眠中都从未见过这样的东西。那团金属看起来就像是一只大恶魔的抽象雕塑，有他的两倍高，体形也大出几倍，脖子以下都裹着布。但这不是雕塑，它散发着和艾迪欧斯号上的眼睛怪一样的错误感，只是更加强大。

"不论这是什么，摧毁它。"他说道。

平台颤抖着，颅骨弹下主甲板。

"副官兄弟，看！"他的一个手下说道。

黄铜边缘出现了黑色的裂痕，相互交织，直到遍布整个褶皱的金属，并且还在扩大。

炽热的光芒从中溢出，那雕塑的手指动了起来。

梅西尼乌斯很鲁莽，自从他早年还是个侦察兵的时候就被这么说，他的性情始终如一。他本该等候自己的手下，但他没有。那些祭司对他而言是个极大的挑战。他也许会将之归咎于血神狂怒的邪恶影响，这种影响在那个装置及其控制机器周围清楚地颤动着，如同他自己的脉搏。但他知道其实是自己的骄傲感驱使他冲过审判官，跑过锃亮的黑石地板。

"为了帝皇！为了复仇之子！"他喊道。

梅西尼乌斯举起等离子手枪射击。

一发等离子击中了一个祭司的腹部，但亚空间之火偏转了它的大部分能量，仅仅在敌人战甲上留下了一道浅显的烧痕。梅西尼乌斯迅速冲入敌中，与一个身材高大、头盔带角、没有目镜只有一片空白金属的叛徒交锋。现在可以清楚地看到，他们都是怀言者。他们的战甲都十分独特，装饰着嚎叫的恶魔嘴，但颜色全都一样，紫色红边，其上覆着小小的文字，在阅读的时候会缓缓爬行。一张张羊皮纸上有更多同样的文字，有些仍附着剥了皮的手或是脸。他们与其主子的污染赐礼融合在了一起，陶醉在其力量之中，同时也受到这种力量的吞噬。梅西尼乌斯现在明白了为什么恶魔们远离着这块岩石。恐虐的怪物们并不喜爱巫师，他好奇是怎样的地狱盟约会让怀言者为屠杀远征服务。一个祭司的杖柄打中了他头盔的口鼻，令他眩晕，打断了他的思绪。

总共有八位祭司，梅西尼乌斯的盔甲系统将所有祭司都列为高威胁，其中一半都被来自机器广场边缘的朝他们射击的星际战士先驱者所吸引，并正前去反击他们，这样梅西尼乌斯便面对着剩下的四个。他们正朝他缓缓走来，神秘的能量在他们的灵能武器周围燃烧。

"我有些鲁莽，"他对他们说，"为此，待我回到我兄弟们的队列中时，我会赎罪。"他躲开了那个祭司的又一击，说道："在那之前，请接受这个作为我的道歉。"

梅西尼乌斯突然向前一扑，一拳猛打在那个祭司的脸上，出乎那人的意料。裂解场产生的爆炸打碎了那叛徒的头盔。他拳头的冲力打掉了叛徒的脑袋，并扭松了其盔甲上的动力包。那个祭司倒下了，另外三人直朝他冲来。他们并未发出挑战或是侮辱，而是举起双臂，呼唤着神的援助。

梅西尼乌斯冲向他们，但仅仅只走了几米。他被祭司们权杖上涌出的黑光所抓住，那光芒缠绕着他的脖子、腰部和左臂。那道光足够牢固，挤压着他，当他用动力拳挥向那道光时却穿透而过挥空了拳。中间那位祭司迈上前，权杖向后一拉，梅西尼乌斯被抬离了地面。

这人的野兽面容并非面具，而是被混沌扭曲成孩童梦魇的脸。他的眼窝和瘦骨嶙峋的口中闪着火焰，他在大笑。

"你想要呼唤你的伪帝，让他见证你的死亡吗？"他说道。他并没有舌头，在他说话时，火焰舔舐着他的铬牙。

梅西尼乌斯试着放下他的左臂，将等离子枪对准他面前的目标，却无法做到。他的努力仅仅只是让手指抽动了下，让武器射向引擎，但这毫无效果。黑石装置正在充能以进行又一次打击，空气在震颤，敌人的轮廓在颤动。

"你的帝皇现在在哪儿？"

黑色的卷须挤压着，陶钢嘎吱作响。

"他无处不在，寇其斯的堕落之子。"罗斯托夫说道。

审判官突然出现在了那个巫师的后方。他的动力剑嗡嗡启动，随后刺入了叛徒背包下的腰关节。剑尖刺向上方，从胸甲上的缝隙刺出。物质在利刃周围瓦解，鲜血沸腾爆裂。那个巫师转身对付这个意想不到的威胁，但在他完全转过身以前他便死了，他重重地倒地，将利剑从罗斯托夫手中扯了出来。

一个祭司朝着罗斯托夫掷出一道扭曲的能量。审判官做出了防护姿势，但并不足以挡住那道打击，他被击退了。这一丝分心让梅西尼乌斯得以挪动，他将等离子枪放低到足以射击的位置，在一个祭司的胸膛上烧出了一个洞，摧毁了他的主心脏。那个巫师踉跄着，他的灵能光逐渐黯淡。他摸索着他的副武器，但梅西尼乌斯挣脱了消散的黑暗，一记猛击打破了那叛徒的盔甲，他倒地而死。

只剩下一个祭司了。他们四目相对，祭司的权杖顶端闪出橘色的冷光。梅西尼乌斯的枪尚未充能完毕，他判断自己距离太远，无法在那个灵能者释放其力量之前跑过去。

一发激光、一发等离子流和一发脉冲弹同时击中了那个灵能者的主心脏、次心脏和头部。激光未能射穿心脏，等离子流烧穿了盔甲外层，但并未伤及肉体，脉冲弹则精确地射穿了那巫师的左眼，他倒地死去。"罗斯托夫的异形。"梅西尼乌斯说道。审判官的团队正在他后方蹲伏着慢步小跑，在这个恶魔和改造人类的战场上，他们是如此脆弱。梅西尼乌斯鲜有看到如此英勇的行为，而他们都很致命。

"你又欠我一次，英雄。"奇尔克说道。

"那是钛族的枪。"他不以为然地说道。

"哦？所以怎样？钛族造的枪最好，比你们手里的落后科技都要好。"她耸了耸肩，摇摇摆摆地走了过去，走向她的主人。

罗斯托夫正站起身，他的盔甲上有个丑陋的洞，但他看起来安然无恙。

"别担心，大人，"安东尼亚托说道，"她也经常羞辱我。她是我见过的最好的射手。"

黑石装置在发出尖啸，令他们所有人打了个趔趄。又一发电流直刺天空，这一发击中了一艘星际战士巡洋舰的舰舯，那艘舰船的能量瞬间熄灭，它漂浮着远离小行星，百万只恶魔涌向其舰体，将其撕碎。

"我们正处于胜利的关键时刻，"罗斯托夫激动地说道，他的牙齿被自己的鲜血所染红，他也并非完全无恙，"奇尔克，把那个设备拿给我。"

第三十八章

舰长苏醒

异形科技

凡勒斯库斯的冒险

　　一连串穿甲手榴弹在血王号的驾驶舱引爆，摧毁了舰船的大部分控制系统。作为回应，甲板下的弯曲轨道闪着光芒，就像是神经信号，全都通向那个黄铜雕像，金属上的裂缝逐渐增大。

　　"退后。"阿瑞欧斯说道。

　　平台上的两个仲裁者跟着他后退，枪对着那个雕像。一块块灼热的金属纷纷脱落，黑色的手指在活动。

　　星际战士开火了，爆矢弹在金属上打出一个个洞，雕像各处爆炸开来，头部开始移动，但很缓慢，仿佛处于痛苦之中。阿瑞欧斯以为这个威胁能够轻易解决，但当主武器控制站上的一个热熔炸弹引爆时，覆盖在雕像上的金属突然间发出光热，禁锢其中的生物猛地站起了身。

　　熔化的金属溅洒在阿瑞欧斯和他的两个手下身上。这艘船的舰长面对着跳帮者们，露出了真身——那是一个四米半高、肌肉发达的恶魔。炽热的黄铜液体从丑恶的盔甲上流下，颅骨面容闪着地狱之光。它的一只手是一个巨大的爪子，另一只则是由骨骼、肉体和金属构成的一团软骨，它的外形是对帝国爆矢枪的亵渎模仿。

爆矢弹无害地从其正面弹开，它抬起它的枪拳，发出尖啸。在一阵紫火中，枪口射出了一发巨大的子弹，击中了平台上一个仲裁者的胸膛。他的盔甲碎裂了，他被打飞出平台。那发地狱子弹引爆了，将那个星际战士炸成了碎片。

"干掉它！"阿瑞欧斯下令。他和他幸存的同伴跳出平台，重重地落在了主甲板上。那个恶魔扭身向前，他的后背拉出了数十根输入线，看起来像是直接从肉体连接到舰船的，那些线被拉扯得嘎吱作响，行将断裂。下层甲板的所有星际战士都在开火，爆矢弹从那个怪物身上弹开，噼啪作响，一发等离子流击中了怪物的肩膀，那一击足以杀死一个星际战士，但那恶魔只是发出了愤怒的尖叫，并奋力向前拉。

随着一道道刺耳的声音，缆线纷纷脱离开来，鲜血从破裂的末端喷出，整个甲板的仪器光都在闪烁，能量消失了。维护糟糕的警笛发出悲伤的鸣响，血王号向前一耸，开始缓缓下坠。

随着凡勒斯库斯本人的特遣部队杀入混沌舰队的阵中，这艘船遭到了猛烈的火力打击。血王号既非敌舰中最大的也非最强的，但它对周围舰船施加的纪律让它成了首要目标。

"干掉它！"阿瑞欧斯喊道，"否则我们都得完蛋！"他呼叫正遭受围困的后卫派遣增援，知道如果让他们退出战斗就定会有牺牲。

恶魔的拳头开火了，那声音更像是窒息的抽搐而非枪击，每一发爆矢都炸死了一个星际战士，烈度如此之大，以至于尸骨无存。阿瑞欧斯好奇，这样一个包裹在金属中的怪物，是如何在没有指挥舰员的情况下指挥一艘船乃至一支舰队的。他所醒来的这个银河疯狂至极，而梅西尼乌斯和他的同类已经面对了这些东西上千年。对于他所目睹的事物毫无理性答案可言，唯一可能的回应便是暴力。

星际战士们的枪疯狂射击，一块块肉质青铜从恶魔的表皮上被削下，但这并未阻挡其缓慢地前行，也无法阻止它将战士们炸飞，它动作缓慢，一次一击，就像是在杀虫的农工。阿瑞欧斯能够感觉到它的轻蔑，他们对它而言什么也不是。

枪声停息了，最后一个爆矢步枪的弹匣咔嗒一声掉在了地上，等离子武器的冷却电池也发出了空响。

那个恶魔抬起头，发出怒吼，然后冲了过来。

它势不可挡，硕大的形体撞碎了战士们的盔甲，踩过倒地的人。它的爪子像切布一样切穿了陶钢，阿斯塔特修士们的鲜血洒在那怪物炽热的皮肤上，身着盔甲、重达一百多千克的战士像稻草人一般被撞开。阿瑞欧斯扔下他的手枪，拔出他的利剑。随着一道刺耳的噼啪声，能量场被激活了。那个恶魔转向他，拳头正抓着挣扎的德斯尼乌斯。它无视了技术军士伺服臂的刺戳，仿佛那只是孩童的拍打。

帝国的火炮击打着这艘飞船，指挥甲板震颤不已。

"来跟我打！"阿瑞欧斯叫道，"来跟我打啊，来向你的血神证明自己！"

那怪物放声大笑，它举起枪，对准德斯尼乌斯的胸膛，一发将其射杀，然后扔下了那具破碎的残躯。随后它开口了："我消灭了你的人，你却觉得自己配得上成为我的对手？"它咆哮着，声音从四面八方传来，"我因自己的效劳而赢得了恐虐的赞美，我毁灭了百万艘舰船。我曾是一介凡人，拒绝了你认为理所应当的赐礼。我选择了自己的道路，并抵达了终点，其他人则死在我脚下的血腥废墟之中。我掌控了恐虐的狂怒，并在神圣的屠杀中将之用于对抗他的敌人。"

它停在了阿瑞欧斯面前，炽热空洞的眼窝直直地盯着他，阿瑞欧斯的双手握紧了剑柄。

"你不配。"它说道。

那恶魔挥过利爪，令阿瑞欧斯措手不及，但他用剑锋挡住了那一击，同时他扭转剑刃，偏转那道打击的力量，并让爪子越过了他的头部，否则他会失去自己的武器。古老的科技与非自然的力量相互抗衡，裂解场熊熊燃烧，爪尖"哐"的一声砸向地面。

阿瑞欧斯已经为下一击做好了准备，那只枪拳如同打桩一般砸了下来。他旋转着躲开了那道打击以及随之而来的子弹，同时大弧度挥起剑刃，利用他转身时的动力，切过那恶魔的上臂。恶魔愤怒咆哮着。金属鲜血溅洒在阿瑞欧斯的双眼上，在关键时刻遮蔽了他的视线。他擦了擦自己的目镜，及时看到了朝他刺来的利爪，却没能躲开。爪尖刺穿了他的盔甲，刺破了能量导管，撕开了他的胸甲。他的衣服被撕碎了，鲜血从胸口涌出。

阿瑞欧斯倒在地上，挣扎着想要站起身。

那个恶魔舔着手上的鲜血。"你和其他人不一样，"它说道，"你尝起来不一样，是某种新事物，却同样可悲。"

阿瑞欧斯跪在地上，举起利剑护住脸庞，但他已经输了。他直盯着恶魔那令人厌恶的枪管。

"我和其他所有先人一样，与那些为帝皇而战，为确保终结像你这样的怪物而死的人一样。我是费伦·阿瑞欧斯，我欣然效力。"

"多么富有诗意，"那个恶魔说道，"伪帝去死。"

破片风暴突击榴弹成片引爆，撕裂了那怪物的脸庞。弹片四处飞舞，从阿瑞欧斯的盔甲上弹开，刺入他暴露的肉体。

自动爆矢风暴拳套的怒吼声随之而来，几秒内便射出了数百发子弹，恶魔的胸膛被打出了一个深坑。阿瑞欧斯看到了弱点，他向前扑入致命的弹雨中。手下战士的枪弹撕裂了他的盔甲，一发爆矢射入了他的大腿，炸掉了一小块肌肉。痛苦几乎打乱了他的阵脚，但他保持着专注，将剑尖对准那个恶魔的伤口，深深刺入其胸膛。在他因跳跃而产生的动力推动下，利剑从那野兽的后背洞穿而出，闪电四射，噼啪爆裂。

爆矢火力停息了。阿瑞欧斯悬在剑上，受伤的腿无法支撑他，那个恶魔朝他晃来，四肢再次紧锁，变成一尊雕像。阿瑞欧斯退开来，恶魔缓缓倒下，随着一声巨响摔倒在了甲板上。

他抬起头，跟随他来到舰桥的大部分人都死了，最后几个幸存者正从掩体中起身。三位侵略者站在指挥甲板的门口，前臂的下挂枪冒着烟。

他的盔甲显示器响着警告，显示着多处破裂和系统故障。幸运的是，他的药剂系统仍能运作，并朝着他的身体注入了止痛剂。他的感官渐渐麻木，但大脑仍在飞转。

他从未感觉到如此充满生气。

血王号继续从作战平面缓缓下坠，现在正遭受着数艘帝国舰船的打击。虚空中遍布残骸和激烈的爆炸，光芒闪烁却死寂无声。

"联系凡勒斯库斯，"他说道，"我想活着离开这地方。"

梅西尼乌斯的星际战士冲向那些与先驱者们对峙的祭司，将他们逼退至黑石装置。金属和肉体相融合的机器外壳燃烧着，散发出骇人的恶臭。空中的先驱者们无法再接近旋转的黑石装置，他们后退并着陆，占据了广场边缘的位置。步行的战士们走上楼梯，先是仲裁者和地狱轰击者，最后是侵略者。其中一半人朝着中央前进，其他人则转身抵御身后的恶魔大军。拉克兰特意识到，他们的前进并非胜利的迹象，而是濒临战败的暗示，星际战士正在黑石装置周围寻找庇护。

奇尔克跪在罗斯托夫面前，罗斯托夫匆忙卸下她的背包，将之整个摊开，露出了一块暗淡的银色金属。起初拉克兰特以为那上面毫无特征，但当罗斯托夫和安东尼亚托将其拿出来时，他看到了那块金属中央刻着一条线，在一张脸的中央则刻着一个小小的椭圆图案。

"这儿！这儿！"罗斯托夫高喊着，指着中间一排机器。他和安东尼亚托将那个金属方块拖了过去。

拉克兰特的目光越过审判官。恶魔从四面八方包围了星际战士，颜色各异的战士们肩并着肩，爆矢枪射出一道火墙，等离子武器和喷火枪扫荡着一个个来袭的恶魔群，但与此同时他也看到战士们抛下射光的主武器，拿出他们的手枪，当枪弹射光时，则拿出了他们的刀刃。恶魔冲入防线，星际战士们英勇奋战，但他们的数量在减少，敌人却源源不断。

他转向副官长。

"他们还有多少弹药？"他问道。

梅西尼乌斯盯着自己的手下，说："不够。"

拉克兰特回头看向罗斯托夫，期待看到他们进行着他无法理解的神秘仪式。但现实正好相反，审判官和安东尼亚托正晃荡着那个金属块，就像是普通劳工准备将重物扔进8号货舱一样，他们朝着机器直接扔了过去。拉克兰特以为那金属块会撞进去，相反，它像水一样爆裂开，液态金属洒在了控制黑石引擎的黑暗机械教装置上，沉入其中，无影无踪。

头顶上，黑石引擎仍在旋转，嗡嗡作响。

"没起作用。"他倒抽了口气。

他看向梅西尼乌斯，感到麻木。

"我不会像懦夫一样死去。"他说道，为地狱枪充能。

"没人会死！"安东尼亚托喊道，跟着罗斯托夫从那堆机器那里跑了过来，"躲进掩体！"

拉克兰特跟着他们，绕过一个燃烧的机器节点残骸。梅西尼乌斯待在原地，盯着黑石装置。

"趴下，"罗斯托夫说道，"别跑。如果你离开了辐射点，就会直接暴露在冲击波中，你的灵魂会被消灭。如果那引擎没倒在我们头上，那我们就有一线生机。"

"发生了什么？"拉克兰特说道。

"异形科技，朋友，"安东尼亚托说道，"看吧。"

黑暗机械教的机器发出的光芒从愤怒的红色变成了冷酷稳定的绿色。银线从那些装置中散开，像酸液一样腐蚀它们，随后他看到那些银线并非在吞噬机器，而是在改造，将它们变成别的东西。银色的卷须从机器中扩散到整个大地，起初像是树根，随后形成了稳定的线条，扩散开来，以极其稳定的电路模式将变化的机器节点相互连结并感染。黑石地板发出玻璃破碎的声音，地面上出现了凹槽，并同样扩散开来，闪着同样冷酷的绿光。随着扩散速率的激增，最终它们迅速遍布了整个广场。

黑石引擎的速度减缓了，开始只是一道脉动的嗡声，每一次振动都让拉克兰特产生一种沉重的感觉。绿色的闪电停息了，红色的火焰熄灭了。

突然间，黑石装置土崩瓦解，巨大的矛体从轮毂上坠落，摔在广场周围的地上，压倒了双方的战斗人员。轮毂仍在，绕着轴心疯狂摇摆着，最后它也松开了，像巨大的投石一样飞了出去。

大地嗡嗡作响，绿光迅速散播开来。一阵石头撞击声传来，他看到第一个被抛离引擎的矛体正从平原上升起，绿光闪现其上。另一个矛体隆隆升起，接着又是一个。当三个矛体挺直而立时，绿色的闪电重新将它们连接了起来，但这次的闪电更加清净，更加纯洁，闪电从各个矛尖跃下，扫过恶魔大军，怪物们纷纷消失。他随后注意到那不是矛体，而是巨大的方尖碑，尽管残缺不已，但其形状仍然清晰。这些东西打造于很久以前。

又一个方尖碑升了起来，然后又是一个，直到八个方尖碑在广场周围绕成一圈，直指天空。这些方尖碑并没有完美排列，它们在摇晃，基底粗糙不平，高度也不尽相同。人们很难分辨这些结构体曾经有多大，但拉克兰特感觉他仅仅只是目睹了其力量的点滴。

小行星震颤着，脉冲加剧了，这震颤令他的胃感到撕裂。恶魔们尖啸着，它们的胜利呐喊化作愤怒，随后是恐惧。星际战士的防圈在收缩，他们的数量如今已锐减许多，但恶魔们并未跟上，相反它们动摇了，随后转身逃离。

"副官长！趴下！"罗斯托夫喊道。

梅西尼乌斯盯着他们。

脉冲震颤达到了顶峰，强度和速度发生了改变，化作持续震骨的嗡嗡声。绿色闪电变得更加规律，更加稳定，化作方尖碑之间的帷幕，强度之剧烈，仿佛成了实体。

就在拉克兰特感觉自己的脑袋行将爆裂时，那道光飞向八方，乾坤颠倒。

拉克兰特看到恶魔们瞬间都消失殆尽，星际战士们纷纷倒在了地上。一片死寂令他的内心感到窒息，他感到自己在消弭。他最后的知觉是看到梅西尼乌斯站在那里，注视着这一切，还听到奇尔克咬牙切齿，发出嘘声。

"该死的异形。"她说道。

随后，比死亡还要深重的黑暗拉扯着他，片刻间，他离开了这个世界。

阿莎盖命悬一线。地狱船仍紧紧夹着圣阿斯特号的侧面，恶魔们正杀过星际战士，用利爪和利剑将他们撕成碎片。多恩之子们则精确反击，阿莎盖为能在死前看到他们战斗而感到无比荣幸，但他们每杀死一个恶魔，便会又有两个拥入甲板的破口，甲板在他们的接触下冒出蒸汽。她解下自己枪套中的副武器，她的舰员也跟着照做，抛弃了战位，寻找掩体，准备战至最后一刻。那些怪物散发出一阵阵纯粹的狂怒，但她很自豪，这一次她的手下无一屈服，他们握枪静候着，嘴中向帝皇祈祷着。

最后一个星际战士倒下了，红色的躯体堆积在他们最后一战的地方，但恶魔数不胜数，还有更多的正在拥来。它们高举利剑，在其领袖周围组成一个松散的方阵。它们的领袖比那些追随者要大上一倍，拿着一把和阿莎盖一样高的利剑，同时举起一只巨爪，紧握成拳。

"血祭血神。"它喊道。

灵能圆屏发出怪异的哀号。所有人都被无生者吓得目瞪口呆，但即便恶魔正冲过来，阿莎盖仍注意到了那道警报。

黑石装置发出的能量波击中了战斗群。圣阿斯特号的虚空盾崩溃了，能量波穿透了舰船的金属，透过了舰员们的肉体，阿莎盖感到身体中某些精华消失了。她有种扭曲的感觉，感觉自己二重化了，也许自己一直就是这样，是由两部分组成的一个整体。肆虐的光芒、将死宇宙的尖叫都在冲击她的脑海。

她奋力顽抗，感觉到自己的灵魂正被拉出肉体。这对她而言很痛苦，对于恶魔却是毁灭。它们发出令人憎恶的尖叫，被化作放电光球。

每个人都在尖叫。阿莎盖感到自己吸引到了时空之外的某种不必要的注意。

发光的冲击波冲击着恶魔船，令其猛地脱开了圣阿斯特号的舰体。随着它脱离其猎物，恶魔肉体开始扭动坏死，脱落掉入太空，它的牙齿也随之脱落，漂浮而去，化作虚无。整个躯体震颤着死去了，不可思议，恶魔已不在，留下的只有洁净的虚空和帝国舰船的腐朽死壳，在黑夜中翻滚着。

随后那道能量脉冲也离去了，飞驰入太空，舰船漂浮着，虚空盾熄灭，警笛哀鸣，警示着因能量波而产生的危险的亚空间引擎反应。

阿莎盖躺在地上，戴在右手的数据爪已然破碎，手腕也扭伤了。她的手臂抱在胸前，坐回了她的指挥王座。所有舰员都受到了影响，静静地躺着，大部分人都失去了意识，有的人在呻吟，像她一样顽强的少数人正努力摆脱黑石辐射的影响，并摇摇晃晃地返回他们的岗位。

光线摇曳不定，舰船系统似乎并未受到冲击波的影响，它们只有完全根植于物质领域，才不会遭难。许多伺服颅骨落在了地上，死气沉沉，在房间后方，许多连接着舰船的机仆也毫无生气，它们那烤焦的脑袋升起袅袅烟雾。那道传送门也跟着敌人消失了，留下的只有它们的血腥杰作，显示着它们曾经来过。

阿莎盖太过虚弱，难以开口讲话。她唯一能做的便是瘫倒在椅子上，双脚伸展着，角度尴尬。她尝试了好几次才得以开口讲话。

"打开圆屏。"她说道，声音沙哑。

没有人回应她。她笨拙地摆弄着王座扶手上的控制板，直到她找到了必要的界面，并自己按开了圆屏。遮板转开收入窗户巨大的装甲直棂中。尽管这艘船正失控偏航，带着圆屏远离裂隙，但她仍能够看到冲击波的效果，她几乎难以置信。

随着能量波击中裂隙，裂隙卷了起来，如同着色的布从黑色的地板上铺开，它已经退到了安全距离以外，空间结构中的裂缝一关闭，缠绕裂隙的气体和能量便迅速消散。脉冲继续飞驰，不断加速，违抗着自然法则，仿佛对亚空间的吞噬也在给予它能量。在他们身后几百万千米，裂隙完全从太空中消失了，只剩下无垠视界远方的恶心光芒。

芬纽拉从甲板上站起身，她还在颤抖，但仍然试着按开了广域通信频道。

"所有舰船，报告。"

无人回应。她切入了另一个频道，再次呼叫，但通信网络中只有静电的声音。

"所有舰船，所有舰船报告。"她重复道。

紧张停顿片刻后，静电消失了，一个声音传了出来，遥远又虚弱。

"典记之声号报告。"

"辉光号报告。"又一个声音传来。

更多人回到了他们的战位，舵手努力将舰船恢复到正常位置，启动机动喷口，停止其缓慢的旋转。

"阿尔斯·贝勒斯号报告。"

幸存的护航舰和星际战士飞船陆续传来更多确认。大部分舰员都在恢复，舰桥重归喧嚣，大多是反复确认和报告损害的声音。警报已被关闭，伤者的呻吟和崩溃之人的哭泣声取而代之。

"灵能圆屏，报告，"阿莎盖声音沙哑，"给我关于裂隙的占卜情况。"

戈南副官匆忙向机器发出询问，并给出了结论。

"灵能圆屏严重受损，但显示敌人已经消失了。裂隙已经退到了即时占卜读数的范围外。"

在黑暗中，那个小行星漂浮着，黑石在地表一动不动。那艘恶魔船已经离开了人们的视线，飞驰的尸骸只是战术仪上一个暗淡的橘色标记，符文标签显示为"威胁可忽略"。战斗的光芒仍在远方闪烁着，凡勒斯库斯还在与敌军主舰队较量。不论那里发生了什么，那都是一场确凿无疑的胜利。

芬纽拉转过身，半靠在仪器上，她的双腿在晃动，仿佛随时都会倒在地上。

"好了，埃洛伊丝，如果凡勒斯库斯还活着，我想我们可以告诉她我们赢了。"

阿莎盖在她的指挥王座上变换了下姿势，倾身向前，她的力量已经恢复。

"不，芬纽拉，尽管我想要揽功劳，但我想我们该告诉她，罗斯托夫赢了。"

血王号失控偏航，穿过战场直向下坠。阿瑞欧斯的信息终于发了出去，凡勒斯库斯下令立刻停火。

她的目光扫过主全息仪。贝塔里斯战斗群已遭受了百分之二十的损失，但已经杀入了敌方舰队的一侧。阿尔法斯战斗群分散的特遣部队位于编队外围，骚扰着敌方侧翼，同时收拢队伍。凡勒斯库斯自己的战斗群则跟随在贝塔里斯后方，将开口扩大，一波波轰炸机正在攻击被贝塔里斯击伤的舰船。

"舰队司令夫人！"一个激动的声音传来，"裂隙关闭了，圣阿斯特战斗群成功了。"

战略室响起一阵狂欢。

"嘘，嘘。"凡勒斯库斯说道。她的双眼盯着远方的战斗。他们会赢的，但问题是能赢到何种程度。对她而言，只有完全的胜利才算行。她说："还有一个棋子尚未入局。"

几分钟后，又一声报告传来。

"德尔法里斯战斗群正进入作战球面。"

凡勒斯库斯将注意力转向真实图像画面。透过明亮的残骸和闪烁的爆炸，可以看到几万千米外正形成一个亚空间出口，舰船正从敌方背面的亚空间中跃出。

"来了，"她满意地说道，"向战斗群司令格伦菲尔德发送命令，全速交战。向舰队发布全面指令：第三舰队全体战斗群，进攻。分割敌军，猎杀敌军，了结这一切。"

屠杀远征军被困在了两支帝国部队之间，并被拦腰切断，各个孤立的队伍被团团包围。

仅仅四个小时，屠杀远征军便被歼灭殆尽。

第三十九章

差役书吏

1/8923-FG-4

旅途的终点

"纳乌拉·尼森,"纳乌拉说道,举起她携行甚久的公函,"处理书吏,处理五部,公函分类处,差役书吏权已批准。我履行着他的旨意。"自从她第一次开口,这些话就已经成了本能反应,在经过臭河的那天之后,她已经讲了许多次了。

"巢都底层,"隔间中的那个男人冷漠地说道,他抬起头看着她,"你来此向哪个技师提出请求?"在包围他的黄色塑料中只有一个小小的椭圆开口,这使得他的声音沉闷不清,因此他讲得很大声。

"1/8923-FG-4。"她说道。每晚入睡时这个数字都在她的脑海中飞转,追逐着她,陷入不安的梦境。

桌前的那个人在一个厚厚的账簿上记下了她的名字和目的地。他将一个金属徽章扔进了桌前的安全抽屉,并用蛮力猛地推了出来。刺耳的嘎吱声吓到了纳乌拉,她缓缓拿过徽章,那个人则面色愠怒。

"你在耽误后面的队伍。"他说道。

纳乌拉小心翼翼地将手伸向托盘,害怕那个人会将之拉上,压碎她的手骨。但他没有,他盯着纳乌拉,满怀蔑视,挥手让她走开。生锈的旋转栅门哐当作响,把她推开，另一个肮脏又疲惫的人取代了她在隔间前的位置。

在经过臭河之后，她发现上巢有许多提供给差役的便利，每隔一段就有一个站台，就像是地表上为前往主教堂的朝圣者所提供的一样。对此她感到很惊讶，她本以为自己的每一步都要奋力斗争。这些站台没有太多的水和食物，但也算足够，还有小神龛能让她晚上睡几个小时。真正跑差役的人中也有讨厌鬼，不少都是疯子。她还看到了一场打斗，一个男人被杀害了。

她疲惫不已，肮脏不堪，她丢掉了自己的鞋，衣服也撕破了，但她快要到了。技师 1/8923-FG-4 的写字间就在前方几千米处。经过那个隔间，队列仍在继续，每个书吏一次只能前进一步。她感到疑惑，他们的请求能否得到接受，他们的公函能否传达。她相信自己会的，在她的脑海中，她已经将 1/8923-FG-4 想象成了一个圣人，一个苦修者，身着精美的长袍，办公室金碧辉煌。纳乌拉几乎能看到他正朝着自己微笑，告诉她一切都会变好，就像是教士一样友善。一位真正的教士，不像忏悔者伦纳德那样。他会知道是帝皇派来了纳乌拉，因为她履行了自己的使命，她会荣得帝皇的一丝恩惠。

队伍继续缓慢前行，走上台阶，穿过开阔的拱门，一层又一层，面前的世界愈发美丽。纳乌拉的脸上展开了笑容，她是如此疲惫，正处于一种既睡又非睡的状态。高层的装饰比她想象得更加破败，地毯破旧，灯光迷离，但这又如何呢？对她而言，这是帝皇天堂的显现，光芒四射，美丽迷人。

队伍接近了一个大门，过了一个小时才穿过去，她来到了一个最神奇的地方。

纳乌拉正身处一个廊台，右边是一个巨大的开阔空间，远端有许多其他廊台，如同完美堆叠的文件。这里弥漫着一种安静的专注感，重要的工作正在此进行。她在迷茫中走出了队列，走向一个栏杆。她望向边缘外，看着下方令人目眩的落差，数千个办公室闪着小小的绿光，打开的房门发出热情的黄色光芒。廊台上的队列中有数百号人，因为今日正是差役日。纳乌拉不知道这算是多还是少，但在她看起来是有很多。伺服颅骨在楼层间俯冲而下，金属钳中拿着卷轴盒。她头晕目眩，这是她到过的最神圣的地方。

一只胖手抓住了她，将她推回队列中。装备着结实警棍的文吏执法者巡查着队列，与下巢的执法者相比，他们属于另一个子团体，胸前的绶带满是羊皮纸碎片。那个男人推搡着她，她踉跄着撞在了墙上。那人比他的同僚更加虔诚，固定羊皮纸的大头针插入了他的衣服和肉体，因此鲜血在衣服上染出了一个污点。纳乌拉无言地看着这些人，在那滴鲜血面前，一切似乎都显得暗淡无色，那一点红是这个灰褐色世界中唯一鲜亮的色彩。

"排好队！排好队！排好队！"他冲着纳乌拉的脸喊道，"排好队！"

接连几个小时她都处于神游状态。当她快不行的时候，友善的请愿者便会用手扶住她。随着她一步步向前，队列也走得越来越快，人们在抵达他们找寻的办公室时便离开了队列，然而她的目的地还在前方。她看着其他人洒脱地离去，很高兴他们抵达了各自的目的地，也知道自己的目的地比其他人的更好。

钟声响起，队列中的人们停下来祈祷。中午时，两对文吏走过队列，第一对为人们提供了一勺水，第二对则提供了一勺汤。纳乌拉不得不用自己的双手来接，在他们倒汤之前把水喝下，她没有别的容器。

换班铃声响起了，队列仍在前进。人体的精力是有限的，而纳乌拉已逼近极限。随后，奇迹般地，她注意到数字正在增加：1/8899、1/8900、1/8910……几个人同时离开了队列，像阅兵的士兵一样转向左边，消失在了门口。

队列继续向前。前方一群人正推挤着进入同一个房间，当纳乌拉抵达那道门，看到上面写着 1/8923-FG-4 时，她的心沉了下来。那道门打开着，里面有许多人，这令她困惑不已。她走了进去，忧心忡忡。

她的面前一片狼藉，整个办公室被翻了个底朝天。家具被砸碎了，墙上的镶板被扯了下来，电缆和绝缘材料十分肮脏，积了几千年的灰尘全洒了出来，纸张散得到处都是。她转向一边，避开从内屋空着手走出来的人们。一个文吏执法者正朝着他们大喊，让他们离开。一脸茫然的人们从她身边踉跄着走过，一个衣着讲究的技师正与那个文吏争吵着。

"……情况不可接受，这些信息是最高优先级的。告诉我，你见过像这样的情况吗？这里发生了一些事，必须告知某些人！"他满脸通红，激动不已。

"我的命令是确保秩序，"那个文吏执法者说道，"这个问题你得去找我的上级。"

那个技师朝着桌子示意。那张桌子被翻倒过，之后又给摆正了，桌角的木头被撞破了，露出了清漆下的淡黄色。另一个文吏朝着人们大声喊着，让他们放下公函离开。

"看看，伙计！你难道没有看到其中帝皇的影响吗？"那位技师说道。

然后轮到纳乌拉了。她走上前，桌上胡乱堆着数百张纸，悬在桌边。她看到一个小小的纸堆垮了下来，散在房间中。

"纸放在桌上，然后离开！"第二位执法者朝她喊道，她的耳朵在鸣响。

她掏出自己邋遢的公函，恭敬地将其与其他公函放到一起。她再次读了读上面的文字，其中的内容就像她的手线一样熟悉，但是仍然难以完全理解。

"供总司令阅读……死寂区域……拿非利异常区……可能存在极大规模的异形活动……"其签署人的名字十分奇特，但对纳乌拉来说如今已分外熟悉："调查贤者卡马林·海亚克斯，43-陶·奥米克戎。"

她的目光移向另一个公函。"拿非利异常区，"那上面也写着，"高等级异形活动……星语无效。建议立刻做出反应。"又一个公函上写着："异常，拿非利星区，需要立刻行动。以其增长速率，玛努曼提亚很快会被吞没……没有灵魂的舰船……受到诅咒的舰船。拿非利异常区……拿非利异常区……拿非利异常区。"

这个名字一个接一个地出现在每一页上，来源众多。

她瞥向周围疲惫又肮脏的人们，他们都是出于同样的原因来到这里，怎么会这样？

那个文吏执法者抓住了她，将她粗暴地推开。

"不。"纳乌拉说道，声音沙哑，嘴唇疼痛。

他猛地将她推向房门。

又一道铃声响起，两位文吏相互点点头。"好了！"那个与技师争吵的人说道，无视了技师的持续抗议。"所有人都出去！根据第二百阶技师弗莱维厄斯·阿什科的指令，这间办公室会在这一时刻封闭。所有人都出去！"

"你要听我说！"那个技师说道。

"跟我的主子们去说吧，"文吏执法者说道，"我只听从王座上帝皇的圣言。"

纳乌拉被推出了门，那些仍未进入的人则惊惶地哀号着。一支拿着等离子喷灯的维护队伍在外等候着。不顾那位技师的抗议声，一等所有人都出来后，他们便开始封闭这道门。等离子喷灯的闪光令人群退开，炽热的金属味刺激着人们的鼻子。

"这实在荒唐，"那位技师说道，"盖尔弗林已经走了好几个月了，你们现在才封闭，而且还有请愿者进来，全都带着同样的信息。这实在疯狂！"

"这是泰拉，"那位武装书吏说道，仿佛这句话能解释一切，"这些事情需要花时间处理，你知道的，必须遵循恰当的渠道。"他的语气变得更加平缓，说："我只是在履行所要求的职责，技师。很快这里就会有另一位使用者。这间办公室将会向书吏领主们招标，像这样的世袭职位并不常出现，竞争会很激烈。如果有理由要调查这场意外，那会有调查的。伟大机器的齿轮转得很慢，但依然精确。帝皇无所不知。"

"那等得太久了，"那位技师说道，"有些事正在发生。"

"这是帝皇的旨意。"

"不！"那位技师说道。他指着那道门，因愤怒而颤抖。"那才是帝皇的旨意。你在盲目行事，我会回来的。"他说道，挥了挥他的手指。这是个徒劳无力的举动，他离开了。

维护人员以泰拉官僚所不常见的效率将那道门焊接了起来，然后带着他们的装备离开了。人们在四周转来转去，随后也散去了，文吏们的职责已经完成，他们也跟着人群离开了，只剩下纳乌拉孤独地站在冷却的门前。

她倒在地上，开始哭泣。

第四十章

第一舰队启程

亲眼见证

远征之始

  第一舰队从泰拉启程时定是举办了一场宏大的庆典，法比安却并未目睹，因为他日日夜夜都待在图书馆中劳作。他被告知舰队将适时启航，他也模糊意识到了船上水兵匆忙来回进行着准备。但他的世界局限于笔尖上的墨水滴，他已经不回自己的住处睡觉了，而是在桌子下时不时打几个小时盹，他也在这里吃饭，到最后他已经专注到废寝忘食。

  他的脑海回到了过去，通向数世纪以前的事件。他知道，对于宇宙而言，一万年不过只是眨眼间，但对他而言，这似乎是无法想象的遥远，为了理解这样的时间跨度，他经历了长时间的精神紊乱。

  他唯一知道他们已经启程时，是维亚布洛前来用他那长长的手指轻敲他肩膀，并嘶哑地说道："就是现在，我们出发了。"

  法比安困倦地抬起头。维亚布洛的脸庞在他的眼中就像是一颗气球，系在某个遥远的气象站上，在异域的风中舞动着。他是第四位历史官，几周前招募的。他相貌奇特，出生于低重力环境，有着古怪的生理机能和奇怪的习惯，但法比安喜欢他。

  法比安眨了眨眼，眼睛就像是沙漠石一样干燥。自己看起来定是像没有听懂的样子，也许他确实没听懂，因为维亚布洛又重复了一遍，更加温和："我们已经离开泰拉了，法比安，我们正开向战场。"

维亚布洛的话打开了法比安脑海中的大门，现实涌入了他的脑海。虚空舰船的嘎吱声和隆隆声，几乎难以察觉的人类和机器活动声，在这所有声音之中，有一种声音他此前并未注意到，十分低沉，嗡嗡作响。这艘船拥有了一个声音，并正在歌唱。

"是引擎？"

维亚布洛点点头，他是一个肃穆之人。法比安小时候曾见过一棵树，他想象，如果那棵树拥有一张人脸，那看起来一定会和维亚布洛很像，呆板又悲伤，并且比他高大许多。

"我们九小时前就离开了，你没有感觉到加速吗？"

法比安摇摇头。他想起自己的墨水瓶曾突然离开桌沿，但那并未持续很久。他抓住了那瓶子，并继续写作，很快就把这件事忘记了。

"你写完了吗？"

维亚布洛点点头，说："差不多。还有几件事我想要整理下，是关于展示的，不是内容。我已经为他做好准备了。"

法比安闷闷不乐地看着那些破旧的笔记本，上面胡乱地写着他的历史。他的右手边有一堆纸，大多数都是他以粗鲁的言语所写的额外注释。他的展示很糟糕，他本来很用心的。

"在这以前，我以为每天花二十分钟写禁忌历史已经很难了。"他露出微笑，"我真是一无所知。"

"你快弄完了吗？"

法比安点点头，说："还差几页，就这样。"

维亚布洛抓住他的肩膀，说："那我们明天见。"

"明天见。"法比安说道。

维亚布洛摇摆着走开了。他的步子摇摇晃晃，很奇怪。

"明天，"法比安轻声自语，"明天。"他的目光扫过他写下的文字。他在深入分析战争的后果，随后意识到他写在纸上的一些东西可能会被认为是在批判归来的原体。

管他呢，他就是在批判，他想。

法比安叹了口气。基里曼说他想要未经粉饰的真相，那他便会得到真相。此外，他一边想一边再次动笔，现在再改动也太晚了。

他的笔画过纸页，又奋笔疾书了数个小时。

法比安是最后一个面见罗保特·基里曼的，在船上的整整一个名义日内，他都焦虑不安，想着原体会怎样看待自己的工作。最终他们来找他了，他被领着穿过寂静的大厅，大厅中，一排排圆柱支撑着甲板，其上张开的双臂如同许多铁树，电火炬的光芒在锃亮的金属面上跃动着。他的向导穿着后勤部的制服，但并非法比安认识的那个人，他断然回绝了法比安的交流企图。

一位身着极限战士长袍的原铸星际战士接过了法比安，他介绍自己是帝国摄政王的侍从，尽管他道出了自己的名字，但法比安在听到那个名字后便将之抛于脑后。这位星际战士带着他穿过摄政王住所的后走廊。基里曼在烈火黎明号上的住处几乎和他在泰拉上的一样富丽堂皇，即便是提供给仆人的狭小房间，墙上也都装饰华丽，每件家具都是源自最高的技术。

这位原铸战士赤脚行走着，尽管他身形庞大，但几乎没有发出任何声音。走廊的设计不适合星际战士，他的肩膀摩擦着两侧，他们遇到的少数几个仆人都欠身让开道。不久，这位侍从打开了一个他不用俯身便能穿过的门，他们进入了原体的私人领地。

自从来到第一舰队后，法比安便来过原体的住所几次，但他从未见过这里如此整洁。整个缮写室发生了巨变。在离开泰拉前，这里布置混乱，书籍成堆。如今，书籍都得到了妥善放置，尽管仍有展开的书本，但都整齐地放在讲台上，也不再干扰这个房间完美的匀称感。

墙壁和天花板铺着黑色的木头，甲板上覆着镶木地板。这些都是全新的，但感觉很古老，书架上的数千部旧书更是增加了一种庄严感。这艘船很古老，但除了在图书馆，他在其他地方并没有这种感觉。

那位星际战士打开了一扇钢门。门外的房间则没那么拥挤，装饰也是奥特拉玛的素雅风格，其设计遵循着黄金比例，墙上覆着白色大理石。基里曼坐在一张巨大的椅子上，那张椅子为了支撑他和命运铠甲的重量而经过了强化。基里曼正等候着法比安，他朝着一个普通人大小的家具示意，庆幸的是，原体对面是一个平台，能够让普通人站在桌前。法比安讨厌他在别处坐过的高椅,那让他显得像个小孩。

"法比安,"基里曼说道,"很高兴见到你,请坐。"

法比安不得不爬上三级台阶来到平台上,但有总比没有好。

基里曼流露出坦率真诚的兴趣,法比安却变得慌张起来,摆弄着他带来的一堆书和注释卷宗。

"你完成了我给你的任务?我要求写给舰队指挥官们的历史?"

"是的,大人。"

基里曼等待着,法比安一言未发。基里曼略微倾身向前,说:"请开始吧,历史官。"

"啊,好的,没问题,呃,《大叛乱战争简史》已经完成了,您会满意的。"他放下自己的书,说:"这是项重大任务,但当然,我很感激能拥有这个机会。"他将写着自己手稿的一堆笔记本推向前说道,"都在这儿,都完成了。"

他对自己的重复用语感到畏缩。完成了,完成了,完成了。他就只会说这个吗?

基里曼伸出手将那堆书拉过来。法比安感到无比害怕。基里曼把他的手放在书上,但并未打开。

"在三十一千年晚期有出版过一系列广为流传的浪漫小说,并且出人意料地准确,至少在一定程度上是这样,"法比安说道,"为了能有些韵味,我引用了不少,但至于文风,您明白的,要有可读性。历史应该通俗易懂,不是吗?我觉得是这样。"

"法比安。"基里曼轻声说道。

"我认为,这些需要阅读历史的人,尽管他们都是达官显贵,并且远超我的智力和能力水平,并且,"法比安满脸通红说道,"好吧,他们全都很忙,而如果我要写得有吸引力,而不歪曲真相,您明白,所以这些都是真的——"

"法比安!"基里曼的声音变得更加有力。

法比安跳了起来,他已经忘记了基里曼声音中所能裹挟的力量。

"大人?大人!我……呃……抱歉。"法比安说道。

"你在胡言乱语。冷静。我明白这对你很重要,而且你很害怕,但不会有可怕的事情发生。我们已经离开了泰拉。即便我觉得这部作品不太行,你也不会被送回你的老家,我会给你在理性信史协会中找个轻松的工作。放心,你已经很有用了，所以，请慢些讲。"

"我……"

"深呼吸，法比安。"

"好的，好的。"法比安做了个深呼吸说道，"没错，深呼吸。"

"好点儿了？"基里曼说道，他的眼中有一丝幽默，"你想要来些水吗？或者要点酒？"

"不了，谢谢您。"法比安摇摇头，吸了口气，"好点儿了。"

基里曼抬起一只手，他的盔甲轻声作响，说："那么继续吧。"

"正如我所说，"法比安说道，现在他的语调变得谨慎了些，但帝皇才知道他为什么要从自己作品的风格讲起。他必须得讲下去，挽回一些面子，"这种风格源自那些浪漫小说。我……"

他意识到自己又在胡言乱语了。他深吸一口气，放缓了一些。

"但事实来源于第一手材料，特别是来自一个人的个人笔记，他叫……凯瑞尔·辛德曼？"

突然间，他确信自己把名字搞错了，尽管他在上个月读了这个名字至少一千次，他把自己的一捆笔记放在桌上，开始从中搜寻，他手忙脚乱，找了半天，终于找到了。

"辛德曼，"他确定，"辛德曼。"仿佛再讲一遍能防止这名字改变。

"冷静。"基里曼说道，散发出偌大的平静感。

"我很冷静。"

"你没有，"基里曼说道，"我认识辛德曼。他的一生有趣又漫长，他是个好人。"

"没错。他的许多作品都带着审判庭的最高级印章。"

"出于合理的缘由。"基里曼说道，但并未详述。

基里曼抽出书堆顶端的那本笔记本，将之翻开。这个本子很简朴，质量粗糙，只有一个厚纸封面和钉住的书脊。如果法比安想要的话，他可以拥有最上乘的书页，但他觉得那是种浪费。用废纸让他感觉更加心安，就像他过去一样。如果其中的历史得到了认可，那么它会被录入更好的书册并准备印刷和最终的传播，但眼下，基里曼不得不用一根大手指按着硬纸封面，以免它弹起。

基里曼在他阅读第一页时皱起了眉。他只需一眼就能看完一页，但他盯着开头一行许久。

"我亲眼见证，帝皇击杀荷鲁斯。"他缓缓读出法比安所选择的开篇引语，法比安害怕自己引起了主公的不悦，但原体赞许地点了点头，"第一行很引人注目，很好。"

"我也这么想，"法比安的声音怀着一丝自豪，"这是来自辛德曼的作品，他很擅长运用文字。"

"最初，文字是他的才艺，"基里曼开始迅速翻动书页，"很好，很好，非常好，法比安。你没有令我失望。"

"我成功了？"法比安说道，努力克制住自己的尖叫声。

"没错。"基里曼拿起第二本书，读得更快了。法比安想，要是原体没有受到那身笨重盔甲的束缚，那他的翻页速度可能根本就看不清。

"是的，我很满意。我会审查其中所有内容，写注释，然后你就准备将之传播出去。只供舰队司令阅读，他们需要知道我们进行的是怎样的战争，但其他人不行。"他继续拿起第三本书，在打开之前停了下来，盯着法比安，这位历史官仍感到肉体很痛苦，"你给我带了东西来，我也有东西要给你。那边，在那个盒子里，那是一份礼物。"

法比安走向基里曼示意的另一张桌子，锃亮的桌面上放着一个长长的木盒。他指着那个盒子，疑惑地看向原体。

"没错，就是那个，"基里曼说道，"打开吧。"基里曼继续翻阅那堆笔记本，片刻间便吸收了法比安数周的疯狂写作。

盒子上只有两个简单的搭扣，法比安将之打开，抬起盒盖。两根金色链条支撑着盒盖，防止其落下。

躺在盒内的天鹅绒中的，是一把漂亮的利剑——靠近剑柄的翼状冷却元件表明这是一把动力剑——它又长又直，图案遍布整个剑身。下面放着一把激光手枪，枪鼻短翘，外形粗野，青铜表面上却刻着精美的图案。在盒中的武器旁还放着腰带、枪套和剑鞘。

法比安心中涌起一阵冰冷的恐惧感。没人跟他说过枪的事情！他甚至从来没有想过这点。他曾想，一个历史官的主武器无疑应是一支笔。他看着那个盒子，意识到他对于自己的新生活产生了一些糟糕的假设。

基里曼已经读了法比安所写历史的一半。他合上手中的书，将之整齐地放在他已经读过的书堆上。

"赫蒂多中士报告称你在他的身体训练活动中表现优异，你的健康状况已经显著提升。实际上，他建议你在其他人之前迅速开始作战训练。显然，你有这个本领，他认为你的表现会很出色。"基里曼说道。

"其他人？"法比安说道，他十分震惊，忘记了对他自身卓越能力的暗示，通常这会让他感到自豪的，"作战训练？"

"没错，法比安。我要给你武器，"基里曼缓缓说道，"而你得学会使用它们。要是没有学会恰当使用就拿起一把动力剑，那你很可能会把自己的腿给砍掉。"他将戴着盔甲的双手平放在桌上。"今天你确实不在状态，这可不是最难理解的概念。"他的脸上又闪过了一丝幽默。

法比安回头看向盒子。

"但是，但是，我怎么会需要一把剑和一把枪呢？"他面色煞白。如果他要拿起武器，那他也要杀戮，这意味着他也要死。

基里曼露出一副不言自明的表情，但他还是说了出来。

"因为我要打仗，法比安，而你要跟着我，你忽略了这个最明显的事实。你知道，当一位原体赐予像这样的礼物时，惯常的反应应该是满怀感激之情。"

"感谢您？"法比安小声说道。

"这就够了，"原体说道，他站起身，"跟我来。"

法比安跟随着原体。基里曼推开了一扇嵌饰优美的木门，走进了另一个房间，法比安此前从未到过这里。

看到眼前的场景，他倒抽了口气。

马赛克拼花的地板上是一个放射状图案，朝向一扇十五米宽的半圆形窗户。这是单独一整块强化玻璃，完美无缺，仿佛是无形的，让地板看起来像是通往开阔的虚空。外面是数不胜数的庞大舰船，它们的等离子引擎闪着柔和的蓝色，正驶向黄道面上方，太阳在下方和后方闪烁着，明亮的黄光照亮了舰队。虚空如同刷过的毛皮一样漆黑，星辰则如钻石碎渣。这里没有声音，只有烈火黎明号穿越虚空时的轻柔隆隆声。法比安感到了一阵深深的宁静感和欣悦的孤独感。

基里曼走过窗户。房间很空旷，他的沉重脚步声荡起回音。他转向法比安，法比安仍站在门前。

"现在过来吧，历史官，你得来观察这幅场面，以供记录。"

法比安匆忙走到原体身旁，并从腰袋中拿出记事本和墨水笔。

"第一舰队，"原体说道，"我们正驶向加萨拉莫，并将夺取那里的亚空间门。在马科塔海峡，我们已经取得了第一场胜利。第三舰队摧毁了大股敌军，并阻止了一场针对太阳星域心脏地带的进攻。但未来还会有许多战斗，成千上万，而即使我们打赢了每一场，我们也不一定会赢得整个战争。"

法比安密密麻麻地速记下了这些话。

"但我要告诉你，法比安，尽管我是来自另一个时代的遗物，而我的兄弟们都已不在，尽管我受到了阻挠，连天穹都受到了伤害，但我也会战至最后一息。我会把敌人赶出帝国圣域，在裂隙外也同样如此，并再次恢复银河系的秩序。我会尽我所能确保帝皇的梦想不被遗忘，并终结取而代之的梦魇。终有一天，法比安，你也许会写下和辛德曼类似的文字，你也会在自豪中写下'我亲眼见证'。"

归圣原体注视着他所打造的大军，他的目光越过长长的舰队，投向星系边缘。

"是时候担负起我的名字，是时候再次成为复仇之子了。"他说道。

"不屈远征已经开始了。"

尾声

手
天赋与诅咒
战帅的特务

三小时后，囚犯的尖叫声停止了，拉克兰特几乎没有注意到这一点。他手中的羊皮纸很沉重，他已经读了上千遍了，上面的条款解除了他此前的所有效忠义务，并让他对审判庭负有终身义务。如果他背叛审判庭，那他的灵魂将面临公然的威胁。

他颤抖不已。全视号上很冷，黑色的金属贪婪地吸收着空气中的热量，他的呼吸都冒着蒸汽，但这份文件令他感到寒意。他想他应该感到害怕，但他的心中有种麻木，就像他麻痹的四肢一样，对于自己命运的改变，他仅仅只是感到不安。他确信，在黑石装置释放其最终能量波时，他失去了某些东西，而他不是唯一一个有此感受的人，回到第三舰队的他们都变了。这场战役进行得很顺利，凡勒斯库斯已经夺回了帝国失去的几乎所有领土，许多英雄随之涌现，但黑石之战的老兵们受到了那场经历的影响，离群索居。

他环顾四周，他和奇尔克正等候在一个朴素的房间中。整艘船就像是一个监狱，即便是那些人们能自由走动的地方也是。

"温馨的家啊。"奇尔克说道，朝着拉克兰特咧嘴而笑。拉克兰特不安地动了动，奇尔克的牙齿可真多。

"我想是的。"他说道。审判官的这艘战舰将会成为他的家，直至死亡，而死亡可能也不远了。

拉克兰特卷起羊皮纸，并将之放在卷轴盒中，这个盒子是他目前所拥有的最好的东西。这很恰当，他想，自己的死亡令是如此美丽。

"为审判庭服务，你感觉怎样？"奇尔克说道。"任何一项服务都同样重要。"拉克兰特僵硬地说道。"那是你们教士的说法。"奇尔克说道。"为审判庭服务，你觉得怎样？"拉克兰特回嘴道，"你甚至都不是人类，你的人民会怎么想？"

这话所造成的打击比他想象的要重，他仍没法理解奇尔克的所有异形表情，但拉克兰特能看到她受到了伤害。

"我们不谈论我的人民。"她冷冷地说道，拉紧了自己的步枪。她从来不落下那把枪，拉克兰特发现自己很容易想象奇尔克射杀自己的场景。气氛变得更加寒冷。至少牢房中的声音停息了，对此他充满感激。

"他是怎么做到的？"拉克兰特说道，找寻着一些不会烦扰这位异形的话题，"突然现身？""我们告诉过你的，"奇尔克自豪地说道，每当她谈及审判官，她都充满自豪，仿佛她是罗斯托夫的母亲，"他能隐藏自己的存在，遁迹无形。罗斯托夫大人坚称他的力量很弱，他很谦虚。"

"他能够消失无形，能够判断一个人的价值。你们说他还有其他能力，他还能如何？"拉克兰特问道。奇尔克倾身向前，咧开她那丑陋的异形大嘴。"祈祷你永远别知道。"她说道。

拉克兰特的双眼移向牢房门，他想起了那个囚犯的尖叫。

罗斯托夫颤抖着，倚靠在那个星际战士叛徒的死尸上。接触精神的过程是艰难无比的，那个祭司浑身都是其主子的邪恶，而不论罗斯托夫如何尝试保持纯洁，他每次都会染上一丝污秽。

安东尼亚托安静地绕过他，审判官的工具在金属托盘上咔嗒作响。它们沾满了鲜血，但安东尼亚托会将它们清理干净，以便再次使用。

每次审讯之后，罗斯托夫都会感到恶心。他紧抓着支撑那个使徒躯体的十字架，利用他的能力接触受拷问者的精神会让他受到重创。感受另一个人的痛苦，即便是那些投奔恶魔的邪恶之人，都是精神和道德的双重破坏，但他必须这么做，因为只有在最为痛苦的那些时刻，他的天赋效果才会最佳，他的精神会盗走受拷问者所保守的一切秘密。没有人能抵抗他，即便是异端阿斯塔特的精神也不行。这是他的天赋，也是他的诅咒。

这些秘密，如此黑暗，如此残酷。

安东尼亚托碰了碰他的肩膀。

"大人？"他轻声说道。

罗斯托夫已无意中倒在了那个死祭司的怀中，靠在那硕大的尸体上，就像是孩子抱着父亲。安东尼亚托叫醒了他，将他拉开。罗斯托夫跌跌撞撞地走向牢房角落的一个椅子，重重地坐了上去。他浑身是血，灵魂沉浸在那个贤者的黑暗之中。

"您了解到了什么吗？您了解到关于'手'的事情了吗？"

罗斯托夫点点头。"戴尔是对的，"他说道，"'手'是一个人，我看到了他的脸，他是个人类，未受强化的。"

"是他们的一员？"安东尼亚托说道，他知道在罗斯托夫实施了他的连结之后得轻声说话。这是个微妙的时刻，但讯问审判官是整个过程中的关键一环，因为盗取的记忆消散得很快。

"我想，是我们的一员。一个特务，很难分辨，没有明显的突变迹象，他看起来衣食无忧，很富有。我看不到别的了。"

罗斯托夫把头埋在双手中，皮肤上满是干掉的鲜血。

"这个人只在远处看到过他。"

"还算可以，大人。"安东尼亚托说道。他走向墙上的储藏柜，将之打开，抽出里面的软管。

"还有一件事，"罗斯托夫说道，"他被称为'阿巴顿之手'。那意味着这项战略是由战帅本人协调的。我们是对的，他们的确打算将银河系投入亚空间。"

"您必须告诉原体。"

"我会的，但复仇之子可以等等，"罗斯托夫说道，"我得先照料我自己的灵魂。"

安东尼亚托用软管将鲜血冲进排水管。罗斯托夫跪下身，将念珠缠在他黏黏的手指上，并亲吻坐在王座上的那个小小的金色人物。他闭上双眼，开始祈祷。

附录

关于远征的注释

不屈远征是人类自一万年前帝国之初以来发起的最大的一场军事行动。当基里曼回到泰拉时,他发现只有迅速果断的行动才有机会拯救人类,因此他在抵达后几周内便下令进行这场远征。这项事业的第一个目标是稳固四面楚歌的帝国圣域,诅咒瘢痕的出现令圣域蒙受了极大的苦难,因此,不论是否由帝皇授意,基里曼已经开启了他的大胆计划,庞大的远征舰队开始穿越虚空。

远征舰队

这项事业的核心便是远征大舰队。一开始计划组建了十支舰队,尽管第八到第十舰队直到其他大部分舰队都已启程时还尚未完成集结。

每支舰队都很庞大,由许多战舰、运输船和用于补给的支援舰船组成,因此每支集结的舰队都有超过一百艘拥有亚空间航行能力的舰船,有时甚至更多。

显然,将一支远征舰队派往一个目标实属过度杀伤,因此每支舰队都分成了许多战斗群,战斗群则进一步分为特遣部队,然后再进一步分成称为打击群的小舰队。部队会根据需要进行划分和部署。有时,整支远征舰队会运用于一个战区，比如第三舰队在马科塔海峡的行动，但这种情况很罕见，并且只会运用于跨越整个星区的活跃战区。通常，最上层的组织是战斗群，每个战斗群司令都拥有相当大的自由，见机行事。

各个远征舰队的配置会不断分化重组，而不同的舰队组织会分隔数月乃至数年，每支舰队都拥有一个总体战略目标，所有队伍的总体进程都服务于战略目标的实现，并且大部分舰船和附属的军事编制都会在相对邻近的范围内行动。

战斗群通常由哥特语字母命名，但有些会以指挥舰、指挥官或是著名战役的名字来命名。特遣部队有时也会采取这种命名方式。例如：第三舰队，黑费斯图斯战斗群。

黑费斯图斯的第一场大型战斗便部署在马科塔海峡战役，在舰队主力与屠杀远征军大部交战时，它则重夺了近期被放弃的弗摩尔星系。此后它在这个星区待了数月。在重新建立对海峡周围的控制后，黑费斯图斯离开了马科塔星区，跟随第三舰队主力前往南方。以下详细列举了它在德伦诺克斯清洗期间的构成。

战斗群高级指挥人员

战斗群司令马斯特恩·格诺克斯将军，伍斯利安禁卫第八团

异端庭审判官布伦妮卡·莉姆西丝夫人^

鹰幕家族的戈特里奇男爵 *

加塔卡尔暴行者的部落长蒂蕾妮·斯卡蒂

大军法官卢卡斯·乌尔恩

乌木圣杯教团的修女长导师珀耳斯福涅·沈 *

连长约恩·坦纳，黑龙第四连 *

智库巴耶力·沃德黑恩，驱魔者第二连^

战斗群海军资产

指挥舰：报应级战列舰不忍号

4 艘帝国海军战列舰 *

12 艘帝国海军巡洋舰 *^

9 支帝国海军护卫舰中队^

2 艘阿斯塔特修会打击巡洋舰：银刃号 * 和斯伦纳幽灵号^

26 艘帝国海军巨型运兵登陆舰 ^

1 艘机械修会战争母舰：真实号

1 艘机械修会巨型运输舰，携有 6 个空投城堡 *

3 艘修女会入侵教堂船 *

1 艘审判官战舰 ^

战斗群陆军资产

9 支伍斯利安禁卫团（装甲 / 炮兵）

14 支加塔卡尔暴行者团（10 支步兵 /4 支空降）^

3 支鹰幕家族骑士矛队

1 支乌木圣杯教团的满编教社

4 支乌木圣杯的额外教府 *

10 支金属星护教军中队及附属战斗支援中队

1 支黑龙阿斯塔特修会的打击部队 *

1 支驱魔者阿斯塔特修会的打击部队 ^

编外之子阿斯塔特修会的混编队伍 ^

* 标有该记号的条目目前隶属于第三舰队黑费斯图斯战斗群第四特遣部队
^ 标有该记号的条目目前隶属于第三舰队黑费斯图斯战斗群第二特遣部队

后勤部

在远征早期，面对混乱流动且常常相互矛盾的信息，并且深受战争和内乱的困扰，内政部不止一次濒临崩溃。尽管远征舰队重新建立起了星语通道、贸易路线和税收模式，但早期面临的严重组织混乱促使罗保特·基里曼发布了博拉奇法令，组建了后勤部。

后勤部主要由军务部和内政部抽调队伍组成，但同时也从泰拉和火星的庞大官僚队伍中抽调人员，基里曼这个新部门的男男女女拥有着与众不同的意志力和主动性，这些特性长久以来都被帝国所压制。他们肩负着集结并补给庞大舰队所需的难以想象的艰巨任务。

后勤部具有军事思维，其制服也是军用款式，而非技师长袍，他们拥有自己的武装部队，以及向其他任何组织提出要求的权力。尽管后勤部很高效，但他们常常与现有的帝国统治机器发生冲突，这个因素日后化作了困扰帝国的问题。

营垒世界和堡垒世界

不屈远征需要稳固的补给才能成功。为了建立再补给和再武装的据点，帝国建立了一系列营垒世界。第一个营垒世界位于太阳系的木卫三，在完工后被命名为坚毅天鹰中枢要塞，并成为后勤部的主要行动基地。哥和拿的好斗天鹰与哈斯托斯的狂怒天鹰也很快建立于远征军启程前。随着远征的扩张，这些世界的数量也在激增，常常在主力部队到达前由特派的战斗群夺取。

堡垒世界是另一种重要的星球分类，这些世界是现有的帝国武装力量所在地，在经历了裂隙的出现和阿巴顿的入侵后仍然保持相对完好。大多数都是星区或星域的海军基地，比如海德拉弗尔，或者是星际战士的战团家园世界，以及星区要塞星球。堡垒世界常常保卫着辽阔的星际腹地以及自身所在的星系，并为聚集的帝国部队提供集结点，这使得它们成了在重要性上仅次于泰拉的中枢地。

这些防守严密的世界组成了通往泰拉的漫长纽带，并且也是帝国重夺帝国圣域控制权的唯一基础，而重新建立星语网络则是重中之重。

亚空间门

大裂隙的开启极大地扰乱了亚空间。亚空间通道为快速穿越非物质界提供了稳定的潮流，这些通道也同样遭到了扰乱，自伟大远征以来的稳定通道中断了，其他地方则出现了新的快速天界支流，打开了此前难以导航的部分银河地区。敌方和帝国方都识别出了八个对泰拉十分关键的星系，没有这些星系，朝太阳星域外进行的行动将会十分缓慢，艰险异常。利用占卜巫术，敌人识别并夺取了几乎全部八个世界，帝国则仍在所谓的盲目时期中茫然无措。

这八个世界多种多样，有已经具有高度战略意义的世界，比如沃勒斯——

这是在不屈远征伊始唯一一个掌握在帝国手中的亚空间门，也有像奥尔梅克一样的废弃了数千年的死寂星球。这场战争的开场行动便围绕这些星系展开，因为罗保特·基里曼意图让他的大军突破太阳星域的牢笼。

火炬手

在不屈远征舰队集结早期，组建了许多专门的特遣部队并将之派入银河。这些部队被称为火炬手，他们的任务是与特定的星际战士战团取得联系，并为其提供原体的赐礼——为战团创造原铸战斗兄弟所需的基因技术和生物贤者。火炬手特遣部队通常由小而快且全副武装的飞船组成，并派驻了寂静修女、禁卫修会的帝皇使节以及增援战团的编外之子原铸战斗兄弟。这些护卫有时也同样包含了灰骑士、审判庭和授权的行商浪人的部队，来协助穿越银河中异常险峻的地区，确保他们的宝贵货物抵达其目的地，不畏任何艰难险阻，并让接收者迅速投入使用。

不屈时间

亚空间旅行始终会对人类所感知的线性时间流产生有害影响，即便是相对较短的亚空间旅途也有可能让你与泰拉恒星时间相差数天、数月乃至数年。有许多故事描绘了更加极端的现象，飞船被困在亚空间风暴的肆虐能量之中，帝国的舰船被抛向几百年后或是几百年前。审判庭有一整个组织——时间庭，专职于追踪并迅速消灭这样的时间异端。

深知自己会跨越遥远的银河，进行许多年的战役，并在因诅咒瘢痕而翻江倒海的非物质界中实施一次又一次亚空间跳跃，不屈远征舰队试图通过建立各自的不屈时间来减轻这种影响。每支远征舰队都设置了各自独立的时间表，并根据舰队司令指挥舰的时间坐标来确定时间。即便一支战斗群或是特遣部队发现自己与指挥舰的计时出现了几年的误差，在获悉舰队的不屈时间之后他们也能随之修正自己的时间记录，并坚忍地摆脱掉这种武断调整所产生的影响理智的后果，继续前行。

黑鸦

黑船为整个帝国所畏惧，它们被视为末日的先驱。这些阴森不详的飞船及驻扎其上的寂静修女肩负着造访帝国世界并剔除那些拥有灵能潜力之人的职责。他们会毫无怜悯地捕获这些危险的突变体，直到他们的无灵防护货舱装满了可怜的人类货物，随后他们会掉转船头，带着这些宝物返回泰拉。在泰拉，这些搜集而来的灵能者或是成为帝皇的果腹之餐，或是进行痛苦的灵魂绑定仪式，加入星语团，抑或是作为合法灵能者以某种方式效劳帝国。

随着大裂隙的开启，黑船几乎无法像过去那样继续运行了。解决方法便是不屈远征舰队。除了一些仍在继续往返于惯常的太空航线的黑船，更多的黑船则被编为了所谓的乌鸦队，跟随在不屈战斗群之后。因此黑船得以继续运作，至少能够穿越帝国圣域中已经征服的星系，如此他们便能让黄金王座和星炬在这个绝望的时刻屹立坚挺。

作者简介

盖伊·哈雷是泰拉之围小说《迷失之人与受诅咒者》、荷鲁斯之乱小说《泰坦之死》《狼毒》《法罗斯》以及原体小说《康拉德·科尔兹:午夜游魂》《科拉克斯:暗影之主》《佩图拉波:奥林匹亚之锤》的作者。他还撰写了许多战锤40000小说,包括《贝利撒留·考尔:伟大工程》《黑暗帝国》《黑暗帝国:瘟疫战争》《巴尔的毁灭》《但丁》《血中黑暗》《阿斯托瑞斯:慈悲天使》《毒刃》《影剑》。他对于所有绿皮事物的热情促使他写下了同名战锤小说《斯卡斯尼克》以及终焉之时小说《大角鼠的崛起》。他还撰写了设定于西格玛时代的故事,包括《战争风暴》《盖尔玛拉兹》《阿克恩的呼唤》。他和他的妻儿生活在约克郡。

译者简介

丁旭巍,战锤40000小说爱好者,荷鲁斯之乱系列忠实书迷,黑图书馆热忱读者,醉心科幻,耽于悲剧,仰慕传奇,现旅居异乡。

图书在版编目（CIP）数据

复仇之子 /（英）盖伊·哈雷（Guy Haley）著；丁旭巍译.
— 杭州：浙江科学技术出版社，2022.1
　　书名原文：Avenging Son
　　ISBN 978-7-5341-9900-4

Ⅰ.①复… Ⅱ.①盖… ②丁… Ⅲ.①幻想小说—英国—现代 Ⅳ.① I561.45

中国版本图书馆 CIP 数据核字 (2021) 第 258105 号
著作权合同登记号　　图字：11-2021-316 号

书　名　复仇之子
著　者　［英］盖伊·哈雷
译　者　丁旭巍

出版发行　浙江科学技术出版社
　　　　　杭州市体育场路 347 号　邮政编码：310006
　　　　　办公室电话：0571-85176593
　　　　　销售部电话：0571-85176040
　　　　　网址：www.zkpress.com
　　　　　E-mail：zkpress@zkpress.com

排　版　浙江新华广告有限公司
印　刷　浙江海虹彩色印务有限公司

开　本	710×1000　1/16	印　张	22.75
字　数	300 000		
版　次	2022 年 1 月第 1 版	印　次	2022 年 1 月第 1 次印刷
书　号	ISBN 978-7-5341-9900-4	定　价	60.00 元

版权所有　翻印必究
（图书出现倒装、缺页等印装质量问题，本社销售部负责调换）

责任编辑　吕路明　　　　　责任校对　张　宁
封面设计　孙　菁　　　　　责任印务　叶文炀